LE CHOIX
DU SOLDAT

DU MÊME AUTEUR
CHEZ LE MÊME ÉDITEUR

LE SOLDAT CHAMANE

La Déchirure (t. 1)
Le Cavalier rêveur (t. 2)
Le Fils rejeté (t. 3)
La Magie de la peur (t. 4)

L'ASSASSIN ROYAL

L'apprenti assassin (t. 1)
L'assassin du roi (t. 2)
La nef du crépuscule (t. 3)
Le poison de la vengeance (t. 4)
La voie magique (t. 5)
La reine solitaire (t. 6)
Le prophète blanc (t. 7)
La secte maudite (t. 8)
Les secrets de Castelcerf (t. 9)
Serments et deuils (t. 10)
Le dragon des glaces (t. 11)
L'homme noir (t. 12)
Adieux et retrouvailles (t. 13)

Tous ces titres ont été regroupés en quatre volumes :
LA CITADELLE DES OMBRES *, **, *** et ****.

LES AVENTURIERS DE LA MER

Le vaisseau magique (t. 1)
Le navire aux esclaves (t. 2)
La conquête de la liberté (t. 3)
Brumes et tempêtes (t. 4)
Prisons d'eau et de bois (t. 5)
L'éveil des eaux dormantes (t. 6)
Les Seigneurs des trois règnes (t. 7)
Ombres et Flammes (t. 8)
Les Marches du trône (t. 9)

Tous ces titres ont été regroupés en trois volumes :
L'ARCHE DES OMBRES *, ** et ***

ROBIN HOBB

LE CHOIX DU SOLDAT

Le Soldat chamane

**

***

roman

Traduit de l'anglais par A. Mousnier-Lompré

Pygmalion

Titre original :
FOREST MAGE, BOOK II
(The Second Son Trilogy)
(Troisième partie)

Site : www.lesoldatchamane.com

Sur simple demande adressée à
Pygmalion, 87 quai Panhard et Levassor 75647 Paris Cedex 13
vous recevrez gratuitement notre catalogue
qui vous tiendra au courant de nos dernières publications.

L'édition originale est parue aux États-Unis, en 2006, chez Eos, une marque de HarperCollins Publishers.

ISBN 978-2-7564-0134-8

A Alexsandrea et Jadyn qui m'ont accompagnée
tout au long d'une rude année.
Je promets de ne jamais prendre la fuite.

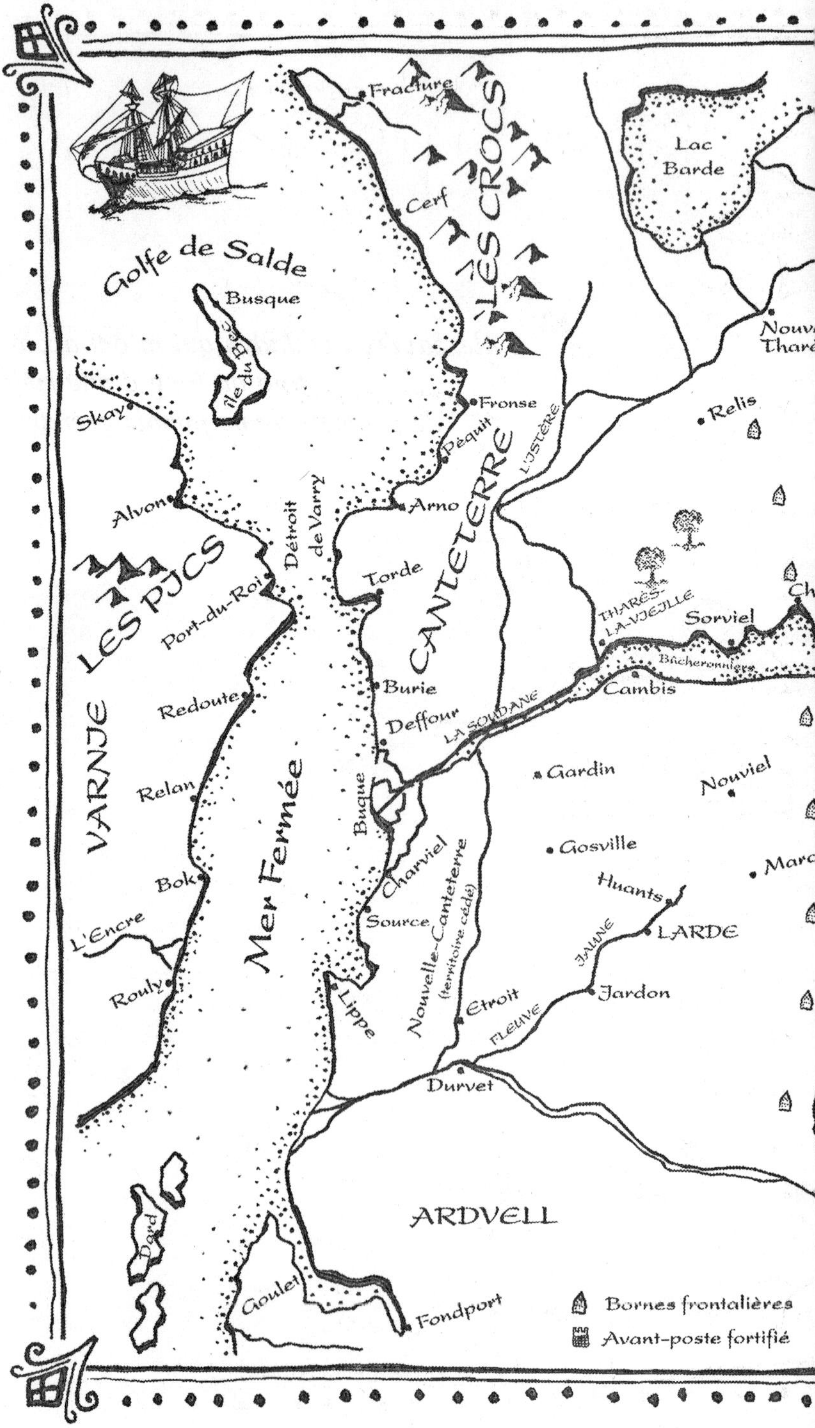
Fracture
ÎLES CROCS
Lac Barde
Cerf
Golfe de Salde
Busque
île du Bec
Fronse
Skay
Pèquit
L'ISTÈRE
CANTETERRE
Relis
Alvon
Arno
Détroit de Varry
LES PICS
Torde
Port-du-Roi
THARÈS-LA-VIEILLE
Sorviel
Bûcheronnière
Burie
Cambis
Redoute
Deffour
LA SOUDANE
Gardin
Nouviel
VARNIE
Relan
Buque
Gosville
Charviel
Nouvelle-Canteterre
(territoire cédé)
Mer Fermée
Bok
Huants
Source
L'Encre
LARDE
JAUNE
Rouly
Lippe
Etroit
Jardon
FLEUVE
Durvet
ARDVELL
Dard
Goulet
Fondport
Bornes frontalières
Avant-poste fortifié

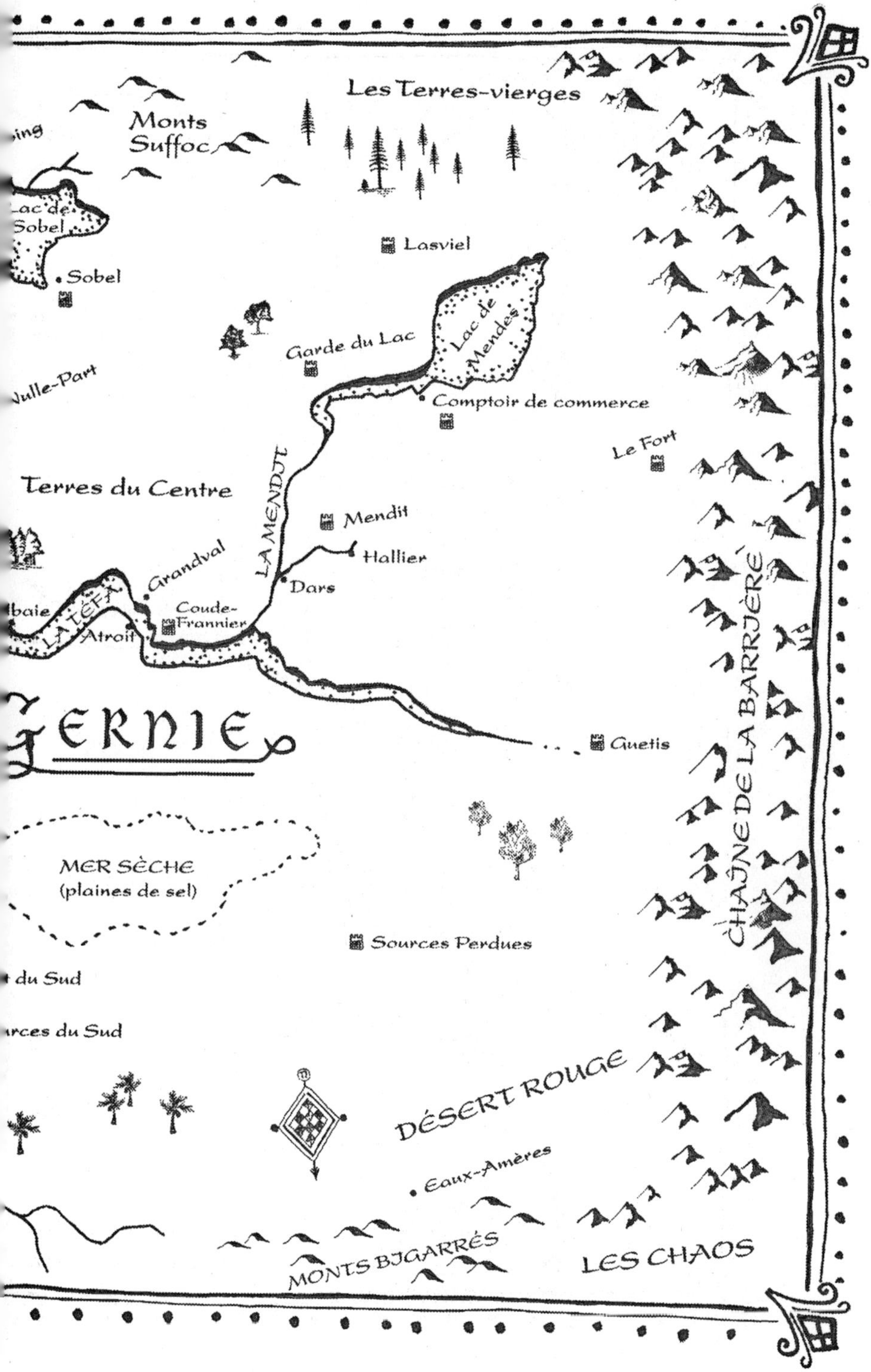

Les Terres-vierges
Monts Suffoc
Lac de Sobel
Sobel
Lasviel
Lac de Mendes
Garde du Lac
Comptoir de commerce
Le Fort
LA MENDIT
Terres du Centre
Mendit
Hallier
Grandval
Dars
LA TÉFA
Coude-Frannier
Atroit
Guetis
CHAÎNE DE LA BARRIÈRE
MER SÈCHE
(plaines de sel)
Sources Perdues
DÉSERT ROUGE
Eaux-Amères
MONTS BIGARRÉS
LES CHAOS

1

Olikéa

LE MÊME APRÈS-MIDI, beaucoup plus tard, je me présentai chez le colonel Lièvrin. Après avoir rendu le malheureux soldat à la terre, j'avais monté des seaux d'eau de la rivière et m'étais nettoyé à m'en mettre la peau à vif, mais je restais imprégné de l'odeur de la mort. J'aurais aimé me débarrasser des vêtements que je portais lors de l'opération, mais je ne pouvais me permettre ce luxe ; je me bornai donc à les laver et à les laisser sécher sur la corde à linge que je venais de tendre. J'évitai Ebrouc et Quésit : je n'avais envie de parler à personne de ma rencontre avec les Ocellions ; toutefois, il me semblait de mon devoir de la rapporter au colonel.

Le sergent me fit attendre. J'avais fini par comprendre que, pour obtenir une audience avec l'officier, c'était son secrétaire dont je devais épuiser la résistance. Aussi me plantai-je devant son bureau et demeurai-je là, sans bouger, à le regarder pendant qu'il s'occupait de sa paperasse. Au bout d'un moment, il me dit d'un ton sec : « Vous pourriez revenir plus tard.

— Je n'ai rien de plus important à faire, et je crois devoir signaler l'incident au plus tôt.

— Et pourquoi ne pas me raconter votre histoire ? Je la transmettrai.

— Je pourrais, sergent, naturellement ; mais il y a quantité de détails. Cependant, si vous voulez la prendre par écrit pour la soumettre au colonel, je puis revenir demain chercher sa réponse. »

J'ignore pourquoi il ne m'ordonna pas de sortir ; peut-être parce qu'il savait que je reviendrais. Il y avait des chaises le long du mur, mais j'avais remarqué que j'usais plus efficacement sa patience en restant debout qu'en m'asseyant discrètement dans un coin. Il fit le tri parmi des papiers qu'il répartit sur différents tas, puis il leva les yeux vers moi et soupira. « Je vais voir s'il peut vous recevoir. »

Malgré le beau temps, je trouvai le colonel toujours installé dans son fauteuil près d'un feu ronflant ; pas un rayon de soleil ne pénétrait dans la pièce. Lui arrivait-il de quitter son bureau ?

Il tourna la tête à mon entrée puis soupira lui aussi. « Encore vous, soldat Burve ? Qu'y a-t-il cette fois ?

— Les Ocellions ont volé un corps dans le cimetière la nuit dernière, mon colonel. J'ai dû me rendre dans la forêt pour le retrouver, et j'y ai rencontré deux Ocellions, un homme et une femme.

— Vraiment ? Voilà la seule partie de votre récit qui sorte de l'ordinaire. Avez-vous éveillé leur hostilité de quelque façon ? »

Je réfléchis. « J'ai récupéré le corps ; ça n'a pas eu l'air de leur plaire, mais je l'ai emporté quand même.

— Excellent. » Il hocha la tête sèchement. « Nous nous sommes rendu compte que c'était la meilleure manière de procéder avec eux : aborder le problème avec calme, les informer de nos intentions puis passer à l'acte ; ils comprennent rapidement que nous savons ce que nous faisons et qu'ils ont tout à y gagner. Dans l'ensemble, ils ont une nature passive ; la seule fois où ils nous ont attaqués, c'est nous qui avions versé le premier sang : la construction de la route avait suscité chez eux une forte émotion, et ils avaient tenté de la contrarier ; au lieu de leur expliquer la situation, un imbécile a perdu la tête et en a abattu un, ce qui a provoqué l'assaut des autres. Du coup, nous avons dû faire usage de nos armes et beaucoup d'Ocellions ont péri. Cette bataille, certes inégale, a été injustement qualifiée de massacre ; les journaux de Tharès-la-Vieille en ont donné une version extrêmement partiale, et tous les officiers impliqués ont été réprimandés. Pourtant, qu'auraient-ils dû dire à leurs hommes ? "Ne tirez pas tant qu'ils n'ont pas tué certains des nôtres ?" »

Sous le coup de l'indignation, ses pommettes avaient rougi. Il respira profondément pour se calmer. « Bref, nous ne voulons pas que cette situation se reproduise. Vous avez bien agi ; continuez ; rapportez les corps sans faire de vagues, ne lancez pas de menaces, ne tirez pas sur les Ocellions. Accomplissez simplement votre devoir et ne les provoquez pas. N'oubliez pas que je vous ai assigné au cimetière précisément pour éviter les incidents, non pour venir vous en plaindre chez moi. Vous avez bien récupéré le corps et l'avez remis en terre ?

— Oui, mon colonel. Mais il me semblait nécessaire de vous signaler mon contact avec les Ocellions. »

Il prit un verre de vin posé sur la table près de lui et but une gorgée du breuvage rouge sombre. « C'est sans importance. Le printemps s'installe, et il ramène toujours les Ocellions qui viennent commercer ; bientôt, l'été sera là, puis la canicule, et les gens mourront de la peste en grand nombre. Et, aussi vite que vous les enterrerez, les Ocellions s'acharneront à les exhumer. A la fin de l'été, si vous n'avez pas succombé à la maladie, vous ferez comme tout le monde : vous appellerez de vos vœux la venue de l'hiver et vous le maudirez quand il arrivera. »

Il s'exprimait avec une certitude absolue. Quand il se tut, il plongea de nouveau son regard dans les flammes.

« Mon colonel, il me semble que je remplirais plus efficacement ma mission si, avant l'été et les épidémies de peste, je trouvais le moyen d'empêcher les Ocellions de voler les corps. »

J'attendis sa réponse mais il conserva le silence ; je décidai d'y voir l'autorisation de poursuivre. « J'aimerais me procurer un chien, avec votre permission, mon colonel ; il aurait deux utilités : d'abord, surveiller le cimetière pendant la nuit et m'alerter en cas d'intrusion, ensuite, en cas de vol d'un cadavre, me permettre, grâce à son flair, de dénicher les coupables et de récupérer plus vite le corps. »

Il resta muet. J'insistai encore. « J'aimerais avoir un chien, mon colonel. »

Il partit soudain d'un rire étouffé. « Comme tout le monde, soldat. Mais dites-moi : où le prendriez-vous ? Avez-vous vu des chiens à Guetis depuis votre arrivée ? »

Comment avais-je pu ne pas remarquer une absence aussi évidente ? « Peut-être pourrait-on en faire venir de l'Ouest ? fis-je sans conviction, certain qu'on y avait pensé avant moi.

— Les chiens disparaissent à Guetis. Ils n'ont pas l'air d'aimer les Ocellions, lesquels ne les apprécient pas du tout – sauf en ragoût. Donc, vous n'en aurez pas pour vous aider à remplir votre fonction. » Il se détourna du feu pour me regarder puis, comme je ne bougeais pas, il demanda d'un ton irrité : « Autre chose, soldat ?

— Puis-je tenter de bâtir une enceinte autour du cimetière, mon colonel ? Ou du moins un mur sur le flanc le plus proche de la forêt ? Ça n'empêchera peut-être pas tous les incidents, mais je voudrais compliquer la tâche des profanateurs. »

Il secoua la tête ; le goulot de la bouteille tinta contre le bord de son verre quand il se resservit. « M'avez-vous écouté le jour où je vous ai autorisé à vous enrôler ? Je vous ai dit que j'avais demandé une cargaison de pierres pour monter un mur ; j'ai réitéré ma demande à plusieurs reprises depuis, et on l'a rejetée chaque fois. » Il but une nouvelle gorgée de vin. « Manifestement, on accorde beaucoup plus d'importance à la Route du roi qu'au droit de nos soldats à reposer dignement lorsqu'ils meurent dans cette terre perdue. »

Nous nous tûmes un moment, puis, malgré moi, j'insistai une dernière fois. « Je pourrais installer une palissade, mon colonel. »

Il ne détourna pas le visage du feu mais ses yeux se déplacèrent légèrement vers moi. « En bois, je suppose ?

— Oui, mon colonel.

— Et où le trouverez-vous, ce bois ? En tout cas, pas dans nos réserves ; ironiquement, c'est un matériau rare ici, que nous ne pouvons nous procurer qu'à l'orée de la forêt parce que... eh bien, parce que vous savez les difficultés qu'ont nos équipes à pénétrer trop avant dans les bois. Alors comment comptez-vous construire une palissade sans bois ? »

Un entêtement que je croyais dompté depuis longtemps se cabra soudain en moi. J'évitai de faire remarquer à l'officier que sa réserve personnelle de bois pour la cheminée me paraissait plus que généreuse, et je me bornai à répondre : « Je pourvoirai moi-même à mes besoins, mon colonel. »

Il se laissa aller davantage contre le dossier de son fauteuil et me regarda d'un air songeur. « Couper du bois dans la forêt n'est pas une tâche aussi aisée qu'il y paraît, soldat ; avez-vous déjà essayé ?

— Je m'y suis rendu deux fois, mon colonel ; j'en connais les difficultés.

— Et pourtant vous êtes prêt à tenter l'aventure ? »

S'efforçait-il de mesurer mon courage en faisant abstraction de mon apparence ? J'avais l'impression qu'il me voyait réellement pour la première fois, au lieu de s'arrêter à la chair qui m'enveloppait. Je répondis avec franchise : « Je préfère essayer de trouver du bois dans cette forêt qu'y rechercher des cadavres, mon colonel.

— Je n'en doute pas. Très bien, je ne vous en empêcherai pas – mais n'en négligez pas pour autant vos autres devoirs. J'ai entendu parler en bien de votre entreprise qui consiste à creuser des tombes à l'avance ; poursuivez-la ; mais, à vos heures perdues, je vous autorise à dresser une barrière, si vous le pouvez.

— Merci, mon colonel. » Mais je n'éprouvais nulle gratitude en quittant le bureau. Le soir tombait sur les rues de Guetis ; le commandant m'avait fait attendre plus longtemps que je ne l'avais cru, et la nuit arrivait.

Où avais-je donc la tête, à proposer d'enclore le cimetière ? J'avais bien assez de travail comme cela, et, sans chien pour m'aider, je risquais de devoir passer mes nuits à monter la garde après chaque enterrement. Je songeai à la longue mitoyenneté que ma zone de surveillance partageait avec la forêt et m'efforçai d'imaginer une barrière pour les séparer ; un haut mur de planches solides serait le plus efficace, alors qu'une simple clôture ne ferait que ralentir les profanateurs. J'envisageai une palissade faite de pieux puis je rejetai l'idée : couper autant de troncs et de branches de la bonne taille puis les ériger après avoir creusé les trous pour les recevoir dépassait les capacités d'un homme seul.

Girofle m'attendait patiemment, attaché à son poteau. J'observai le piquet et ses étais, au pied desquels l'herbe poussait vigoureusement, et cela me fit songer aux grandes haies qu'avait fait planter mon père, dont les arbustes s'enracinaient au milieu de rangées de pierres tirées des champs environnants. Certes, en creusant mes tombes, je n'avais pas trouvé de blocs plus gros que ma tête, mais, disposés en ligne, ils pouvaient fournir une démarcation ; et, en y plantant des buissons épineux ou denses, je parviendrais peut-être à ériger une barrière du même matériau que la forêt qui m'effrayait tant.

A l'instant où cette solution me vint, je la jugeai idéale. Il faudrait du temps à la haie pour croître, naturellement, et je devrais donc commencer par fabriquer une clôture, en la bloquant au pied avec les pierres que je rencontrerais en décavant mes fosses. Etant donné que les Ocellions allaient nus, j'installerais des ronces et des bruyères arborescentes. Oui.

J'avais les rênes de Girofle dans les mains. D'un mouvement de la tête, il me fit prendre conscience que je me tenais planté à côté de lui, perdu dans mes réflexions, depuis un moment, et je me rendis compte que je paraissais suivre du regard deux femmes qui venaient vers moi sur le trottoir. Espérant effacer mon apparente grossièreté, je leur adressai un sourire affable et un salut amical de la tête. L'une poussa un petit cri d'effroi et porta vivement la main au sifflet en laiton pendu à son cou au bout d'une chaîne ; l'autre la prit brusquement par le coude et l'entraîna vivement de l'autre côté de la rue. Elles s'éloignèrent d'un pas rapide et me jetèrent un coup d'œil par-dessus leur épaule en murmurant entre elles. J'avais les joues brûlantes, non seulement d'embarras mais aussi d'une touche de colère ; je savais avec une certitude absolue que, si ces deux femmes m'avaient croisé deux ans plus tôt, elles m'eussent retourné mon sourire et mon salut, et je leur en voulais de me juger hâtivement sur ma corpulence. Sous cette apparence, je restais celui que j'avais toujours été.

Enfin, presque. Je continuais à regarder les deux femmes, et je comparais leurs silhouettes à celle de l'Ocellionne nue que j'avais vue dans l'après-midi. Vêtue seulement de sa peau, elle paraissait pourtant moins empruntée et plus assurée que mes deux compatriotes ; et elle s'était montrée agressive, ainsi que Faille m'avait décrit les femmes de ce peuple. Il m'avait dit que sa compagne ocellionne avait simplement jeté son dévolu sur lui et qu'il n'avait pas eu voix au chapitre, ni alors ni aujourd'hui. Je m'efforçai de me représenter l'effet que cela me ferait, et ma respiration se bloqua ; l'idée ne me déplaisait pas.

Je n'avais pas prévu de retourner chez Sarla Moggam ; pourtant je me retrouvai devant l'établissement, en train d'attacher Girofle au rail. Quelle stupidité ! Tenais-je vraiment à gaspiller le peu qui restait de ma solde du mois ? Fala n'était plus là, me répétais-je en frappant à la porte, et je n'avais pas l'air d'intéresser les autres prostituées. Je ferais mieux de regagner ma chaumine.

Estidic ouvrit. « Toi ! » s'exclama-t-il aussitôt. Pardessus son épaule, il annonça : « Le garde du cimetière est revenu ! » Massif, il se tenait dans l'encadrement, et je ne pouvais ni entrer ni même voir à l'intérieur.

Avant que j'eusse le temps de répondre, on l'écarta et Sarla en personne jaillit comme une furie. Elle portait une robe rouge dont le bas s'ornait de nombreux petits nœuds de ruban blanc ; un tissu de dentelle dissimulait inefficacement ses épaules et le haut de sa poitrine. Elle tremblait positivement de rage. « Tu ne manques pas de culot de venir chez moi ! lança-t-elle. Après ce que tu as fait à Fala !

— Je ne lui ai rien fait », protestai-je, mais ma voix prit un ton coupable sur les derniers mots. J'avais bel et bien fait quelque chose à Fala, mais je ne m'expliquais pas quoi.

« Alors où est-elle ? jeta Sarla avec violence. Où une femme peut-elle se cacher, en plein hiver, à Guetis ? Tu viens ici, elle passe toute la nuit avec toi, ce qu'elle n'avait jamais fait, puis tu disparais et on ne la reconnaît plus ; pendant deux jours, elle refuse tous les hommes qui la demandent, et puis elle s'en va. Mais où ?

— Je n'en sais rien ! » J'avais entendu dire que Sarla me reprochait le départ de Fala, mais je ne m'attendais pas à cet interrogatoire furieux.

Un sourire sans joie, vindicatif et triomphant à la fois, creusa ses rides et craquela la poudre au coin de ses lèvres. « Tu n'en sais rien ? Alors pourquoi n'es-tu jamais revenu la voir ? On a tous vu l'air satisfait que tu avais en sortant. Tu te pointes dans mon établissement, tu passes toute la nuit avec une de mes filles, elle disparaît dans la nature, et toi tu ne reviens jamais la voir ; tu savais qu'elle avait disparu, c'est ça ? Et aussi qu'on ne la reverrait pas. Et, pour le savoir, il fallait que tu en sois responsable. »

Je restai un instant abasourdi, puis, avec toute la dignité que je pus rassembler devant un tel outrage, je demandai avec circonspection : « M'accuseriez-vous, madame ? Et, dans ce cas, voudriez-vous formuler clairement votre accusation ? »

J'espérais l'ébranler par cette attaque frontale, mais je me trompais. Elle se pencha vers moi, les mains sur les hanches, en poussant sa poitrine en avant comme une batterie d'armes. « Je dis qu'il est arrivé malheur à Fala, voilà ce que je dis, et que tu sais comment. C'est assez clair comme ça ?

— Tout à fait. » Une colère glacée montait en moi. « Je n'ai connu Fala que quelques heures, mais, ainsi que vous l'avez souligné, j'y ai trouvé mon compte. Je n'avais aucune raison de lui vouloir du mal ; au contraire, je ne pouvais que la remercier. Si on s'en est pris à elle, j'en éprouverai beaucoup de peine, mais je n'aurai rien à me reprocher. Bonsoir, madame. »

Comme je me détournais, bouillant de fureur, pour m'en aller, Estidic frappa. A l'instar d'un enfant dans une cour d'école, il me décocha maladroitement un coup de poing dans le dos, entre les omoplates. J'ignore à quelle réaction il s'attendait ; peut-être croyait-il que mon obésité entraînait obligatoirement un caractère faible ou lâche ; en tout cas, il n'avait manifestement pas prévu que j'exécute un demi-tour d'un bloc et que je lui envoie mon poing en pleine figure.

Sa tête partit en arrière, puis il tomba comme une masse. Le temps parut s'arrêter ; je le regardai, gisant à plat sur le dos, immobile, et, l'espace d'une seconde d'angoisse, je craignis de l'avoir tué. Soudain, avec un bruit effrayant de haut-le-cœur, il se mit sur le flanc et se roula en boule. Le sang ruisselait entre ses doigts crispés sur son visage. Il poussait des hurlements inarticulés, et Sarla se mit à crier à son tour. Je m'en allai ; comme je montais sur Girofle, mes mains commencèrent à trembler ; jamais je n'avais frappé un homme avec une telle puissance ; le métier de fossoyeur muscle efficacement le dos, les épaules et les bras. Je songeai à ma défense : « Je ne connaissais pas ma force. » Ah, la belle excuse ! Je m'éloignai dans la rue, sachant mon acte justifié, mais la conscience inquiète.

Pendant tout le trajet de retour, je m'interrogeai sur les conséquences auxquelles je devais m'attendre, hormis une réprimande officielle, dont je me souciais comme d'une guigne. Aucun des témoins de la scène ne prendrait mon parti ; ils pouvaient raconter n'importe quoi. Sarla m'avait déjà accusé, ou peu s'en fallait, d'avoir tué Fala, et le fait d'avoir assommé son videur ne me donnait pas l'air plus innocent. Je me morigénai d'avoir réagi à une attaque aussi puérile ; j'aurais pu m'en aller sans rien dire.

Mais, le temps d'arriver à ma chaumine, je savais la vérité.

Non, je n'aurais pas pu.

Si j'avais laissé passer cet affront, d'autres auraient suivi et n'auraient plus cessé. Non, je n'avais commis aucun crime ; je n'avais pas tué Fala, et, quand Estidic m'avait frappé, je n'avais fait que lui rendre la pareille.

L'air de la nuit était calme et tiède. J'installai Girofle dans son abri puis me dirigeai vers la maison en ne songeant qu'à ranimer le feu, manger un peu et me coucher ;

mais, quand j'arrivai à l'entrée, je m'inquiétai de découvrir la porte entrebâillée et de la lumière qui filtrait par l'ouverture. Comme je tendais la main vers la poignée, je faillis trébucher sur un objet posé par terre ; c'était un panier curieux, avec une structure en bois mais des flancs constitués d'un treillis de lianes fraîches sur lesquelles on voyait encore des feuilles et des fleurs. Je le jugeai à la fois charmant et effrayant, car il ne pouvait avoir qu'une origine ; par-dessus mon épaule, je scrutai l'orée de la forêt par-delà les tombes, mais nulle silhouette solitaire n'attendait dans l'ombre que je trouve son présent. En tout cas, je ne vis personne.

Je regardai la porte ; ma visiteuse n'aurait sûrement pas laissé le panier dehors si elle se tenait à l'intérieur. Je poussai le battant avec circonspection : personne. Après quelques instants d'hésitation, je pris le panier et entrai dans la maison.

Il ne restait que des braises mourantes dans la cheminée. Comme je ne possédais pas grand-chose, chacune de mes affaires avait une place précise, et je me rendis compte tout de suite qu'on avait fouillé chez moi. On n'avait pas touché à mon journal ni à mon matériel d'écriture, mais on avait apparemment examiné mes vêtements ; une des chaussettes que j'avais le plus reprisées gisait au milieu de la pièce.

On avait goûté et rejeté plusieurs aliments de mon garde-manger limité ; je posai le panier sur la table, à côté des reliefs. Je comptais sur les biscuits du corbillon, sur l'étagère, pour faire mon repas, mais apparemment, elle les avait trouvés à son goût : le tissu qui les abritait ne contenait plus que des miettes.

Je remplis d'eau ma bouilloire et la mis à chauffer, suspendue à son crochet pivotant, puis, aussi prudemment que j'eusse traité un panier plein de serpents, j'ouvris le couvercle tressé. D'ineffables arômes forestiers frappèrent mes narines.

Je mangeai tout ce qui remplissait la corbeille.

Je ne sus rien identifier précisément ; je reconnus seulement des champignons, des racines, des feuilles charnues et de gros fruits rouges sucrés comme le miel mais avec une acidité qui piquait la langue. Tout ce que je dévorai était dans l'état où on l'avait cueilli ou ramassé, sans aucune cuisson, à part des gâteaux plats et dorés que je trouvai dans un emballage de feuilles. J'y sentis le goût du miel mais le reste des ingrédients me demeura mystérieux ; je sais seulement qu'ils me satisfirent particulièrement, comme un aliment que j'eusse cherché depuis longtemps.

Le panier avait la taille d'un cartable. Quand j'achevai mon repas, je me laissai aller contre le dossier de ma chaise en retenant un soupir de satiété, la peau du ventre tendue. A l'évidence, j'avais desserré ma ceinture sans m'en rendre compte. Ma conscience me reprochait ma gourmandise et mon imprudence à la fois : ces produits auraient pu être toxiques. Pendant mon voyage et depuis mon arrivée à Guetis, les circonstances m'avaient protégé de ma gloutonnerie : ma solde de misère m'interdisait tout festin intime, et mon amour-propre faisait obstacle à tout excès quand je mangeais à la cantine, en public. Pour la première fois, je disposais d'une quantité de nourriture que je n'avais pas à rationner sur plusieurs semaines, dont je pouvais me goberger seul. Je me croyais maître de mes impulsions ; je venais de me démontrer le contraire.

Pourtant, plus que la voix de ma conscience, je percevais la satisfaction de mon corps ; je ne m'étais plus senti aussi rassasié depuis des mois, et des ondes de bien-être me parcouraient. La conviction d'avoir bien agi en consommant cette nourriture noyait mes doutes, tout comme le brusque besoin de dormir, que dis-je, d'hiberner, qui me saisissait. Je quittai la table et me dirigeai vers mon lit en faisant un détour pour bâcler la porte ; je me déshabillai en marchant et, le temps d'arriver à mes couvertures, je n'eus plus qu'à m'allonger et à fermer les yeux. Je sombrai dans un sommeil que ne connaissent plus les adultes, profond et sans rêve.

Je me réveillai de même, instantanément, alerte et parfaitement reposé. Un long moment, je restai allongé en jouissant de plaisirs simples : le confort de mon lit, la fraîche lumière grise de l'aube qui se coulait par mes volets entrebâillés. Nulle liste de corvées quotidiennes ne pesait sur moi ; tout ce qui assombrissait mon âme, mon obésité, ma solitude, mon absence de perspectives d'avenir, l'abandon de ma sœur dans une terrible situation – elle ignorait même que j'avais survécu –, ma vie complètement différente de celle que j'avais imaginée – bref, tout ce qui imprégnait mes réveils d'un goût de défaite et de désespoir, tout cela était absent.

Je me redressai dans mon lit, posai les pieds sur le plancher – et toutes mes amertumes me revinrent, mais émoussées. Oui, je menais une existence autre que celle que j'avais prévue – ou plutôt, que mon père avait prévue – mais cela n'en restait pas moins une existence. Même l'idée que Yaril me croyait mort ne me fendait pas autant le cœur que d'ordinaire ; en ce qui la concernait, je pouvais aussi bien avoir disparu, car il m'était impossible, en toute bonne conscience, de la faire venir dans une ville comme Guetis. Notre père s'efforcerait de la faire ployer, mais, d'après les lettres qu'elle avait écrites à Epinie, j'avais le sentiment qu'elle finirait par s'opposer à lui si elle jugeait un jour ne plus pouvoir agir autrement ; alors, peut-être commencerait-elle à diriger elle-même sa propre vie sans attendre d'aide extérieure.

Quant à moi, je pouvais maintenant quitter mon lit tel quel, sans vêtements ni entraves d'aucune sorte, et abandonner cette vie ridicule contrainte par les règles et les attentes des autres, me rendre dans la forêt pour y vivre librement en apprenant à servir ma magie et mon peuple.

Je me levai pour m'en aller.

Et ma véritable existence m'engloutit comme une déferlante. L'angoisse, la tristesse et la frustration se dressèrent autour de moi comme des murailles, me coupant de la paix et de l'optimisme dont j'avais brièvement joui. Je m'efforçai de les repousser. Cette morosité qui m'enveloppait à présent, était-ce le miasme de magie qu'Epinie avait dit percevoir, ou bien la vision pleine de vie et séduisante dont je sortais se réduisait-elle à une illusion incapable de résister à la lumière du jour ? L'espace d'un instant, je vacillai entre deux réalités, presque comme si j'avais pu choisir le monde dans lequel j'allais pénétrer. Presque.

Par habitude, je ramassai mon pantalon élimé qui traînait par terre, et, avec lui, je renfilai mon existence ordinaire. Il me fallut un effort pour le passer sur mes hanches, et je maudis ma gourmandise en constatant que j'avais du mal à le fermer. J'avais fini de m'habiller et de faire infuser mon thé après avoir décidé de me punir en me privant de petit déjeuner quand j'entendis Ebrouc et Quésit arriver. Ils ne tarderaient pas à venir à ma porte, où ils s'attendraient à ce que je les invite à entrer, mais je ne pouvais me résoudre à leur faire face ; leur présence contrasterait trop violemment avec le monde dont j'avais eu un bref aperçu et affirmerait trop lourdement celui dans lequel je me sentais pris au piège. Je décrochai ma veste de sa patère et sortis en hâte ; le temps qu'ils parviennent à la maison, j'avais chargé divers outils sur Girofle et je le menais vers les bois.

— Où tu vas ? me lança Ebrouc d'un ton que je sentis déçu ; prendre une tasse de thé ou de café bien chaud avant d'entamer le travail commençait à devenir un rituel entre nous.

— Dans la forêt ! criai-je. J'attaque ma clôture !

« Ben tiens ! fit Quésit, moqueur. On te reverra avant midi. »

Je ne répondis pas ; j'avais le vague pressentiment qu'il n'avait pas tort : aujourd'hui, les arbres exsudaient un sombre mélange de terreur et de découragement. Je rassemblai mon courage et entraînai Girofle sous les branches.

Nous nous mîmes à gravir péniblement le versant entre les jeunes arbustes, et aussitôt je fus submergé par la sensation que des yeux hostiles m'observaient. Je respirai profondément et tâchai de me concentrer sur le but de mon expédition : il me fallait un arbre solide et bien droit que je découperais en tronçons afin d'obtenir le poteau d'angle et les premiers pieux de ma clôture. Je décidai de planter d'abord les montants et de me servir de bouts de bois plus fins comme barreaux.

Plus je m'enfonçais dans la forêt, plus mon objectif me paraissait vain ; il me faudrait un temps fou pour couper assez de piquets afin de barrer un seul flanc du cimetière ; et puis il ne poussait que du bois tendre par ici : mes poteaux pourriraient très vite. Pourquoi m'étais-je attelé à une tâche aussi stupide ? Aucun des arbres que je croisais ne convenait, celui-ci trop mince, celui-là trop épais, cet autre fourchu, cet autre tordu. En désespoir de cause, je finis par en choisir un au hasard : une fois que je l'aurais abattu et ébranché, Girofle le traînerait hors de la forêt et j'échapperais au moins au plus dur de la magie des bois.

Je déballai mes outils fixés au bât de mon cheval, décidai sous quel angle commencer ma coupe puis levai ma hache.

« Que fais-tu ? »

Ce fut sans surprise que j'entendis la voix. Je me retournai et vis le même Ocellion que la veille.

« J'abats cet arbre. Je vais bâtir une “ clôture” autour du cimetière pour que nos morts puissent reposer en paix.

— “Clôture”. » Il répéta le mot étranger avec difficulté.

« Des morceaux d'arbres plantés en ligne, avec des branches pour barrer le passage ; des buissons et d'autres plantes pousseront le long. » J'avais cherché dans sa langue des termes qui me permettaient d'expliquer grossièrement mon intention ; révéler aux Ocellions que j'érigeais une barrière ne me gênait pas.

Il fronça les sourcils tandis que le sens de mes paroles lui apparaissait peu à peu, puis un large sourire illumina son visage. « Tu vas mettre des arbres pour vos morts ? Des arbres pousseront sur la colline mise à nu. » Je l'entendis prendre une grande inspiration avant qu'il ne s'exclame : « C'est une excellente idée, Opulent ! Seul quelqu'un comme toi pouvait trouver cette solution.

— Tant mieux si tu m'approuves. » Percevait-il le sarcasme que recelait ma réponse ? Je levai à nouveau ma hache.

« Mais ce n'est pas la bonne essence, Opulent. » J'entendis sa répugnance à souligner mon erreur.

Je baissai ma hache. « Dans ce cas, quel genre d'arbre devrais-je employer, à ton avis ? » demandai-je avec une curiosité circonspecte. J'avais ouï dire que les Ocellions se montraient extrêmement jaloux de certains bosquets ; peut-être attachait-il un grand prix à l'arbre que j'allais attaquer, et j'étais tout prêt à en choisir un autre : je devrais en abattre beaucoup avant d'achever ma clôture, mieux valait donc ne pas prendre mon interlocuteur plus à rebrousse-poil que nécessaire. En outre, cette attitude correspondait aux ordres du colonel Lièvrin.

Il tourna légèrement la tête de côté avec un sourire imperceptible. « Tu le sais ! Ces arbres-ci n'apporteront pas la paix aux morts et ne les contiendront pas convenablement. »

Le dialogue de sourds recommençait. Je cherchai une question dénuée d'équivoque. « Quels arbres dois-je employer ? »

Encore une fois, il détourna le visage. J'avais du mal à déchiffrer son expression ; peut-être son air interrogateur ne provenait-il que des taches qui parsemaient ses traits.

« Tu le sais bien ; seuls les kaembras enveloppent les morts.

— Conduis-moi aux kaembras que je puis prendre, proposai-je.

— Te conduire ? Opulent, je n'aurais pas cette présomption ! Mais je t'y accompagnerai. »

Il tint parole, et je me rendis bientôt compte qu'en sa présence le pouvoir qu'avait la forêt de jouer sur mon humeur s'estompait. M'en détournait-il l'esprit ? Neutralisait-il par lui-même la magie maléfique de ces bois ? Quoi qu'il en fût, j'en éprouvais un grand soulagement. Malgré ses protestations précédentes, il passa devant moi, et je le suivis avec à la bride mon gros Girofle. L'humus épais assourdissait presque complètement son pas lourd. « Pourquoi m'appelles-tu Opulent ? » demandai-je quand le silence me devint pesant.

Il me regarda par-dessus son épaule. « Tu es rempli de magie ; tu en brilles. Tu es un Opulent, et je m'adresse donc à toi ainsi. »

Je baissai les yeux sur l'avancée de mon ventre et tâchai de me voir, non pas obèse, mais plein d'un pouvoir que je ne comprenais pas totalement. Et si ma corpulence n'était pas un signe de faiblesse, d'incapacité à me dominer ni de goinfrerie, mais de force ? L'Ocellion qui marchait devant moi, en tout cas, paraissait me considérer avec respect et me traitait avec déférence. Je secouai la tête. Non, sa révérence envers moi me mettait seulement mal à l'aise car j'avais l'impression de le tromper. Nous poursuivîmes notre chemin toujours plus haut dans la forêt. Les larges sabots de Girofle entaillaient le sol ; même si mon guide m'abandonnait, je retrouverais facilement mon chemin. Dans les frondaisons, les oiseaux chantaient et filaient entre les branches ; non loin de nous, un lapin tapa brusquement de la patte pour avertir ses congénères et s'enfuit. Ma perception de mon environnement se modifia ; l'air printanier était agréablement doux, la jeune forêt qui m'entourait, feuillue et baignée de soleil, exhalait un parfum merveilleux, et un sentiment de bien-être effaça mon anxiété. Je décrispai les épaules mais restai vigilant. Je pris soudain conscience que nous marchions en silence et dis gauchement : « Je m'appelle Jamère.

— Je me nomme Kilikurra ; Olikéa est ma fille.

— Celle qui t'accompagnait hier. »

Il acquiesça. « Je l'accompagnais hier. »

Je parcourus les bois du regard. « Est-elle dans les environs aujourd'hui ?

— Peut-être, répondit-il, l'air mal à l'aise. Ce n'est pas à moi de dire où elle se trouve. »

Devant nous, la forêt devenait plus dense et plus sombre ; nous traversâmes une zone intermédiaire, où se mêlaient baliveaux et géants balafrés par le feu, avant que la lumière du matin laisse la place au crépuscule éternel des futaies anciennes. Çà et là, un rai de soleil isolé perçait les frondaisons ; des insectes et des grains de poussière y dansaient, et, là où il touchait le sol, des plantes fleuries ou des broussailles poussaient. Un buisson s'ornait déjà des joyaux de ses drupes écarlates, dans lesquels je reconnus les fruits fondants du panier qu'on m'avait laissé la veille, et le jeûne que je m'imposais depuis le matin m'apparut soudain ridicule et vide de sens. M'interdire de manger ne changerait pas mon apparence ; je me mettais seulement au supplice, ce qui me rendait à la fois irritable et triste. « Et si nous nous arrêtions pour manger ces baies ? » demandai-je à mon guide.

Il tourna la tête vers moi, souriant, et je compris soudain ce qui donnait un aspect si étrange à son visage : il avait les lèvres aussi noires que celles d'un chat. « Comme tu veux, Opulent », répondit-il simplement, mais en s'exprimant comme si je l'honorais d'une invitation royale.

Les fruits faisaient ployer les branches minces. Fallait-il y voir l'effet du grand air, de la fraîcheur des baies ou simplement de mon appétit vorace ? Je ne sais, mais je n'avais jamais rien mangé d'aussi savoureux. Malgré sa taille réduite, le buisson croulait sous les fruits, d'un rouge lumineux dans le soleil, avec la peau fine, une chair quasi liquide, et un seul pépin par baie. Nous nous partageâmes ce festin, sans hâte, en nous délectant du plaisir simple que nous procuraient ces fruits à parfaite maturité. Le dernier cueilli, je poussai un soupir. « J'ignore pourquoi je trouve ces baies si délicieuses et si nourrissantes », dis-je, et je ne mentais pas : à part les deux poignées que j'en avais mangées, je n'avais pris aucune nourriture de la journée, or je me sentais tout à fait rassasié.

« C'est un mets puissant, Opulent, le juste aliment du magicien ; il nourrit ta magie autant que ton corps. Tout ce qui se mange dans la forêt te revient de droit et te sustente tout entier, mais certaines nourritures t'appartiennent et profitent particulièrement à ta croissance. Je suis honoré que tu m'aies permis d'y goûter avec toi, et je sens déjà ma conscience se déployer ; je commence à entendre les kaembras murmurer alors que nous ne les avons pas encore atteints.

— Un mets de magicien... » Avais-je ingéré des fruits hallucinogènes ? Je me remémorai mon expérience avec Dewara et les grenouilles sanguines. Mais... ne s'agissait-il que d'une vision induite par un poison ? N'avais-je pas fait un vrai voyage ? Et, dans le cas contraire, serais-je ici maintenant ? Encore une fois, je me trouvais sur la limite étroite entre deux réalités. Une pensée inquiétante me vint : je ne pouvais demeurer éternellement sur cette frontière ; bientôt je devrais choisir un de ces mondes et y passer le reste de mes jours.

Si Kilikurra perçut mon absence, il n'en laissa rien voir. « Oui, un mets de magicien. Un homme ordinaire comme moi peut en savourer certains, comme les gouttes-rouges, quand on l'y invite ; d'autres, comme tu le sais, sont réservés aux seuls magiciens. Il y a des champignons qu'on a le droit de cueillir uniquement pour les donner à un Opulent. »

Je ne pus m'empêcher de sourire de sa façon de me parler. « Tu m'apprends beaucoup de choses que je ne sais pas ; or, plus tôt, tu m'as dit que je devais les connaître. Tu t'es rendu compte, je pense, de mon ignorance et tu t'emploies à la combler. »

Il eut un geste de soumission qui réfutait mes paroles, mais avec respect. « Opulent, jamais je n'aurais l'audace de me croire plus savant que toi ; je ne suis qu'un imbécile à la langue trop bien pendue. Tout le monde te le dira : j'ai la réputation de parler pour ne rien dire et de répéter ce que chacun sait déjà. C'est un défaut ennuyeux, je m'en rends compte, et je te supplie de le tolérer. »

Des formules d'une courtoisie que je connaissais et ignorais à la fois frappaient à l'huis de mon esprit, et la réponse convenable me vint. « Je suis sûr que je prendrai plaisir à notre conversation ; ces nombreuses choses, je les sais, mais je te remercie de me les rappeler. »

Tout en prononçant ces mots, je les sentis plus vrais que je ne le croyais. Mon autre moi, disciple de la femme-arbre, transparaissait dans ma conscience comme un poisson qui jette des reflets argentés dans les profondeurs troubles d'une rivière. Son savoir gisait en moi et, plus je demeurerais dans ce monde, plus il me deviendrait clair. Nous franchîmes un épaulement, descendîmes dans le pli étroit d'une vallée puis gravîmes un autre versant. « Je ne tiens pas à m'aventurer plus loin, déclarai-je à mon compagnon. Je préférerais prélever des arbres convenables dans les piémonts afin de n'avoir pas à les traîner sur une trop longue distance. »

Il me regarda d'un air étrange. « Mais ce que tu souhaites ne correspond pas à ce qui est, Opulent. Les arbres qu'il te faut ne poussent pas plus bas dans les montagnes. Te moques-tu de moi ? »

Incapable de trouver une réponse, je me bornai à déclarer : « Quand nous les verrons, je prendrai ma décision. »

J'ignore si les baies avaient un effet sur moi, si je réagissais à la présence de Kilikurra ou bien si je m'habituais simplement à la forêt, mais je commençais à apprécier notre périple ; je n'éprouvais nullement la fatigue qui aurait déjà dû m'étreindre, il régnait sous les frondaisons une lumière douce et reposante pour les yeux, et il n'y avait pas un souffle de vent ; la mousse épaisse étouffait le bruit des sabots de Girofle, mais elle semblait aussi aspirer la voix, et elle absorbait en douceur chacun de mes pas. Je regardais une haute souche quand Olikéa en émergea soudain ; elle ne se cachait pas derrière l'arbre mais se fondait en lui. Elle ne portait que quelques rangées de perles rouges et noires autour de la taille et un tour de cou en perles bleues. Elle arborait sa nudité de façon si naturelle que je n'éprouvai nulle gêne ; elle était nue comme le sont les lapins et les oiseaux, et mon esprit n'avait même pas jugé important de remarquer que Kilikurra allait en semblable appareil. Je m'en étonnai tandis qu'elle s'approchait de nous. Avec un sourire, elle dit : « Tu as l'air beaucoup mieux aujourd'hui, Opulent ; le repas que je t'ai apporté a refait tes forces.

— Merci », répondis-je, gêné. Je n'avais pas l'habitude de recevoir des compliments des femmes. Elle s'arrêta si près moi que j'eusse pu la toucher ; elle était à peine plus petite que moi, et, quand elle leva le visage pour me regarder dans les yeux, j'eus l'impression qu'elle m'invitait à l'embrasser. Je notai alors qu'elle avait arrangé ses cheveux, retenus en arrière par une lanière d'écorce ; de fines tresses ornées de perles de bois pendaient devant ses oreilles. Il émanait d'elle un parfum merveilleux. Elle s'humecta les lèvres, et j'observai qu'elle avait la langue rose et noire, aussi tachetée que le reste de sa personne. Son sourire s'élargit, et je compris qu'elle s'amusait de ma réaction à sa présence, y compris de ma réaction physique.

« J'espère que ça t'a plu.

— Je te demande pardon ? »

D'un petit mouvement de la tête, elle écarta les tresses de son visage. « Le panier de nourriture que je t'ai laissé. J'aurais aimé te trouver dans ton abri, mais tu n'y étais pas, alors je l'ai déposé à l'entrée. J'espère que tu as tout mangé avec plaisir.

— Oui.

— Tant mieux. » Elle leva les bras et s'étira comme un chat sans me quitter des yeux.

Ma bouche se dessécha. Je toussotai puis dis : « Ton père, Kilikurra, m'aide à chercher des arbres pour construire une "clôture" autour du cimetière, afin que nos morts puissent reposer en paix.

— Vraiment ? » Elle jeta un regard alentour et reporta les yeux sur moi avec un sourire dissimulé. « Mais on dirait qu'il est parti ; et puis tu sais bien qu'il n'y a pas d'arbres à couper par ici. Alors veux-tu que nous passions le temps autrement ? »

Pendant qu'elle retenait mon attention, Kilikurra s'était éclipsé. N'avait-il cherché qu'à m'attirer jusqu'à Olikéa ? Mais pourquoi un père conduirait-il un inconnu auprès de sa fille puis les laisserait-il seuls ensemble ?

Je m'efforçai de réveiller ma prudence, mais je ne parvins qu'à me remémorer l'impudence avec laquelle l'Ocellionne m'avait touché lors de notre première rencontre. Comme alors, elle tendit la main et tâta le tissu de ma chemise. « Ces vêtements ont l'air inconfortables – et ridicules. »

Je m'écartai. « Ils me protègent... enfin, ils protègent ma peau des égratignures, du froid, des piqûres d'insectes. Dans mon peuple, on se doit de les porter par respect envers les autres. »

Elle gonfla les joues un instant, mimique de dénégation chez les Ocellions. « Ton peuple, c'est moi, et je ne t'oblige pas à les porter. Comment ça marche, ça ? » Elle s'était avancée en parlant et avait saisi le devant de ma chemise ; le premier bouton craqua et décrivit une courbe dans l'air ; elle le suivit des yeux et partit d'un rire ravi. « Ça saute comme une grenouille ! » s'exclama-t-elle, et, avant que j'eusse le temps de réagir, elle envoya d'un coup sec le deuxième et le troisième le rejoindre.

Jusqu'au plus profond de mon être, je n'avais qu'une envie : la culbuter sur-le-champ sur la mousse de la forêt. J'y résistais, non pour des raisons de moralité ni de pudeur, ni même par répugnance à m'accoupler avec une Ocellionne, mais seulement par honte de lui dévoiler mon corps. Il ne s'agissait pas là d'aborder une putain ; une prostituée se fait payer et n'a pas à regimber devant l'aspect du client. Je ne tenais pas du tout à me montrer nu à cette jeune créature et à la voir horrifiée ou hilare.

Aussi reculai-je en lui arrachant des mains les pans de ma chemise. « Arrête ! fis-je d'un ton impérieux. C'est inconvenant ; je te connais à peine. » La gêne que j'éprouvais avait rendu mon ton plus dur que je ne le voulais.

Mais je n'aurais pas dû m'inquiéter de la froisser. Elle éclata d'un rire joyeux devant ma résistance et s'avança vers moi, impudique. « Tu ne me connaîtras pas mieux si tu t'enfuis ! Pourquoi hésiter ? La mousse de la forêt n'est-elle pas assez douce pour toi ? » La tête penchée, elle me regarda dans les yeux ; elle avait de nouveau posé les mains sur ma poitrine. « Ou bien ne me trouves-tu pas désirable ?

— Ça, jamais ! » m'exclamai-je ; mais déjà une main inquisitrice allait vérifier jusqu'à quel point je la jugeais désirable. J'avais du mal à respirer. « Mais ton père... ne va-t-il pas... s'y opposer ? »

Elle gonfla les joues. « Mon père est parti s'occuper de ses affaires. Pourquoi s'intéresserait-il aux miennes ? Ne suis-je pas adulte et pleinement femme ? Il sera content si sa fille ramène un Opulent à son foyer ; cet honneur rejaillira sur toute ma grande famille. » La boucle de ma ceinture céda sous ses doigts. Les boutons de mon pantalon tenaient mieux que ceux de ma chemise, et elle les défit avec une lenteur qui me mit au supplice ; je ne l'écoutais pour ainsi dire plus. « Mais veille à ce que mes sœurs et mes cousins ne prennent pas plus que l'honneur de ta présence ; pour tout le reste, tu seras mien. Ah ! Oui, tu es prêt. Tiens, donne-moi ta main ; touche-moi. »

J'obéis. Elle avait le bout des seins érigé ; elle m'en effleura, et j'eus envie de hurler de désir inassouvi. Mon énorme ventre formait un obstacle entre nous : quand je voulus attirer Olikéa contre moi, ce contact auquel j'aspirais tant me fut refusé. La honte me saisit, assez forte pour que j'essaie de m'écarter ; l'Ocellionne ne me retint pas mais me prit par la main et m'invita à m'asseoir sur la mousse, à côté d'elle. « Là, dit-elle ; laisse-moi te débarrasser.

— Olikéa, je suis trop gros ; je ne sais pas comment... »

Elle posa les doigts sur ma bouche. « Chut ! Moi, je sais. » Et elle m'ôta mes vêtements ; chemise, bottes, chaussettes et pantalon se retrouvèrent éparpillés autour de nous. Puis, à ma grande consternation, elle se redressa et me contempla. Je m'attendais à un mouvement de recul mais, avec stupéfaction, je lui vis un regard gourmand, comme celui d'un enfant devant un festin. Elle passa sa langue tachetée sur ses lèvres noires, plaça ses mains sur mes épaules et me poussa pour que je m'allonge sur la mousse. « Voilà ce que tu dois faire, murmura-t-elle : t'étendre sur le dos – et me résister aussi longtemps que tu pourras.

— Te résister ? fis-je, perplexe.

— Rester dur », expliqua-t-elle.

Pendant ce long après-midi et jusqu'au crépuscule, j'appris les femmes et la sensualité. Elle refusait de hâter son plaisir et elle disait clairement ce qu'elle voulait de moi, en termes sans équivoque et avec une franchise qui dépassait de loin la crudité des hommes lorsqu'ils parlent de sexualité. Elle inventait de multiples façons de nous imbriquer l'un dans l'autre et se servait de moi sans vergogne pour son propre plaisir, et je trouvais curieux d'être ainsi exploré et exploité. A un moment, alors qu'elle me chevauchait et que je regardais le ciel bleu à travers les branches, je me demandai soudain si les femmes éprouvaient parfois la même chose quand les hommes les montaient et prenaient ce qu'ils voulaient comme ils le voulaient.

Elle avait la jouissance bruyante, au point que Girofle vint voir ce qui se passait. Elle lui repoussa le museau, en riant là où une autre se fût horrifiée de cette curiosité animale.

Je perdis toute notion du temps. Après la troisième fois où nous nous assoupîmes ensemble, je me réveillai dans une obscurité si complète que je ne voyais pas ma main devant mes yeux ; de rares étoiles clignotaient dans les trouées des frondaisons. La fraîcheur de la nuit me faisait frissonner. « Olikéa, chuchotai-je, et, avec un grand soupir, elle se colla contre moi. As-tu froid ? » Après tout ce qu'elle avait fait pour moi, je ressentais soudain l'envie de la protéger de tout inconfort.

« C'est la nuit ; il fait froid, c'est normal, répondit-elle. Accepte-le. Ou bien, si tu veux, emploie ta magie pour nous réchauffer. » Elle plaqua de nouveau son corps contre le mien, tiède là où nous nous touchions. Elle parut se rendormir.

Je réfléchis à ses propos. « Je veux avoir chaud », dis-je à la nuit ; mais ce fut mon propre organisme qui me répondit : je sentis ma peau se réchauffer lentement. Olikéa murmura quelques mots d'un ton satisfait, puis nous nous endormîmes.

2

Piquets

QUAND JE ME RÉVEILLAI, un oiseau chantait. J'étais étendu sur le dos ; un motif abstrait se dessinait devant mes yeux ; au bout d'un moment, je finis par y reconnaître des branches d'arbres sur fond de ciel gris foncé. Je respirais un air frais, vif et très pur. Je demeurai parfaitement immobile, sans besoin ni désir, profondément satisfait et en harmonie avec la vie. Le firmament s'éclaircit et la fréquence des chants d'oiseaux s'accrut.

J'ignore combien de temps je serais resté dans cet état de conscience vigilante mais détachée si Girofle, s'approchant, ne m'avait pas poussé le pied du museau. Je le regardai puis levai une main et me grattai la joue ; j'avais l'impression de revenir d'un très long voyage, et tout ce qui m'était jadis familier m'apparaissait maintenant étrange et nouveau. Je me redressai lentement sur mon séant puis me passai la main dans le dos pour me débarrasser des brindilles et des feuilles qui collaient à ma peau nue. Un scarabée d'un noir luisant se déplaçait sans hâte sur ma cuisse ; je le chassai d'un revers et bâillai à m'en décrocher la mâchoire.

J'étais seul. « Olikéa ? » fis-je à mi-voix, mais il n'y eut pas de réponse. Prenant pied plus fermement dans la réalité, je vis non loin de moi mes vêtements éparpillés sur la mousse ; je bâillai à nouveau et me levai avec lenteur ; je m'attendais à des courbatures ou des ankyloses, mais non : je me sentais bien.

« Olikéa ? » lançai-je plus fort. Un oiseau poussa un cri rauque puis je l'entendis s'envoler des branches supérieures et j'aperçus des plumes noires et blanches ; hormis cela, mon appel resta vain. Soit elle m'avait quitté pour retourner auprès des siens, soit elle se cachait dans les environs. Cette incertitude me troublait.

« Olikéa ! » Cette fois, je criai, puis je m'en voulus presque : elle savait où me trouver ; si elle avait choisi de s'en aller, pas question que je m'humilie à brailler son nom comme un enfant perdu.

Je ramassai mes vêtements humides de rosée ; dans la lueur de l'aube, ils paraissaient ternes et fatigués. Je répugnais à les remettre, mais je n'avais pas l'habitude d'aller nu. J'eus du mal à les enfiler, et, au contact du tissu moite, le petit matin me parut plus froid : en même temps que ma vie ordinaire, je rendossais mon mal-être quotidien. Un frisson me saisit brusquement, et je me rendis compte que ma faim constante était non seulement revenue mais qu'elle se déchaînait en moi. Je passai la main sur le chaume de mes joues avec l'impression de me réveiller soudain.

Je m'approchai de Girofle et pris appui sur lui pour me réconforter de sa chaleur et de sa solidité. Mes ébats de la veille avec Olikéa me donnaient l'impression d'une excursion dans un monde imaginaire, de plus en plus incompréhensible à mesure que la lumière du jour en dissolvait les brumes, comme si cent années m'en séparaient.

« Rentrons à la maison, Girofle », dis-je au large cheval. Je me sentais mal à l'aise de retourner à ma chaumine après une si longue absence et les mains vides, mais moins que de rester dans la forêt pour y chercher de quoi fabriquer des piquets. Je souffrais tant de la faim que j'en tremblais. Je voyais la disparition d'Olikéa comme un mauvais tour ; j'avais beau faire, je ne comprenais pas son comportement. Mais aussi, pourquoi me donner ce mal ? C'était une Ocellionne ; qu'espérais-je donc ? Je devais retourner là où se trouvait ma place.

Comme je m'y attendais, les larges sabots du cheval avaient laissé de grandes marques dans la mousse, et je n'aurais aucune difficulté à revenir sur mes pas. Je pris la tête, et Girofle me suivit sans se faire prier ; il n'y avait guère à manger pour lui dans le sous-bois ombreux, et il avait sans doute aussi faim que moi. Nous retraversâmes les vallonnements boisés où nous avions cheminé la veille.

Je pris conscience que la forêt n'exhalait plus la terreur ni l'abattement. La magie avait-elle cessé d'agir ou bien y avais-je acquis une immunité totale ? En tout cas, j'y puisais un certain soulagement, et je pouvais enfin voir les bois dans leur réalité. Leur beauté me coupait le souffle ; les frondaisons à l'ombre changeante atténuaient l'éclat du soleil et dispensaient une lumière parfaite pour l'œil du chasseur. Je m'arrêtai pour reprendre ma respiration et reposer mes mollets douloureux ; la longue montée que nous gravissions devenait de plus en plus raide.

En parcourant les alentours du regard, une remarque s'imposa à moi : la zone me paraissait très familière alors que je n'avais aucun souvenir d'avoir descendu cette pente la veille ; pourtant, les traces de Girofle s'imprimaient clairement dans le sol. Je levai les yeux vers le ciel, mais les arbres le masquaient presque entièrement, et je ne parvins pas à savoir si je faisais route à l'est ou au nord. Un frisson glacé me parcourut l'échine. Je reconnaissais cette partie de la forêt, mais j'avais la certitude soudaine de l'avoir traversée l'année précédente et non la veille, et dans la peau de mon moi ocellion, le disciple de la femme-arbre. Si je suivais la piste laissée par Girofle jusqu'au sommet de l'escarpement, je le savais, je pourrais ensuite prendre par la crête jusqu'au sentier qui menait à la cascade de la femme-arbre.

J'avais la bouche sèche. J'aurais voulu faire demi-tour mais je savais toute esquive inutile : la forêt m'avait conduit là, et la magie n'aurait de cesse que je lui aie obéi. Derrière moi, Girofle renifla, mécontent de cette halte au milieu de la pente raide, et je repris mon ascension d'un pas régulier. Je voyais à présent devant moi une vaste trouée dans le couvert des arbres ; je savais qui m'y attendait.

Je ne puis décrire les sentiments qui m'agitaient quand je parvins à ce carrefour entre mes mondes. J'avais entendu parler du syndrome commotionnel qui frappe certains hommes au sortir d'une bataille, et je crois que j'éprouvai un traumatisme comparable : mes oreilles se mirent à tinter, je n'arrivais plus à reprendre mon souffle, et le sang afflua à mon visage et à mes lèvres qui me piquèrent puis perdirent toute sensibilité ; assourdi, je chancelai ; pourtant, je continuai d'avancer tant bien que mal, une main tremblante tendue devant moi.

La poignée glacée du sabre de cavalla heurta ma paume. Sa lame était profondément plantée à l'horizontale dans l'énorme tronc partiellement tranché de l'arbre abattu. A l'évidence, elle n'avait pas pu s'enfoncer aussi loin dans le fût gigantesque, mais les apparences affirmaient le contraire : un seul coup de sabre avait suffi à jeter à terre ce géant alors que la longueur de la lame n'avait aucune commune mesure avec l'entaille ; j'aurais pu garer un chariot sur la partie de la souche ainsi dégagée. Avec cette arme, j'avais frappé non un végétal mais la femme-arbre ; l'acier avait tranché l'abdomen avant de se ficher dans sa colonne vertébrale ; j'avais vu ses entrailles se répandre puis son sang ruisseler lentement, épais comme de la sève.

Elle était tombée en arrière, exactement comme l'arbre, non pas coupée nettement en deux, mais le torse encore en partie rattaché au bas du corps et le sabre planté en elle.

Jamais je n'étais venu en ce lieu. La dernière fois que j'avais touché ce sabre, physiquement, veux-je dire, je me trouvais sur les terres de mon père à Grandval ; des mois plus tard, j'avais découvert son fourreau vide là où Dewara l'avait dédaigneusement jeté. A présent, sa poignée en main, je tremblais de l'écartèlement qui déchirait mon esprit. Sur mon appel, il était venu du monde réel dans celui, onirique, de Dewara afin d'ancrer l'extrémité d'un pont spirituel ; je l'avais pris, il m'avait servi à tuer la femme-arbre, puis je l'avais abandonné dans cet autre univers. Et voici que je le retrouvais, alors que c'était impossible.

Dans quel monde me trouvais-je à présent ? Guetis existait-elle seulement dans ce lieu ?

Je parcourus encore une fois les environs du regard et je ne vis nulle femme-arbre. L'arbre abattu faisait partie de la même essence que celui qui avait enfoncé des racines dans le cadavre et que ceux qui poussaient au bout de la Route du roi, et, même s'il n'égalait pas leur taille, il n'en restait pas moins un géant en comparaison des arbres des Plaines ou de Tharès-la-Vieille. Le tronc immense était tombé sur l'herbe de la forêt en écartant ses voisins plus réduits dans sa chute et en laissant une gigantesque brèche dans la voûte de la futaie. Au cours de l'année écoulée depuis que je l'avais jeté à terre dans mon rêve, la mousse avait commencé à envahir ses flancs, des champignons avaient trouvé abri à son ombre, une branche se métamorphosait en baliveau. Comme je l'observais, une phrase que m'avait dite la femme-arbre me revint : « Ceux de mon espèce ne meurent pas comme vous. » Mon sabre l'avait tuée mais son arbre vivait toujours.

J'exerçai une traction sur l'arme ; elle ne bougea pas. Les dents serrées, je tirai de toutes mes forces, mais elle resta en place, comme si elle était devenue partie intégrante de l'arbre. Je la lâchai pour examiner la trouée que la chute de la femme-arbre avait créée.

D'autres grands arbres l'entouraient, mais aucun n'atteignait sa démesure ; ils dégageaient une impression d'ancienneté bien supérieure à celle des bâtiments de Tharès-la-Vieille : ces géants se dressaient là depuis des générations et, si rien ne venait les déranger, ils resteraient pointés vers le ciel pendant des siècles.

Ou bien me trompais-je ?

Comme si l'on m'avait appelé, je quittai la souche déchiquetée pour suivre le sentier qui était autrefois le nôtre. Il quittait peu après le crépuscule de la forêt pour s'arrêter sur l'extrémité rocheuse de la crête. Je grimpai encore un peu pour gagner un promontoire qui nous servait jadis de nid-de-pie, et j'eus soudain le sentiment de me tenir au bord du monde. A mes pieds, une mer moutonnante d'arbres s'étendait au creux d'une vallée peu profonde ; de mon rêve, je me la rappelais verte et luxuriante, mais, quand je baissai les yeux, je vis la Route du roi s'y achever comme en pointillés hésitants ; elle tranchait dans les frondaisons, tel le forage d'un ver dans la chair d'une pomme, droit vers le bosquet séculaire en contrebas. Je distinguais les équipes d'hommes au travail ; on eût dit des insectes industrieux occupés à ouvrir une percée dans la forêt. Cette avenue rectiligne et vide formait une entaille de lumière et de terre à nu qui se dirigeait droit vers moi.

La route devait suivre l'itinéraire le plus direct pour gravir les piémonts ; depuis mon belvédère, je voyais ce qui restait invisible du sol : tous les arbres qui bordaient la voie avaient souffert de cette trouée parmi eux. Certains, le système racinaire endommagé, avaient les feuilles d'un vert malsain et commençaient à s'incliner vers le chantier ;

alourdis par la prochaine chute de neige, ils s'abattraient en affaiblissant à leur tour ceux qui se tenaient derrière eux, et qui mourraient aussi. Cette idée m'attristait, mais il ne s'agissait que d'essences ordinaires ; d'autres pourraient venir s'y substituer. Mais les trois arbres abattus au bout de la route étaient des kaembras, de l'espèce dont faisait partie la femme-arbre, et irremplaçables. La mort de trois d'entre eux représentait une perte irréparable ; si d'autres devaient disparaître, ce serait un désastre. Si la route continuait, elle ouvrirait une large brèche dans tout un bois de kaembras antiques. Je retournai auprès de mon arbre.

« Je comprends le motif de votre résistance, dis-je, debout à côté du tronc abattu de la femme-arbre ; je comprends pourquoi il vous fallait frapper au cœur même de mon peuple : nous en avions fait autant. Mais la route finira par passer, et les kaembras tomberont ; c'est inéluctable.

— Le crois-tu encore ? » demanda-t-elle. J'entendais clairement sa voix. Je ne me tournai pas vers sa souche ; je ne voulais pas voir ce que je lui avais fait.

— Ils ne s'arrêteront jamais, femme-arbre. Vous pouvez nous envoyer des vagues de peur, de découragement ou de peine, mais les prisonniers qui œuvrent au chantier ne valent guère mieux que des esclaves et vivent dans une peur, un désespoir et une douleur constants. Votre magie ralentira les travaux, peut-être de quelques années, mais elle n'y mettra pas un terme. Un jour ou l'autre, la Route du roi escaladera ces piémonts puis franchira les montagnes, et les hommes suivront, marchands et colons. Et les kaembras ne seront plus qu'un souvenir.

— Nous sommes déjà des souvenirs ; il y a des centaines de saisons que je ne suis plus chair ni os. Mais l'âge n'a pas diminué mon pouvoir, Fils-de-Soldat ; au contraire, il a crû avec ma corpulence, et le vent qui souffle dans mes feuilles a porté mes pensées dans toute la forêt. Même toi, avec ton fer, tu n'as pu me tuer. Tu m'as jetée à terre, mais je me redresse, et ma nouvelle incarnation contiendra le passé, enfoncera ses racines et poussera ses branches dans l'avenir. Comprends-tu ?

— Moins qu'auparavant. Laisse-moi partir, femme-arbre. Je ne suis pas de ton peuple ; relâche-moi.

— Et comment m'y prendrais-je alors que la magie m'emprisonne encore plus que toi ? »

Je l'apercevais du coin de l'œil, vieille femme obèse aux cheveux rayés et grisonnants ou peut-être jeune fille élancée au visage tacheté aussi attirant que celui d'un chaton sauvage mais amical. Elle m'adressa un sourire tendre. « Flatteur !

— Laisse-moi partir », répétai-je d'un ton implorant, au bord du désespoir.

Elle répondit d'une voix douce : « Je ne te retiens pas, Fils-de-Soldat, pas plus aujourd'hui qu'hier. C'est la magie qui nous contraint tous les deux, et elle nous oblige à exécuter sa volonté. Au temps où je foulais le monde, je la servais, et je continue encore. Toi aussi, tu dois la servir. Depuis l'instant où elle t'a arraché à ce pleutre de Kidona et converti à ses desseins, tu la sers. J'ai entendu les murmures de ce qu'elle a accompli grâce à toi ; par ta main, elle a arrêté la rotation du Fuseau des Plaines, n'est-ce pas ? Les Nomades ne nous menaceront plus jamais. La magie a opéré à travers toi, Fils-de-Soldat ; elle a étouffé un peuple puissant qui s'est jadis répandu sur toutes les terres plates et songeait à présent à s'insinuer dans nos montagnes. Crois-tu qu'elle fera moins contre ceux qui viennent de la mer lointaine et empiètent sur notre territoire ? Non. Elle t'utilisera, Fils-de-Soldat ; une tâche, un mot, un geste, un acte, et tu anéantiras les tiens.

— Je n'ai rien fait, dis-je d'une voix défaillante. Je n'ai pas détruit la magie des Nomades. » Je prononçai ces mots comme si, par un mensonge, je pouvais effacer la réalité.

Mais la vérité qu'elle avait énoncée m'avait frappé et s'était fichée en moi comme mon sabre d'acier en elle. J'avais assisté à l'arrêt du Fuseau, j'avais senti la magie vaciller puis s'effondrer. Si je n'avais été là, si je n'avais pas chassé l'enfant de la base du Fuseau, aurait-il accompli son méfait ? Sans moi, cette cale de fer aurait-elle glissé jusqu'en bas et immobilisé à jamais la danse du Fuseau ?

Et, même si j'avais commis cet acte, si j'avais ainsi enclenché le déclin définitif des Nomades, devais-je pour autant provoquer aussi la destruction de mon peuple ? « Je ne peux pas faire ce qu'elle exige ; je ne peux pas devenir ce qu'elle exige.

— Ah, Fils-de-Soldat ! » Le vent ou la caresse d'une main fantôme passa dans mes cheveux. « Je parlais comme toi. La magie ne connaît pas la compassion ; ce que nous voulons ou ne voulons pas lui est indifférent. Elle nous prend tels que nous sommes, petits et simples pour la plupart, et elle nous transforme en Opulents. Opulents ! Les autres nous nomment ainsi en nous croyant puissants, mais nous savons, toi et moi, ce que recouvre ce rôle de réserve de pouvoir pour la magie : nous sommes des outils ; ce pouvoir n'est pas destiné à notre usage. Certains peuvent le croire et s'imaginer qu'en se liant d'amitié avec nous ou en prétendant s'emparer de nous ils acquerront de l'influence sur notre magie.

— Me mets-tu en garde contre Olikéa ? »

Elle ne répondit pas, et je me demandai si ma question la gênait. Se pouvait-il qu'elle éprouvât de la jalousie ? Elle devait mieux lire en moi que je ne croyais car elle eut un petit rire où je perçus une nuance de regret. « Olikéa est une enfant. Elle ne représente pas grand-chose ; tu sais déjà tout ce qu'elle a à t'offrir. Alors que toi et moi... »

Je la coupai précipitamment. « Je n'ai pas de souvenirs de toi et de moi.

— Mais si, répliqua-t-elle avec une calme assurance. Ils sont enfouis en toi, aussi profonds que la magie. Et aussi vrais. »

Elle avait pris un ton plus chaleureux. Je courbai la tête et ma gorge se noua sous l'effet d'un chagrin qui était le mien sans l'être. Des larmes me piquèrent les yeux ; je tendis la main sans regarder et touchai l'écorce rude de sa souche.

« N'aie pas de peine, Fils-de-Soldat. » Des doigts d'air me caressèrent la joue. « Certaines amours transcendent la chair et le temps ; dans la magie, nous nous sommes rencontrés et connus. Je t'ai formé à elle selon sa volonté, mais je t'ai aimé pour moi ; et, dans l'espace et le temps où l'âge et l'aspect ne signifient plus rien, et où il n'y a que le réconfort du contact entre âmes sœurs, notre amour demeure.

— Comme je regrette de t'avoir tuée ! » m'exclamai-je. Je tombai à genoux et pris dans mes bras la souche, beaucoup trop énorme pour que je puisse l'enserrer complètement ; je m'appuyai du torse et de la joue contre son écorce, mais ne trouvai pas la femme-arbre. Il y avait un autre homme en moi, qui était moi mais qui avait vécu une existence différente du jeune étudiant de l'Ecole ; je l'avais combattu et vaincu, et pourtant il résidait encore en moi. Le chagrin déchirant que je ressentais était le sien ; cette douleur m'appartenait sans m'appartenir.

« Mais tu ne m'as pas tuée, dit-elle d'un ton rassurant. Tu ne m'as pas tuée ; je vis toujours ; et, quand les jours de ta chair mortelle s'achèveront, tu continueras à vivre avec moi. Alors nous resterons ensemble bien plus longtemps que ne peuvent compter les humains.

Je m'entendis répondre : « Voilà une promesse qui paraît bien froide aujourd'hui. » C'était ma voix, et moi qui parlais ; l'arbre sur lequel je m'appuyais n'était qu'une souche envahie de mousse. Je l'étreignis plus fort dans l'espoir de percevoir à nouveau la présence de la femme-arbre, mais elle avait disparu en même temps que ma conscience de mon double ocellion.

Je me relevai en essuyant mon visage trempé de larmes puis je m'en allai. J'observai sans grand étonnement qu'une seule série d'empreintes de sabots menait à la souche ; notre chemin ne nous avait pas conduits par là auparavant. Ni Girofle ni moi n'étions venus en ce lieu en chair et en os.

Nous parvînmes finalement là où nous avions bifurqué de la piste qui nous ramenait chez nous. J'avançais à pas lourds, affamé, fatigué et l'esprit confus : étais-je un bon fils militaire, un membre loyal de la cavalla de mon roi, ou bien un rejeton désavoué qui se faisait passer pour un soldat et vivait une existence miséreuse à la frontière ? Etais-je l'élève de la magicienne de la forêt qui l'avait aimée et tuée ? M'étais-je totalement déshonoré la veille en m'ébattant avec une Ocellionne ou bien avais-je seulement connu une expérience sexuelle extravagante et merveilleuse ? En vain, je m'efforçai de ne pas m'interroger sur le sens de ma rencontre avec la femme-arbre et mon autre moi. J'avais perçu l'écho de leurs émotions et je ne pouvais douter de leur sincérité, situation d'autant plus étrange que j'avais assisté à leurs roucoulades en spectateur aveugle et muet.

Quand je vis l'éclat du jour percer la voûte des frondaisons devant moi, je compris que j'arrivais à la limite entre l'ancienne forêt et les jeunes arbres qui avaient repoussé sur le versant incendié. Je ralentis l'allure : j'allais bientôt sortir d'un monde pour entrer dans l'autre et, à l'approche de cette frontière, je me demandais si je le souhaitais vraiment. Si je quittais la forêt, il s'agirait d'une décision lourde de conséquences que je ne mesurais pas complètement ; qu'attendait de moi la magie ? Je l'ignorais, tout comme j'ignorais si j'accepterais de me prêter à ses plans ou si je la combattrais avec la dernière énergie. Selon la femme-arbre, si je la laissais faire, je provoquerais la chute de mon peuple tout entier ; cela semblait impossible, mais j'avais vu le Fuseau-qui-Danse cesser de tourner. Apparemment, avec mon concours, la magie des Ocellions avait précipité la fin de celle des Plaines et des Nomades. Avais-je le pouvoir de semer semblable destruction parmi les miens ?

Tandis que, Girofle à la bride, je me dirigeais vers la nouvelle forêt, mes yeux tombèrent sur un tas de piquets proprement rangés sur le bord de la piste ; il devait y en avoir une vingtaine, pas plus gros que mon poignet et d'environ huit pieds de long ; ils avaient gardé leur écorce rude, couleur gris-vert. Il n'y eut aucun doute dans mon esprit : c'était Kilikurra qui les avait coupés et laissés là à mon intention ; je m'étonnai d'abord qu'il n'eût pas eu de scrupules à couper des arbres dans la forêt alors que ses congénères s'opposaient apparemment à ce que nous en fassions autant pour construire notre route, puis j'éprouvai de la déception : il n'avait rien compris à mes explications. J'avais prévu de prélever des troncs épais et longs en guise de poteaux d'angle ; une fois fichés dans le sol les pieux qu'il m'avait fournis, ma clôture ne dépasserait pas les cinq pieds de haut, avec une structure si mince que le bois pourrirait sans doute en quelques années.

Je m'attendais à demi à voir Kilikurra émerger des ombres tachetées pour entendre mes remerciements, mais rien ne bougea dans les sous-bois ; comme j'ignorais s'il ne m'observait pas, je décidais qu'il valait mieux avoir l'air reconnaissant : je passai une corde autour du fagot de perches, y fis un nœud coulant, puis m'inclinai devant la forêt.

Cet appareillage bizarre qui raclait le sol et brinquebalait derrière lui ne plut guère à Girofle, mais nous parvînmes néanmoins à regagner finalement le cimetière. J'y déposai les piquets, car j'avais jugé pouvoir les employer pour jalonner les parties rectilignes de ma clôture. Je libérais Girofle de son fardeau quand j'entendis des pas précipités derrière moi ; je me redressai, me retournai et vis Ebrouc qui courait vers moi à toute allure. Quésit, le souffle court, le suivait à quelque distance. Je jetai un regard par-dessus mon épaule, ne distinguai rien qui pût expliquer leur air effaré, et leur criai : « Qu'y a-t-il ? Que se passe-t-il ?

— T'es... vivant ! » fit-il, suffoqué. Il arriva près de moi, me prit dans ses bras, couvert de sueur, puis s'appuya sur moi, à bout de souffle. Quésit, lui, avait renoncé ; il s'arrêta de courir, plié en deux, les mains sur les genoux, son crâne aux trois quarts chauve montant et descendant au rythme de sa respiration. Au bout d'un moment à reprendre haleine, Ebrouc dit : « Quand on a vu que tu rentrais pas, hier soir, on t'a attendu ; mais, quand la nuit est tombée et que la peur s'est mise à couler de la forêt, épaisse comme du goudron, on est retournés en ville et on a annoncé au colonel que t'étais mort. Par le souffle du dieu, Jamère, comment t'as fait pour t'en tirer ? T'es sûr que t'as toute ta tête ? Déjà que personne comprend comment tu fais pour supporter de vivre aussi près des bois, v'là que tu vas y passer toute une nuit ! T'es dingue ou quoi ?

— Girofle et moi nous sommes égarés, et nous avons dû attendre l'aube pour retrouver notre chemin, voilà tout. J'ai passé une mauvaise nuit mais je ne souffre de rien. » Je mentais quasiment sans effort. « Pourquoi avoir dit au colonel que j'étais mort ? »

Quésit nous avait rejoints d'un pas chancelant. « Ben, ça arrive à pas mal de gars qui occupent ce poste.

— Et le colon a eu l'air drôlement énervé. "Encore un garde du cimetière qui meurt ? J'avais bien besoin de ça, avec la revue à venir !" Et il a essayé de nous refiler le poste, mais on a répondu : "Non, mon colonel, merci bien."

— Je ne pensais pas qu'on pouvait refuser un ordre. »

Les deux hommes échangèrent un regard puis Ebrouc répondit : « Il y a longtemps que le colon ne donne plus de vrais ordres ; à mon avis, il sait pas ce qu'il ferait si on lui obéissait pas, et ça lui fiche la trouille. Il aime mieux pas tenter son autorité que s'apercevoir qu'il n'en a plus. »

Quésit secoua la tête d'un air peiné. « C'est vraiment triste ; cet homme était capable de cracher des flammes quand il voulait se faire obéir, mais depuis qu'on est ici... ben, c'est plus l'officier que c'était, voilà.

— Et notre régiment non plus, il est plus ce qu'il était, enchaîna Ebrouc d'un ton amer. C'est pareil. On a perdu tellement d'hommes à cause des désertions, des suicides ou tout bêtement des accidents que le colonel passe son temps à se ronger les sangs pour son contingent. On nous envoie sans arrêt des masses de prisonniers pour travailler à la route, et on en aura bientôt trop ; les gardes ne pourront pas tous les surveiller, même avec l'aide des soldats. Et, si c'est pas les prisonniers qui se révoltent et mettent le feu à la ville, c'est les Ocellions qui nous auront. Guetis, c'est pas un cadeau, comme affectation ; j'aimerais que les galonnés se pointent, qu'ils nous inspectent et qu'on en finisse une bonne fois. Ils nous vireront de Guetis pour nous stationner dans un coin encore pire, à coup sûr – quoique j'aie du mal à imaginer pire qu'ici.

— D'accord, dis-je ; je vais faire un brin de toilette et me présenter au colonel pour lui apprendre que je ne suis pas aussi mort qu'il le croit.

— Bonne idée », acquiesça Ebrouc. Je pense qu'il se sentait soulagé que je propose de m'en charger plutôt que de lui demander de réparer son erreur. Les deux hommes retournèrent à leurs occupations pendant que je me rendais dans ma chaumine. J'avais une faim de loup et je vidai quasiment tout mon petit garde-manger. Le temps de me laver, de me raser et de me changer, l'après-midi touchait à sa fin. Je sellai Girofle et pris la direction de la ville.

Plusieurs surprises m'y attendaient. D'abord, une troupe d'Ocellions avait dressé un village de tentes à l'extérieur de Guetis ; je devais apprendre par la suite qu'ils venaient toujours s'installer de nuit pour la saison du troc, et, quand elle s'achevait, ils disparaissaient tout aussi vite. Sous leurs abris de toile, hommes et femmes portaient des vêtures étranges mais décentes, mélange d'habits gerniens et de leurs versions ocellionnes. Ceux que je vis hors de leurs tentes se cachaient de la tête aux pieds sous de grands tissus d'écorce agrémentés de feuilles et de fleurs fraîches ; on eût dit des filets de pêche qu'on eût traînés dans un jardin, mais ils protégeaient leur peau sensible des rayons du soleil.

Leurs marchandises se composaient de fourrures, de sculptures, de viande fumée, d'écorce, de feuilles destinées à préparer ce que les habitants de Guetis appelaient du « thé de la forêt », de champignons, de baies et de fruits épineux que je ne sus identifier. J'eus beau chercher, je ne vis aucun des fruits ni des champignons qu'Olikéa m'avait apportés ; ou bien son père et elle ne faisaient pas partie du campement, ou bien leurs voiles les dissimulaient à mes regards. Je trouvais curieux que, malgré notre peur des Ocellions, le commerce se portât si bien et que les marchands de la région fissent concurrence aux négociants venus de l'ouest pour acheter les plus belles pelisses.

Le marché donnait un air bizarrement festif à Guetis ; jamais je n'avais vu cette ville morose aussi vivante. Les Ocellions faisaient l'emplette de tissus et de chapeaux en feutre, sans doute par attrait de la nouveauté ; les perles de verre et les jouets en fer-blanc peint de couleurs vives avaient presque autant de succès que le sucre, les bonbons et les gâteaux ; un commerçant roué de Tharès-la-Vieille échangeait des fûts de miel contre les meilleures fourrures.

Quand je pénétrai chez le colonel, son sergent fit un bond comme s'il voyait un fantôme, et, au lieu de me demander d'attendre, il me fit entrer aussitôt. Je remarquai qu'il ne ferma pas complètement la porte en sortant, sans doute pour écouter notre conversation. L'officier se montra extrêmement heureux de me voir en vie ; il alla jusqu'à me serrer la main avant de se lancer dans un sermon décousu sur les dangers que je courais à m'éloigner de mon poste et la nécessité de prévenir mes supérieurs lorsque je pensais m'absenter toute la nuit. Bien que je n'en visse nul signe, il affirma qu'il préparait justement une liste de soldats pour former une expédition destinée à me rechercher ; faisant preuve d'un manque d'intérêt singulier pour mes aventures dans la forêt, il me tapota l'épaule et me remit une pièce d'argent qu'il tira de sa poche en me disant que j'avais sûrement besoin d'un verre après ma « nuit agitée ».

Je tâchai de le remercier avec toute l'humilité possible ; par moments, son excentrique bienveillance envers moi irritait mon amour-propre. Il me congédia puis reprit alors que je posais la main sur le bouton de la porte : « Et retapez-moi cet uniforme, soldat. Vous le savez, une commission de nobles et d'officiers doit venir nous inspecter à la fin du mois. Depuis que je commande cette garnison, je n'ai jamais eu sous mes ordres d'homme qui ait moins l'air d'un militaire que vous.

— Pardon, mon colonel. J'ai déjà demandé plusieurs fois un uniforme en meilleur état, mais, à l'intendance, on me répond toujours qu'on n'a rien à ma taille.

— Dans ce cas, dites que je donne l'ordre qu'on vous en fournisse un que vous puissiez faire réajuster. Je tiens à ce que vous soyez au moins présentable ; d'un autre côté, il vaudrait sans doute mieux que vous évitiez la ville pendant le temps de l'inspection. Je n'ai pas l'intention de conduire nos visiteurs au cimetière, mais le dieu de bonté seul sait ce qui leur passera par la tête.

— Bien, mon colonel », répondis-je d'un ton lugubre en m'efforçant de conserver un visage impassible. Je savais qu'il n'énonçait que la vérité, mais cela ne la rendait pas plus facile à accepter. Je saisis le bouton de porte.

« Soldat, quoi qu'on puisse penser de moi, je sais ce qui se passe dans ma garnison, et vos efforts ne m'ont pas échappé ; j'ajouterai que, même si, de tous mes hommes, vous paraissez le moins martial, par la peine que vous vous donnez pour protéger nos morts, vous vous conduisez plus en soldat que la plupart des hommes sous mes ordres. A présent, allez prendre ce verre. »

Un peu apaisé par ces paroles, je sortis de meilleure humeur. La pièce d'argent était une belle récompense, et je décidai de suivre son conseil ; j'irais boire une bière avant de quitter la ville.

L'animation régnait dans Guetis. Outre les Ocellions, plusieurs marchands venus de l'ouest proposaient leurs marchandises à la troupe et en achetaient pour troquer avec les indigènes. Etant donné la foule qui grouillait dans les rues, lorsque je rencontrai Spic et qu'il m'indiqua, à gestes frénétiques, de le retrouver dans la venelle derrière la boutique du forgeron, je ne m'inquiétai guère qu'on nous vît ensemble ; néanmoins, malgré le bruit, je décidai de préserver les apparences.

« Jamère ! J'avais entendu dire que tu avais disparu. Grâce au dieu de bonté, tu es vivant et indemne ! »

Spic m'accueillit par ces mots mais, comme il s'approchait pour me prendre dans ses bras, je lui rappelai avec brusquerie l'écart de nos positions : « Merci de votre sollicitude, lieutenant Espirek. Croyez-moi, je n'ai guère couru de danger ; c'est plutôt ma propre bêtise qui m'a retardé. » J'espérais, par mon expression, lui faire comprendre que j'avais bien davantage à lui dire mais que cela devrait attendre. Les assourdissantes sonnailles du marteau sur l'enclume du forgeron masquaient nos propos.

Il recula et resta un instant sans bouger. Je lisais dans ses yeux qu'il ne s'offusquait pas de ma prudence. Il déclara d'un ton circonspect : « Nous avons reçu beaucoup de courrier de l'ouest. La pluie a emporté un pont sur la route, ce qui a provoqué un énorme embouteillage de chariots et de voyageurs. Il y a peut-être quelques lettres pour toi ; ma propre dame a été très heureuse d'avoir des nouvelles de sa jeune cousine de l'Intérieur. »

Ce fut mon tour de devoir faire preuve de réserve. J'eusse voulu demander à voir la missive sur-le-champ, mais je dis seulement d'un ton posé : « J'espère que sa famille va bien, mon lieutenant ?

— Très bien, répondit-il, mais son regard démentait ses paroles. Elle nous apprend que des visiteurs de Tharès-la-Vieille les ont gratifiés d'un long séjour chez eux, et que son père paraît voir dans le jeune homme un excellent parti pour elle ; l'oncle de ce monsieur semble d'accord. »

Je me creusai la cervelle pour savoir de qui il parlait, mais en vain. Pour finir, je déclarai : « Ma foi, mon lieutenant, je souhaite pour elle qu'il soit de bonne famille. »

Son expression amène eut l'air soudain forcée et empreinte d'angoisse. « Oh, ces gens ne sont pas de la meilleure qualité mais ils bénéficient d'une bonne position ; le père du jeune homme a dirigé naguère l'Ecole royale de cavalla. »

Sous le coup de la surprise, je perdis ma retenue. « Caulder Stiet ? Impossible ! »

Le sourire de Spic s'élargit mais il n'exprimait aucun plaisir. « Yaril partage ton avis. Elle est aux abois, Jamère ; elle te croit mort, et elle a risqué sa réputation pour s'échapper de chez elle et se rendre dans une petite ville afin d'y poster sa lettre.

— Que dois-je faire ? Que puis-je faire ? » L'inquiétude m'embrouillait les idées. Imaginer Yaril donnée à ce gamin creux et tremblant m'emplissait d'horreur ; je frémissais à l'idée qu'il s'approche de ma sœur et encore plus qu'il la prenne pour épouse. Mon père avait-il perdu la raison ? Se vengeait-il sur Yaril ? Ou bien croyait-il sincèrement lui avoir trouvé un bon parti ? Caulder n'était même plus fils militaire. Si Yaril l'épousait, ses fils deviendraient « collecteurs de savoir », comme l'oncle géologue de Caulder.

« Ecris-lui, dis-lui que tu es vivant ; offre-lui un refuge, ou donne-lui au moins la force de s'opposer à ton père et de refuser Caulder.

— Mais comment lui faire parvenir une lettre ?

— Ecris à ton père en exigeant qu'il ne lui cache rien, écris à ton frère prêtre, écris à tes amis ! Il doit bien y avoir un moyen, Jamère. »

Le destin nous écoutait-il ? Je regardai par-dessus l'épaule de Spic : Carsina traversait la rue. « Tu vois cette jeune femme ? C'est Carsina, Spic, mon ancienne fiancée et jadis la meilleure amie de Yaril. Elle représente ma meilleure chance de transmettre un mot à Yaril sans que mon père en sache rien. Excuse-moi.

— Il faut que nous convenions d'un autre rendez-vous ! » me lança Spic, mais je ne m'arrêtai pas. Je marchais à grands pas pour croiser le chemin de Carsina ; elle ne m'avait pas encore vu, et je devais l'intercepter avant qu'elle ne me reconnaisse. Je frémis en songeant à mon apparence : mes cheveux tombaient, hirsutes, sur mes oreilles, mes bottes commençaient à bâiller sur les côtés, le fond et les genoux de mon pantalon laissaient voir leur trame, et je devais attacher ma ceinture sous mon ventre qui formait un renflement tel que ma chemise avait du mal à le couvrir. Je n'en voulais pas à Carsina de reculer d'horreur à l'idée d'avoir été fiancée à moi, et je ne désirais de sa part nulle excuse ; je souhaitais seulement lui demander un petit service. Il ne me fallait qu'une enveloppe adressée de sa main à ma sœur.

Je portais un chapeau informe et poussiéreux, et je l'ôtai en m'approchant d'elle : je tenais à donner une impression de parfaite courtoisie. « Excusez-moi, mademoiselle, dis-je avec respect, les yeux baissés. J'ai une faveur à vous demander, non pour moi mais pour ma sœur, naguère votre amie. Accédez à ma requête et je vous promets de ne plus jamais vous importuner ; je ne vous adresserai plus un signe de... »

Un bruit strident assaillit mes tympans et interrompit ma supplique humiliante ; je me plaquai les mains sur les oreilles et levai les yeux : Carsina avait porté un sifflet de laiton à ses lèvres et y soufflait comme si sa vie en dépendait, les joues distendues, presque exorbitée ; si sa réaction ne m'avait pas paru aussi irrationnelle, je l'eusse peut-être trouvée comique. Je restai pétrifié devant elle.

Mais, dans la rue, on avait répondu à l'appel, et je m'en rendis compte quand une petite femme en tablier blanc abattit son balai sur mon dos ; le choc douloureux souleva un nuage de poussière. « Quoi ? » fis-je, atterré, en évitant une nouvelle attaque de la boutiquière enragée, ce qui me mit à portée d'une jeune femme armée d'une ombrelle fermée ; elle m'en assena un coup bien senti sur l'occiput en s'écriant : « Ecartez-vous d'elle ! Laissez-la ! A l'aide ! A l'aide ! On nous agresse ! On nous agresse ! »

Carsina continuait de souffler dans son sifflet et des femmes de converger sur moi en tirant elles aussi des stridulations de leurs instruments d'alarme. Je battis précipitamment en retraite. « Je ne faisais rien de mal ! criai-je. Je ne lui disais rien de mal ! Je vous en prie, écoutez-moi ! Je vous en prie ! »

Des hommes s'attroupaient à leur tour, certains pour rire d'un grand gaillard corpulent aux prises avec une volée de femmes furieuses, d'autres, le pas plus décidé, pour observer la scène, le visage empreint de colère. L'un d'eux, grand et maigre, approchait à contrecœur, tenu par la main par son épouse qui lui criait, fulminante : « Allons, Horlo, va donc apprendre à ce grossier personnage ce qui arrive quand on dit des horreurs à une honnête femme en pleine rue !

— Je m'en vais ! » m'exclamai-je ; je ne tenais pas à me faire attaquer par Horlo, aussi peu menaçant fût-il, ni par quiconque. « Je m'en vais. Je regrette que mademoiselle ait mal pris mes paroles ; ce n'était pas ce que je voulais. Je m'excuse ! »

J'ignore si quelqu'un entendit mes protestations au milieu des sifflets stridents et des voix encore plus aiguës qui m'insultaient et m'invectivaient. Je levai les mains pour bien montrer que je ne rendais aucun des coups de balai, d'ombrelle, d'éventail et de poing menu qui pleuvaient sur moi. Je me sentais à la fois lâche et ridicule, mais que pouvais-je faire face à une foule déchaînée de femmes enragées ? J'avais réussi à m'extirper de leur cercle et croyais leur échapper quand une voix furieuse lança une accusation accablante : « C'est celui qui a violé et assassiné une malheureuse prostituée ! C'est ce gros monstre qui a tué cette Fala et qui a caché son cadavre ! »

Je me retournai, horrifié. « C'est faux ! Je n'ai jamais fait de mal à personne ! »

La masse des femmes se précipita vers moi, et je reçus une pierre en plein visage tandis qu'une autre, plus grosse, ricochait sur mon épaule. Je ne connaissais pas l'homme qui s'approchait de moi à grands pas, intrépide sous la grêle de cailloux, mais il était musclé, en parfaite santé, et il arborait le sourire torve d'un amateur de bagarres. Une vague glacée me submergea lorsque je pris conscience que je risquais de mourir, lapidé, battu, roué de coups par une foule déchaînée de gens qui ne me connaissaient même pas. J'aperçus soudain le sergent Hostier, à l'écart, les bras croisés, un sourire sinistre sur les lèvres.

Spic avait toujours eu plus de courage que de bon sens ; déjà, à l'époque où j'étais un étudiant mince et bien découplé, il paraissait petit à côté de moi. Il se jeta dans la mêlée en criant : « Arrêtez immédiatement ! Arrêtez, c'est un ordre ! » Il me faisait penser à un petit roquet qui aboie et gronde pour protéger un molosse quand il affronta la marée montante des citoyens en furie. « Arrêtez, j'ai dit ! »

Ils cessèrent d'avancer mais continuèrent à gesticuler et à hurler, et une nouvelle pierre vint me frapper à la poitrine. Je n'eus pas vraiment mal, mais la colère qu'elle symbolisait me terrifia. Les femmes parlaient toutes ensemble et plusieurs me désignaient du doigt ; je ne voyais plus Carsina. L'homme à la large carrure qui m'avait menacé plus tôt sortit de la foule.

« Halte ! aboya Spic.

— Lieutenant, vous allez laisser un sale voyou insulter une demoiselle convenable sans rien dire ? Il mérite au moins une bonne correction et, si ce qu'on raconte est vrai, on devrait le pendre ! »

Les épaules crispées, Spic déclara d'un ton sévère sans détacher les yeux de la cohue : « J'aimerais que la demoiselle qu'il a insultée s'avance afin de recevoir sa plainte. »

Ma bouche se dessécha. Il n'avait pas le choix, je le savais, mais maintenant que Carsina m'avait accusé en public, son orgueil lui interdirait de reculer. On me condamnerait au moins au fouet.

« Elle... elle n'est plus là, lieutenant ! » La jeune femme qui avait répondu s'exprimait d'une voix tremblante, comme si elle allait éclater en larmes. « Ce que cet homme lui a dit l'a bouleversée, et deux autres dames l'ont raccompagnée chez elle. Je pense que son frère ou son fiancé se ferait un plaisir de parler en son nom ! » Elle jeta cette dernière phrase avec une satisfaction mordante et elle me regarda comme si j'étais un chien enragé.

« Qu'ils viennent me voir : lieutenant Espirek Kester. Je noterai en détail les plaintes qu'ils souhaiteront déposer. En ce qui concerne l'autre affaire, en l'absence de corps et de témoin, elle reste une ignoble rumeur et rien de plus. »

L'homme plissa le front et son visage prit une teinte rouge effrayante. « Alors qu'allez-vous faire, lieutenant ? Le laisser se balader en liberté en attendant qu'on le retrouve un de ces jours avec un cadavre à ses pieds ? »

Le sergent Hostier décida tout à coup d'intervenir. Il se dirigea vivement vers Spic, le salua et lui dit : « Je me porte volontaire pour l'escorter jusqu'à la prison, mon lieutenant. »

Spic tint bon. Je me sentais ridicule, planté derrière lui comme un enfant démesuré caché derrière les jupes d'une mère toute petite. « Je vous remercie de votre serviabilité, sergent, mais on n'enferme pas quelqu'un sur la foi d'une rumeur ; il ne resterait plus grand monde en liberté, sinon. »

Hostier eut le front de contester sa décision. « Peut-être que, cette fois-ci, il vaudrait mieux faire passer la sécurité d'abord, mon lieutenant. »

Spic rougit de colère mais conserva son calme. « Avez-vous des preuves, sergent ? Un témoin ?

— Non, mon lieutenant.

— Alors il n'y a aucune raison d'enfermer cet homme. » Il se tourna soudain vers moi avec une expression de colère très convaincante. « Soldat, quittez la ville. Que vous soyez innocent ou coupable, ces affaires échauffent les esprits et il vaut mieux que vous restiez à l'écart en attendant qu'on tire au clair ces rumeurs. Je demanderai à l'intendance qu'on vous fasse parvenir quelques vivres. Et je vous conseille de vous conduire de manière exemplaire ; je passerai en personne m'en assurer de temps en temps, et vous feriez bien de vous trouver à votre poste ! Allez-vous-en ! Tout de suite ! »

Je regardai les gens assemblés autour de nous : un mot malheureux suffirait à mettre le feu aux poudres ; néanmoins, je ne pouvais pas partir ainsi, la queue basse, comme un chien battu. Je me mis au garde-à-vous, plantai les yeux dans ceux de Spic et m'adressai à lui comme un soldat à un officier en veillant à ce que la foule m'entendît. « Mon lieutenant, je n'ai rien dit de grossier ni d'obscène à la demoiselle ; quant à Fala, j'ignore ce qui lui est arrivé. Je suis innocent dans les deux cas. »

Un murmure sinistre monta de la populace, et je craignis d'avoir trop tiré sur la ficelle ; Spic aussi, à en juger par son expression. Il répondit à son intention : « Au nom du dieu de bonté, je souhaite que vous disiez la vérité, soldat, car je mènerai l'enquête moi-même et, si vous m'avez menti, la punition que j'exigerai pour ce mensonge équivaudra à celle de vos deux autres forfaits. Et maintenant, allez-vous-en ! »

J'obéis, le feu aux joues et le cœur plein de rancune. Avec l'impression que tout Guetis me regardait, je retournai là où j'avais laissé Girofle à l'attache, et il me fallut toute ma maîtrise de moi pour m'empêcher de m'assurer, d'un coup d'œil par-dessus mon épaule, qu'on ne me suivait pas. Comme je sortais de la ville sur mon cheval, je me demandai si je n'avais pas mal choisi entre les deux mondes.

3

Deux femmes

« QUE FAITES-VOUS LÀ ? »

J'aurais pu lui réserver un accueil plus aimable et j'aurais préféré une autre formule si j'avais eu le loisir d'y réfléchir, mais les mots avaient jailli de mes lèvres sous le coup de la surprise lorsque j'avais trouvé Amzil chez moi, assise à ma table.

Elle prit mon exclamation mieux que je n'étais en droit de l'espérer. « Je raccommode votre chemise, dit-elle en levant le vêtement en question ; il lui manque la moitié des boutons. Ceux-ci ne sont pas assortis, mais au moins vous pourrez les fermer ; je les ai pris sur cette vieille chemise, là. Comme elle ne vaut guère mieux qu'un vieux chiffon, j'ai pensé que ça ne vous gênerait pas. »

Sa façon de répondre au pied de la lettre à mon interjection me laissa bouche bée ; elle parut s'en amuser car un sourire se dessina sur ses traits. Elle avait le visage hâve, la mine lasse et l'air plus usée que la dernière fois que je l'avais vue ; néanmoins, elle avait les cheveux coiffés et ramenés en chignon au sommet du crâne, et elle portait une robe avec une jupe taillée dans le tissu que je lui avais envoyé, comme si elle s'efforçait de faire bonne impression sur moi. J'entrai dans ma maison avec circonspection ; avec Amzil assise à ma table, je m'y sentais bizarrement déplacé. Elle avait sorti tous mes vêtements et les avait rangés en piles autour d'elle. Comme je me taisais, de l'inquiétude se glissa dans son sourire. « Je me suis préparé une tasse de thé ; j'espère que ça ne vous dérange pas.

— Non, naturellement ; vous avez bien fait ; vous avez très bien fait. Où sont les enfants ?

— Je les ai laissés en ville ; une autre femme de la pension me les garde, et, en échange, je dois faire sa lessive à mon retour. On dirait que vous vous débrouillez bien, Jamère.

— Oui. Enfin... oui ; j'ai pu m'enrôler, et le colonel m'a confié ce poste. Je surveille le cimetière, je creuse des tombes et ainsi de suite. Mais qu'est-ce qui vous amène à Guetis ? »

Elle posa sur la table la chemise qu'elle avait fini de ravauder et ficha soigneusement l'aiguille dans le fil de la bobine. « J'ai dû quitter ma maison ; tout a très mal tourné cet hiver. Je sais que vous n'aviez que de bonnes intentions en remplissant nos réserves de viande, et j'ignore comment vous avez réussi à désherber le potager aussi efficacement, et je ne me doutais pas qu'il y avait autant de légumes qui y poussaient. Mais le problème, comme toujours, c'est que plus on possède, plus les autres ont recours à la violence pour s'en emparer. Mes voisins ont commencé par venir me demander l'aumône, et j'ai refusé, non par méchanceté mais parce que, je le savais, votre cadeau, même s'il paraissait énorme à l'époque, suffirait sans doute tout juste à nous mettre à l'abri de la famine pendant l'hiver. » Elle reprit la chemise, la tourna et la retourna entre ses mains puis la reposa. Elle secoua la tête, et le soleil qui tombait de la fenêtre fit luire ses cheveux noirs. Le sourire qui se dessina sur ses lèvres ressemblait à un rictus.

« Alors ils ont voulu faire du troc, mais j'ai encore refusé, toujours pour la même raison. Ils ne pouvaient quand même pas me le reprocher : j'ai trois enfants, et leur survie passe avant tout. Mes voisins m'auraient fait la même réponse à ma place ! Bref, ils se sont mis à me voler. J'ai bien essayé de me défendre, mais j'étais seule. Ils visitaient mes pièges avant moi, et je perdais mon temps à les retendre parce que, le mal que je me donnais, c'était eux qui en profitaient. Mais j'ai songé qu'il me restait la viande du cerf et tous les légumes du potager que j'avais engrangés dans l'appentis.

» J'en ai rangé autant que j'ai pu dans la maison, avec nous, mais alors je n'ai quasiment plus osé mettre le pied dehors ; j'avais trop peur qu'ils entrent en mon absence et nous prennent tout. Ils ont dérobé tous les bouts de venaison que j'avais laissés dans l'appentis et retourné tout le potager à la recherche de la moindre pomme de terre, de n'importe quoi qui m'aurait échappé. Je fermais à peine l'œil de la nuit ; j'avais l'impression de vivre au milieu d'une meute de loups. »

Sa voix n'était plus qu'un murmure. Elle se tut, les yeux baissés sur la manchette élimée de ma chemise. Comme le silence durait, je me levai et remis la bouilloire à chauffer. « Faille m'a dit que vous ne l'aviez pas laissé entrer chez vous. Avez-vous trouvé ce que j'avais placé dans le sac ? »

Ma question parut la prendre par surprise. « Ah ! Le livre ! Et les friandises. Oui ; oui, nous avons trouvé vos cadeaux ; les enfants les ont adorés. Je... je vous remercie. Je ne vous ai pas déjà dit merci, n'est-ce pas ? » Elle lissa soudain les plis de sa jupe et, baissant les yeux, poursuivit d'un ton gêné : « Sur le moment, je suis restée bête, il n'y a pas d'autre mot. J'avais espéré que vous reviendriez, au moins pour rendre le sac, mais je ne m'attendais pas à ce que vous le fassiez rapporter par quelqu'un d'autre, rempli de présents, comme ça, sans raison. » Ses lèvres se pincèrent brusquement et ses yeux bleus se noyèrent de larmes. Elle prit une petite inspiration. « Je ne me rappelle pas qu'un homme m'ait jamais rien offert sans escompter quelque chose en échange. » Elle leva le visage et son regard croisa soudain le mien ; l'espace d'un instant, ses traits durs laissèrent transparaître sa vulnérabilité et son jeune âge. J'eus alors envie de la prendre dans mes bras et de la protéger car je la voyais tout à coup aussi menue et sans défense que ma petite sœur. Mais l'instant passa, et son visage retrouva sa froideur habituelle. Je me félicitai de ne pas m'être laissé aller à mon impulsion : elle m'eût sans doute arraché les yeux. Je cherchai un sujet de conversation.

« Vous m'avez épargné la peine de raccommoder ma chemise ; je vous en suis reconnaissant. »

Elle désigna mes vêtements sur la table d'un geste négligent. « Il faut de nouveau élargir vos pantalons ; et ce que vous portez n'a pas l'air en meilleur état. Vous ressemblez plus à un épouvantail qu'à un soldat. »

Elle avait parlé sans réfléchir et ne voulait sûrement pas me heurter, mais ses paroles me firent mal. « Je sais, répondis-je avec raideur. Les responsables des uniformes ne se fatiguent guère ; ils m'assurent qu'ils n'ont rien qui m'aille et ne cherchent pas plus loin. Aujourd'hui, le colonel m'a permis de leur ordonner de sa part de se montrer plus coopératifs, mais... » Ma voix s'éteignit d'elle-même ; je ne voulais pas lui raconter l'incident qui m'avait opposé à la foule ni ce qui l'avait motivé. J'inventai une explication au vol : « Je n'ai pas eu le temps de m'y arrêter. »

Un silence gêné s'installa. La bouilloire sifflait sur le feu ; je la décrochai et rajoutai de l'eau chaude dans la théière avec une pincée de feuilles. Amzil évitait de me regarder ; elle parcourut la pièce des yeux puis déclara brusquement : « Je pourrais venir m'installer et tenir la maison – enfin, moi et mes enfants ; je pourrais vous faire la lessive et vous coudre un uniforme convenable, si vous avez du tissu ; je sais cuisiner et je saurais entretenir votre petit potager. »

Je n'en croyais pas mes oreilles. A mon expression, elle dut s'imaginer que j'en attendais davantage car elle reprit : « Et nous pouvons nous occuper de votre cheval aussi. Tout ce que je demande en échange, c'est un toit et les vivres que vous voudrez bien nous laisser. Et... et rien de plus ; rien que ça. »

En pensée, je comblai ce qu'elle n'avait pas mentionné : elle ne me proposait pas de partager ma couche. Je sentais que, si j'insistais, elle l'ajouterait à sa liste, mais je ne voulais pas d'elle, du moins pas ainsi. Je me mordillai la lèvre en me demandant quoi répondre. Comment lui dire que j'ignorais si je resterais dans ce monde ? A chaque pas qui me ramenait chez moi, la forêt m'avait paru plus attrayante.

Elle scrutait mon visage d'un air anxieux ; elle détourna soudain le regard et déclara d'un ton plus âpre : « Je sais ce qui se passe, Jamère, ce qu'on raconte sur vous en ville ; d'une certaine façon, c'est pour ça que je suis ici. » Elle plia la chemise et la posa d'un geste brusque sur la table puis poursuivit sans la quitter des yeux : « Je n'ai pas laissé mes enfants dans une pension ; ils sont dans... Une des filles de Sarla Moggam me les garde. Elle ne peut pas travailler pour le moment parce que... parce qu'elle ne peut pas. Mais personne ne sait que je suis venue chez vous. Attendez une seconde. »

Elle plongea la main dans le col de sa robe. Tandis que je la regardais, ébahi, elle en tira un sifflet de laiton au bout d'une chaîne. « Les filles de la maison m'ont donné ça à mon arrivée hier en m'expliquant que c'était l'idée de l'épouse d'un officier : toutes les femmes de la ville en portent un et, si elles se sentent menacées, elles n'ont qu'à souffler dedans. Quand on a un sifflet, on doit promettre de tout laisser tomber si on en entend un et de courir aider celle qui est en danger. Voilà à quoi on s'engage. Et quand j'ai demandé : "Quel genre de danger ?", on m'a répondu qu'il y avait non seulement des prostituées mais aussi des femmes honnêtes qui se faisaient attaquer et violer, et qu'une des filles mêmes de Sarla a disparu, que tout le monde pense qu'on l'a assassinée et que, comme personne ne s'occupe de protéger les prostituées alors qu'on sait qui l'a tuée, elles ont décidé de se rallier au groupe des sifflets et d'assurer leur propre défense. Et quand j'ai voulu savoir qui avait tué la fille, l'une d'elles m'a dit que c'était un salaud de gros costaud du nom de Jamais qui garde le cimetière. »

Elle se tut et reprit son souffle. Les mots avaient jailli d'elle comme le pus d'un furoncle, et ce qu'ils disaient me donnait la même impression. J'avais envie de pleurer, réaction sans rien de viril mais irrépressible. Malgré l'incident en ville, je restais stupéfait de m'entendre décrire comme un violeur et un assassin et pointé du doigt comme le meurtrier de Fala. Comment les gens pouvaient-ils être si sûrs de sa mort et pourquoi m'en rendaient-ils responsable ? En tout cas, je n'avais aucun moyen d'écarter leurs soupçons ; si Fala ne réapparaissait pas saine et sauve, je ne pouvais pas prouver qu'on ne l'avait pas tuée et que je n'avais rien à me reprocher. Je le dis à Amzil en chuchotant.

« Donc, vous n'y êtes pour rien. » C'était une affirmation, mais j'y entendis une question.

D'un ton brusque, je répondis : « Dieu de bonté, non ! Non ! Je n'avais aucun motif de la tuer, et j'avais toutes les raisons de la vouloir en vie. Pourquoi aurais-je souhaité la mort de la seule prostituée de la ville qui acceptait de me prendre ? » Sous le coup de la colère et de la peur, mon cœur battait la chamade ; je quittai la table et me rendis à la porte pour regarder la forêt par-delà le cimetière.

« On dit que... » Je l'entendis avaler sa salive puis reprendre : « On dit qu'elle ne voulait peut-être pas, que vous l'avez gardée dans la chambre beaucoup plus longtemps que les autres hommes. Et que peut-être vous l'avez surprise seule, et que peut-être elle a dit non, à aucun prix, et que peut-être vous l'avez violée et tuée parce que ça vous a mis en rage. »

Je soupirai, la gorge nouée, puis je répondis à mi-voix : « J'ignore ce qu'il est advenu de Fala, Amzil. J'espère qu'elle a réussi à quitter Guetis et qu'elle vit heureuse ailleurs. Je ne l'ai pas assassinée ; je ne l'ai jamais revue après cette fameuse nuit, et je ne l'ai pas forcée à demeurer avec moi dans sa chambre. Ça peut sembler extraordinaire, mais c'est elle qui voulait rester. » Alors même que je prononçais ces mots, je mesurai à quel point ils pouvaient paraître peu crédibles.

« Je ne vous pensais pas coupable, Jamère. Je me rappelais toutes les nuits que nous avions passées, vous et moi, dans ma maison ; si vous étiez du genre à forcer une femme ou à la tuer si elle se refusait, ma foi, je... » Elle s'interrompit puis reprit : « Si j'avais cru ce qu'on raconte, serais-je venue ici toute seule, sans dire à personne où j'allais et en laissant mes enfants à des inconnues qui les jetteront à la rue si je ne reviens pas ? Non, je ne vous croyais pas capable de ce dont on vous accuse.

— Merci », répondis-je d'un ton grave, avec une sincérité qui m'étonna : je remerciais une femme parce qu'elle ne me considérait pas comme un meurtrier ; à l'époque où j'étais grand, beau et plein de promesses, tout le monde m'estimait, et Carsina me trouvait l'air intrépide. Mais il suffisait d'enfermer le même homme dans un amas de chair, de l'affubler d'oripeaux élimés, et on le voyait comme un violeur et un assassin. Je me massai les tempes du bout des doigts.

« Alors, Jamère, qu'en dites-vous ? »

Je baissai les mains et la regardai, perplexe. « De quoi ?

— Je sais que je ne vous laisse pas beaucoup de temps pour réfléchir, mais j'ai besoin d'une réponse. La nuit dernière, on m'a logée gratuitement et, d'après les filles, mes petits peuvent dormir dans une des chambres vides pendant que je travaille ; mais n'empêche qu'ils grandiront avec une mère prostituée, et, dans ce cas-là, je sais ce qui arrivera à mes filles. Par contre, je n'ai aucune idée de ce que deviendra Sem, et, franchement, je ne veux même pas penser au sort d'un garçon qui passe son enfance dans un bordel. Je dois les en sortir aujourd'hui même ou bien y travailler ce soir. Or, vous le savez, j'ai dû recourir à toute sorte de moyens pour me débrouiller dans le passé, mais, Jamère, je ne me suis jamais vue comme une putain, seulement comme une mère qui faisait ce qu'il fallait, de temps en temps, pour fournir le nécessaire à ses enfants. Mais, si je commence à gagner ma vie là-bas une nuit après l'autre, là, je serai une prostituée, une vraie.

— Pourquoi avez-vous fini par partir de votre maison ? Qu'est-ce qui vous en a chassée ? »

Elle planta son regard dans le mien. « Vous vous rappelez ce type qui habitait en haut de la colline ? Il a voulu entrer de force. J'avais mon fusil et je l'ai averti : quatre, cinq fois, je lui ai crié de s'éloigner de la porte, sinon j'allais tirer. Il a répondu qu'il ne m'avait jamais vue faire feu avec cette arme, et qu'à son avis je ne savais pas m'en servir ou que je n'avais pas de balles. A sa façon de hurler, j'ai compris qu'il ne se contenterait pas d'entrer et de prendre ce qu'il voudrait : il se débarrasserait de nous pour faire main basse sur tout ce qui nous appartenait. J'ai caché les petits derrière moi et, quand il a réussi à défoncer la porte à coups de hache, j'ai tiré ; je l'ai tué. Alors j'ai pris mes enfants et tout ce que nous pouvions emporter et nous nous sommes enfuis. » Quand elle se tut, elle se tenait les épaules voûtées, comme si elle s'attendait à ce que je la frappe, et elle se tordait les mains. Elle leva vers moi un regard craintif. « Maintenant, vous savez, murmura-t-elle. Je suis ce qu'on vous accuse d'être. Je vous dis la vérité pour que vous la connaissiez avant de décider si vous acceptez de m'aider ou non. »

Je me laissai retomber lourdement sur ma chaise. « Je ne peux pas vous abriter ici, Amzil. Vous... vous ne seriez pas en sécurité, ni vous ni les enfants ; moi-même, je ne sais pas si je peux encore rester. »

Elle se tut quelques instants puis elle répondit d'un ton furieux : « C'est parce que je l'ai tué, n'est-ce pas ? Vous croyez que quelqu'un va venir de Ville-Morte pour m'accuser, que je me pendrai et que vous vous retrouverez avec mes petits sur les bras ! »

Sa formulation m'en apprit beaucoup plus qu'elle ne l'avait prévu : elle avait projeté de se servir de moi comme défense contre cette éventuelle catastrophe. Elle voulait m'amener ses enfants dans l'espoir désespéré que, si on la rattrapait et qu'on l'exécute, je les prendrais sous mon aile. Je m'efforçai de m'exprimer avec calme. « Je suis flatté, non, honoré que vous ayez songé à me confier vos enfants, et je suis très sensible au fait que vous n'ajoutiez pas foi aux ignobles rumeurs qui courent sur moi ; il n'y a pas grand monde en ville ni dans la garnison qui accepterait de prendre ma défense comme vous le faites. Mais je vous le répète : vous ne seriez pas à l'abri ici. Les esprits s'échauffent, et, aujourd'hui, quand on m'a ordonné de quitter Guetis, j'ai redouté tout le long du chemin qu'on ne me suive ; j'ignore si on ne m'attaquera pas cette nuit ou si on ne mettra pas le feu à ma maison pour m'en chasser. Je vous dis ça pour vous donner une idée de la haine que j'ai vue tout à l'heure. Je ne puis vous donner refuge, Amzil, et je le regrette.

— Mais bien entendu », fit-elle avec un scepticisme lourd de sarcasmes, et elle se leva pour sortir.

Je lui barrai le passage. Des étincelles de colère brillèrent dans son regard, mais je tins bon et tirai de ma poche la pièce que m'avait remise le colonel. « Prenez ceci.

— Vous ne me devez rien, fit-elle d'un ton hargneux.

— Je vous dois ce que vous m'avez donné : la certitude, vous connaissant, que vous n'avez pas tué cet homme. Vous avez agi en réponse aux circonstances pour défendre vos enfants. Et maintenant, pour eux, acceptez cette pièce ; elle suffira au moins à leur fournir un repas ce soir. Emmenez-les loin de la maison close de Sarla ; c'est un établissement infect. Conduisez-les chez... » J'hésitai un instant puis franchis le pas. « Conduisez-les chez le lieutenant Kester. Renseignez-vous, quelqu'un saura vous indiquer où il habite. Le lieutenant Espirek Kester ; dites-lui ce que vous m'avez dit : qu'en échange du gîte pour vous et vos enfants vous participerez aux tâches ménagères, à la cuisine et ainsi de suite. Expliquez à son épouse que vous avez été couturière et que vous souhaitez gagner votre vie honnêtement ; elle vous aidera : c'est son caractère. »

Elle baissa les yeux sur la pièce que j'avais glissée de force dans sa main puis elle me regarda, déconcertée. « Dois-je leur dire que c'est vous qui m'envoyez ? Est-ce que... vous voulez que je revienne chez vous parfois ? La nuit ?

— Non, répondis-je précipitamment avant de me laisser tenter. Non, vous ne me l'avez pas offert et je ne vous le demande pas. Et ne vous recommandez pas de moi ; dites-leur... Non, dites au lieutenant Kester que vous auriez aimé avoir un sifflet en forme de loutre, que, d'après ce qu'on vous a raconté, un tel sifflet porte chance au point de pouvoir sauver la vie d'un homme ; mais ne lui parlez ainsi que s'il n'y a personne avec lui. M'avez-vous compris ? C'est important. »

Une fugitive expression d'effarement passa sur ses traits. « Vous voulez donc que je me présente comme une timbrée pour qu'il me donne asile par pitié ?

— Non, non, Amzil. Il s'agit seulement d'une connivence entre lui et moi, d'un signe de reconnaissance qui lui fera comprendre qu'il doit absolument vous aider comme on l'a lui-même aidé jadis.

— Un sifflet en forme de castor, fit-elle lentement.

— Non : de loutre. Un sifflet en forme de loutre. »

Elle referma le poing sur la pièce puis déclara soudain : « Donnez-moi au moins votre pantalon.

— Pardon ? » A mon tour, je la regardai d'un air égaré.

« Votre pantalon sale, là ; donnez-le-moi. Je le laverai, je le rélargirai puis je vous le rapporterai. »

La tentation était grande. « Non ; n'importe qui, en le voyant, saurait à qui il appartient. Amzil, tant que je n'aurai pas trouvé le moyen de prouver mon innocence, il ne faut pas qu'on vous associe avec moi. Allons, merci ; partez et suivez mes recommandations. »

Elle baissa les yeux. « Jamère, je... » Elle fit un pas vers moi et je crus qu'elle allait se serrer contre moi ; mais, à la dernière seconde, elle tendit la main et me tapota timidement le bras comme elle eût flatté un chien au tempérament changeant. « Merci », répéta-t-elle.

Je m'écartai de la porte, et elle s'enfuit. Je la suivis des yeux, petite femme cheminant à pas pressés sur la route qui menait à la ville. Cédant à une impulsion, je courbai la tête et demandai au dieu de bonté de veiller sur elle.

Je n'avais pas eu le loisir d'acheter à manger. Malgré ce que j'avais subi, j'avais de nouveau une faim de loup. Je bus mon thé dans l'espoir de noyer mon appétit, puis je me retranchai du mieux que je pus dans ma chaumine : je bâclai les volets de ma fenêtre, décrochai mon mauvais fusil du mur, lui préparai cinq charges puis, après réflexion, cinq de plus. Contre toute vraisemblance, j'espérais ne jamais avoir à les tirer. Je songeai amèrement qu'avec un peu de chance, si une foule en furie venait me débusquer, l'arme en piteux état me sauterait à la figure et me tuerait sur le coup.

Ebrouc et Quésit passèrent chez moi en retournant à Guetis pour la nuit ; en nage et fatigués, ils venaient bavarder un moment et se rafraîchir avant de reprendre le chemin de la ville. Je les fis entrer et ils burent à la louche de mon baril d'eau ; la petite maison paraissait pleine de leur bruit. Ils parlèrent de la surface d'herbe qu'ils avaient fauchée et de ce qu'il leur restait à couper le lendemain comme s'il s'agissait d'un sujet vital ; je n'y voyais que banalité sans intérêt. Des soldats, leurs épouses et leurs enfants pourrissaient dans le sol, la terre nourrissait l'herbe, et ces deux hommes la coupaient pour donner un aspect entretenu au cimetière ; puis l'herbe repousserait, ils la faucheraient de nouveau, d'autres personnes mourraient, et nous les enterrerions. Je songeai au cadavre dérobé, à mon indignation et aux efforts que j'avais faits pour le retrouver. Et si je l'avais laissé dans la forêt, ce soldat dont j'ignorais jusqu'au nom, que les racines eussent pénétré dans ses organes et les fourmis emporté sa chair ? En quoi était-ce différent de le déposer dans un trou et de marquer l'emplacement par une plaque de bois à son nom ? Je réfléchis à la vie que j'avais choisie afin de porter le titre de soldat, et où je me retrouvais à garder le lieu où l'on inhumait les corps, tout cela parce que, second fils auquel ma mère avait donné le jour, je devais porter l'uniforme du roi et le servir, du moins en apparence.

Vue ainsi, mon existence n'avait aucun sens, comme lorsque, au sortir d'une partie disputée, je regardais les pions épars et n'y voyais plus soudain que des petits blocs de pierre polis posés sur une plaque de bois quadrillée.

Toute l'importance qu'ils avaient quelques instants plus tôt, alors que je m'efforçais de gagner, se résumait à celle que je leur accordais ; par eux-mêmes, ils ne représentaient rien.

Je ne parvenais pas à savoir si je n'étais qu'un pion ou si j'avais enfin pris assez de recul par rapport à cette vie transformée en jeu pour m'apercevoir que je refusais désormais de me laisser manipuler. Je secouai la tête comme pour me remettre le cerveau en place et retrouver le chemin de mon univers, là où l'on acceptait ces règles et où on les regardait comme essentielles.

« Y a quelque chose qui ne va pas, Jamère ? » demanda soudain Ebrouc, et je me rendis compte que les deux hommes me dévisageaient, l'air perplexe : je regardais par la fenêtre, les yeux dans le vide. Je les observai à mon tour : ils avaient la figure trempée de sueur et barbouillée de terre, mais ils affichaient une inquiétude non feinte.

« Vous savez ce qu'on dit de moi en ville ? » leur demandai-je.

Ebrouc détourna les yeux et se tut tandis que Quésit prenait un air affligé. Cela me suffit.

« Pourquoi ne m'avoir pas prévenu ? fis-je sèchement.

— Ah, Jamère ! s'exclama Quésit. On sait bien que c'est pas vrai ; t'es pas capable de ce genre de saloperie.

— Je l'espère ; mais je ne comprends pas comment une telle rumeur a pu naître et pourquoi tant de gens s'empressent de la croire.

— Ben, c'est rapport à ta façon de vivre, répondit-il d'un ton pesant. T'habites ici, tout seul, près de la forêt, et puis t'es... t'es gros, quoi. En plus, on sait pas grand-chose sur toi. Alors peut-être que c'est plus facile pour les gens d'inventer des histoires. Tu devrais venir en ville plus souvent, boire avec les copains, qu'ils voient que t'as rien de bizarre.

— Bon conseil, mais qui vient trop tard, grommelai-je. De toute manière, je n'ai jamais eu les moyens de m'offrir de grandes bordées. Et aujourd'hui me voici quasiment banni ; j'ai failli me faire lapider tout à l'heure.

— Quoi ? » fit Ebrouc, horrifié.

Ils écoutèrent mon récit en hochant la tête d'un air grave. Quand je décrivis l'homme qui était sorti de la foule pour s'avancer vers moi, Ebrouc acquiesça et dit : « Ça doit être Dal Hardi ; il vient d'arriver. Attends qu'il ait passé un mois à Guetis et il fera moins le fier ; il se fera laminer comme nous autres. »

Nous bavardâmes encore quelque temps, puis ils partirent avec la promesse de me rapporter des vivres du réfectoire le lendemain. Maigre consolation : je n'avais pratiquement rien mangé de la journée et ma faim ne se laissait pas oublier. Une équation se fraya un chemin dans ma conscience : je m'étais servi de la magie la nuit précédente pour me tenir chaud ; or, aujourd'hui, comme en proportion, je souffrais d'un appétit de loup. Apparemment, l'exercice de la magie exigeait plus de nourriture que d'énergie physique, et je me demandai distraitement si je ne pouvais pas la mettre en œuvre et l'utiliser jusqu'à faire fondre la couche de graisse qui m'enveloppait ; mais sans doute l'inanition qui s'ensuivrait me pousserait à la folie avant que je parvienne à aucun résultat.

Je m'enfonçai dans le crépuscule en quête de nourriture ; j'avais emporté mon fusil tout en me répétant que je m'inquiétais pour rien : si la populace avait dû me pourchasser et me pendre, c'eût été déjà chose faite. Enfin, je voulais le croire.

Pour le moment, mon potager ne donnait rien. Je me rendis dans le box de Girofle et, toute honte bue, prélevai une mesure de son picotin ; le grain était grossier, dur et pas très propre, mais je le rinçai et le mis à tremper dans une marmite près du feu. J'arrivais à la fin de ma barrique d'eau ; je pris donc mon seau et descendis à la source.

Comme au tout premier jour, j'éprouvai le sentiment insistant qu'on m'observait. Un bruissement de plumes me fit lever les yeux : un croas venait de se poser sur une branche à l'orée du bois. Les arbres et l'oiseau se dessinaient en silhouettes noires sur le fond du ciel assombri ; l'animal poussa un croassement subit, et un frisson d'angoisse me parcourut. Je me redressai, vacillant, et mon seau trop plein m'éclaboussa la jambe.

« Jamère ! » Le murmure provenait de la forêt, plus précisément, me sembla-t-il, du pied de l'arbre où se tenait le croas. Il s'agissait d'une voix féminine dans laquelle j'avais reconnu celle d'Olikéa, et pourtant je pensai tout d'abord que la mort m'appelait. Mais cette idée fut aussitôt chassée par la bouffée de chaleur que suscita le souvenir de l'Ocellionne, et tous mes sens s'éveillèrent brusquement, frémissants. Je scrutai les ombres du sous-bois sans voir personne ; puis elle bougea et je restai stupéfait : comment avait-elle pu échapper à mon regard ? Elle sortit de l'abri des arbres mais ne se risqua pas hors de la forêt.

Soudain, le panier qu'elle portait au bras me sauta aux yeux. Elle tendit la main vers moi, m'invitant à la rejoindre. Je fis un pas lent dans sa direction tout en m'efforçant de réfléchir logiquement ; souhaitais-je retourner dans son monde ? Elle serra le poing, et une odeur de pulpe de baie frappa mes narines ; elle avait écrasé un fruit entre ses doigts. « Jamère », appela-t-elle encore une fois à mi-voix, d'un ton enjôleur. Elle recula légèrement vers les bois. Je laissai tomber mon seau et me précipitai vers elle ; elle éclata de rire et s'enfuit.

Je la suivis sous le couvert des arbres. Elle interrompait sa course, repartait, zigzaguait, se cachait et se montrait soudain, et je la pourchassais aveuglément, comme un chien à la poursuite d'un écureuil qui saute de branche en branche. Elle m'avait réduit à mes besoins les plus élémentaires, me nourrir et m'accoupler. Dignité, intelligence, rationalité m'abandonnaient à mesure que je m'enfonçais derrière elle dans les bois envahis de crépuscule.

Le soir s'approfondit sous les branches entremêlées ; mes yeux s'habituèrent à la lumière atténuée tandis que mon odorat devenait un allié puissant. Olikéa n'essayait pas vraiment de m'échapper mais restait seulement hors de ma portée, éclatant de rire quand je me rapprochais puis s'élançant comme une flèche pour disparaître à ma vue, camouflée par la lueur trompeuse du couchant.

Avant que j'eusse le temps de m'en rendre compte, nous franchîmes la limite de l'ancienne forêt. Là, Olikéa se mit à courir pour de bon, le panier tressautant à son bras, les fesses dansantes ; elle ne cherchait plus à se dissimuler, et je me hâtai derrière elle, lourdement, le souffle court, mais aussi inlassable et entêté qu'un chien sur une piste.

La rattrapai-je ou bien fit-elle demi-tour et me prit-elle au piège de ses bras ? Je l'ignore. Je sais seulement que, près d'une source, le jeu s'acheva subitement sur la victoire du chasseur et du gibier à la fois. Olikéa s'était avancée dans l'eau qui lui montait aux chevilles ; je l'imitai, et là elle vint à moi, soudain empressée, toute réserve envolée. Je l'embrassai, geste qui parut la surprendre et l'intriguer. Elle s'écarta en riant et dit : « Inutile de me dévorer, Opulent. Je t'ai apporté ce qu'il te faut, les mets qui te reconstitueront, qui te révéleront. J'ai les baies du voyage-en-rêve et l'écorce du vol-des-yeux ; j'ai le guérit-toujours et le sans-fatigue. Je te donne tout ce dont a besoin un Opulent. »

Elle me prit par les mains et m'attira vers le bord du ruisseau ; une fois sur la berge, elle refusa que je fisse quoi que ce fût et me nourrit elle-même ; elle alla jusqu'à recueillir de l'eau dans ses mains en coupe pour me donner à boire. Elle me déshabilla, me fournit encore à manger, puis s'offrit à moi. Le moelleux des fruits savoureux, à la peau fine, s'allia au jeu de sa langue chaude et mouillée quand elle mêla ses baisers aux bouchées de nourriture. Elle avait vite appris. Elle plaçait des champignons entre ses dents et me les proposait ainsi, en les retenant afin de m'obliger à y mordre. Le jus des fruits écrasés rendait ses paumes collantes, et elle les passait sur moi en mélangeant le nectar sirupeux avec la sueur musquée de nos deux corps pour ne former qu'un seul parfum.

Plus tard, je devais y voir une dépravation ; sur le moment, c'était concupiscence et gourmandise fondues en un seul plaisir magnifique où se noyaient tous les sens. La lune brillait haut dans le ciel quand tout fut consommé. Allongé sur la mousse épaisse, je sentais tous mes appétits complètement rassasiés. Elle se pencha sur moi et me souffla au visage son haleine capiteuse. « Es-tu heureux, Opulent ? » demanda-t-elle dans un murmure. Elle caressa la courbe descendante de mon ventre en suivant la ligne de poils. « T'ai-je contenté ? »

Si elle m'avait contenté ? C'était peu dire. Pourtant, mon esprit s'arrêta sur sa première question. Etais-je heureux ? Non. Je vivais un état transitoire ; le lendemain, j'aurais retrouvé ma chaumine, ma crainte d'aller en ville, mes fosses que je creuserais pour des hommes que je ne connaissais pas, ma clôture destinée à repousser ce monde où je me vautrais présentement.

Je me bornai à répondre : « Olikéa, tu es très gentille. »

Elle éclata de rire et rétorqua : « Autant que tu le seras pour moi, je l'espère. Auras-tu la bonté de venir dans mon village ? Je voudrais te montrer aux habitants.

— Tu voudrais me montrer aux habitants ?

— Certains refusent de croire qu'un membre de ton peuple peut devenir un Opulent ; ils se moquent de moi et demandent : “Pourquoi la magie choisirait-il comme défenseur celui qui nous envahit ?” » Elle haussa les épaules comme si elle n'accordait nulle importance à la question. « Je souhaite donc leur prouver que je dis la vérité. Acceptes-tu de m'accompagner jusqu'à mon village ? »

Je ne vis aucune raison de refuser. « Oui.

— Très bien. » Elle se leva soudain. « Allons-y.

— Cette nuit ? Tout de suite ?

— Oui, pourquoi pas ?

— Je croyais que les villages ocellions se trouvaient très loin dans la forêt, à des jours ou des semaines de marche. »

Elle secoua la tête en gonflant les joues. « Certains, oui ; ceux d'hiver. Mais pas notre village d'été. Viens, je vais te montrer. »

Elle se pencha et me tendit les mains. Je ris à l'idée qu'elle pût me relever à la seule force de ses bras puis, avec un « han » d'effort, je roulai sur le ventre, ramenai mes genoux sous moi et me redressai. Elle me prit la main et m'entraîna, laissant derrière nous la source, mes vêtements épars, tout ; sur le moment, il ne me traversa même pas l'esprit que j'abandonnais mon ancienne existence. Je suivais seulement Olikéa.

La nuit nous enveloppait de velours. De temps en temps, ma compagne écartait de la main les moucherons qui zonzonnaient à ses oreilles, mais aucun ne s'approchait de moi. Si elle suivait un sentier, je n'en voyais pas trace. Nous foulions des parterres de mousse et marchions dans des amoncellements de feuilles mortes tombées au cours des décennies ; d'autres animaux se déplaçaient dans la forêt sans plus de bruit que nous. Notre chemin courait le long de versants escarpés et nous menait toujours plus haut ; nous traversâmes un bosquet d'arbres aux troncs semblables à des tours et dont le sommet se perdait dans une obscurité feuillue ; nous franchîmes une crête et descendîmes dans la vallée peu profonde qui la suivait, sans jamais quitter l'abri des frondaisons.

Il faisait encore très sombre quand nous parvînmes au village d'été ; je perçus d'abord l'odeur douce de la fumée de petits feux de camp, puis un bruit qui s'apparentait plus au bourdonnement d'une ruche qu'à de la musique mais néanmoins agréable à l'oreille, puis je commençai à distinguer de petites flaques de lumière dans les creux de la vallée abritée. En descendant, je m'attendais à trouver un humble hameau aux habitations rustiques, mais je ne vis que des arbres, et c'est seulement en arrivant à l'orée d'une clairière naturelle que je remarquai des silhouettes allant et venant devant les petits feux qui piquetaient le vallon. J'estimai la population à une soixantaine d'individus, mais les ombres eussent pu en receler trois ou quatre fois plus.

J'avais quasiment oublié ma nudité : il me paraissait parfaitement naturel de marcher sans l'encombrement des vêtements dans l'obscurité moelleuse de la nuit sylvestre. A présent que je me retrouvais face à la réalité et devais pénétrer nu comme un ver dans une communauté d'Ocellions, je me sentais soudain extrêmement mal à l'aise. Je m'arrêtai et chuchotai à Olikéa : « Il faut que je retourne chercher mes habits. »

Elle me gourmanda : « Allons, ne me fais pas honte ! » Elle me prit par la main et m'entraîna dans la clairière.

Je la suivis, comme incapable d'exercer ma volonté, et je pénétrai dans un univers de conte pour enfants, faute d'une meilleure description. La douce lumière des feux de camp peignait d'or les creux moussus qui s'étaient formés autour d'eux, et n'éclairait pas plus loin, laissant dans l'ombre les silhouettes qui se déplaçaient devant elle. Les êtres tachetés qui somnolaient ou bavardaient à mi-voix, allongés près des flammes, m'apparaissaient comme des créatures légendaires, habitants de la forêt qui échapperaient toujours à ma compréhension. Leur nudité ne les gênait pas ; les plumes, les perles et les fleurs qui les paraient ne servaient que d'ornements et y gagnaient encore en beauté. On eût dit que la forêt avait choisi le village d'été pour y accueillir les humains ; la terre elle-même s'était modelée pour recevoir l'humanité : elle avait élevé des banquettes de mousse autour des feux, les racines d'un arbre immense abritaient dans leur creux trois petits enfants endormis qui s'y pelotonnaient. Dans le tronc évidé d'un géant encore vivant, j'aperçus un couple qui se laissait aller sans honte à la passion, dans l'intimité que lui accordaient ses semblables, agrémentée d'un rideau de lianes fleuries qui ne le dissimulait pas tout à fait de la lumière des flammes. Un tertre abritait une grotte tapissée de mousse ; des insectes luisants formaient des chaînes de lumière le long de ses parois et jetaient une lueur surnaturelle sur un groupe de femmes occupées à tresser des paniers. Nous nous dirigions vers un trou à feu central où un groupe chantait. Olikéa me tenait d'une main ferme qui emprisonnait la mienne et, sans s'arrêter nulle part, me conduisait à travers le village par un chemin sinueux qui descendait lentement vers le feu le plus bas de la clairière, où la litanie se poursuivait. Je sentais qu'elle me faisait passer délibérément près des petits bivouacs familiaux, comme si elle ramenait chez elle une tête de bétail d'exceptionnelle qualité qu'elle venait d'acheter et qu'elle voulût susciter l'admiration des voisins. Si tel était le cas, elle atteignait son objectif : dans notre sillage, les gens se levaient pour nous suivre. Enfin nous fîmes halte près du cercle des musiciens ; les hommes fredonnaient des notes graves, et les femmes y apportaient un contrepoint d'une douce voix de soprano ; quelques-uns agitaient des sacs remplis de gousses de graines séchées qui produisaient un bruissement étouffé. L'ensemble formait un concert apaisant. A notre approche, la musique hésita, se morcela et s'éteignit.

Sans me lâcher la main, Olikéa pénétra dans le cercle, et je dus la suivre ; j'espérais que la faible lumière dissimulait le rouge qui me brûlait les joues. Sans crier, elle déclara d'une voix claire et qui portait : « Voyez, j'ai trouvé un Opulent du peuple des sans-tache ; je l'ai fait mien et conduit ici. Voyez ! »

Dans le silence qui suivit ces mots, j'entendis mon cœur battre à mes tympans. Je m'attendais seulement à ce qu'elle me présentât à ses semblables, perspective qui ne laissait déjà pas de m'inquiéter ; me voir annoncé sous le titre d'Opulent et exhibé comme un taureau de concours me mettait extrêmement mal à l'aise. Mes yeux finissant de s'habituer à la lumière du feu, je reconnus le père d'Olikéa parmi les chanteurs ; il tenait entre ses mains un objet constitué de lanières de cuir tendues sur un cadre de bois et attaché à une espèce de tambour. Les yeux dans les flammes, il ne me regardait pas. Sa voisine, jeune femme de quelques années de moins qu'Olikéa, se dressa subitement en obligeant l'homme assis à côté d'elle à l'imiter ; c'était un grand gaillard corpulent, plus tacheté que la plupart des autres Ocellions installés autour du feu, et dont le visage prenait un aspect insolite sous le masque de pigment noir qui entourait ses yeux bleus ; il avait les cheveux longs, non pas rayés mais uniformément sombres, et tressés en d'innombrables nattes dont l'extrémité, traversant la vertèbre polie d'un petit animal, s'achevait par un nœud. Il posa sur moi un regard stupéfait et consterné à la fois. La femme dit avec colère : « Nous avons déjà un magicien ; nous n'avons nul besoin de ton Opulent sans-tache, Olikéa. Remmène-le.

— Celui d'Olikéa est plus gros », fit quelqu'un, sans agressivité mais d'une voix parfaitement audible, et des murmures d'acquiescement s'élevèrent.

« Jodoli n'a pas achevé sa croissance, protesta la rivale. Il nous a déjà fait profiter de ses bienfaits à de nombreuses reprises. Si nous continuons à le rassasier, il continuera de grossir et de s'emplir de magie pour tous.

— Jamère commence à peine à grandir ! rétorqua Olikéa. Regardez comme il est gras, alors qu'on ne l'a jamais nourri convenablement ! Depuis que je l'ai pris, il s'est enveloppé, et, grâce à mes soins, il s'élargira de plus en plus. La magie lui accorde sa préférence. Regardez son ventre ! Regardez ses cuisses, ses mollets ! Même ses pieds s'épaississent. C'est le plus favorisé des deux, il n'y a pas de doute !

— Il n'appartient pas à notre peuple ! » répliqua l'autre d'une voix stridente.

Olikéa feignit la stupeur. « Firada, comment parles-tu ? C'est un Opulent ; comment pourrait-il ne pas appartenir à notre peuple ? Contestes-tu un élu de la magie ? »

Firada restait dubitative. « Je... je ne vois pas comment ça se pourrait. Qui lui a enseigné la voie de la magie ? Il est gros, en effet, mais qui aurait pu le former ? Pourquoi vient-il à nous ? » Elle se tourna vers la foule assemblée. « Trouvez-vous avisé, ma famille, d'accepter un Opulent qui ne vient pas de notre peuple ? Nous connaissons Jodoli depuis le jour où sa mère l'a mis au monde ; nous avons tous assisté à la fièvre et l'avons tous vu nous revenir, et, quand il a commencé à s'emplir de magie, nous nous sommes tous réjouis. Nous ne savons rien de cet Opulent sans-tache ! Allons-nous remplacer Jodoli par un étranger dont nous ignorons les capacités ? »

Au grand dépit de ma compagne, je pris la parole. « Je ne veux prendre la place de personne. Olikéa m'a simplement demandé de venir faire votre connaissance à tous ; je ne puis rester. »

Elle me corrigea précipitamment : « Il ne peut pas rester ce soir ! » Elle crispa les doigts sur les miens. « Mais il ne tardera pas à vivre parmi nous, et l'abondance de magie qui bout en lui nous bénéficiera à tous. Vous me remercierez de vous avoir amené ce magicien. Jamais encore notre famille-tribu n'a pu se vanter d'en posséder un aussi énorme et loyal à notre clan. Ne doutez pas de lui, sous peine qu'il s'offusque et nous abandonne pour une autre famille. Ce soir, il faut lui danser et lui chanter notre accueil, et lui donner à manger afin de rassasier la magie. »

Je murmurai : « Olikéa, je ne peux... »

Elle serra brutalement sa main sur la mienne, et ses ongles s'enfoncèrent dans ma chair. Elle se pencha pour me souffler à l'oreille. « Chut ! Tu dois te nourrir. Restaure-toi, puis nous parlerons. Regarde, ils courent déjà te chercher à manger. »

Nulle autre phrase n'aurait pu chasser plus complètement mes soucis de mon esprit. Ma faim réapparut, monstre rugissant. Comme la marée qui remonte, le Peuple revint avec tous les mets imaginables : baies et fruits dont j'ignorais le nom, tendres extrémités de feuilles et de boutons de fleur, un saladier de corolles gorgées de nectar, et fins copeaux d'écorce. On m'apporta du pain lourd et doré à base, non de farine de grain, mais de tubercules broyés, et piqueté de fruits secs et de petites noix épicées. J'hésitai devant un panier d'insectes fumés ; la femme qui me l'offrait prit une gaufre de miel et la pressa entre ses doigts pour en faire goutter le sirop d'or sur les carapaces noires et luisantes. Curieusement huileuses, elles craquaient sous la dent et avaient un goût de fumée ; délicieux. Je les fis descendre avec une lampée de vin de forêt servi dans de larges bols en terre.

Je dévorais, et chaque fois que je vidais un plat, on m'en présentait de nouveaux. Manger devenait un voyage dans l'univers des sensations, sans relation avec l'appétit ni le besoin de m'alimenter : ce que je nourrissais me dépassait et jouissait de chaque bouchée qui franchissait mes lèvres.

Par instants, mon véritable moi perçait, et alors je prenais conscience de l'incongruité de ma nudité blême dans le velours de l'obscurité éclairée par les flammes. La main d'Olikéa qui tapotait d'un geste satisfait mon ventre de plus en plus arrondi me rappelait que, dans les rues où je marchais le matin même, cette panse enflée était une source de moquerie et, pour moi, de honte. Mon double caché que la femme-arbre avait nourri et éduqué pouvait enfin émerger au grand jour ; lui au moins comprenait que l'hommage qu'on lui rendait était normal et légitime, et il montrait sa satisfaction par des moyens qui eussent fait frémir d'horreur ma personnalité aristocratique, si j'avais pris le temps d'y réfléchir : il se léchait les doigts, poussait des gémissements de plaisir à certaines saveurs, claquait des lèvres à d'autres, et nettoyait de la langue les plats qu'on lui donnait afin de ne point y laisser la plus petite miette délicieuse.

Le Peuple adorait ses façons de louer les mets qu'on lui apportait. A mesure que la nuit avançait, on alimenta les feux, dont les cercles de lumière s'élargirent, et les Ocellions, se joignant au festin, puisèrent dans les plats de moindre qualité, impropres à ma consommation. Quand je me sentis près d'éclater et me bornai à goûter les meilleurs morceaux de chaque plat qu'on me présentait, je me rendis compte que l'autre magicien avait pris place à côté de moi. Je me tournai vers lui, et il inclina gravement la tête.

« Les miens te nourrissent bien », dit-il. Il n'y avait aucune chaleur dans sa voix ; il exposait seulement un fait.

La gêne m'envahit soudain. Les fragments épars de mon vrai moi se rassemblèrent et je tâchai de retrouver mes manières. « Ils me rassasient mieux qu'on ne m'a jamais nourri. » Je m'interrompis : n'étais-je pas en train de le supplanter ? Le remercier ne passerait-il pas pour de la mauvaise éducation ? Qui devais-je louer de cet extraordinaire repas ? Je lançai un coup d'œil à Olikéa, en quête de secours, mais elle m'avait provisoirement abandonné pour circuler parmi d'autres personnes. Je la suivis un instant du regard, et j'en oubliai presque Jodoli ; elle marchait comme une reine distribuant ses faveurs ; comme toujours gracieuse dans sa nudité, elle avait adopté une démarche chaloupée, comme orgueilleuse, que je trouvais séduisante et inquiétante à la fois. Elle s'inclinait pour écouter ceux qui s'adressaient à elle assis ou s'étendait sur des couches moussues pour boire et manger ; elle accordait un sourire et un salut de la tête à certains, un haussement de sourcils ou un signe de la main hésitant à d'autres.

« Opulent Jamère. » La voix grave de Jodoli me rappela à son attention. Il planta son regard dans le mien, et je me sentis singulièrement mal à l'aise : ses yeux paraissaient anormalement clairs au milieu de la tache noire qui les entourait. « Viens-tu prendre ma place ? me demanda-t-il sans ambages.

— Olikéa dit que... »

Il m'interrompit d'un étrange sourire. Il frottait les uns contre les autres les doigts d'une main comme s'il polissait une petite pièce d'argent. « Ces gens de mon peuple, fit-il d'un ton d'avertissement, risquent d'être plus difficiles à conquérir que tu ne le crois. Tu es plus gros que moi, et je sais comme toi que la magie court en toi ; mais, comme n'importe quelle faculté, il faut l'exercer pour qu'elle devienne utile. Or, je ne crois pas que tu l'aies exercée.

— Et toi ? demandai-je avec un calme purement de façade.

— Mes maîtres sont tout autour de nous. » Je sentis qu'il m'observait ; je savais qu'il me mettait à l'épreuve et je savais aussi que j'étais en train d'échouer. Je regardai la foule en me demandant ce que je pouvais lui opposer ; me prévaloir de l'Ecole ne lui ferait sans doute aucun effet.

« Mon maître se trouve en moi », répondis-je sans réfléchir, surtout pour me démarquer de son affirmation. Ces mots n'avaient aucun sens pour moi, mais je vis avec plaisir l'hésitation briller fugitivement dans ses yeux masqués.

« Je propose un petit concours, dit-il, qui permettra à mon peuple de faire un choix avisé entre celui de nous qui est le mieux formé et qui a la plus grande corpulence. »

Son regard se détourna un bref instant de moi alors qu'il me lançait son défi ; j'en suivis la direction et vis la femme qui l'avait soutenu plus tôt ; elle se tenait à la périphérie du cercle de lumière. Je sentis qu'ils conspiraient à démasquer mon ignorance, et, l'espace d'une seconde, je m'efforçai de trouver une stratégie avant de me rendre compte que je ne disposais d'aucune. Mon double ocellion possédait peut-être une connaissance pratique de la magie, mais je n'y avais pas accès. Je me laissai aller nonchalamment en arrière, appuyé sur mes coudes, et lui souris en me demandant si je devais jouer d'esbroufe ; qu'attendait de moi Olikéa ? J'avais l'impression qu'elle m'avait mené exprès à cette confrontation. Je parcourus la foule des yeux à sa recherche ; à l'instant où je la trouvai, elle leva le visage et nos regards se croisèrent. Je la vis prendre conscience du danger, et elle entreprit de revenir le plus vite possible sans trahir sa hâte, avec une expression de mise en garde, mais je dus me détourner : mon sourire commençait à devenir crispé. J'adressai un hochement de tête à Jodoli comme si je venais de réfléchir avec attention à son défi. « Quelle sorte de concours envisages-tu ? demandai-je.

— Des plus simples, répliqua-t-il avec suffisance. Comme tu le sais, en période d'abondance, le Peuple pourvoit aux besoins de son magicien, et, dans les temps difficiles, nous consumons notre magie, nous nous consumons nous-mêmes pour aider le Peuple. Alors je propose que nous montrions à tous lequel de nous deux est le plus capable de secourir le Peuple lorsque la disette ou le danger menace. »

J'ignorais quoi répondre. Une femme qui portait un plateau m'empêchait de bien voir Olikéa ; j'aperçus ses yeux qui brillaient d'un éclat affolé, mais je me retournai vers

Jodoli : il ne devait pas me surprendre à chercher conseil auprès d'une femme, sans quoi il y verrait un signe de faiblesse. Si je devais m'installer chez ces gens, il me fallait y parvenir à ma façon. Je jaugeai mon rival avec soin ; s'il espérait me battre en puissance pure, il se trompait. Non seulement j'étais plus lourd que lui mais j'avais une bonne tête de plus. Mes efforts quotidiens au cimetière avaient durci mes muscles sous leur couche de graisse ; lui, au contraire, m'avait l'air mou. Le festin que je venais de faire avait rechargé ma magie, et je la sentais scintiller dans mes veines, capiteuse, enivrante comme l'alcool. Du pouvoir, j'avais du pouvoir, et en plus grande quantité que lui. Faille m'avait dit que j'avais opéré des prodiges qui dépassaient ceux d'aucun autre Opulent de sa connaissance ; j'avais peut-être un talent naturel pour la magie. En tout cas, je bénéficiais d'une éducation militaire, et toutes mes connaissances en stratégie me disaient que je ne devais surtout pas apparaître indécis ou timoré ; je n'avais qu'une solution : l'obliger à s'exposer et tâcher de déceler un point faible. « Etablis les termes du défi comme tu le souhaites », dis-je avec calme. S'étonna-t-il de ma nonchalance ? Pour ma part, j'espérais gagner du temps.

Il courba la tête. Je crus un instant qu'il souriait mais, quand il releva le visage, il arborait une expression grave. « Et quand commençons-nous ? demanda-t-il à mi-voix.

— Quand tu veux », répondis-je, magnanime.

* *
* * *

Quand j'ouvris les yeux, une faible lumière filtrait à travers les frondaisons. Les feuillages agités par la brise matinale laissaient tomber une bruine de rosée ; dans leur chute, les gouttelettes étincelaient dans les rayons de soleil qui perçaient la voûte de la forêt ; elles éclaboussaient mon visage, ma poitrine et mon ventre nus, car j'étais étendu sur le dos. Je bâillai en m'étirant ; jamais je ne m'étais senti aussi bien au réveil. Mon estomac restait agréablement plein du festin de la veille et j'avais dormi aussi profondément que dans le meilleur lit de plumes. Je me redressai lentement sur mon séant et parcourus les alentours du regard.

Je me trouvais seul sur un versant boisé. Les événements de la nuit précédente me revinrent dans un flot de détails et de sensations mais, j'eus beau faire, ce qui s'était passé après que j'avais accepté le défi de Jodoli me resta obscur. Comme si on avait soufflé une lampe, les ténèbres suivaient mes derniers mots jusqu'à l'instant où j'avais ouvert les yeux ce matin.

Pourtant, il avait dû se passer quelque chose car il ne subsistait plus la moindre trace des feux, du festin ni du camp ; en outre, la géographie des lieux ne correspondait pas à mes souvenirs : les Ocellions avaient installé leur bivouac au fond d'un petit vallon, or j'étais assis à présent sur une pente à flanc de montagne. On ne m'y avait sûrement pas transporté, mais n'aurais-je pas dû me rappeler y être arrivé par mes propres moyens ? Toutefois, je m'agaçais surtout de l'absence d'Olikéa ; elle eût pu au moins demeurer avec moi après m'avoir conduit malgré moi parmi son peuple. Je me levai lentement en prenant peu à peu conscience de ma singulière situation : nu comme un ver, je n'avais ni vivres, ni outils ni armes d'aucune sorte, et j'ignorais où je me trouvais. Un peu tardivement, je me rappelai que Spic m'avait laissé entendre qu'il passerait chez moi ce jour-là ; il m'avait même donné l'ordre de ne pas quitter ma maison afin d'être sûr de ne pas se heurter à une porte close. Il fallait que je regagne mon univers.

Je parcourus les alentours des yeux afin de me repérer, mais le décor ne m'évoquait rien, et les frondaisons cachaient le soleil. La forêt et ses arbres séculaires se ressemblaient où que je me tourne. Je me rappelai que, lancé à la poursuite d'Olikéa, je n'avais cessé de monter le long des flancs boisés de la montagne ; par conséquent, je devais descendre.

Je dus marcher toute la matinée ; incapable de suivre le déplacement du soleil, j'avais du mal à estimer l'heure. Je maudis ma stupidité qui m'avait poussé à pourchasser Olikéa ; la gourmandise et la concupiscence m'avaient aveuglé. J'accusais aussi la magie, en m'efforçant de me convaincre que c'était à elle et non à mon manque de discernement que je devais ma situation.

Les arbres se dressaient, gigantesques, autour de moi. J'avançais toujours. Des oiseaux volaient entre les branches et, par deux fois, j'effrayai un cerf.. Arrivé à un ruisselet au fond d'un ravin, je m'accroupis pour boire puis m'assis adossé à un tronc antique tandis que je trempais mes pieds douloureux dans l'eau froide. Soudain j'entendis un murmure derrière moi ; je me redressai vivement et jetai des regards alentour avec l'espoir mêlé d'inquiétude qu'Olikéa était revenue me porter secours. J'aurais accueilli avec soulagement son aide pour retourner dans mon monde, même si je redoutais de lire la déception dans ses yeux. Je n'avais aucun souvenir de ce qui s'était passé, mais j'avais la conviction d'avoir échoué à relever le défi de Jodoli, et cela n'avait pas dû lui plaire. Toutefois, je ne vis personne, aussi fis-je un effort pour me redresser et reprendre ma route.

Mes pieds me faisaient souffrir, mes chevilles et mes genoux criaient grâce et j'avais mal au dos ; je dégoulinais de sueur, et des myriades d'insectes dansaient autour de moi, bourdonnaient à mes oreilles et se prenaient dans mes cheveux. La mousse amortissait mes pas, mais même les brindilles et les épines les plus petites agressent les pieds accoutumés à porter des bottes. Les sous-bois n'étaient pas très broussailleux mais je devais par endroits forcer le passage, et l'après-midi me trouva en nage, couvert d'égratignures, d'éraflures et de piqûres d'insectes. J'observai néanmoins que les abrasions de ma peau et les attaques des moustiques me dérangeaient moins que naguère ; au moins ma graisse avait-elle une utilité.

A l'approche du crépuscule, je reconnus un arbre balafré par la foudre, et je sus alors quel chemin prendre pour rentrer chez moi. Pourquoi m'avait-il fallu tant d'heures pour parcourir en plein jour une distance qu'à l'évidence j'avais couverte en bien moins de temps la nuit précédente ? Le soir tombait quand je franchis la frontière entre la forêt ancienne et la zone brûlée où poussaient de jeunes arbres, et il faisait nuit noire, à mon grand soulagement, lorsque je quittai les bois, tout nu, couturé d'écorchures, des démangeaisons sur tout le corps, pour déboucher sur le sommet dégarni de la colline qui dominait mon cimetière. J'étais rentré chez moi.

4

Une enveloppe

En me réveillant le lendemain matin, j'eus l'impression de relever d'une nuit de beuverie. Allongé sur mon lit étroit, les yeux fixés sur une toile d'araignée dans un angle du plafond, je m'efforçai de trouver un sens à ma vie, en vain. Alors je cherchai un but auquel j'aspirais plus qu'à tout mais n'en découvris aucun. Jamais je ne m'étais senti aussi abattu ; sauver ma sœur de l'oppression de mon père et entamer une nouvelle vie à la frontière m'apparaissait comme le rêve fou d'un adolescent idéaliste en veste verte à boutons de cuivre, non comme le projet réaliste d'un obèse couvert d'égratignures, de piqûres d'insectes et infecté par une magie qu'il ne maîtrisait pas.

Spic était passé chez moi la veille ; il avait laissé un billet sur ma table, une note rédigée d'une plume guindée, signée du lieutenant Espirek, où il se disait extrêmement déçu de ne pas me trouver à mon poste ; la prochaine fois qu'il se transporterait jusqu'au cimetière, il espérait me voir vaquer à mes devoirs. Aux yeux de n'importe quel autre lecteur, son ton aurait paru sévère ; j'y perçus de l'inquiétude, voire de l'affolement. Mais pourquoi venait-il me voir ? Je ne voulais pas l'entraîner dans le désastre perpétuel que devenait ma vie.

Quand je quittai enfin mon lit, je m'aperçus avec surprise qu'il était encore très tôt. Je tirai de l'eau de la barrique, fis ma toilette, enfilai mes vêtements de rechange (en regrettant fort la perte des autres), mis Girofle à l'attache dans un carré d'herbe fraîche, bref, je m'efforçai de me comporter comme si j'attaquais une journée normale. Une journée normale... Voilà un objectif que je pouvais me fixer et espérer atteindre : la normalité.

Je taillai et épointai quelques pieux puis, avec les moyens rudimentaires à ma disposition, traçai une ligne droite pour ma clôture. Je me lançai dans ce projet comme si je construisais un rempart destiné à sauver des vies et non une simple barrière de protection pour un cimetière. Je creusais le troisième trou de la rangée quand j'acceptai enfin de regarder en face la raison de ma morosité.

Je m'étais enfui chez les Ocellions et j'avais découvert que, même parmi des sauvages, je ne réussissais pas. J'avais échoué. Je laissai glisser un des morceaux de bois de Kilikurra dans le trou que je comblai avec de la terre, puis je le maintins vertical tout en tassant le sol, aux grandes protestations de mes pieds meurtris. Mes bottes me manquaient ; je portais des chaussures basses craquées sur les côtés et usées aux semelles. Cet après-midi, je devrais retourner dans la forêt chercher mes vêtements, et cette perspective m'emplissait d'angoisse ; mais, comme tout ou presque me terrifiait ces derniers temps, je m'efforçai de voir dans cette tâche une corvée comme une autre. Je poussai un soupir, vérifiai mon alignement et me déplaçai jusqu'à l'emplacement du poteau suivant.

Je maniais la pelle quand Ebrouc et Quésit arrivèrent de la ville. Ils venaient à pied, et je ne les entendis qu'au moment où ils ne se trouvèrent plus qu'à quelques pas derrière moi. Ils paraissaient préoccupés, et Quésit me demanda tout à trac : « Où t'étais hier, Jamère ? Y a un lieutenant de l'intendance qui est passé te voir et il a eu l'air vraiment pas content de pas te trouver. Nous, on savait pas quoi lui dire. On a commencé par lui raconter que t'étais parti depuis pas longtemps, mais il arrêtait pas de poser des questions, et finalement on a dû lui avouer qu'on t'avait pas vu de la journée, mais que t'avais pas dû aller loin parce que tu t'éloignais jamais longtemps. Il est entré chez toi.

— Je sais ; il m'a laissé un mot.

— Ça va mal pour toi ? » Ebrouc avait posé la question d'un ton inquiet.

« Sans doute, oui. Mais je lui exposerai la vérité : je me suis rendu dans les bois, j'ai perdu mon chemin et il m'a fallu toute la journée pour le retrouver. »

Un grand silence accueillit mon explication. Je pensais qu'ils allaient l'accepter, mais ils échangèrent un regard puis Ebrouc hocha légèrement la tête et, me voyant froncer les sourcils, dit d'un ton bourru en désignant les tombes : « Faut qu'on se mette au fauchage. »

Mais Quésit ne bougea pas. Il redressa lentement les épaules et leva le menton. Ses yeux sombres m'avaient toujours donné une impression de tristesse et d'accablement, mais ce jour-là il croisa les bras sur sa poitrine et me transperça du regard. « Jamère, j'ai un truc à dire. Y a pas mal de monde dans le régiment qui t'aime pas, mais moi je crois que t'es quelqu'un de bien, juste bien enveloppé, et ça, on doit pas le retenir contre toi, pas plus que mon crâne chauve ou les deux orteils qui restent à Stropiat. T'es comme ça, c'est tout. Mais on a une inspection bientôt et, si un seul soldat présente pas bien, tout le monde va prendre. Tu trouves peut-être que notre régiment vaut pas grand-chose, et t'as peut-être raison pour ce qui concerne le temps que t'as passé chez nous, mais, avant, on comptait parmi les meilleurs et on marchait la tête haute. Je sais que ça va pas fort pour toi, avec les rumeurs qui courent sur toi et l'autre endimanchée qui a fait son raffut sur les cochonneries que tu lui aurais racontées. Tu crois peut-être régler tes problèmes en allant vivre à l'ocellionne ; tu serais pas le premier à disparaître dans les bois et à jamais revenir. Mais fais pas ça, Jamère ; t'as de la fierté à exécuter ton travail et tu tiens le coup comme un vrai fils militaire. On l'entend plus trop par ici, mais je vais te le dire quand même : tu dois à ton régiment de devenir le meilleur soldat possible – pas seulement dans les bonnes périodes, quand on défile, tous beaux tous propres, avec les bannières au vent, pas seulement quand ça sent la poudre, la fumée et le sang, mais aussi quand ça se passe comme en ce moment, où tout le monde, nous y compris, nous regarde de haut et qu'on sait que la commission d'inspection va nous tomber sur le dos. Même dans ces cas-là, il faut faire tout notre possible et nous montrer aussi bons soldats que nos pères. Tu m'entends ? »

Il reprit son souffle après sa diatribe ; jamais, depuis que je le connaissais, je ne l'avais entendu tenir un si long discours ni présenter ses arguments avec tant de logique. Un bouton de sa veste d'uniforme toute chiffonnée pendait au bout de son fil et l'usure avait rendu luisants les genoux de son pantalon, la pluie avait laissé des impacts de gouttes dans la poussière de son calot, et ses rares cheveux jaillissaient en touffes au-dessus de ses oreilles ; mais il se tenait droit comme un i et ses paroles s'infiltrèrent dans mon esprit comme l'averse dans la terre sèche. Elles m'émurent comme rien ne m'avait ému depuis longtemps et restaurèrent mon véritable moi aussi complètement que le festin de la forêt avait rassasié mon double ocellion. Rien n'aurait pu ressusciter mon sens du devoir avec autant d'évidence que l'appel aux armes venu du cœur de ce vieux soldat sec et ridé.

Je le regardai dans les yeux. « Tu as raison, Quésit. Tu as raison. »

Je n'en dis pas davantage, mais son visage s'illumina comme si je venais de lui faire un immense compliment. Il s'en alla d'un pas martial rejoindre Ebrouc, et, comme ils s'éloignaient, je surpris son commentaire : « Tu vois, je t'avais dit que c'était un type bien. Il fallait juste le lui rappeler. »

L'autre marmonna une réponse inintelligible. Je me remis au travail avec une énergie nouvelle, et, en début d'après-midi, je plantai le dernier pieu fourni par Kilikurra. L'ensemble formait un spectacle lamentable : ma clôture avait l'air constituée de manches de pelle enfoncés dans le sol et trop largement espacés. Mais, quand je me plaçai à une extrémité de la rangée, je constatai qu'elle s'alignait parfaitement, et je me réjouis de ce que j'avais accompli malgré un matériel rudimentaire.

Je rapportai ma pelle et ma pioche dans ma cabane à outils puis retournai dans la maison boire un verre d'eau ; je m'apprêtais à me mettre à la recherche de mes vêtements quand j'entendis un cheval renifler devant chez moi. Je me levai de ma chaise mais, avant que j'eusse le temps de parvenir à la porte, elle s'ouvrit et Spic entra en trombe. Il s'arrêta net en me voyant et s'exclama avec ferveur : « Ah, grâces soient rendues au dieu de bonté, tu es revenu ! J'ai eu peur de ne jamais te revoir, Jamère.

— Je me suis perdu dans la forêt cette nuit, mon lieutenant, mais, comme vous le constatez, j'ai regagné mon poste sain et sauf et j'ai repris mes activités. »

Il pivota sur lui-même avec la vivacité d'un chat, claqua la porte derrière lui puis se retourna vers moi, et je vis que, sur son visage, le soulagement avait laissé place à une émotion proche de la colère. « Pas de comédie aujourd'hui, Jamère ; pas de faux-semblants. Où étais-tu hier ? Et, je te préviens, je veux tout savoir. »

Je ne me voyais pas raconter mes aventures à Spic ni à quiconque – en tout cas, pas tout de suite. Aussi répondis-je avec raideur : « Je te l'ai dit : j'ai pénétré dans la forêt, la nuit est tombée plus vite que je ne m'y attendais, et je me suis égaré. Même au lever du jour, je n'ai pas réussi à me repérer, et il m'a fallu longtemps pour retrouver mon chemin. Je n'ai regagné ma maison que tard hier soir.

— Mais pourquoi aller dans la forêt à la nuit tombante, Jamère ? »

J'hésitai trop longtemps en quête d'une réponse crédible et, quand j'ouvris la bouche, Spic m'interrompit de la main. « Non, pas de mensonge. Si tu ne veux rien me révéler, tais-toi, mais, par pitié, Jamère, ne me mens pas. Tu as déjà bien assez changé comme ça ; le jour où tu commenceras à me mentir, je saurai qu'il ne reste rien à sauver de notre amitié. »

Il y avait tant de franchise et une peine si évidente dans son regard que la honte me réduisit au silence, et je détournai les yeux. Au bout d'un moment, il reprit : « Eh bien, je vais te parler de ce qui se passe chez moi et tu pourras peut-être me fournir quelques explications sur ce que tu en sais.

— Chez toi ? » fis-je, surpris.

Il s'installa à ma table comme s'il ne comptait pas partir tout de suite, et je m'assis lentement en face de lui. Il m'adressa un hochement de tête, la mine grave, pour m'engager à prendre notre conversation au sérieux, puis il s'éclaircit la gorge. « Hier matin, une femme s'est présentée à ma porte ; on lui avait appris que mon épouse aurait l'usage d'une domestique, et elle s'affirmait prête à effectuer toutes les tâches nécessaires dans notre maison en échange d'un toit et des vivres dont nous pourrions nous passer.

— Amzil », dis-je, pensif. J'avais complètement oublié que je l'avais envoyée frapper à l'huis de Spic.

« Oui. Amzil, la putain de Ville-Morte. »

Un silence s'ensuivit. Chez moi, la colère d'entendre Spic la désigner ainsi le disputait à la confusion de lui avoir imposé sans réfléchir une femme d'une telle réputation. Je sentis la gêne grandir entre nous pendant que je m'efforçais de trouver une réponse qui nous ramènerait à la situation de deux amis capables de se parler.

Spic toussota puis reprit d'un ton accusateur : « Amzil *et* ses trois enfants. Naturellement, Epinie s'est aussitôt entichée d'eux. As-tu la moindre idée de ce que gagne un lieutenant en début de carrière, Jamère ? Et du bruit que font trois enfants dans une toute petite maison ? Et de ce qu'ils dévorent, en particulier le garçon ? Epinie n'en revient pas ; elle lui a donné à manger en se disant qu'il finirait bien par s'arrêter, mais non : il a continué jusqu'au moment où il a posé tout à coup la tête sur la table et s'est endormi. »

Une feuille tourne et l'on perçoit soudain sa teinte différemment. Entendre Spic traiter Amzil de putain m'avait heurté, mais il ne pouvait pas savoir que je tenais à elle – et, soudain, je me demandai depuis quand je ne la voyais plus simplement comme Amzil la putain mais quelqu'un à qui je portais de l'affection. Cette prise de conscience m'ébranla autant que m'apercevoir que c'était moi qui dressais des barrières entre Spic et moi. « Je n'y ai pas pensé, avouai-je. Elle est venue ici avec l'intention de vivre avec moi ; elle croyait n'avoir pas d'autre solution, hormis laisser ses enfants grandir dans un lupanar.

— Et tu as refusé ? » Il paraissait étonné.

Je changeai de position sur ma chaise, gêné, puis dis avec réticence : « Ça se passait tout de suite après l'incident en ville et j'ai jugé qu'elle et sa famille ne seraient pas en sécurité chez moi. Et elle ne me proposait pas de... Je sais qu'on l'appelle la putain, Spic, mais injustement, à mon avis ; elle s'est livrée parfois à la prostitution, mais par nécessité, pour nourrir ses enfants. Et je pense qu'en certaines occasions on ne lui laissait pas le choix, que des hommes allaient chez elle, se servaient d'elle et lui donnaient de l'argent ou n'importe quoi afin de ne pas se considérer comme des violeurs. Enfin, je n'en sais rien, mais, oui, je l'ai envoyée chez toi sans songer à la charge financière que ses enfants pouvaient représenter. As-tu accepté de les garder ?

— C'est Epinie qui avait ouvert la porte. » Sa réponse suffisait. Il poursuivit : « Elle est forte, mon Epinie. Pas physiquement, certes ; sa santé a pâti de notre installation à Guetis et, comme tout le monde, elle subit l'accablement qui souffle de la forêt. Mais elle le combat, et a fait de la situation des habitantes de la ville sa grande cause ; du coup, voir une femme frapper à sa porte et l'entendre dire qu'elle préfère nettoyer notre plancher à se prostituer valait pour elle confirmation de la justesse du but qu'elle s'est fixé avec ses sifflets, ses réunions et ses cours du soir pour les femmes.

— Des cours du soir ? Sur quoi ? »

Il leva les yeux au ciel. « Sur tout ce qu'elles ont envie d'apprendre, je suppose. Par le dieu de bonté, Jamère, tu n'imagines tout de même pas que j'y assiste ? Tu n'as certainement pas oublié avec quelle ardeur Epinie adhérait à l'idée de ma mère selon laquelle les femmes doivent posséder les connaissances nécessaires pour diriger leur domaine en cas de veuvage ou d'abandon par leur époux. Elle leur enseigne les rudiments de l'arithmétique, des notions de gestion et... ma foi, je ne sais pas... ce qu'une femme doit savoir, à son avis, en l'absence d'un homme. »

Je ne pus m'empêcher de rire. « Amzil risque de se révéler meilleur professeur qu'élève dans ces cours !

— C'est possible, et même probable si on laisse faire Epinie. Malgré leurs différences, elle se sent très soulagée de la présence d'une autre femme dans la maison, étant donné son état, et elle adore déjà les enfants. Sa petite sœur lui manque beaucoup, tu sais.

— Son état ? » Je craignais le pire ; de notoriété publique, les survivants de la peste souffraient souvent d'une santé précaire et mouraient parfois jeunes. « Elle est malade ?

— Bien au contraire. » Il avait rosi, mais il arborait un sourire radieux. « Jamère, fit-il d'une voix que l'émotion rendit soudain plus grave, je vais être père. »

Je me laissai aller contre le dossier de ma chaise, stupéfait. « Tu as mis ma cousine enceinte ? »

Ses joues rougirent davantage. « Je te rappelle quand même que ta cousine est aussi mon épouse, au cas où tu l'aurais oublié. »

Je ne l'avais pas oublié mais je n'avais pas pris le temps de réfléchir précisément à ce que cela signifiait, et j'éprouvai un choc qui m'ébranla jusqu'aux tréfonds. Ils allaient former une famille – non, ils formaient déjà une famille. Je me rendais compte du ridicule de mon émoi, mais je n'avais pas vraiment vu Spic et Epinie comme un couple et encore moins comme des parents en puissance. Et voilà que la réalité s'imposait à moi. J'ai honte à l'avouer, mais je sentis l'accablement m'envahir à l'idée qu'ils allaient s'absorber dans leur foyer et que j'allais les perdre ; ma solitude m'en parut encore plus grande. Je me réjouissais pour eux, mais ma joie s'ourlait de jalousie. Je lui présentai mes félicitations en effaçant toute trace d'envie de ma voix.

« Vu la situation, tu comprends pourquoi Epinie regarde l'arrivée d'Amzil chez nous comme un cadeau du dieu de bonté lui-même : elle a eu trois enfants et elle a donné la main à d'autres femmes lors de leur accouchement, nous a-t-elle dit. En outre, l'ouvrage ne lui fait pas peur, elle nous l'a déjà prouvé. Epinie s'efforçait de bien tenir la maison, mais c'est un travail qu'on ne lui a jamais appris, et on ne trouve pas de bons domestiques à Guetis ; donc, par certains côtés, elle apprécie grandement qu'Amzil soit là pour nettoyer à fond le plancher et remettre de l'ordre dans la cuisine. »

Je poussai un soupir de soulagement. « Donc, ça se présente plutôt bien pour vous tous. »

A en juger par le regard qu'il me lança, il ne partageait pas mon optimisme. « Ça risque de tourner d'une façon que tu n'avais pas prévue, Jamère. Ton Amzil a réussi à me transmettre ton message, encore qu'elle n'en ait pas eu besoin pour que je l'engage : elle avait déjà conquis Epinie. Mais elle ne tardera pas à remarquer que le sifflet d'Epinie correspond à celui que tu décrivais dans ton “mot de passe”, et quelle conclusion en tirera-t-elle alors ? »

Je réfléchis un instant. « Je l'ignore.

— Moi aussi. Mais j'ai d'ores et déjà l'impression qu'Amzil n'est pas femme à laisser un mystère irrésolu. Combien de temps crois-tu qu'elle attendra avant de demander à Epinie ce que ça signifie ?

— Je lui ai bien spécifié de n'en rien dire à Epinie et de n'en parler qu'à toi. »

Il leva les yeux au ciel. « Ah, quel soulagement ! Jamère, tu ne te rends donc pas compte qu'une telle recommandation ne fait qu'ajouter de l'huile sur le feu ? »

Il avait raison. J'avais expliqué à Amzil que le sifflet en forme de loutre m'avait sauvé la vie, et, lorsqu'elle verrait celui d'Epinie, elle comprendrait que je faisais allusion à lui. Spic ne se trompait pas : elle chercherait inévitablement à résoudre cette énigme. Je soupirai. « Eh bien, si elle en parle à Epinie, je m'en occuperai.

— Ça ne suffit pas, Jamère ! » Il abattit sa main sur la table et se pencha vers moi, la mine sévère. « Il y a trop longtemps que je préserve ton secret ; quand Epinie apprendra la vérité, elle voudra me tuer. Depuis qu'elle est enceinte, elle se montre plus émotive que d'habitude, et apprendre que je lui mens depuis des mois pourrait bien nous détruire. Je suis venu jusqu'ici te demander... non, t'avertir que je vais tout lui dire ; ainsi tu pourras mieux te préparer à l'affronter.

— Spic, ne fais pas ça ! Il ne faut pas ! Tu sais quelle réputation j'ai acquise à Guetis ; ne la laisse pas associer son nom au mien, ou vous ne vous en relèverez pas. Quelle épouse d'officier acceptera de la fréquenter quand on saura que son cousin est soupçonné de viol, d'assassinat et de propositions indécentes aux femmes honnêtes sur la voie publique ? Il ne lui restera plus une seule amie à Guetis. Songe à l'effet qu'aurait sur elle cet ostracisme ; songe à l'effet sur l'avenir de ton enfant ! »

Il baissa un instant les yeux puis les releva. « J'y ai pensé, Jamère. Je ne suis pas un saint mais j'ai mon honneur, et j'en perdrais davantage en te reniant qu'en te reconnaissant, surtout au moment où tu as besoin d'aide. Ne prends pas cet air ! Je vois bien ce qui t'arrive. » Il se leva soudain, traversa la pièce et s'arrêta devant la fenêtre ; sans se retourner, il poursuivit : « Tu grossis un peu plus chaque jour ; n'y entends pas un reproche, seulement une constatation. Et je suis persuadé qu'il y a un élément magique là-dessous, car aucun de nos autres enrôlés ne devient corpulent comme toi, alors que certains passent beaucoup plus de temps que toi à s'imbiber de bière et à bâfrer. Mais il n'y a pas que ça. Tu vas dans la forêt, Jamère, et tu y restes bien plus longtemps qu'aucun d'entre nous ne pourrait le supporter sans devenir fou. Tu t'éloignes de nous ; je le sens en parlant avec toi. Tu me fais penser à l'éclaireur, Faille ; il a le même regard parfois. »

Et il me lança un brusque regard par-dessus l'épaule, comme s'il espérait surprendre une expression révélatrice sur mes traits, mais je restai impassible ; en même temps, je tâchai de décider ce que je pouvais lui révéler de mon expérience. J'aurais trop honte de lui révéler mes ébats coupables avec Olikéa ou l'étendue des contacts que j'avais avec les Ocellions. Il n'était pas loin de la vérité : j'avais en effet songé à demeurer dans la forêt avec eux, et je l'aurais sans doute fait si je n'avais pas perdu face à Jodoli. Encore une fois, je me demandai ce qui avait bien pu se passer, puis je tirai brutalement la bride à mes pensées pour les ramener sur l'instant présent, car Spic venait de se frapper soudain le front de la paume de la main.

« Quel imbécile ! Je bavarde, et j'en oublie la raison principale de ma visite, celle pour laquelle il est absolument impératif qu'Epinie te sache à Guetis ! Tiens, lis ceci, Jamère, et dis-moi que ça change tout. »

De la poche intérieure de sa veste, il tira une enveloppe blanche marquée d'une adresse et la posa sur la table devant moi. Mon cœur se mit à cogner dans ma poitrine : naguère, j'attachais toute l'importance du monde à cette écriture. Les traits de la plume, de la main de Carsina, formaient le nom de ma sœur et l'adresse de la propriété de ma famille. Je levai les yeux vers Spic puis ouvris la lettre non cachetée, dont je sortis deux feuilles de papier.

Ma chère Yaril,

Je regrète de n'avoir pas trouver le temps de passer te voir ni de t'écrire avant mon départ pour l'est. Une ocasion s'est présenté et mes cher parent ont juger préférable que j'axcepte aussitot l'invitation. Je séjourne chez mon cousin et son épouse, Clara Gorlin, afin de me permètre de mieux connaître son cousin à elle, le capitaine Thayère, mon fiancé. Guetis est une ville assez grossière, c'est vrai, mais je croit que j'y trouverais le bonheur auprès d'un jeune officier aussi ambissieux. Je n'aurai pas pu rêver plus fringant cavalier, avec des cheveux noirs bouclé et les épaules les plus large que j'ai jamais vu ! Ah, comme j'aimerais que tu le connaise !

Il est bien plus beau que Rémoire ! Que je me sens bête d'avoir craint que tu me le prenne ! Quelles enfants nous étions toute les deux !

Je t'en prie, écris-moi dès que posible pour me dire que je te manque autant que tu me manque et que nous pouvons renouer cette amitié qui nous a soutenu pendant tant d'heureuse années.

Avec toute mon afection,

Carsina Grenaltère, futur épouse du capitaine Thayère.

« D'où sors-tu ça ? demandai-je, effaré, alors que mon esprit commençait déjà à résoudre l'énigme.

— Je suis allé voir Carsina. J'ai eu du mal à l'approcher : une vingtaine de femmes s'étaient rassemblées pour monter la garde autour d'elle et compatir à sa terrible expérience ; et j'ai eu encore plus de mal à trouver un moyen de lui parler en privé. J'ai prétendu avoir besoin d'une relation précise de ce que tu lui avais dit et de la façon dont tu l'avais insultée. Elle est bonne comédienne : elle pleurait, bafouillait, s'éventait, et j'ai fini par faire sortir la bonne sous prétexte de lui rapporter un verre d'eau. Une fois seul avec elle, je lui ai déclaré sans me perdre en digressions que je savais qui elle était, que je te connaissais, et que j'avais lu certaines des lettres qu'elle t'envoyait à l'Ecole ; je lui ai dit que tu les avais conservées et que, si sa plainte te menait en cour martiale, tu pourrais les produire afin de prouver que vos rapports antérieurs te donnaient le droit de l'accoster dans la rue. Je crois qu'elle a failli s'évanouir pour de bon à ce moment-là. »

Il arborait un air réjoui, et je sentis moi-même un sourire étirer mes lèvres.

« Je lui ai alors expliqué que, si elle voulait étouffer l'affaire, il lui suffisait d'accéder à ta requête et de me remettre une lettre de sa main adressée à ta sœur, en lui assurant que tu ne désirais rien d'autre de sa part.

» Entre-temps, la bonne était revenue avec le verre d'eau. Carsina lui a demandé d'aller chercher de quoi écrire, et la missive que tu tiens se trouvait entre mes mains avant que je sorte. En présence de la domestique, je lui ai affirmé qu'il s'agissait d'une méprise, que j'avais parlé avec toi et que tu lui avais seulement demandé son nom parce qu'elle ressemblait à quelqu'un que tu avais connu dans le passé. Elle a acquiescé d'un air défaillant ; j'ai dû la laisser dans une situation embarrassante, car elle avait mis tant de violence à t'accuser qu'elle aura du mal à se rétracter, mais la peur que lui inspirent les lettres qu'elle t'a écrites l'empêchera peut-être de poursuivre son mensonge. Je ne dirais pas que je t'ai blanchi, mais je ne pense pas que Carsina osera noircir davantage ton image. »

Je levai les yeux de la lettre. Pendant qu'il parlait, je l'avais relue de bout en bout. J'avais la certitude que les allusions à son futur époux étaient des piques destinées à moi, et je m'étonnais de mon indifférence. « A la vérité, je détiens toujours ses anciens billets ; ils se trouvent dans mon journal de fils militaire avec mes autres papiers. » Je poussai un grand soupir de soulagement. « Spic, je ne sais pas comment te remercier. Tu lui as parfaitement cloué le bec. Si je rendais ces lettres publiques, ce serait la fin de ses fiançailles avec le capitaine Thayer ; ça m'étonnerait qu'elle prenne le risque d'abîmer ainsi sa réputation. »

Il détourna les yeux. « Je me faisais l'effet d'une brute au début, pour ne rien te cacher ; mais, une fois que je l'ai menacée de révéler son passé, je suis resté pantois devant la rapidité avec laquelle sa jolie petite bouche a cessé de trembler. Visiblement, elle n'avait qu'une envie : me cracher à la figure. Je sais que tu l'aimais autrefois, Jamère, mais je pense qu'elle t'a rendu service en rompant votre engagement. Je ne t'imagine vraiment pas lié à une femme pareille pour le restant de tes jours.

— Moi non plus », marmonnai-je. Les derniers vestiges de mon attachement pour Carsina m'avaient quitté depuis longtemps. Avait-elle jamais été la jeune fille douce et simple que je voulais voir ? Se pouvait-il que Yaril et moi nous fussions complètement mépris à son sujet, ou bien le sort impitoyable nous avait-il tous changés ?

« Enfin, nous avons maintenant ce qu'il nous faut ; écris tout de suite à Yaril, et je confierai ta lettre à la poste militaire. Dis-lui que nous ne demandons qu'à la recevoir ; Epinie serait ravie de l'installer chez nous. »

Et Spic n'eut de cesse que je me misse aussitôt à la tâche. Il se tenait près de moi quand je sortis mon matériel d'écriture de mon journal. « Mais tu en as rempli des pages et des pages ! s'exclama-t-il. Moi, j'ai à peine entamé le mien ; j'attendais un événement important dans ma carrière.

— Mon père m'a enseigné que je devais écrire au moins quelques lignes chaque soir, car le détail favorise la compréhension, et souvent, en réexaminant le passé, on peut découvrir l'origine d'un problème ou d'une solution dans ses actions antérieures. » Je regardai le peu de feuilles vierges qui me restait. « J'ai l'impression que je devrai bientôt cesser de le tenir. De toute manière, il n'était pas prévu pour un simple soldat, et, si jamais mon père lisait ce que j'y ai consigné, il serait horrifié. Mais je pense que je continuerai d'y écrire tant que j'aurai du papier.

— Tu ne comptes pas le renvoyer chez toi quand tu l'auras terminé pour qu'il le remplace par un neuf ? »

Je le regardai pour voir s'il me faisait une mauvaise blague mais il n'y avait rien de moqueur dans son expression.

« Non, Spic, murmurai-je. Je n'existe plus pour cet homme ; il m'a désavoué. Il n'aurait nulle envie de voir ce journal.

— Dans ce cas, confie-le-moi quand tu l'auras fini, car j'ai la conviction qu'il renferme nombre de pages du plus grand intérêt ; j'en prendrai soin. Ou alors donne-le à Yaril pour qu'elle le transmette à son propre fils militaire.

— Peut-être, si elle en a un. Maintenant laisse-moi réfléchir avant que j'écrive. »

Le silence régna pendant quelque temps. J'avais plongé ma plume dans l'encrier, mais elle sécha avant que j'eusse trouvé quoi dire et comment le formuler. Enfin, je rédigeai une courte lettre : une enveloppe trop épaisse risquerait d'éveiller la curiosité de mon père. Je m'en tins aux faits : j'étais vivant, je me trouvais à Guetis enrôlé comme simple soldat, mais Epinie et Spic jouissaient d'une situation qui convenait mieux au rang de ma sœur, et ils proposaient de l'accueillir chez eux. A chaque mot que je formais, j'avais douloureusement conscience que mon père pouvait lire mes propos et en tirer un jugement sur moi. J'hésitai longuement avant de mentionner l'invitation de Spic, de crainte qu'elle ne pousse mon père à quelque mesure radicale pour garder Yaril auprès de lui, mais je finis par décider de courir le risque. Plus tôt elle saurait qu'un refuge l'attendait, plus elle trouverait d'occasions d'en tirer parti.

« Comment nous joindra-t-elle ? Elle aura peut-être besoin d'argent pour le trajet ou d'un moyen de nous avertir de sa date d'arrivée. »

Spic eut un sourire espiègle. « C'est prévu. Dis-lui de répondre à Carsina, mais d'enfermer dans sa lettre une seconde enveloppe cachetée adressée à moi ; ça devrait marcher. N'oublie pas d'insister sur le fait qu'Epinie tient absolument à la recevoir. »

J'obéis. Tout en sablant ma missive puis en la cachetant, je lui demandai : « Combien de personnes comptes-tu entretenir au juste avec ta solde de lieutenant en début de carrière ? »

Son sourire s'effaça légèrement tandis qu'il prenait l'enveloppe que je lui tendais. « Bah, nous y arriverons d'une façon ou d'une autre, j'en suis sûr. » Puis il ajouta d'un ton plus grave : « Et je ne porterai pas seul cette charge, Jamère. Quand Yaril nous aura répondu, tu devras parler à Epinie, tu le sais. Cette supercherie dans laquelle tu vis prendra fin et tu devras prendre tes responsabilités. Yaril viendra vivre ici, ça ne fait aucun doute ; la seule autre option pour elle consisterait à rester sous le toit de ton père et à épouser Caulder Stiet. Or je n'imagine pas qu'une femme, même douée d'une intelligence sommaire, puisse emprunter cette voie. Ta sœur habitera donc avec nous, et elle s'attendra, comme Epinie, à te voir vivre et travailler en vrai soldat, même si tu n'es pas officier. Je te propose donc de commencer tout de suite.

» Il te faut un uniforme présentable, et tu dois te soigner comme il convient à un vrai soldat, à savoir te raser, te faire couper les cheveux et demander au colonel de t'assigner une place dans le régiment au sein de la chaîne de commandement au lieu d'en référer directement à lui. Consacre-toi à tes devoirs et les promotions suivront. Le sort ne t'a pas été favorable et tu ne débutes pas ta carrière comme lieutenant, mais ce n'est pas pour autant que tu dois renoncer à tes ambitions. Bien d'autres, moins intelligents et avec moins de relations que toi, ont réussi à gravir les échelons de la hiérarchie. Pour le bien de tous, conduis-toi en fils militaire ; tu appartiens à notre régiment, et sa valeur se réduit à celle de son élément le plus faible. »

Il avait pris un ton austère et officiel ; comme je haussais les sourcils, il indiqua la fenêtre d'un rapide coup d'œil, et je compris qu'Ebrouc ou Quésit devait se tenir non loin et pouvoir nous entendre. Je me levai le plus discrètement que je pus et acquiesçai : « A vos ordres, mon lieutenant ; je vais m'améliorer, mon lieutenant.

— Certainement, parce qu'il n'y aura pas d'autre avertissement. Chaque fois que je passerai par ici, je veux te trouver à ton poste, et fourbi comme un vrai soldat. Bonne journée.

— Bien, mon lieutenant. »

Spic s'en alla aussitôt. Dehors, une fine pluie d'été avait commencé à tomber. Je savais que son admonestation n'était que de pure forme mais, tandis que je le regardais s'éloigner, je décidai d'y obéir. Je vacillais au bord du précipice, mais j'avais reculé et j'avais retrouvé la sécurité de mon existence de fils militaire. Fini de stagner désormais. Je songeai à Gord qui avait su toujours présenter à l'Ecole un uniforme impeccable malgré sa corpulence ; eh bien, je pouvais en faire autant. Cela demanderait des efforts, mais l'effort est le lot du soldat ; et rien ne m'empêchait en réalité de viser la promotion ; j'avais d'ailleurs fait un bon pas dans ce sens par mon travail au cimetière, le colonel Lièvrin me l'avait dit. Je pouvais gagner du galon.

J'aperçus Ebrouc qui s'éclipsait derrière le box de Girofle, et je l'appelai alors que Spic disparaissait au loin dans l'averse. « Eh bien, ça ne s'est pas aussi mal passé que je le craignais, lui dis-je en tâchant de prendre le ton de celui qu'un supérieur vient de réprimander vigoureusement. D'ailleurs, il m'a tenu à peu près les mêmes propos que Quésit : que je devais me reprendre en main pour le bien du régiment et tout le tremblement.

— Ouais, je l'ai entendu ; mais, tu sais, Jamère, il a raison. C'est dur pour tout le monde ici, et y en a certains qui voudraient bien se faire stationner ailleurs, déshonorés ou pas ; mais nous, on n'oublie pas le passé et, même si on aimerait partir, on aimerait d'abord voir la route franchir les montagnes. Comme ça, quand on s'en irait, on pourrait dire : “C'était difficile, mais on y est arrivé.” »

Je regardai cet homme aux manières rustiques et au parler franc, et je me rendis compte qu'il portait une chemise d'uniforme certes tachée mais lavée de frais, qu'il s'était rasé et coiffé. Il ne payait pas de mine, et pourtant il avait bien plus l'air d'un soldat que moi, fils militaire issu de la noblesse et sorti de l'Ecole de cavalla. J'en éprouvai de la honte et de la jalousie à la fois.

« J'aurais voulu entrer dans le régiment à l'époque de sa gloire et le connaître comme toi », dis-je avec humilité.

Il eut un sourire torve. « Jamère, à cette époque-là, on t'aurait refusé. Ça fait mal à entendre, pourtant c'est vrai. Mais t'es arrivé à Guetis et t'as pu t'engager, alors profites-en ; mets-toi à notre meilleur niveau au lieu de nous tirer vers le bas. La commission d'inspection ne passe que dans une dizaine de jours ; reprends-toi en main. Ça m'étonnerait qu'on nous décerne des citations tant qu'on n'aura pas atteint notre objectif, mais au moins on peut essayer d'éviter le déshonneur.

— Notre objectif ? Tu veux dire la Route du roi ? Je croyais que c'était aux prisonniers de la construire.

— Le terrassement, oui ; mais nos éclaireurs et nos ingénieurs devaient en dessiner le tracé, déterminer les travaux à effectuer, indiquer comment s'y prendre, avec quel matériel, et en combien de temps.

— Et ils ne l'ont pas fait ? »

Il fixa sur moi un regard perçant. « Toi, tu te balades dans la forêt comme dans un parc, Jamère ; je sais pas comment tu fais. Mais pour nous autres... Les prisonniers ne continuent de bosser qu'à coups de fouet et de menaces, et le boulot n'avance quand même que si lentement qu'on a l'impression qu'ils reculent. Le colonel Lièvrin croit avoir trouvé un truc : du rhum et du laudanum ; je sais pas où il a pêché une idée pareille. Prendre un groupe de prisonniers, les bourrer d'alcool ou les droguer jusqu'aux oreilles et leur coller des haches entre les pattes, je vois pas de meilleur moyen pour avoir des ennuis. » Il haussa les épaules. « Mais il paraît que ça marche ; les poivrots sont trop bêtes pour avoir peur de quoi que ce soit. Il y en a qui se mettent à broyer du noir ou qui s'énervent, mais, avec un fouet ou un fusil, on peut persuader n'importe qui de travailler, qu'il ait le cafard ou qu'il soit d'humeur massacrante.

» Ils ont commencé à débiter les monstres d'arbres qu'il y a là-bas et à en déblayer les tronçons ; d'après un des gardes, on dirait des fourmis qui essaient de déplacer une miche de pain en la transportant miette par miette, mais ça vaut mieux que pas de progrès du tout. Même alcoolisés à mort, la plupart des prisonniers ne tiennent pas le coup plus d'une heure, et les surveillants doivent se cuiter presque autant qu'eux. A côté, faucher l'herbe ici, c'est une partie de plaisir. »

Je me figeai intérieurement. La route risquait de passer, et c'était moi qui avais indiqué au colonel le moyen d'y parvenir. Lièvrin m'avait l'air de quelqu'un d'équitable ; il ne m'attribuerait peut-être pas l'idée, mais j'aurais sans doute un galon, voire deux, sur la manche avant la fin de l'été. Comme deux vagues qui s'entrechoquent, venait se heurter à cette perspective celle, épouvantable, d'avoir trahi la forêt et la femme-arbre. J'avais fourni aux intrus une solution pour vaincre la magie ; ils tailleraient, trancheraient, heure par heure, arbre par arbre, et finiraient par pénétrer jusqu'au cœur de la forêt, jusqu'au Peuple. J'avais trahi les Ocellions autant que j'avais trahi les Gerniens le soir où j'avais fait signe aux Danseurs de Poussière de propager leur peste. J'en avais l'estomac retourné. « T'es tout pâle ; t'es malade ? demanda Ebrouc.

— Peut-être, répondis-je.

— Bon, j'ai du boulot. A tout à l'heure. » Et il s'éloigna précipitamment. Le jour touchait à sa fin, mais il retourna à son travail et moi au mien. Certains de mes piquets s'inclinaient ; je les renfonçai et tassai mieux la terre à leur pied. Que n'aurais-je donné pour accomplir cette tâche sans réfléchir ! Pourquoi ne pouvais-je jouir d'une vie simple comme Ebrouc ? Il avait des devoirs, il les exécutait, il mangeait, buvait une bière et se couchait. Pourquoi ne pouvais-je vivre la même existence ? Je connaissais la réponse : parce que je ne pouvais pas. Parvenu au bout de la rangée de pieux, je restai un moment à contempler les bois qui s'avançaient sur le versant au-dessus de moi ; puis je gravis la pente et m'enfonçai dans la forêt.

En pénétrant sous les jeunes arbres, je m'efforçai de me rappeler la terreur et l'accablement qui m'avaient saisi la première fois, et j'eus le sentiment de me remémorer un rêve insolite. J'avançai en tâchant de me souvenir du chemin suivi par Olikéa afin de retrouver mon itinéraire de la veille, et j'eus l'impression d'un rêve encore plus étrange. La visite de Spic, la lettre et les sermons d'Ebrouc et Quésit m'avaient ramené à mon devoir et à mon existence. Qu'est-ce donc qui m'avait pris ? Comment avais-je pu seulement songer à laisser Yaril seule face à un mariage forcé avec Caulder Stiet ? Comment avais-je pu croire possible de me débarrasser de mes vêtements et de m'enfuir dans la forêt pour vivre avec les Ocellions ?

Le soir tombait quand je découvris enfin mes habits épars. Je les ramassai et m'aperçus alors de leur état d'usure et de l'odeur qui en émanait ; le cuir craquelé de mes bottes avait pris une teinte grise, et je ne me rappelais pas quand, pour la dernière fois, je les avais cirées ni même nettoyées. Lorsque je pris mon pantalon, ses plis avachis et ventrus firent une parodie de mes fesses et de mes jambes. Le lendemain, quelles que dussent en être les conséquences, je me rendrais en ville et insisterais pour obtenir un uniforme convenable de l'intendance, même si je devais implorer qu'on me fournît du tissu et que je dusse embaucher Amzil pour me le coudre. A l'idée d'aller lui demander son aide, je me rappelai qu'elle habitait désormais chez Spic et qu'il avait l'intention d'apprendre à Epinie que je me trouvais à Guetis, bien vivant ; cette perspective m'emplissait d'angoisse et d'impatience à la fois. Mes vêtements sales sur un bras et mes bottes à la main, je prenais le chemin du retour quand soudain une silhouette se détacha du tronc d'un arbre ; Olikéa se planta devant moi.

« Enfin je te retrouve ! s'exclama-t-elle d'un ton accusateur. Où étais-tu passé ?

— Moi ? répondis-je, suffoqué. Je me suis réveillé seul, perdu au milieu de la forêt ; je ne sais même pas comment j'y suis arrivé ni ce qui s'est passé. » Je m'interrompis brusquement : je parlais ocellion. J'avais effectué la transition sans réfléchir, sans effort, une fois encore.

Elle émit un bruit qui tenait le milieu entre un sifflement et un feulement. « Jodoli ! Qu'a-t-il dit ?

— Il m'a mis au défi de prouver que ma magie dépassait la sienne. »

Son front se plissa. « Mais tu es plus gros que lui ; tu en contiens plus que lui. Tu aurais dû gagner.

— J'en suis peut-être plein – et j'en ai d'ailleurs parfois l'impression – mais je ne sais pas m'en servir pour autant ; c'est ce qu'a dit Jodoli. »

Elle gonfla les joues et produisit à nouveau un bruit méprisant. « Alors il a utilisé sa magie contre toi.

— Il m'a fait sombrer dans le sommeil et me réveiller ailleurs ?

— Possible. Ou il t'a fait croire que tu te trouvais ailleurs, que tu venais de te réveiller, et tu es parti sans voir où tu allais ; ou bien il t'a empêché de nous voir, ou encore moi de te voir. J'ignore comment il s'y est pris, mais il a réussi. Ma sœur s'est moquée de moi, et le Peuple a dû apporter un tribut à elle et à Jodoli en réparation de ses doutes. »

Cette défaite me porta un coup si terrible que je parvins à peine à en saisir la portée. J'avais perdu ! C'était impossible, horrible, injuste ! Moi qui avais anéanti le siège du pouvoir des Nomades, moi qui avais totalement détruit leur magie afin qu'ils ne puissent plus jamais menacer le Peuple ni nos territoires, j'avais été trompé, vaincu par un magicien tout juste digne de ce nom. Ce n'était pas un Opulent ; il arborait à peine le ventre d'une jeune fille enceinte ! Puis, tout à coup, comme auparavant, ma perception changea, et je redevins Jamère, le fils militaire. Je regardai mon uniforme sale et froissé sur mon bras et les bottes souillées et usées que je tenais à la main. « Je dois retrouver les miens, dis-je. Je regrette de t'avoir déçue, mais je dois y aller. Des gens comptent sur moi. »

Elle me sourit. « Tu as raison ; je me réjouis que tu le comprennes enfin.

— Non », répondis-je. Elle s'était approchée de moi, et je sentais déjà la chaleur et le parfum musqué de son corps ; j'avais beaucoup de mal à ne pas réagir à sa présence. « Olikéa, je dois rejoindre mon peuple à moi, les Gerniens. Je dois devenir un bon soldat et fournir un foyer à ma sœur. »

Elle se tenait à moins d'un empan de moi, les yeux levés vers moi. « Non, tu te trompes. Tu ne dois pas devenir un soldat mais un Opulent, et tu pourras ainsi servir la magie. Et puis un homme ne fournit pas de foyer à sa sœur ; les femmes créent leur propre foyer, et sans l'aide de leurs frères. »

J'avais peine à trouver mes mots alors que je la sentais tout près de moi. Elle posa la main sur ma poitrine, et mon cœur bondit à sa rencontre. « J'ai un devoir envers mon peuple.

— Oui ; et plus vite tu l'accompliras, moins il y aura de souffrances dans les deux camps. Tu dois te servir de la magie pour chasser les Jherniens. » Sa prononciation du nom des miens en faisait des étrangers à mes oreilles. « Plus vite la guerre prendra fin, plus vite les souffrances cesseront pour tous.

— La guerre ? Quelle guerre ? Nous ne sommes pas en guerre contre les Ocellions.

— Je ne t'ai jamais entendu prononcer une réflexion plus stupide. Bien sûr que nous sommes en guerre ! Il faut qu'ils partent ou bien nous devrons les tuer jusqu'au dernier. Il n'y a pas d'autre solution. Nous avons tout essayé pour les obliger à s'en aller, et bientôt nous devrons nous résoudre à tous les éliminer. »

Elle souffla ces mots terribles contre mes lèvres tout en imbriquant son corps dans le mien et en se pressant contre moi. « Toi seul en es capable, murmura-t-elle en décollant sa bouche de la mienne. Toi seul peux nous sauver tous de cette issue. Voilà ton devoir ; tu dois rester parmi nous et le remplir. » Elle passa ses mains le long de mon ventre et le caressa voluptueusement. Les sensations qu'elle éveillait en moi chassèrent toute pensée et toute division de mon esprit. Elle s'empara de nouveau de moi, et je me laissai capturer de plein gré.

5

La route

TEL UN PENDULE, JE ME MIS À OSCILLER entre deux existences sans m'engager dans aucune.

Du matin au soir, j'œuvrais au cimetière, creusais des tombes et continuais à préparer ma clôture. Le troisième jour après avoir fiché les piquets dans la terre pour marquer l'alignement, je remarquai que leurs bourgeons dormants avaient gonflé, et, les jours suivants, des feuilles se développèrent. Jugeant que je n'avais rien à perdre, je versai quotidiennement au pied de chacun un seau d'eau tiré de ma source. Je voyais dans cette feuillaison une ultime tentative de survie et je pensais que ces nouvelles feuilles ne tarderaient pas à s'enrouler, dépérir puis tomber. Mais non : au contraire, les « piquets » prospérèrent comme des arbustes transplantés avec le plus grand soin, et, pantois devant la vitesse avec laquelle il leur poussait de nouvelles branches, je m'appliquai à placer des pierres et à installer des plantes et des buissons fleuris dans l'alignement de mes poteaux. J'enfonçai de nouveaux pieux à coups de masse et tendis des cordeaux entre eux pour jalonner l'emplacement des haies à suivre ; bref, je m'efforçais de donner l'impression d'un travail scrupuleux et journalier au cas où la commission d'inspection déciderait de passer chez moi.

Amzil me fit la surprise de me rendre visite, surprise d'autant plus grande qu'elle avait apporté du matériel de couture et tout un assortiment d'uniformes usagés qu'elle avait démontés pour en récupérer le tissu. J'éprouvai un sentiment de soulagement mêlé de gêne à la voir se charger de la tâche de me rendre présentable ; quant à elle, manifestement, elle regardait cette besogne comme le remboursement d'une dette qu'elle avait envers moi, car elle s'y attela d'un air décidé, un pli ferme aux lèvres. Je fis l'effort de lui demander comment se passaient ses débuts dans sa nouvelle position ; elle plissa les yeux et répondit qu'elle admirait beaucoup l'épouse du lieutenant, car elle avait l'air d'une femme qui méritait mieux que ce que la vie lui avait réservé mais qui savait toutefois faire contre mauvaise fortune bon cœur.

« Elle, si petite et si frêle, qui vit un moment difficile et qui ne peut rien avaler, elle m'a dit qu'elle pouvait garder mes trois petits pendant que j'allais coudre. » Je perçus une accusation dans ses paroles et je laissai tomber entre nous un silence seulement interrompu par les ordres qu'elle me donna, lever les bras, me tourner et lui tenir une feuille d'épingles. Je me sentais plus humilié que lorsque les couturières de ma mère me mesuraient car, je devais me l'avouer malgré ma réticence, cette femme m'inspirait des sentiments, même si j'en ignorais la nature exacte.

Une fois mes mesures prises, elle me mit à la porte de chez moi. A la mi-journée, elle me rappela et sortit à son tour pour me laisser essayer ce qu'elle désigna comme les « pièces faufilées ». La veste et le pantalon comptaient davantage de coutures que je n'en avais jamais vu sur ce genre de vêtements, car elle avait dû les « rélargir », comme elle disait, pour les adapter à ma taille. Quand j'achevai mes travaux et regagnai ma chaumine au soir tombant, je trouvai une veste, un pantalon et une chemise que je pouvais enfiler et boutonner. Ainsi vêtu, j'allai et vins dans ma petite maison en m'émerveillant de la liberté avec laquelle je pouvais m'asseoir et même me courber ; puis, à contrecœur, je suspendis mes nouveaux habits avec soin en décidant de les remettre uniquement le jour où arriverait la commission d'inspection.

Le jour, je donnais l'apparence d'un rouage heureux d'effectuer son humble tâche pour son roi ; j'avais repris le rythme de vie normal d'un soldat : je me levais tôt, selon mon habitude, et rédigeais quelques lignes dans mon journal avec la plus grande sincérité ; j'avais décidé que nul autre que moi ne le lirait jamais, et je m'y exprimais sans détours. Ensuite, je faisais ma toilette et me rasais. Ebrouc et Quésit me firent compliment de mon nouvel aspect et eux-mêmes commencèrent à paraître plus nets et mieux soignés. Si nous étions égaux en rang, ils avaient sur moi la supériorité de l'ancienneté, mais je remarquai peu à peu qu'ils s'en remettaient à moi pour organiser l'entretien du cimetière : je devenais de fait leur caporal, même si je n'en portais pas les galons. De jour, je me montrais un parfait soldat.

La nuit, j'appartenais à la forêt.

Il ne s'agissait pas toujours d'une décision consciente de ma part ; je prenais peu à peu l'habitude de voir mon double comme mon moi ocellion, à la fois partie de moi-même et séparé. Certains soirs, après la tombée de la nuit et le départ d'Ebrouc et Quésit, je pénétrais dans les bois et me mettais en quête d'Olikéa ; d'autres fois, quand je m'efforçais de résister aux appels de mes appétits, tant gustatifs que charnels, et que j'allais me coucher, je me réveillais d'un rêve où je marchais sous les arbres et je m'apercevais que je marchais bel et bien sous les arbres, les mollets battus par l'ourlet de ma chemise de nuit alourdi de serein. Devais-je m'attacher le poignet au bas-flanc de mon lit, comme me l'avait suggéré jadis le sergent de l'Ecole ? Non, cela ne servirait pas à grand-chose. Je vivais deux existences, et, spectateur impartial, j'observais en attendant de voir laquelle finirait par prendre le dessus.

L'Ocellionne satisfaisait mes sens à un point que je n'eusse jamais imaginé. Elle se montrait inventive, hardie et d'une impudeur absolue pour joindre son corps au mien, et elle tirait de nos rapports une jouissance bien plus grande que je ne m'y fusse attendu chez une femme. Son attitude m'évoquait celle d'un homme par son agressivité, et elle ne manifestait nulle gêne à me dire ce qui lui procurerait le plus de plaisir ; elle exprimait bruyamment son appréciation de mes efforts et, en retour, me rassasiait à m'en vider la tête de toute pensée.

Gauchement, honteusement, je la courtisais. Son ravissement devant les petits présents que je lui offrais n'avait aucune commune mesure avec leur valeur ; elle chérissait les bonbons multicolores au caramel, les bracelets de cuivre, les bâtons de cannelle et les perles de verre que je lui apportais, mais j'avais le sentiment de l'acheter avec de la bimbeloterie.

Le jour, je regrettais qu'elle me voue un tel amour ; je savais qu'à long terme notre relation ne déboucherait que sur des larmes ; jamais elle ne pourrait devenir mon épouse dans mon monde. Un soir, elle m'emmena jusqu'à une sorte de hamac qu'elle avait tendu entre deux arbres, placé bas et très vaste, et, avant que je comprisse ce qui m'arrivait, elle me montra qu'il pouvait faciliter une toute nouvelle position pour nos ébats ; ensuite, alors que je m'y reposais, elle me rejoignit et moula ses formes contre les miennes. La nuit était douce, sans un souffle de vent, et le corps d'Olikéa tiède contre le mien ; un mouvement de sentimentalisme m'agita soudain, et je songeai qu'elle méritait mieux que ces jeux sexuels sans lendemain.

Je pris mon courage à deux mains et lui exposai ma pensée : je me conduisais en goujat, je me servais d'elle, je la laissais s'attacher à moi, alors que je ne pouvais rien lui offrir en retour ; je m'efforçai de lui présenter mes excuses pour l'avoir laissée se prendre d'affection pour moi. Assurément, un autre, plus honorable, eût refusé ses avances.

Mais mes explications ne rencontrèrent qu'incompréhension. Je levai les yeux vers le noir lacis des branches sur le fond du firmament constellé et cherchai des mots que je ne connaissais pas dans sa langue. « Je ne me sens pas digne de ton amour, Olikéa, déclarai-je enfin sans détour. Je crains que tu n'entretiennes des rêves et des projets pour un avenir qui n'existera pas.

— Mais n'importe quel avenir peut exister ! répondit-elle en riant. Sinon, s'il était déjà fixé, ce serait un passé. Tu dis des bêtises. Comment un avenir pourrait-il être impossible ? Possèdes-tu les pouvoirs des dieux ?

— Non. Mais je te parle de choses que je ne puis ou ne veux pas faire, Olikéa. » Maintenant que j'avais décidé d'avoir cette conversation avec elle, ce que je voulais lui dire me paraissait plus dur et plus cruel que jamais ; mais je jugeais plus cruel encore de la laisser se donner du mal pour l'illusion d'un avenir éclatant avec moi. « Olikéa, mon père m'a jeté hors de chez lui ; je ne pense pas pouvoir y revenir un jour en fils respecté, or je refuse un statut moindre. Mais, même si j'y retournais, je ne pourrais pas t'emmener ; il ne t'accepterait pas. Comprends-tu ce que je dis ?

— Ce que je ne comprends pas, c'est pourquoi tu crois que je souhaiterais y aller. » Sa perplexité n'était pas feinte. « Ni pourquoi je te permettrais de m'y emmener. Suis-je un sac que tu promènes avec toi ? »

Je sentis que je devais me montrer encore plus brutal. « Je ne pourrai jamais t'épouser, Olikéa ; tu ne pourras jamais te tenir à mes côtés en tant que... » Je cherchai le terme ocellion et m'aperçus que je n'en connaissais aucun ; je me servis du mot gernien. « "Epouse". Tu ne pourras jamais être mon "épouse". »

Elle se pencha sur moi pour me regarder en face. « "Epouse" ? Qu'est-ce que c'est ? »

Je souris avec tristesse. « Une "épouse", c'est la femme qui vivra avec moi toute ma vie, celle qui partagera ma maison et mes tours de fortune, celle qui portera mes enfants.

— Oh, je porterai mes enfants », fit-elle avec une calme assurance. Elle se rallongea près de moi. « Une fille, j'espère. Mais je n'aime pas ta maison, là-bas, dans les terres nues ; tu peux la garder. Quant à la fortune, j'ai déjà la mienne, donc je n'ai pas besoin de la tienne ; tu peux la garder. »

Sa certitude tranquille de porter un jour mon enfant me démonta. « Je ne suis pas amoureux de toi, Olikéa, dis-je tout à trac. Tu es belle, séduisante et bonne avec moi, mais je ne crois pas que nous nous connaissions vraiment ; je pense que nous ne partageons que la passion du moment.

— Je partage la nourriture avec toi », souligna-t-elle d'un ton raisonnable. Elle s'étira puis s'installa plus confortablement contre moi. « Manger, faire l'amour... » Elle soupira, contente d'elle. « Si une femme donne ça à un homme, il a de la chance et ne doit pas lui en demander davantage, parce que (et elle prit un ton taquin et menaçant à la fois) il n'arrivera à rien – sinon à lui déplaire par son insistance. »

Cette dernière phrase constituait à l'évidence une mise en garde ; je laissai la conversation s'éteindre. Olikéa avait posé la tête sur mon épaule, et ses cheveux avaient une odeur douce quoique musquée. Manifestement, il existait de grandes différences entre nos cultures, plus grandes que je ne l'avais imaginé. Il demeurait toutefois un point dont je tenais à parler.

« Et si tu as mon enfant, Olikéa, que se passera-t-il ?

— Ton enfant ? *Ton* enfant ? » Elle s'esclaffa. « Les hommes n'ont pas d'enfants ; ce sont les femmes qui en ont. Ton enfant ! » Elle eut encore un petit rire. « Quand je lui donnerai naissance, si c'est une fille, je fêterai cet événement et je te récompenserai. Et si c'est un garçon – elle gonfla légèrement les joues – j'essaierai à nouveau. »

Ces paroles me donnèrent à réfléchir pendant plusieurs nuits. Je me rappelais un adage de mon père : « Ne mesure pas mon blé avec ton boisseau » ; il l'employait chaque fois que nos opinions divergeaient au point qu'il me devenait impossible de prévoir ses réactions, et j'avais le sentiment d'avoir adopté la même attitude avec Olikéa. Les Ocellions obéissaient à des valeurs étranges, et je me rendais compte que, malgré mes fréquents contacts avec eux, je ne les connaissais guère.

Néanmoins, les jours passant, je savais que le moment approchait où je devrais prendre une décision. Des événements se produisaient, dont certains que j'avais moi-même mis en branle ; tôt ou tard, il faudrait que je cesse de me tenir en équilibre sur le mur qui séparait mes deux univers et que je choisisse l'un ou l'autre. Par moments, je redoutais l'arrivée d'une lettre de Yaril ; à d'autres, je l'appelais de mes vœux. A mesure que le temps s'écoulait sans qu'aucune nouvelle d'elle me parvînt, je commençai à soupçonner mon père d'avoir intercepté et détruit la missive ; puis je jugeai tout aussi possible que Carsina l'eût reçue et gardée. Que faire ? Je n'arrivais pas à réfléchir clairement ; de longues heures de labeur entrecoupées d'ébats échevelés et de rares heures de sommeil ne favorisent pas une pensée sereine.

Le docteur Doudier, toujours partisan de l'alcool comme moyen de se calmer les nerfs, avait apparemment découvert un dosage équilibré entre rhum et laudanum pour insensibiliser les ouvriers et leurs surveillants à la terreur qui soufflait au bout de la route ; les travaux avançaient à une cadence qui n'eût réjoui personne en d'autres circonstances, mais avec une régularité proprement stupéfiante au regard des années précédentes.

Ainsi qu'Ebrouc l'avait souligné, la tâche était monumentale. Avant que la route pût reprendre sa progression, il fallait débiter puis évacuer les trois arbres gigantesques que les équipes avaient abattus. Aux dires de mes deux compagnons, le déblaiement se déroulait comme s'il s'agissait d'une opération militaire : l'équipe de tronçonnage, convenablement droguée à l'alcool et au laudanum, œuvrait par périodes d'une heure à découper des sections de tronc et à les fixer à des attelages qui les emportaient. On déplaçait chaque bille jusqu'en dehors de la « zone de peur » où un groupe de prisonniers à l'esprit clair la prenait en charge. Les hommes de l'avant travaillaient une heure puis battaient en retraite et laissaient la place à des condamnés et des surveillants fraîchement fortifiés contre la terreur. Lentement mais avec régularité, les arbres abattus se réduisaient, et l'on avait déjà dépêché une équipe de bûcherons marquer les prochains arbres à couper. Le moral à Guetis remontait, et pas seulement à cause des progrès de la route : le colonel Lièvrin, après consultation avec le docteur Doudier, avait décidé d'accorder une dose de « mélange de Guetis » à tous ceux, homme ou femme, qui éprouveraient le besoin d'un revigorant. Selon Ebrouc, la ville entière se trouvait en léger état d'ébriété la plupart du temps ; je n'avais aucun moyen de vérifier ses dires, mais je remarquai en effet que lui et Quésit sentaient le rhum.

Je ne me risquais plus en ville : au moment où j'espérais que la fureur consécutive à la disparition de Fala allait retomber, on avait découvert son corps sans vie ; on l'avait étranglée avec une lanière de cuir et jetée dans un tas de vieille paille derrière l'écurie. La neige et la paille sortie des boxes lors des nettoyages s'étaient accumulées sur elle et l'avaient dissimulée, sans quoi on l'eût retrouvée beaucoup plus tôt ; en l'occurrence, on avait repéré sa dépouille alors qu'on chargeait la paille sur un chariot dans le cadre du grand fourbissage que subissait Guetis en prévision de l'inspection.

Ce ne fut pas moi qui l'enterrai, et je n'assistai pas à ses funérailles. Le colonel Lièvrin, prouvant qu'il n'ignorait pas les rumeurs ni l'humeur de la ville, m'avait ordonné de me rendre au chantier de la route et d'y aider les équipes pour la journée. Je regrettai de ne pouvoir rendre un dernier hommage à une femme qui, bien que brièvement, m'avait apporté du réconfort. Je devais apprendre plus tard par Quésit que l'enterrement avait tourné à la « véritable réunion de la haute », comme il dit, car toutes les Dames au Sifflet de Guetis étaient venues accompagner le cercueil de Fala jusqu'au cimetière et avaient assisté à sa mise en terre. Je jugeai cette manifestation de sympathie destinée à informer les hommes de la ville que les femmes ne toléreraient aucun mauvais traitement d'une de leurs semblables, fût-elle du commun. Je n'osai pas poser la question, mais je me demandai si Epinie faisait partie de la délégation.

Pour moi, je vécus une journée singulière. Girofle et moi nous présentâmes, selon les ordres, au chantier, juste en dehors de la zone de peur, mais nul ne put me dire auprès de qui prendre mes instructions ni ce qu'on attendait de nous, et, du matin jusqu'au soir, je fus l'objet de la curiosité des ouvriers et de leurs surveillants. C'était la première fois que j'observais de si près le sort des forçats, et je ne puis dire ce qui m'horrifia le plus, la brutalité des gardiens envers eux ou leur attitude bestiale de rustres qui donnait presque l'impression qu'ils méritaient cette violence. A la fin du jour, ma seule opinion univoque sur la situation était qu'elle déshumanisait les gardes-chiourme autant que ceux qu'ils surveillaient, et je me jurai de n'appartenir à aucun des deux groupes.

Quand je regagnai mon cimetière ce soir-là, je me rendis près de la tombe de Fala et m'y recueillis un moment. Je me réjouis de constater que l'assistance avait recouvert sa dernière demeure d'un épais tapis de fleurs, et je formai le vœu ardent que celui qui avait mis un terme à son existence de façon si brutale souffrît de manière similaire à la fin de la sienne. Quel homme pouvait assassiner une frêle jeune femme avec autant de cruauté puis se débarrasser de son corps sur un tas de paille sale, sans aucun égard pour elle ? Sa mort pesait sur mon âme tandis que je préparais mon repas, et cela explique sans doute pourquoi je me mis au lit cette nuit-là au lieu d'aller rejoindre Olikéa à l'orée de la forêt.

J'espérais passer une nuit paisible mais le sommeil m'échappait, et, quand je parvins enfin à le saisir de haute lutte, je ne rêvai ni d'Olikéa ni de Fala mais d'Orandula, le dieu ancien de l'équilibre. Je me tenais près de lui et je l'aidais à stabiliser des balances munies, au lieu de deux plateaux, d'une demi-douzaine de crochets disposés en cercle, très semblables à ceux du carrousel macabre que j'avais vu au mariage de Posse ; leurs pointes cruelles empalaient non des tourterelles mais des humains, et, pis encore, des gens que je connaissais. Dewara pendait à l'un, la femme-arbre à un autre, l'infortunée Fala à un troisième, ma mère à un quatrième ; réunis tout autour de moi dans l'attente de mon choix, l'œil atone, se trouvaient Epinie et Spic, le colonel Lièvrin et Olikéa, ma sœur Yaril et même Carsina.

« Choisis », répéta le dieu ancien d'une voix aussi rauque que celle d'un croas ; et, de fait, il arborait la tête d'un de ces oiseaux sur le corps d'un homme. Ses caroncules rouges s'agitaient au rythme de ses paroles. « Tu as rompu l'équilibre ; tu dois le rétablir, Jamais. Tu me dois une mort. Décide à présent qui doit sentir les serres de la mort ; toi, peut-être ? »

Ce n'était pas une question de pure forme. Je voulus protester que je ne pouvais pas choisir, mais il brandit un outil qui ressemblait à un croc à fourrage comme s'il s'apprêtait à cueillir tous ceux qui m'entouraient. Je bondis sur lui pour arrêter son geste et je sentis le métal s'enfoncer sous mon sternum.

Je me réveillai brutalement avec un hoquet d'horreur. Je tremblais de tous mes membres, de froid autant que d'épouvante, et j'eus un second choc en me découvrant sur la crête rocheuse près de la souche de la femme-arbre ; tourné vers l'orée de la forêt, je contemplais la route intruse, visible sous l'aspect d'un trait de ténèbres au milieu de la cuvette d'arbres au feuillage argenté que me montrait la pleine lune.

Je commençais à m'habituer à mes crises de somnambulisme. Je respirai profondément à plusieurs reprises, et j'avais réussi à me calmer au point de me demander comment j'allais retrouver mon chemin dans les ombres épaisses des bois quand j'entendis une voix d'homme à côté de moi. « Alors, lequel choisis-tu ? »

Je poussai un cri en m'écartant d'un bond de la silhouette noire qui avait jailli près de moi : la question faisait trop écho à mon rêve. « Je ne puis choisir ! » lançai-je en réponse à Orandula.

Je battis des paupières et ma vision s'adapta à la lueur indécise du clair de lune. Ce n'était pas le dieu ancien qui se trouvait à mes côtés mais Jodoli, l'Opulent qui avait eu le dessus sur moi au village ocellion. Ses yeux brillaient d'un éclat étrange au milieu du masque de pigment noir qui barrait son visage. Il sourit et j'entr'aperçus ses dents blanches. « Voilà la première phrase raisonnable que je t'entends prononcer, sans-tache. Tu as raison, tu ne peux choisir parce qu'on a déjà choisi à ta place. Pourtant, tu balances, tu tergiverses, tu traînes les pieds sans te préoccuper du mal que tu fais à tous. Regarde en bas ; dis-moi ce que tu vois. »

Je n'avais pas besoin de détourner les yeux. « Je vois la route qui s'enfonce dans la forêt.

— Oui. Je m'y suis rendu ce soir ; j'y ai découvert de nombreux bâtons plantés dans le sol et marqués de tissus de couleur ; et j'ai trouvé les marques que le fer a laissées sur les arbres de nos ancêtres. La dernière fois que j'en ai vu de semblables, elles signifiaient que ces arbres devaient mourir. J'ai marché parmi eux et ils m'ont crié : « Sauve-nous ! Sauve-nous ! » Mais je ne m'en crois pas capable ; je pense que, si quelqu'un doit opérer cette magie, c'est toi. Pourquoi attends-tu ? Parce que Kinrove a dit que la Danse-sans-fin a échoué et que désormais nous ne pourrons survivre qu'en versant le sang ?

— Jodoli, je ne comprends pas ce dont tu parles. Je ne connais pas ce Kinrove et j'ignore tout de la Danse-sans-fin. On me répète que j'appartiens à la magie et que je vais commettre ou que j'ai commis un acte qui condamnera mon peuple et sauvera le tien. L'idée que je puisse devenir l'assassin des Gerniens m'emplit d'horreur. Pourquoi ce conflit doit-il avoir lieu ? Que craignez-vous ? Nos deux peuples se rejoignent par le commerce ; je vois que les Ocellions nous apportent des fourrures, et je vous vois ravis du miel, des tissus et des ornements que vous n'auriez pas autrement. Où est le mal ? Pourquoi devons-nous nous dresser les uns contre les autres ? »

Jodoli eut alors un geste singulier : il tendit une main circonspecte et tapa fermement sur mon ventre. Comme je levais les poings, offensé, il recula promptement. « Je ne voulais pas te faire affront, mais je ne comprends pas : comment peux-tu être tellement plus gros que moi, si plein de magie, et affirmer ne rien savoir ? A notre dernière rencontre, la facilité avec laquelle je t'ai vaincu m'a laissé déconcerté ; j'ai réfléchi plusieurs jours et j'ai fini par conclure que tu t'étais moqué de moi, ou servi de moi à des fins personnelles. Depuis, j'attends ta vengeance et je vis dans la peur ; j'ai songé à m'enfuir, mais Firada m'a menacé de me déshonorer ; elle a dit que tu étais un faux Opulent et que tu avais décidé de retourner parmi les tiens, mais je savais qu'il n'en était rien : j'avais senti le pouvoir courir en toi et je te craignais. Et puis cette nuit la magie m'a appelé, et, quand j'ai vu qu'elle t'avait convoqué aussi, j'ai rassemblé mon courage pour te parler. »

Je l'écoutais d'une oreille distraite car j'avais perçu une autre présence, plus subtile ; la femme-arbre se trouvait non loin de nous. Une peine qui n'était pas la mienne me submergea et j'eus soudain envie de me rendre auprès de son arbre abattu, de la sentir près de moi, même diminuée.

« Descends avec moi, dit Jodoli, et je sursautai comme s'il m'avait tiré d'un rêve. Pose ta question aux aïeux.

— Descendre où ?

— Là. » Dans la pénombre, il pointa le doigt vers la vallée et la route qui l'entaillait puis, sans attendre ma réponse, il se mit en route ; sans réfléchir, je le suivis.

Tout d'abord, nous nous engageâmes dans une pente escarpée, puis Jodoli trouva un sentier laissé par les animaux qui coupait à l'oblique le long du versant, et je m'enfonçai derrière lui dans l'ombre épaisse des arbres ; la lune devint un souvenir d'argent, et je m'étonnai de la rapidité avec laquelle mes yeux s'habituèrent à l'obscurité. Comme je marchais à la suite de Jodoli, j'observai un phénomène curieux : pour un homme de sa corpulence, il se déplaçait très vite et d'un pas léger ; il ne roulait pas d'un bord sur l'autre et l'on ne sentait nulle lourdeur dans sa démarche. Je l'entendais respirer par le nez tandis qu'il progressait à bonne allure, et sa façon d'avancer à vives enjambées sans se fatiguer m'impressionnait.

Puis je me rendis compte que je restais moi-même à sa hauteur, et je m'étonnai soudain de la vitesse avec laquelle j'étais passé, en pleine nuit, de ma chaumière à la crête de la femme-arbre. Une question fugitive me traversa l'esprit : étions-nous vraiment présents ou bien effectuais-je ce trajet, non au cours d'une crise de somnambulisme, mais en rêve ?

Cette impression d'irréalité se renforça quand je commençai à entendre des murmures dans le silence de la forêt ; des voix échangeaient des chuchotis au loin. J'eusse pu mettre cela sur le compte du doux bruissement des feuillages, mais il n'y avait pas un souffle d'air et les sons suivaient le rythme de la parole. Je tendis l'oreille pour en comprendre le sens mais ne distinguai aucun mot ; je ne percevais que de l'inquiétude et de la colère. Quand nous atteignîmes le fond de la vallée et l'obscurité des vrais géants de la forêt, les murmures s'amplifièrent ; sans doute Jodoli m'emmenait-il à une réunion d'Ocellions qui se tenait au bout de la route. Mais quel dessein poursuivait-il ? Je n'avais nulle envie de me retrouver le seul Gernien au milieu d'une foule de ses congénères furieux. Je ralentis. « Où sont-ils ? demandai-je. Je les entends parler ; combien y en a-t-il ? »

Il s'arrêta et se tourna vers moi, l'air intrigué. « Ils sont tout autour de nous, tu le vois bien. Je n'ai jamais songé à essayer de les compter. » Il fit un pas vers moi, et je vis une expression d'envie peinte sur son visage. « Tu les entends déjà ? Sans les toucher ?

— Je capte des murmures. Je ne comprends pas ce qu'ils disent, mais je les entends parler tout bas. »

Il se tut un instant puis soupira. « Olikéa avait raison : tu es plein de magie et je ne pourrai jamais espérer devenir un magicien aussi puissant que toi. Moi, je ne perçois rien ; d'ailleurs, il me faut toute ma concentration et beaucoup de mon pouvoir pour rester longtemps à l'écoute. Parfois

Firada me fait des reproches, car par deux fois j'ai utilisé tant de magie que j'ai perdu connaissance et, quand elle a fini par me retrouver, ma peau pendait sur moi ; alors elle a dû me nourrir pendant des jours pour restaurer mon énergie. Elle dit que je ne rends pas service à mon peuple en tendant l'oreille à ces murmures et que je gaspille la magie dont elle s'épuise à m'approvisionner. Mais je crois que je dois commencer par écouter si je veux apprendre la sagesse de mes aïeux.

— Ainsi, tu pourrais utiliser tant de magie que tu perdrais ta corpulence ? » demandai-je, et je retins mon souffle dans l'attente de sa réponse.

Il reprit son chemin, je le suivis, et il déclara par-dessus son épaule : « On raconte que c'est arrivé à des Opulents à l'époque de la guerre avec les Nomades. On peut mourir en se vidant de sa magie comme on meurt si on perd tout son sang ; mais il est rare que ça se produise sans que le magicien le fasse exprès. Consumer son pouvoir jusqu'à la dernière parcelle exige énormément de volonté ; il faut franchir les barrières de la douleur et de l'épuisement pour y parvenir, et, normalement, le magicien perdrait conscience avant d'être complètement mort. Alors sa nourricière, si elle se trouvait dans les environs, pourrait le ranimer ; mais, si elle n'est pas là, il risquerait de succomber. Voilà ce qui met Firada en colère ; elle investit en moi beaucoup de son temps et je n'ai pas encore réussi à lui donner une fille ; elle dit que, si je meurs à cause de ma propre bêtise, elle ne se fatiguera même pas à déposer mon corps contre un arbre. Tu vois à quel point elle m'en veut ! Et, même quand je lui assure que c'est, à mon avis, ce que la magie veut de moi, elle reste furieuse ; selon elle, je dois me borner à faire ce à quoi le pouvoir me force, non essayer d'aller au-devant de sa volonté. Parfois (et il se retourna vers moi avec un sourire qui démentait ses propos), je me demande si je ne serais pas mieux loti avec sa sœur cadette ; mais, naturellement, je ne mets pas Firada dans le secret de mes interrogations ! Il règne un esprit de rivalité entre elles qui suffirait à déclencher une guerre. Certains affirment même qu'Olikéa ne t'aurait jamais pris en charge si elle n'avait pas crevé d'envie de pouvoir se montrer en possession d'un Opulent plus gros que celui de sa sœur.

— On dit ça ? » fis-je entre haut et bas. Ces allégations étaient-elles fondées ? Cela expliquerait beaucoup de choses. L'abattement me saisit soudain, et je m'étonnai de la force que je puisais dans l'affection – ou la prétendue affection – d'Olikéa pour moi. A peine quelques jours plus tôt, je me sentais le devoir de lui révéler que je ne pourrais jamais l'aimer vraiment, et apprendre qu'elle non plus ne m'aimait pas aurait dû me laisser de marbre ; pourtant, je me sentais l'amour-propre meurtri.

« Tiens, vois comme la lumière perce par les blessures du toit du monde même sous la lune. Le jour, me tenir ici me fait mal ; les yeux me piquent et j'ai la tête qui tourne. Aujourd'hui, ceux d'entre nous qui entendent les aïeux ne peuvent plus venir les écouter que de nuit ; c'est dur. Nous le savons, même si nous parvenons à chasser les Gerniens, il faudra des générations avant que l'éclat du ciel disparaisse de cette partie de la forêt et que le Peuple puisse s'y déplacer librement. »

Devant nous, les arbres avaient pris l'aspect de piliers de ténèbres dans la lueur lunaire. Nous nous approchions de la fin de la Route du roi, et les murmures devenaient plus forts.

« Tu vois ça ? » fit Jodoli, et, du bout du pied, il donna un petit coup à un piquet surmonté d'un fanion qu'un géomètre avait fiché dans le sol. « C'est leur signe pour indiquer qu'ils ont l'intention d'avancer et d'abattre des arbres. Une fois, ils ont pénétré dans la forêt et en ont planté beaucoup de semblables dans la terre en suivant une ligne droite qui s'enfonçait loin dans les montagnes. Nous les avons tous arrachés. Mais celui-ci, tout récent, signifie qu'ils veulent essayer à nouveau.

— Oui, c'est exact. » J'avais poussé sur ma voix pour me faire entendre parmi le brouhaha de cent voix furieuses, et elle me parut bizarrement sonore. Je parcourus la pénombre des yeux. « Conduis-moi auprès de ces fameux aïeux ; je voudrais leur parler et entendre quelles solutions ils ont à proposer.

— Pour eux, il n'y en a que deux : les Gerniens doivent partir ou mourir. »

Un frisson d'angoisse me picota l'échine, mais je répondis : « Laisse-moi leur parler. Il doit exister une autre possibilité. Je connais bien mes semblables : ils ne s'en iront pas.

— Alors ils mourront, et je ne prends aucun plaisir à te le dire. » Il ajouta : « Par ici », et, sans me laisser le temps de placer un mot, il me conduisit au chantier. Il s'arrêta sous le couvert des arbres, mais je continuai d'avancer, comme attiré par un aimant. Sortant de la forêt, je m'aventurai sur la terre nue et retournée en regardant avec effarement ce qui m'entourait. Derrière moi, Jodoli me criait, affolé : « Reviens ! Reviens ! » mais je n'y prenais pas garde ; je voulais voir de mes propres yeux les résultats de l'ambition de mon roi.

Les géants abattus n'avaient pas complètement disparu mais les sections de leur tronc qui barraient le passage de la route avaient été découpées et emportées. Sous mes pieds, une couche de sciure jaune et odorante se mêlait à l'humus, piétinée par de lourds sabots. On avait éliminé les souches à coups de pic, de hache, et par le feu ; il n'en subsistait rien que des creux dans la terre. Dos à la forêt, je voyais la route s'étendre devant moi comme une large avenue de lumière. Les réparations des parties abîmées avaient bien progressé ; quand la commission d'inspection arriverait, on pourrait lui montrer une route bien construite et une nouvelle avancée dans les bois. Le colonel en tirerait fierté.

Je me retournai. Au milieu du trajet que devait suivre le chantier se dressait encore un arbre immense ; les premiers coups de hache apparaissaient comme des taches claires sur l'écorce noire. Pour le moment, ils n'avaient fait sauter que d'infimes éclats du gigantesque fût, moins considérables que des piqûres de moustiques sur la cheville d'un homme, mais leur blancheur clignait sous la lune comme un œil riant d'une terrible plaisanterie. Jodoli se tenait contre l'arbre, et les ombres irrégulières sur les mouchetures de sa peau le rendaient difficile à distinguer de l'écorce tachetée ; une joue appuyée contre le bois, il avait les yeux fermés et le front plissé. Lentement, je quittai l'univers gernien de la route pour regagner la forêt ocellionne.

« Jodoli ? » dis-je en parvenant près de lui, mais il semblait perdu dans ses pensées, ou peut-être endormi. Je posai la main sur son épaule.

Les murmures se transformèrent en rugissements puis se réduisirent à une seule voix, celle d'un homme, empreinte d'angoisse et d'indignation : « ... et la peur ne les repousse plus ; la drogue étouffe leurs sens et ils ne la perçoivent plus. Je les ai vus, ces petits vers blancs, ronger, fouailler les autres ; ils ne sont plus. Demain, je commencerai à mourir. Il leur faudra des jours pour me tuer, je le sais, j'ai assisté à ce qui s'est passé avant. Il est peut-être trop tard pour que tu me sauves, aussi ne te le demandé-je pas pour moi mais pour ceux dont les rangs se dressent derrière moi. Le découragement n'a rien donné ; même la purification de la fièvre ne les a pas éveillés. Ils rejettent la vision qu'on leur présente ; ils n'écoutent pas les messagers qu'on leur envoie. Seule la mort les arrêtera.

— Et l'Opulent sans-tache ? Il est gros de magie. Ne devait-il pas faire partir les Gerniens ? »

La vague de dédain qui déferla des arbres me cuisit. « Lisana l'a créé. Elle est sage, mais elle n'est pas la plus sage. Elle prétendait qu'elle obéissait à la magie, que la magie l'avait conduit à elle et lui avait commandé de s'emparer de lui. Nous doutions, et beaucoup la jugeaient trop jeune pour garder le chemin ; j'étais de ceux-là. Et voyez le prix qu'elle a payé : il s'est retourné contre elle et a faussé nos plans. Il a employé notre magie contre nous et abattu Lisana elle-même, dont le tronc gît par terre aujourd'hui. Il s'en faudra de nombreuses saisons avant qu'elle ne retrouve une taille suffisante pour s'exprimer à nouveau fort et clairement. Cela parle-t-il en faveur de sa sagesse ? »

Lisana. Mon cœur connaissait ce nom. « Femme-arbre », murmurai-je ; des bribes d'information tournoyèrent dans ma tête avant de s'imbriquer pour former un ensemble. Ces arbres immenses étaient les aïeux du peuple ocellion, au sens propre, et, quand nous les coupions, nous tuions ses conseillers, les gardiens de la sagesse des siècles passés, des êtres sacrés ; nous leur avions déclaré la guerre sans nous en rendre compte.

« Je sais ce que je dois faire, dis-je, et ma voix résonna avec une puissance inattendue dans le silence de la nuit. Je dois retourner chez les Gerniens. Je me rendrai auprès de mon chef demain et je lui expliquerai que la route ne doit pas suivre ce trajet. Il y a sûrement un autre itinéraire qui permette de franchir les montagnes et d'atteindre la mer. Lisana était avisée. » Il me semblait soudain essentiel de les en convaincre. « Elle a fait de moi une passerelle entre nos deux peuples. Je ne puis chasser les Gerniens, mais je puis leur porter votre parole et les amener à comprendre qu'abattre ces arbres constitue une offense mortelle pour les Ocellions. Je te le promets, je ferai tout pour te sauver, aïeul.

— Se pourrait-il que ce soit si facile ? fit Jodoli.

— Non ! » Je perçus le mépris dans lequel l'arbre tenait ma proposition. « Ne te fie pas à lui, Jodoli du Peuple. C'est un homme à deux cœurs ; il ne peut avoir de loyauté pour aucun. »

Je secouai la tête. « Je puis me montrer loyal aux deux ; vous verrez. »

Cela paraissait si simple sous la lune qui éclairait la nuit...

6

Danseurs

Je rentrai chez moi en courant. La volonté d'aller le plus vite possible faisait bouillir la magie dans mon sang, et j'accélérais toujours, comme si le sol lui-même me hâtait vers ma destination. Au bout d'un trajet d'une brièveté anormale, j'arrivai à ma maison avant que l'aube ne grisaillât le ciel.

Là, je me redressai dans mon lit puis je posai les pieds par terre, le cœur cognant dans la poitrine, et je repris mon souffle.

Je restai un long moment sans bouger, en proie à la lutte entre deux réalités. Je venais de traverser la forêt au grand galop, or mes pieds nus étaient propres et secs, et je n'avais aucun souvenir d'avoir ouvert ma porte, de l'avoir refermée derrière moi, ni de m'être recouché.

De deux choses l'une : ou j'avais rêvé et rien de tout cela n'était réel, ou bien j'avais eu recours à la magie pour me déplacer dans mon songe et tout était réel.

Je me sentis soudain essoufflé comme si j'avais vraiment parcouru cette distance au pas de course ; la sueur se mit à me dégouliner dans le dos et sur le front, et une trépidation naquit en moi ; elle se transforma en frissonnement, et je me retrouvai tout à coup plié en deux, claquant des dents et tremblant comme une feuille. Des spasmes me convulsaient et me donnaient l'impression de me déchirer. Une vague de chaleur me brûla, une onde glacée me transit, puis tous ces symptômes disparurent aussi vite qu'ils étaient venus, et ma respiration s'apaisa. Sans le comprendre, j'acceptai le phénomène, et je jugeai bien réel le savoir que j'avais acquis, même si j'ignorais comment je l'avais acquis ; j'agirais en fonction de ce que j'avais appris.

Je pris un bain, me rasai et enfilai mon nouvel uniforme. J'avais consommé de la magie pour regagner rapidement ma maison, je le savais à présent, et j'en notais les signes : la faim de loup que le pain ne pouvait assouvir et surtout le fait que mon pantalon était devenu presque trop large – presque. Néanmoins, je préférai ne pas risquer ses multiples coutures sur l'ample dos de Girofle ; je harnachai le cheval à la carriole et pénétrai dans la ville au lever du soleil, enflammé par mes bonnes intentions et plein d'espoir. Si je parvenais à persuader le colonel que dévier le tracé de la route, aussi difficile que cela pût se révéler, mettrait un terme à nos affrontements avec les Ocellions et à la magie maléfique qui déferlait de la forêt, j'arriverais peut-être à sauver les uns et les autres. Je deviendrais un héros. A ce mot, mon sourire se fit amer : un héros empesé de graisse dont nul ne saurait jamais l'exploit. Mais cela ne m'empêcherait pas de l'avoir accompli.

Je n'avais pas osé remettre les pieds en ville depuis plusieurs jours, et je m'étonnai des modifications que je constatai. Le campement de troc des Ocellions s'étendait toujours à la périphérie, mais je restai stupéfait des changements qu'avait subis Guetis. Certes, on avait repeint les maisons, comblé de gravier les ornières et les nids-de-poule, pavoisé de vert cavalla les portes et les vitrines des boutiques et des tavernes, lavé les carreaux des fenêtres, mais je demeurai surtout frappé de voir les gens, malgré l'heure matinale, débarrassés de la tension et de la lassitude que j'avais appris à regarder comme partie intégrante de la vie à Guetis. Ils paraissaient détendus, voire léthargiques. Deux femmes, coiffées de leurs plus beaux chapeaux qu'elles avaient abondamment ornés de rubans verts, flânaient dans la rue en se donnant le bras. Je tirai les rênes pour mettre Girofle au pas, car, souriantes et absorbées dans leur conversation, elles ne nous avaient pas vus. Je les contournai et poursuivis mon chemin.

Je dus me détourner du trajet habituel pour gagner le bureau du colonel : on avait barré d'une corde la rue qui passait devant le quartier général ; une estrade s'étendait au milieu de la chaussée, et une équipe d'hommes s'affairait à l'entourer de rangées de bancs. Sur le fronton de la voûte qui la dominait, une banderole souhaitait la bienvenue aux généraux Broge et Prode ainsi qu'à toute une liste de seigneurs. Le nom de Prode me surprit : c'était celui du chef des armées royales dans l'est avant que le général Broge ne le remplace ; fallait-il voir dans la présence du vieil officier un hommage à son successeur ou au contraire un discret reproche selon lequel la route progressait plus vite avant l'entrée en fonction de Broge ?

Je laissai Girofle et la carriole dans une ruelle de traverse et poursuivis à pied jusqu'à ma destination. La peinture du bâtiment était si fraîche que j'en sentais encore l'odeur, et le bouton de cuivre de la porte, poli, glissait tant sous la paume que je dus le serrer fermement pour le tourner. Passé l'entrée, j'eus une autre surprise : on avait complètement remis à neuf le territoire du sergent : murs repeints, bois du bureau luisant d'huile de lin, coussins confortables sur les chaises. Il ne restait plus un grain de poussière sur les bibliothèques, où s'alignaient sagement livres et manuels. Un lieutenant que je ne connaissais pas occupait la place du sergent ; on l'eût dit aussi rénové que la pièce qui l'entourait : ses boutons brillaient, sa chemise imprégnée d'amidon l'enserrait comme un carcan, et la pâleur de son crâne contrastait bizarrement avec le hâle de son visage ; à l'évidence, on lui avait coupé les cheveux tout récemment.

Je me redressai en le voyant et m'attendis à une réprimande pour être entré sans frapper ; mais il me regarda seulement dans les yeux et demanda d'un ton solennel : « Avez-vous un rendez-vous, soldat ?

— Non, mon lieutenant. Jusqu'ici, le colonel a toujours eu la bonté de me permettre de me présenter sans rendez-vous. Je dispose de renseignements qui, je pense, pourraient lui être utiles, mon lieutenant.

— Très bien », répondit-il d'un air absent. Il considéra un document posé sur son bureau, battit des paupières puis releva les yeux vers moi avec un sourire vague. Je gardai l'allure martiale. Il prit sa plume, joua avec elle un instant puis me demanda d'un ton aimable : « Vous souhaitez donc voir le colonel Lièvrin ? »

Je perçus un léger parfum de rhum dans son haleine ; j'écarquillai les yeux : il buvait pendant le service ? Non, il s'agissait sans doute de la drogue de Guetis dont m'avait parlé Ebrouc. Je songeai soudain aux deux femmes que j'avais vues se promener tranquillement dans la rue un peu plus tôt. Je m'éclaircis la gorge. « Oui, mon lieutenant, si c'est possible ; j'aimerais m'entretenir avec le colonel Lièvrin. »

Il s'adossa brusquement dans sa chaise et désigna la porte du bureau d'un geste empreint de grandeur. « Je vous en prie, soldat, allez-y. »

Avec l'impression d'être une souris sous le regard d'un chat, je m'approchai de l'huis et frappai ; je m'attendais à ce que le lieutenant revînt sur sa décision et me rappelât, mais il m'avait apparemment complètement oublié et portait toute son attention au nettoyage de la pointe de sa plume. La seconde fois que je toquai, j'entendis une voix étouffée m'inviter à entrer. J'ouvris la porte et la franchis.

Je constatai avec une sorte de soulagement que la pièce n'avait quasiment pas changé : les mêmes tapis recouvraient le plancher, les mêmes tentures cachaient les murs ; le feu avait perdu en intensité, mais le bureau paraissait plus lumineux parce qu'on avait lavé les verres des lampes. On avait débarrassé du bric-à-brac qui les encombrait toutes les surfaces horizontales. Le colonel Lièvrin lui-même, dans un uniforme tiré à quatre épingles, des bottes noires et luisantes aux pieds, était assis, le dos droit, dans un fauteuil près d'une petite table. A ma vue, il s'exclama : « Par le dieu de bonté, mais que faites-vous ici ? » »

Je me mis au garde-à-vous. « Mon colonel, je viens solliciter quelques minutes de votre temps. J'ai des informations au sujet de nos problèmes avec la construction de la route et les Ocellions, et je pense qu'elles pourraient permettre de résoudre nos difficultés et de poursuivre plus facilement le chantier. »

Il haussa les sourcils. « D'où sortez-vous donc ? La solution a été trouvée il y a des semaines ; les recherches du docteur Doudier ont fini par porter leurs fruits. Proprement fortifiées, nos équipes ont progressé davantage au cours des dernières semaines que durant les deux années précédentes. Le problème est réglé.

» Vous, en revanche, en présentez un tout autre. Regardez-moi cet uniforme ! Pourquoi cette couture sur le devant des jambes de pantalon ? Ça n'a rien de réglementaire. Quant à votre aspect général, il me faudrait plus de temps que je n'en dispose pour dresser la liste de ce qui laisse à désirer. » Il secoua la tête d'un air décidé. « Retournez au cimetière, soldat. La commission d'inspection doit passer deux semaines chez nous, avec un prolongement éventuel à un mois si elle estime avoir besoin de temps pour évaluer notre travail. Trouvez à vous occuper de votre côté ; et, vu la nature de votre assignation, je vous autorise à... non, je vous ordonne de porter des vêtements civils pour éviter de salir votre uniforme. Et, dans le cas où la commission jugerait utile de visiter le cimetière, vous devrez, euh... vaquer ailleurs. Vous m'avez compris, soldat ? »

J'avais aussi compris l'insulte, mais je la laissai passer ; il y avait plus en jeu que mon seul amour-propre. « Oui, mon colonel. Et je ferai en sorte que la commission ne me voie pas et ne m'identifie pas comme un membre de votre régiment. » J'effaçai toute trace de colère de ma voix. « Mais, avant que je ne disparaisse, mon colonel, j'aimerais vous faire part d'informations sur les Ocellions et sur les arbres qui se dressent sur le tracé du chantier.

— Eh bien, allez-y, soldat, puis videz les lieux. La délégation est arrivée hier soir ; je dois la rejoindre sous peu au mess des officiers pour un petit déjeuner spécial, et je ne puis me permettre le moindre retard.

— Oui, mon colonel. » Je me rendis soudain compte que je n'avais pas réfléchi à la façon de lui révéler ce que j'avais découvert sans avouer que j'avais frayé avec les Ocellions de la forêt. Devais-je lui laisser croire à une rumeur que j'avais entendue ? Non, ce serait trahir la confiance de Jodoli et des aïeux ; je leur avais promis de défendre leur cause devant le colonel. Je devais tenir parole. « La nuit dernière, mon colonel, je me trouvais dans la forêt en compagnie de Jodoli, un Opulent des Ocellions ; nous parlerions de sorcier ou de magicien. Il joue le rôle de réservoir de magie pour son peuple. »

Je m'interrompis en espérant un signe d'intérêt de la part de mon interlocuteur. Le colonel Lièvrin tambourinait des doigts sur la table. « Mais bien sûr, soldat, je n'en doute pas, répondit-il d'un ton ironique. Et que vous a dit cet Opulent ?

— Que les Ocellions attachent une très grande importance aux arbres qui se dressent au bout de la route, ceux qu'on a marqués pour l'abattage : ils abritent les aïeux de leur peuple, leurs conseillers, les esprits ancestraux, si vous voulez. Ils considèrent ces arbres comme essentiels, sacrés. » J'essayais différents termes pour exprimer le concept que je m'efforçais d'expliquer. L'officier avait plissé les yeux lorsque j'avais commencé à parler des arbres et, à chacune de mes descriptions, son regard se faisait plus froid.

Quand je me tus, à bout d'adjectifs, il me demanda, l'air sévère : « C'est ça, votre information ? Rien de plus ?

— Oui, mon colonel. Enfin, pas tout à fait. La terreur qu'on ressent au bout de la route, le découragement qui submerge la ville, tout ça provient de la magie ocellionne. Si nous cessions de menacer les arbres, cela cesserait aussitôt. Il nous suffirait de revenir en arrière et de chercher un tracé différent pour franchir les montagnes, un tracé qui ne passe pas par leurs bosquets sacrés, et Guetis retrouverait sa tranquillité. »

Avec un grognement méprisant, il secoua la tête puis m'adressa un sourire dont l'incrédulité me fit mal. « Soldat, si nous renoncions à construire la route, Guetis redeviendrait une ville quasiment inutile, une ville où l'on viendrait acheter des fourrures en été et d'où l'on repartirait aussitôt. Elle n'a d'avenir qu'à condition que la Route du roi traverse la Barrière ; si nous parvenons de l'autre côté, Guetis pourra se prévaloir du statut d'ultime halte civilisée avant la mer. Dans le cas contraire, si nous arrêtons d'abattre les arbres... dites-moi, s'il vous plaît, à quoi servirons-nous ici ? »

Je battis des paupières, accablé. « Alors... vous saviez que les Ocellions regardent ces arbres comme sacrés ? Qu'ils abritent l'esprit de leurs ancêtres ?

— Voyons ! Naturellement, nous étions au courant de leurs amusantes superstitions ! Si vous avez d'autres détails à ce sujet, faites-en part au docteur Fraie ; il vous écoutera attentivement, couchera par écrit tout ce que vous lui direz et enverra ses notes à la reine en personne ; il espère gagner ses faveurs en alimentant sa collection de contes et légendes indigènes. Vous m'étonnez, Burvelle ; la dernière fois que nous avons discuté, vous m'avez convaincu que votre père se fourvoyait sur vous ; vous paraissiez entreprenant et réfléchi. Aujourd'hui, la ville ne bruit que des rumeurs de votre tempérament débauché, au point que, par deux fois, des dames m'ont soumis des pétitions afin que je vous inculpe. Je restais toutefois prêt à vous accorder le bénéfice du doute, mais voici que vous vous présentez chez moi, le jour même d'une inspection importante, pour me rapporter des contes à dormir debout sur de prétendus arbres ancestraux. Efforcez-vous de réfléchir en homme instruit, Burvelle ; on a quand même cru que vous pourriez faire l'Ecole de cavalla naguère ! »

Je contins ma colère non sans difficulté. « Mon colonel, je comprends la situation bien mieux que quiconque. Si nous provoquons les Ocellions en abattant ces arbres, ils se dresseront contre nous ; de leur point de vue, nous sommes déjà en guerre contre eux, et ils se sentiront contraints de recourir à la violence. Vous-même m'avez enjoint de ne pas susciter leur hostilité ; couper ces arbres constituera pour eux une provocation infiniment plus grave ! »

Il éclata de rire. « Les Ocellions, en guerre ? Mais chaque année nos échanges commerciaux avec eux augmentent ! Les peuples en guerre négocient-ils entre eux ? Et la violence ! Allons, vous voulez plaisanter ! Je vous ai raconté ce qui s'est passé lors de notre dernière soi-disant bataille contre eux : ils se sont fait massacrer. Avez-vous déjà vu un Ocellion de près, soldat ? Ils ne supportent même pas la lumière du soleil plus d'une heure ; ils déambulent en ville sous des voiles piqués de fleurs ; ils n'ont pas d'armes et leurs outils méritent à peine ce nom ! Et vous voudriez que je craigne un soulèvement ? » Il pencha la tête. « Je vous le répète : la meilleure façon d'agir avec eux consiste à ne rien leur cacher de nos intentions puis à mettre nos plans à exécution, calmement, sans proférer de menaces, sans brutalité. Ils se montreront d'abord contrariés mais, quand ils constateront qu'aucun cataclysme ne s'ensuit, ils finiront par accepter la route. Il y a des années que nous résidons ici, jeune homme, et je pense que cela nous rend les plus aptes à juger de la manière de négocier avec eux. D'où tirez-vous la certitude de si bien appréhender la situation ? Auriez-vous eu des contacts non autorisés avec les Ocellions ? » Il fixa sur moi un regard accusateur.

J'avais mis le pied dedans ; mieux valait continuer vaillamment que patauger. « Quelques-uns, mon colonel, oui ; j'ai parlé avec eux de cette question.

— Et ils vous ont dit que, si nous abattions les arbres, ils nous attaqueraient ?

— Pas de façon aussi claire, non, mon colonel, mais c'est ainsi que je l'ai compris.

— Savez-vous s'ils possèdent des armes ? Des guerriers entraînés ? Une stratégie ? »

Ma franchise me contraignit à me ridiculiser. « Des armes, non, mon colonel, pas au sens où nous l'entendons ; des guerriers non plus. Mais une stratégie qui n'exige ni les uns ni les autres, oui, mon colonel : ils ont la peste, et ils s'en servent contre nous depuis des années. Je pense qu'ils la propagent grâce à la Danse de la Poussière ; ils nous contaminent volontairement.

— Absurde ! cracha-t-il, la moustache frissonnante d'indignation. La peste est endémique dans cette région, soldat. Savez-vous ce que ça signifie ? Que ceux qui s'installent ici l'attrapent un jour ou l'autre. Et les Ocellions en sont victimes aussi ; on n'y échappe pas quand on vit à la frontière. Nous savons qu'elle frappera au plus fort de l'été, comme chaque année, et que... »

Je coupai mon officier supérieur. « Et les Ocellions exécutent-ils toujours leur Danse de la Poussière peu avant ? »

Il me regarda fixement l'espace d'un instant, et je lus la réponse dans l'expression outragée de ses yeux. Oui, ils exécutaient la Danse ; mais des Ocellions sautillants qui jetaient de la poussière ne cadraient pas avec sa conception d'une attaque ennemie. « Votre père avait raison, dit-il avec raideur : vous êtes un imbécile. Vous vous en prenez toujours aux autres de vos malheurs. Je croyais qu'il vous avait mal jugé ; j'envisageais même de vous promouvoir. Mais j'aurais dû me méfier ; qui mieux qu'un père peut connaître son propre fils ? » Il reprit son souffle, et j'assistai à une singulière transformation : ses traits durs s'imprégnèrent soudain de compassion. « Mais vous n'y pouvez rien, j'imagine ; vous êtes persuadé de la réalité de vos théories abracadabrantes. »

Ses insultes me laissèrent muet de fureur ; avec un hochement de tête, il reprit en choisissant soigneusement ses termes : « Ecoutez-moi bien, Burvelle. Quand les arbres tomberont et que les Ocellions constateront qu'il n'en découle nul désastre, ils n'en renonceront que plus volontiers à leurs superstitions pour entrer dans le monde moderne. Au bout du compte, il est de leur intérêt que nous abattions ces arbres ; lorsque la route passera et que le commerce suivra, songez au bénéfice qu'ils en retireront. Si vous voulez nous aider à résoudre le problème des Ocellions, parlez-leur des bienfaits de la civilisation, encouragez leur soif naturelle pour ce que la Gernie peut leur apporter ; mais ne les confortez pas dans leurs frayeurs et leur crédulité.

» Pour l'heure, disparaissez. Je ne veux pas que les dignitaires en visite vous voient ni qu'ils entendent vos calembredaines, et je ne tiens surtout pas à ce que votre présence mette la population féminine de Guetis en ébullition. Vous pouvez disposer ; bonne journée. »

Là-dessus, il se désintéressa totalement de moi. Il avait quitté son fauteuil pour s'approcher d'un miroir fixé au mur, et il se lissait minutieusement la moustache d'une main tout en me faisant signe de me retirer de l'autre. Je fis une ultime tentative : « Mon colonel, je pense... »

Il m'interrompit. « Non. Moi, je pense ; vous, vous obéissez. Rompez, soldat. »

Je m'en allai. Je n'adressai pas la parole au lieutenant en sortant ; j'avais trop peur des paroles que je risquais de prononcer. Le colonel était au courant ! Tous savaient ! Et moi qui me croyais si malin d'avoir découvert la solution ! Mais la hiérarchie connaissait l'importance des arbres et elle s'en moquait : poursuivre la route vers l'est comptait beaucoup plus à ses yeux, plus que les tourments que ce travail infligeait aux hommes chargés de cette tâche accablante, plus qu'abattre des arbres qui renfermaient la sagesse ancestrale de tout un peuple.

Je m'aperçus que je tremblais de rage. A chacun des battements de mon cœur, la magie circulait en moi comme du poison, et il me fallut toute ma maîtrise de moi pour empêcher ma colère de se concentrer sur ceux que j'eusse voulu punir. Cela ne résoudrait rien, je le savais. Si le colonel Lièvrin mourait demain, un autre, exactement pareil, prendrait sa place. Comme j'arrivais à ma carriole, j'observai avec contrariété que le sergent Hostier se tenait près de Girofle et inspectait apparemment son harnais. Je mourais d'envie d'une bonne bagarre ; quel soulagement d'écraser mon poing sur cette trogne éternellement narquoise ! Je fis un grand effort sur moi-même et contournai le véhicule pour gagner le siège sans avoir à écarter le sous-officier. « Bonjour, dis-je avec froideur en montant sur la carriole.

— Pressé, soldat ? » demanda-t-il. Il avait les yeux brillants, comme devant un spectacle réjouissant.

« Ordres du colonel Lièvrin ; il veut que j'aille tout de suite au cimetière. » Je pris les rênes.

Hostier eut un sourire moqueur. « C'est pas le seul à penser que tu devrais aller tout droit au cimetière. » Il s'esclaffa de sa propre plaisanterie puis ajouta d'un air entendu : « Chouette harnais, qu'il a, ton cheval, soldat. »

Je cherchai l'insulte dans sa remarque. « C'est un harnais tout simple.

— Je vois, oui ; je vois. » Il se recula.

Je secouai la tête et me mis en route.

Il me fallut plus de temps pour sortir de la ville que je ne l'avais prévu : les rues étaient pleines de gens qui convergeaient vers l'estrade. La moitié d'entre eux avaient un air hébété dû à la drogue de Guetis ; les autres me lançaient des regards noirs comme s'ils n'arrivaient pas à croire qu'on eût la bêtise de vouloir traverser une pareille foule avec un cheval et une carriole. Le soleil avait monté dans le ciel et la journée s'annonçait torride ; je songeai avec nostalgie à l'ombre de la forêt tandis que Girofle s'ouvrait un chemin dans la cohue qui s'écartait à contrecœur. Mal à l'aise, je sentais les yeux des gens posés sur moi, mais, assis sur ma voiture, je ne pouvais éviter ces regards scrutateurs. Les remarques du colonel sur les accusations portées contre moi me bouleversaient autant que son attitude désinvolte envers les Ocellions et leurs arbres.

Enfin, nous parvînmes aux portes du fort. Au-delà, les rues s'élargissaient et les piétons se faisaient plus rares ; je pus pousser Girofle au trot et nous quittâmes bientôt la ville en ne laissant derrière nous qu'un nuage de poussière. J'eusse aimé accélérer l'allure, mais mon cheval était un animal d'endurance plus que de vitesse. Dans ma carriole ferraillante, je brûlais de fureur, d'abord à l'encontre de mon commandant puis, peu à peu, de tous mes compatriotes ; je me voyais déjà rendu à ma chaumine, débarrassant Girofle de son harnais puis courant aussitôt dans la forêt en quête de Jodoli. Ce que je devais lui apprendre m'emplissait de honte, et, en moi, la volonté de trouver des moyens pour arrêter le chantier de la route et des personnes à rallier à ma cause le disputait au sentiment croissant que je m'apprêtais à commettre une trahison. Toutefois, je m'efforçai de chasser cette considération de mon esprit et me répétai qu'empêcher la construction de la route en attendant qu'on en détourne le tracé de Guetis bénéficierait à la fois au Peuple et aux Gerniens. Un espoir vague se fit jour en moi : après avoir averti Jodoli qu'il fallait prendre des mesures immédiates pour sauver les arbres des ancêtres, je me débrouillerais pour parler au docteur Fraie. La suggestion ironique du colonel Lièvrin pourrait peut-être se révéler utile s'il était possible d'amener la reine elle-même à partager nos vues.

Devant nous, sur la piste creusée d'ornières, je vis une femme seule qui marchait ; je trouvai étrange qu'en ce jour de fête à Guetis elle s'éloignât de la ville. Coiffée d'un bonnet, elle penchait la tête pour se protéger du soleil, et elle soulevait délicatement ses jupes bleues pour éviter de les crotter. J'admirais sa silhouette coquette puis fis faire un écart à Girofle afin que notre poussière ne la suffoquât pas à notre passage. Je croyais bien faire mais, lorsque je la doublai, je l'entendis crier, et c'est seulement en la regardant par-dessus mon épaule que je reconnus Amzil. Je tirai les rênes et attendis qu'elle nous rattrapât.

« Jamère ! J'allais justement vous voir ! » dit-elle en grimpant sur le siège près de moi.

Je me déplaçai le plus possible mais je me rendis bien compte qu'elle devait se percher à l'extrémité du banc ; je ne pus m'empêcher non plus de remarquer l'élégance de sa vêture. Il n'y avait pas la plus petite tache ni la moindre pièce sur sa robe bleue ; même son col et ses emmanchures blanches étaient immaculés comme la neige. Une large ceinture noire lui prenait la taille et mettait en valeur l'arrondi de ses hanches et l'ampleur de sa poitrine.

« Eh bien ? » fit-elle d'un ton revêche, et je pris conscience que je la mangeais des yeux.

Je baissai le regard. « Pardon. C'est seulement que je vous trouve très en beauté aujourd'hui, toute fraîche et pimpante. »

Un long silence s'ensuivit. Discrètement, je lui jetai un coup d'œil en biais pour juger de sa colère ; deux points rouges lui coloraient les pommettes. En réponse à mon regard, elle marmonna d'un ton guindé : « Merci. »

Le silence retomba jusqu'au moment où je la relançai : « Ainsi, vous veniez me voir ? » J'ignorais ce qu'elle me voulait, mais il me fallait absolument la détourner de chez moi ; je devais me rendre en forêt, et je ne pouvais guère m'en aller en la plantant dans ma chaumière. Lui dire que je n'avais pas de temps à lui consacrer manquait de courtoisie, mais moins que la déposer au bord de la route et la laisser rentrer en ville à pied. « J'ai beaucoup de travail à faire aujourd'hui. » Je cherchai une formulation délicate mais les mots sortirent brutalement : « Je n'ai guère de temps pour une visite. »

Elle eut un grognement sec et se raidit légèrement. « Eh bien, moi non plus, monsieur ! Je viens en fait vous faire une commission. Je ne vois pas en quoi ça peut vous intéresser, mais le lieutenant Espirek voulait que vous sachiez que les Ocellions vont exécuter une Danse de la Poussière aujourd'hui ; il m'a prise à l'écart pour me l'annoncer, et il avait l'air d'y accorder de l'importance, parce qu'il m'a proposé de garder mes enfants pendant que je vous apportais la nouvelle. Je n'étais pas très chaude, parce que maîtresse Epinie continue à devenir pâle comme un linge devant une assiette pleine et que les petits ne se tenaient plus à l'idée qu'ils allaient manquer la musique, la danse des Ocellions et toute la fête.

— La Danse de la Poussière ? Les Ocellions donnent la Danse de la Poussière aujourd'hui ?

— Ça fait partie de la cérémonie de réception du groupe d'inspection ; les Ocellions ont demandé à offrir leur spectacle. »

Avant qu'elle eût fini de parler, j'avais fait claquer les rênes sur la croupe de Girofle ; je lui fis effectuer un demi-tour serré puis le lançai au petit galop. « Il faut retourner en ville tout de suite ! Je dois les empêcher ! »

Amzil poussa un petit cri puis s'accrocha au dossier du banc d'une main en retenant son bonnet de l'autre. Elle haussa la voix pour se faire entendre par-dessus le vacarme de la carriole. « Moins vite ! Il est trop tard pour les arrêter ; vous ne les verrez sans doute même pas danser. Je l'ai dit au lieutenant mais il a tenu à ce que j'aille vous prévenir quand même. » Puis, comme un cahot nous secouait brutalement, elle abandonna sa coiffe à son sort et m'agrippa le bras. « Jamère ! Ralentissez ! Il est déjà trop tard, je vous dis ! »

Je ne l'écoutai pas. « C'est une question de vie ou de mort, Amzil. Les Ocellions se servent de la Danse pour répandre la peste ! Tous ceux qui y assisteront et respireront la poussière tomberont malades, et ils contamineront les autres.

— Vous divaguez ! cria-t-elle. Jamère, tirez les rênes ! Ralentissez ou je saute ! Vous êtes fou ! »

Elle s'exprimait avec tant de sincérité que je finis par obéir. Dès que Girofle se fut mis au trot, elle lâcha mon bras et replaça la main sur son bonnet.

« Amzil, je sais que ça paraît insensé, mais c'est la vérité. J'ai attrapé la peste ocellionne de cette façon, et Spic... le lieutenant Espirek aussi ; en tout cas, j'en suis convaincu, et j'ai la certitude que la Danse de la Poussière n'a d'autre but que nous infecter et nous tuer. »

Alors même que je prononçais ces mots, leur véritable sens m'apparut, et je me sentis soudain doublement trahi. Oui, c'était la vraie raison de la Danse, et c'était pour cela qu'ils dansaient aujourd'hui : pour assassiner sans distinction nobles, généraux et malheureux soldats. Ils visaient la commission d'inspection tout comme ils visaient jadis l'Ecole ; et, chaque fois, je leur avais fourni sans le savoir les renseignements nécessaires pour tuer le plus efficacement. Je me sentais doublement trahi par mes deux peuples, d'abord par les Gerniens et maintenant par les Ocellions. Chacun chercherait tous les moyens de frapper l'autre, et j'éprouverais la douleur des deux.

Girofle renifla, secoua la tête et se mit au pas ; je le laissai faire. Songeant aux seules personnes qu'il m'était possible de protéger, je me tournai brusquement vers Amzil. « Ecoutez-moi et, par pitié, dites-vous que c'est important. Je vous ramène chez le lieutenant Espirek ; il vous faudra m'indiquer le chemin, en évitant les rues trop encombrées. Une fois là-bas, entrez dans la maison et n'en sortez plus, surtout ! Comprenez-vous à quel point c'est vital ? Vous devez rester enfermée avec vos enfants et ne pas mettre un pied dehors. D'ici demain, si je ne me trompe pas, les gens commenceront à tomber malades. N'ayez aucun contact avec eux, ni vous ni vos enfants. »

Elle me regardait comme si elle avait affaire à un fou peut-être dangereux. Je fis un effort pour maîtriser ma voix et, d'un ton plus posé, je repris : « Spic possède de l'eau de chez lui, à Font-Amère, dans de petites bouteilles ; d'après lui, elle a peut-être le pouvoir de guérir de la peste ou au moins d'empêcher qu'on l'attrape. Priez-le d'en mettre de côté pour vous et les petits ; et aussi d'envoyer un courrier à son frère, sans perdre de temps et quel qu'en soit le prix, pour le supplier de faire parvenir à Guetis autant d'eau de Font-Amère que possible.

— Spic ? »

A sa façon de prononcer le surnom, je m'interrogeai : avait-elle prêté attention au reste de ce que je venais de dire ? Je me corrigeai : « Le lieutenant Espirek. Nous nous sommes connus il y a longtemps. »

Elle eut un petit hochement de tête puis, les yeux fixés sur la piste, me demanda : « Et quels liens avez-vous avec maîtresse Epinie ?

— Je... »

Elle m'interrompit alors que je tâchais de décider si je devais prendre l'air ébahi ou inventer un mensonge. « Il y a une ressemblance dans le regard ; et elle parle souvent à son mari de ses craintes pour Jamère. » Sa voix se durcit. « Je ne vous aurais jamais imaginé cruel. Elle attend un enfant, elle souffre de sa grossesse, et vous la laissez dans l'angoisse, tous les deux. Je ne sais pas qui est le plus méprisable, vous ou son mari.

— Vous ne comprenez pas : si on l'associait à moi, sa réputation ne s'en relèverait pas et cela n'aboutirait pour elle qu'à des peines plus grandes encore. Mieux vaut pour le moment qu'elle ignore tout de mon sort.

— Et qu'elle se sente encore plus flouée quand vous vous déciderez à lui révéler la vérité ? La plupart des gens en ville ne connaissent pas votre nom ; ils vous appellent simplement "le garde du cimetière". Mais tôt ou tard elle finira par assembler toutes les pièces ; elle n'est pas idiote, même si vous la traitez comme telle. »

Je renonçai à tout faux-semblant. « Ma cousine n'a rien de stupide mais, bien souvent, elle est trop prompte à se mettre en danger, et je refuse qu'elle prenne des risques pour moi, surtout considérant que ça ne m'aiderait sans doute pas. Elle ne parviendrait qu'à salir sa réputation en la frottant à la mienne ; je l'aime trop pour la laisser faire. »

Je ne m'attendais pas à m'exprimer avec tant de véhémence, et je m'étonnai de la force de mes sentiments. Amzil dut partager ma surprise à en juger par sa mine déconcertée et mortifiée à la fois. Au bout d'un moment, elle répondit d'un ton radouci : « Je crois que je comprends mieux maintenant.

— Eh bien, tant mieux. Et, si nous en avons fini sur ce chapitre, dites-moi que vous avez compris aussi ce que je vous ai expliqué plus tôt, je vous en supplie. Après la Danse de la Poussière, il se passera au plus quelques jours avant que la peste ocellionne ne s'abatte sur Guetis. Je ne pense pas que nous pourrons empêcher l'épidémie. Barricadez-vous dans la maison avec vos enfants et, je vous en prie, interdisez à ma cousine de sortir et de s'exposer au danger ; rappelez-lui qu'elle risquerait aussi la vie de son bébé ; ça devrait la faire réfléchir.

— Je vous ai entendu, ne vous inquiétez pas, répondit-elle sèchement ; je transmettrai au lieutenant vos instructions à propos de l'eau et du courrier. Maîtresse Epinie m'a raconté son voyage depuis Font-Amère ; à mon avis, il ne faut pas vous attendre à ce que l'eau arrive bientôt. » Elle secoua la tête. « Si vous la croyiez efficace, pourquoi n'avoir pas commencé tout de suite à l'amener à Guetis ? Si vous saviez que la Danse de la Poussière sert à propager la peste, pourquoi n'avoir pas prévenu tout le monde à l'avance ?

— Nous ignorons si l'eau sera efficace ; elle l'a paru pour Spic et Epinie, et ils en ont emporté à Guetis, autant que ma cousine pouvait en prendre. Quant à la Danse de la Poussière, nous... enfin, je pense qu'elle sert à répandre la peste ; mais je n'ai pas réussi à en convaincre grand monde jusqu'ici. »

Nous parvenions aux abords de Guetis ; les rues étaient désertes, et je compris soudain que tous les habitants avaient dû se rendre dans le fort pour assister à la cérémonie de bienvenue. Mon cœur se serrait à mesure que nous avancions ; du village de tentes des Ocellions, il ne restait plus qu'un espace de terre piétinée ; je l'avais longé le matin même avec Girofle, et à présent il avait disparu avec ses occupants sans laisser de trace – et je craignais de savoir pourquoi ils avaient ainsi décampé. Ils se trouveraient très loin de Guetis quand les vents emporteraient la poussière mortelle. « J'ai l'impression que nous arrivons trop tard, dis-je à mi-voix. Ils sont déjà partis, or les Ocellions ne voyagent pas le jour, en temps normal, seulement le soir ou la nuit.

— Jamère, je vous crois, déclara soudain Amzil. Conduisez-moi à la maison ; j'y garderai les enfants et je tâcherai d'empêcher aussi maîtresse Epinie de sortir. Pour le lieutenant, je ne pourrai pas faire grand-chose, mais il paraît que ceux qui ont eu la peste ocellionne une fois ne l'attrapent plus.

— Pour la plupart, oui, mais ce n'est pas toujours vrai, comme dans le cas d'Epinie et Spic, par exemple. »

Alors que nous franchissions la porte d'accès à Guetis, je vis un spectacle qui me glaça jusqu'aux os : sept Ocellions, drapés de leur ample treillis de lianes, de feuilles et de fleurs, quittaient le fort d'un pas vif ; je ne distinguai pas leurs traits ni même leur sexe, mais leurs pieds nus et tachetés étaient gris de poussière – la poussière de la danse ou celle de la route ? J'éprouvai l'envie subite de sauter de la carriole et de les tuer tous.

Je ne voyais pas leur visage mais, comme s'ils avaient senti la violence de mes pensées ou la colère qui faisait bouillir la magie dans mes veines, ils tournèrent la tête vers moi. Je les regardai fixement tandis qu'une fureur glaciale m'envahissait. Combien de gens mourraient de la poussière qu'ils avaient jetée aujourd'hui ? Amzil posa la main sur mon poignet. « Laissez-les, Jamère. Ramenez-moi à la maison. » Son ton pressant m'ébranla ; à quelles extrémités avait-elle craint que je me livre ? Je ne pouvais plus empêcher ce qu'ils avaient déclenché ; et comment pouvais-je les juger pires ou meilleurs que mes propres compatriotes ? Il ne me restait plus guère de temps pour agir ; je pouvais encore sauver quelques personnes chères à mon cœur.

Au passage de la porte, les sentinelles échangèrent un regard puis me firent signe de continuer. Malgré leur uniforme nettoyé et repassé de frais, ils négligeaient leur devoir, trop occupés qu'ils étaient à se dévisser le cou pour voir ce qui se passait dans la rue. Sur l'estrade, quelqu'un donnait un discours d'une voix forte, et des applaudissements ponctuaient chacune de ses pauses. Je me retournai : les Ocellions se séparaient et prenaient des chemins divergents. Me virent-ils les regarder ? Peut-être, car ils détalèrent soudain comme des lapins effrayés. Si mes soupçons avaient eu besoin de confirmation, il n'en eût pas fallu davantage. Je serrai les dents.

« Tournez à gauche, murmura Amzil ; par là, nous contournerons la foule. Je veux rentrer le plus vite possible. »

Suivant ses directives, nous empruntâmes les rues écartées du fort. Je n'avais jamais eu l'occasion d'explorer le quartier où logeaient les officiers ; je n'avais aucune raison de m'y rendre. Les bâtiments, bien construits, dataient des débuts de la garnison ; la plupart avaient revêtu une couche de peinture fraîche, mais ce ravalement ne pouvait dissimuler complètement des années de mauvais entretien, le ventre des marches en bois, les lattes qui manquaient aux volets, et la nudité des jardins récemment travaillés. Les maisons des officiers subalternes et de leur famille étaient plus humbles et de moins bonne facture. « Arrêtez-vous, dit Amzil, et, au coin de la rue, je tirai les rênes. Je vais descendre ici pour que maîtresse Epinie ne vous voie pas me déposer. »

Sans me laisser le temps de l'aider, elle sauta de la carriole et atterrit dans la poussière de la rue ; ses jupes se soulevèrent légèrement et j'entrevis ses chevilles chaussées de bas.

« Gardez les enfants à la maison, lui rappelai-je en m'apprêtant à repartir.

— C'est promis, répondit-elle, puis elle leva la main pour m'arrêter et demanda : Qu'allez-vous faire ? »

Je faillis éclater de rire. « Retourner au cimetière. Je vais avoir de nombreuses tombes à creuser ; autant commencer dès aujourd'hui. »

Elle eut l'air effrayé. « Vous êtes vraiment convaincu que la Danse de la Poussière déclenchera la peste. » Elle plissa le front. « Vous n'allez pas avertir le colonel Lièvrin ?

— Je l'ai vu ce matin même. J'ai pu lui parler, et il ne m'a pas cru ; ça m'étonnerait qu'il me croie davantage maintenant. Il se mettrait seulement en fureur en voyant que j'ai désobéi à un ordre direct et que je suis revenu en ville ; en principe, j'aurais dû me terrer au cimetière pour que ses visiteurs ne me remarquent pas. Je suis la honte du régiment, voyez-vous. »

Elle me regarda, les yeux plissés à cause de l'éclat du ciel. « Vous y attachez encore de l'importance ?

— Naturellement. » Je secouai les rênes de Girofle. « Je suis fils militaire. »

7

L'embuscade

JE SUIVIS EN SENS INVERSE NOTRE TRAJET D'ARRIVÉE, l'esprit et le sang bouillonnant d'une colère sans objet précis et de magie frustrée. Mes peuples avaient décidé de s'entre-tuer ; à l'instant où cette idée se fit jour en moi, je mesurai à quel point la magie m'avait changé. Il n'y avait pas si longtemps, je n'appartenais qu'à un seul peuple ; naguère, j'aurais partagé la conviction du colonel Lièvrin que la route et le commerce bénéficieraient aux Ocellions, et, comme lui, j'eusse rejeté l'idée que les arbres fussent plus que des arbres. Mais la partie de moi-même qu'on m'avait jadis dérobée et dont on avait fait un Ocellion était désormais aussi intégrée à ma personnalité que le fils militaire, et chaque jour ses souvenirs remontaient à la surface avec plus de clarté. Abattre ces arbres équivalait à incendier toutes les bibliothèques de Gernie ; les Ocellions survivraient peut-être sans eux, mais ils auraient perdu leurs racines.

Pourtant, en cet instant, je n'éprouvais nul tiraillement entre mes deux moi, unis dans la même fureur envers les factions ennemies et la même envie de s'en détacher. Sur ma carriole ferraillante, je pris les petites rues quasi désertes en direction de la porte. A mon grand agacement, les sentinelles m'arrêtèrent.

« Où tu vas, soldat ? »

Je n'étais pas d'humeur à supporter leur zèle soudain. Ils m'avaient laissé entrer sans m'interpeller et ils me cherchaient des poux quand je sortais ? « Où est-ce que je vais toujours ? Au cimetière, évidemment ; à mon poste. »

Ils échangèrent un regard et un hochement de tête. « D'accord, tu peux passer. »

Je fis claquer les rênes sur le large dos de Girofle qui repartit au trot. Laissant le fort derrière moi, je traversai Guetis en obligeant mon cheval à conserver l'allure chaque fois qu'il tentait de revenir au pas ; j'avais besoin d'entendre le vacarme des roues, de sentir les cahots de la vitesse, de respirer la poussière de la piste ; leur violence convenait à mon état d'esprit. Au sortir de la ville, je poussai Girofle au grand trot, et la carriole se mit à tressauter, à brinquebaler et à rebondir dans les nids-de-poule. Deux arbres rabougris croissaient près d'une ferme abandonnée ; à leur pied, des croas noirs et blancs avaient trouvé une charogne ; ils s'envolèrent avec des criaillements de contrariété quand je passai près d'eux en trombe.

Je savais que je risquais l'accident mais je n'en avais cure. La colère montait en moi et il me fallait un exutoire. Tous agissaient avec une certitude inébranlable et la conviction d'être dans leur bon droit ; étais-je le seul à voir combien les uns et les autres se trompaient ? Seules la destruction et la mort les attendaient, et je ne distinguais nul moyen de désamorcer la crise. Par manque de cible, ma fureur se muait en un dragon qui tournait en moi et se retournait en me fouaillant les entrailles de ses griffes.

La femme-arbre n'avait cessé de me répéter que la magie m'avait choisi parce que j'étais le seul à pouvoir chasser mon peuple de ces terres, et elle s'efforçait toujours de savoir ce que j'avais fait ou ce que je comptais faire. Je la croyais acharnée à l'anéantissement de mes semblables ; à présent, je m'interrogeais : ne regardait-elle pas le refoulement des Gerniens comme le seul moyen de nous sauver tous ? Peut-être avait-elle raison ; peut-être la seule solution pour éviter le conflit qui s'annonçait consistait-elle à obliger les miens à se retirer des terres du Peuple.

Mais comment y parvenir ? Je n'en avais pas la moindre idée. Dans le mois à venir, je devrais enterrer des dizaines de victimes de la peste, et les ouvriers poursuivraient le chantier d'abattage ; la victoire ne reviendrait à aucun des deux camps. Les arbres des ancêtres tomberaient, et la culture ocellionne avec eux, tandis que les Gerniens succomberaient au mal que le Peuple avait propagé parmi eux. Mort et désolation pour tous. La magie vibrait en moi, battait dans mes veines au rythme de mon cœur, mais j'étais incapable de sauver quiconque de l'avenir terrible qui s'annonçait.

Girofle réduisit à nouveau l'allure. Il avait le dos et les flancs ruisselants de sueur, et j'eus soudain honte de l'avoir poussé à bout sans raison valable ; la colère qui me submergeait se mua brusquement en désespoir, et je le laissai ralentir. Comme le bruit de la carriole décroissait, je perçus le tonnerre de chevaux au galop. Je regardai par-dessus mon épaule et n'eus le temps que d'entrevoir des cavaliers qui me rattrapaient à bride abattue avant que n'éclate l'éclair d'un fusil.

* *
* * *

Quelque chose n'allait pas du tout. Au lieu d'air, je respirais de la poussière, et, par une large fracture ouverte dans mon crâne, la lumière inondait mon cerveau. Cela faisait mal. Je voulus porter la main à ma plaie pour la cacher mais ne pus qu'agiter faiblement les doigts sur la terre sèche. A chaque inspiration, j'inhalais de la poussière. Il fallait que je relève la tête mais je n'en avais pas le courage.

« Tu crois qu'il est mort ? » demanda-t-on. Je ne réussis pas à faire fonctionner les muscles de ma bouche, et quelqu'un répondit à ma place.

« Quasiment. Ça pourrait nous valoir de gros ennuis. Crénom, Jace, l'obliger à s'arrêter, c'était une chose ; le tuer, c'en est une autre !

— Il essayait de s'enfuir ; tu as bien vu comment il poussait son cheval ! Hostier nous avait prévenus qu'il risquait de s'en débarrasser si on ne le rattrapait pas ; j'avais pas le choix. » On sentait dans le ton de Jace de la colère mais nul repentir.

« Du calme ; tout le monde s'en fichera si on prouve qu'il était coupable.

— Je ne voulais pas le tuer ; quand il a ralenti pour nous regarder, ça m'a gêné pour viser. C'est sa faute. »

Une troisième voix intervint. « Je n'ai pas donné mon accord pour ça et je préfère ne pas être mêlé à cette histoire. Je retourne en ville.

— On rentre tous, déclara le premier homme d'un ton ferme. Jace, tu conduis la carriole. »

Des sabots qui frappent le sol, des roues qui tournent, puis le silence. Je voulus fermer les yeux pour empêcher la lumière éclatante de pénétrer dans ma tête, mais ils étaient déjà clos, et la douleur continua. Je m'efforçai de sombrer dans l'inconscience ou le sommeil, en vain. Des corolles lumineuses s'épanouissaient puis disparaissaient, et la souffrance allait et venait à leur rythme. Je n'arrivais pas à comprendre ce qui m'arrivait ; réfléchir faisait trop mal. Mais rester immobile sans penser faisait mal aussi. Tout à coup, l'intensité des élancements augmenta, et les battements de mon cœur devinrent une vague qui s'écrasait à l'intérieur de mon crâne.

J'eus l'impression que mon supplice dura plusieurs jours avant que je pusse enfin bouger la main. Je me touchai la tête : du sang, un large lambeau de peau, l'os dur sous mes doigts humides, et quelques esquilles dentelées. La balle avait laissé une rainure sur l'occiput. J'étais en train de mourir. Le temps s'arrêta. Comment l'agonie pouvait-elle durer ainsi ? Peut-être le temps s'étirait-il à cause de la douleur et parce que j'attendais qu'elle cessât ? Vaguement, je me mis à compter les élancements qui correspondaient aux battements de mon cœur ; j'atteignis vingt, cent, deux cents. Mes yeux poussaient contre mes paupières comme s'ils voulaient sortir de mon crâne. Cinq cents. Mille. Je parvins à tourner la tête, et j'aspirai moins de poussière. Mille cinq cents. J'entendis le cri d'un croas puis un bruit d'effleurement sur la terre, et je sentis le vent de ses ailes quand il se posa près de moi. Je me raidis dans l'attente du premier coup de son bec vorace.

« Tu me dois une vie », me dit Orandula.

Prends la mienne, si tu veux. Je me moquais désormais de savoir quel dieu s'emparait de mon âme ; je voulais seulement ne plus avoir mal.

« Donne-moi une vie qu'il t'appartienne de me donner avant de mourir. »

Le croas avait la voix d'une petite vieille querelleuse. L'énergie me manquait pour formuler une pensée qui me permît de répondre. Peu importait : je mourais.

Zut ! J'avais perdu le compte des élancements. Je repris à mille cinq cents ; j'étais parvenu jusque-là, je le savais. Une mouche bourdonnait lourdement près de mon oreille ; je levai la main pour la chasser. Rien ne devait me distraire. Mon cœur cognait dans ma poitrine, et je sentais le sang circuler par à-coups dans tout mon organisme.

A cinq mille, j'entrouvris les yeux ; ils me semblaient presser moins contre mes paupières. Je vis de la terre et de la broussaille. J'ignore combien de temps je restai encore immobile avant d'accepter l'idée que je n'allais pas mourir tout de suite. La douleur demeurait intense, et, quand je me redressai sur mon séant, la tête me tourna si violemment que je crus vomir. Mon mouvement avait effrayé trois croas mais, le temps que je me remisse de mon étourdissement, ils avaient repris leur place autour de moi. La caroncule rouge des grands oiseaux donnait toujours l'impression qu'ils sortaient d'un festin sanglant ; je n'avais jamais remarqué qu'ils avaient les yeux jaunes. « Allez-vous-en », fis-je d'une voix sans force. J'attendis une réponse, mais aucun ne dit rien. L'un d'eux s'approcha en sautillant puis inclina la tête de côté pour m'observer ; je lui rendis son regard.

Au bout d'un long moment, je levai à nouveau la main pour explorer la blessure que m'avait infligée la balle en m'éraflant. Du sang coagulé me couvrait l'occiput, et, quand je ramenai la main, je la découvris noire et gluante. *N'y prête pas attention ; n'y pense pas.* Je parcourus des yeux le monde qui m'entourait ; c'était au moins l'après-midi et il n'y avait personne sur la route ; tout le monde avait dû se rendre au fort pour la cérémonie d'accueil. Nul ne se porterait à mon secours.

Après cinq tentatives, je parvins à me tenir debout – pas droit, mais debout. Je scrutai les alentours. Je voyais la route mais, au loin, tout me paraissait brouillé, et je ne savais pas dans quelle direction se situaient la ville et le cimetière. Je me sentais vaciller sur mes jambes. Si je retrouvais la carriole, Girofle me ramènerait sans doute chez moi. Je dus effectuer une lente rotation sur moi-même pour les chercher des yeux, et il me fallut très longtemps pour comprendre que l'un et l'autre avaient disparu. J'étais gravement blessé, sans doute mourant, et à pied.

Et tout à coup cela n'eut plus d'importance.

Je me mis en marche avec lenteur. Je suivis la piste creusée d'ornières au milieu d'un paysage flou. A un moment donné, je m'aperçus que je devais retenir mon pantalon ; ma ceinture avait lâché et je n'y voyais pas assez clair pour la resserrer. Les mains crispées sur ma taille, je poursuivis mon chemin en chancelant.

Peu à peu, je recouvrai mon équilibre et j'avançai d'une démarche plus stable tandis que ma vision s'éclaircissait. J'éprouvai un grand soulagement quand apparut le signe indiquant le cimetière et que je quittai la piste pour emprunter le chemin qui y menait. Je portai la main à mon crâne et me palpai l'occiput avec dégoût : la blessure restait sensible mais je ne sentis plus ni chair déchirée ni os éraflé. La magie me guérissait. Devais-je en ressentir de la satisfaction ou de la colère ? Je l'ignorais.

Arrivé à ma chaumière, je remplis une cuvette d'eau et y trempai un chiffon dont je tapotai délicatement ma plaie ; je le ramenai noir de sang séché et de petites touffes de cheveux. Je le rinçai dans l'eau et, en l'essorant, je sentis comme une écharde sous mes doigts ; je la tirai de la fibre et l'examinai : un minuscule fragment d'os de mon crâne. Je crus défaillir d'horreur. J'humectai à nouveau le chiffon, en exprimai l'eau en excès et nettoyai la blessure du sang, des bouts de chair morte et des mèches de cheveux qui l'encombraient. Quand j'eus fini, je perçus une bande de peau neuve et glabre qui me barrait l'arrière de la tête, et je me demandai si cette marque me resterait.

La cicatrisation avait consommé une grande quantité de ma magie, je m'en rendais compte à mes vêtements qui tombaient sur moi en plis lâches ; je resserrai ma ceinture de deux crans puis, en m'efforçant de ne pas penser à ce que je faisais, je vidai la cuvette et la nettoyai ainsi que le chiffon que je mis à sécher sur la corde à linge. Je pris alors conscience que j'avais faim et, aussitôt, mon appétit flamboya et me tordit les entrailles. Je rentrai dans la maison où je me mis à fouiller dans mon garde-manger à la recherche d'un champignon blanchâtre qu'Olikéa m'avait apporté naguère, ainsi que de certaine baie en grappe et à la peau fine ; j'en avais envie plus que tout, mais je ne trouvai que quelques pommes de terre, un oignon et un bout de flèche de jambon. Eh bien, je m'en contenterais.

Je crois que mon organisme se remit plus vite que mon esprit. Je faisais sauter les pommes de terre coupées en rondelles avec l'oignon émincé dans la graisse du jambon quand il m'apparut enfin qu'on avait tenté de me tuer. Mes agresseurs m'avaient volé ma carriole et mon cheval et m'avaient laissé pour mort. J'ajoutai une pincée de sel à mon repas et continuai à tourner dans la poêle. De quoi me souvenais-je ? Des cavaliers derrière moi, des fusils, un éclair. Je ne me rappelais même pas la détonation ; seul l'éclat de la poudre prenant feu me restait en mémoire.

On avait tiré sur moi. On avait tiré sur moi ! Les hommes m'avaient laissé pour mort et m'avaient pris ma carriole et mon cheval. Les salauds ! Et, dans cette concentration de fureur, je sentis la magie s'épanouir en moi puis retomber. Trop tard, je regrettai cette bouffée de haine vindicative ; je n'avais pas assez de force pour la rattraper, et c'était sans doute déjà impossible. Je m'assis lourdement par terre devant la cheminée avec la sensation d'avoir consumé la dernière parcelle d'énergie qui me restait ; j'eusse voulu m'étendre sur le flanc et m'endormir, mais, par un suprême effort de volonté, je retirai mon repas du feu avant qu'il ne brûlât. Je le posai au sol et, prenant la cuiller qui m'avait servi à touiller, mangeai directement dans la poêle, entièrement concentré sur mon but comme un chien affamé. Quand j'eus avalé la dernière tranche d'oignon translucide, je gagnai mon lit à quatre pattes, tirai la couverture sur moi, fermai les yeux et sombrai dans le sommeil.

Je dormis longtemps. Une aube inconnue me réveilla, et je la contemplai en clignant les yeux puis je refermai les paupières. J'émergeai à nouveau dans l'obscurité, me rendis en chancelant jusqu'à mon seau et bus comme un cheval, la figure dans l'eau ; puis je me redressai, le menton dégouttant, et demeurai immobile dans les ténèbres de ma chaumière. Je crus entendre quelqu'un m'appeler doucement mais n'y prêtai pas attention. Je retrouvai mon lit, m'y laissai tomber et me rendormis. Des rêves tentèrent de s'introduire dans mon sommeil mais je leur barrai la route. Une voix m'appela d'un ton d'abord doux, puis pressant, enfin impérieux et agacé à la fois ; je la repoussai. Elle cogna aux portes de ma conscience, mais je ramenai mon sommeil sur moi et l'empêchai d'entrer.

Je me levai à l'aurore suivante avec une faim de loup et la bouche pâteuse. Je sentais la sueur. Je dévorai mes deux dernières pommes de terre crues, car mon appétit m'interdit d'attendre qu'elles fussent cuites. Je fis chauffer le fond d'eau qui restait dans ma barrique, me lavai et enfilai des vêtements propres. Je ne sentais plus ma blessure.

Je descendis à la source ; j'y découvris des empreintes de pieds nus dans la terre meuble : Olikéa s'était donc aventurée si loin de la forêt pour tenter de me ramener à elle. Une lance de désir me transperça ; j'avais envie de sa chaude complaisance et du plaisir sans mélange qu'elle savait éveiller en moi grâce à son corps et aux aliments qu'elle m'apportait.

Non. Brutalement et avec ferveur, je décidai de rompre toute relation avec les Ocellions ; je n'étais pas des leurs et je ne pouvais pas les sauver ; la magie qui m'imprégnait m'avait été imposée et je n'aimais pas ce dont elle me rendait capable ni ce qu'elle m'infligeait. Je refusais désormais de la subir ; qu'elle me punisse donc comme m'en avait averti Buel Faille ! Ça m'était égal. Avec la même véhémence, je rejetai mon propre peuple. Je ne voulais plus rien avoir à faire avec lui, et même la pensée d'Epinie et Spic ne saurait me persuader de redevenir militaire et gernien. Je terminerais mon existence ici, dans ce cimetière, dans la peau d'un fossoyeur ; je ne pouvais sauver aucun des deux peuples de leur propre folie ; le mieux que je pouvais faire, la seule chose que je pouvais faire, c'était les enterrer. Eh bien, qu'il en soit ainsi !

Dans cet état d'esprit, je me rendis dans ma cabane à outils puis entrepris de creuser une nouvelle tombe ; j'aurais bientôt une foule de cadavres à mettre en terre, je le savais, et mieux valait que j'y fusse préparé. Avec une compétence toute professionnelle, j'ouvris une belle fosse profonde, aux flancs verticaux et assez spacieuse pour y descendre le cercueil. Quand je l'eus achevée, je me désaltérai et m'attaquai aussitôt à la suivante.

Fugitivement, l'idée me traversa d'aller en ville pour signaler qu'on avait tiré sur moi et qu'on m'avait volé mon cheval et ma carriole, mais je la repoussai : tout me laissait indifférent hormis mon travail d'excavation ; le sujet m'inspirait seulement l'espoir que son nouveau propriétaire traitait bien Girofle. Je continuai à creuser en m'efforçant d'oublier ce que j'avais ressenti lorsque la magie m'avait parcouru soudain. J'ignorais l'identité de mes agresseurs ; cela empêcherait-il le pouvoir d'abattre mon courroux sur eux ? Les conséquences de ma colère m'emplirent d'abord d'effroi puis je me reprochai vertement de m'en soucier : ce n'était pas ma faute. Je n'avais jamais demandé à posséder la magie, je ne l'avais jamais souhaitée ; s'il fallait des responsables, qu'on accuse ceux qui me l'avaient imposée, non moi. J'enfonçai la lame de ma bêche dans le gazon et arrachai une nouvelle motte à la terre.

Ni Ebrouc ni Quésit ne vinrent au cimetière ce jour-là. Je regrettai leur absence mais j'en éprouvai aussi du soulagement : j'eusse apprécié leur compagnie si j'avais pu les regarder sans me demander combien de temps il leur restait à vivre. La peste rôdait-elle déjà dans les rues ou bien les gens restaient-ils enivrés du fortifiant de Guetis et de l'idée que la route avait repris sa progression ? J'avais la certitude qu'en cet instant même scies et haches mordaient dans la chair des arbres des ancêtres.

A cette idée je me sentis mal, et, l'espace d'un instant de vertige, je me retrouvai hors de mon corps, dressé vers la lumière lointaine du soleil tandis qu'on tranchait mon lien à la terre et à tout ce qu'elle avait représenté pour moi. Je percevais à la fois la brise qui faisait trembler mes feuilles et la profonde vibration des lames qui me fouaillaient. Un amour de la vie plus fort que je n'en avais jamais éprouvé déferla en moi, en même temps qu'une terrible angoisse à l'idée qu'elle allait s'interrompre si brutalement. J'arrachai ma conscience des serres avides de la magie et me répétai furieusement que cela m'était égal : il s'agissait seulement d'un arbre, et d'un arbre ocellion, en plus ! Mais ce rejet même me démontrait à quel point ma façon de penser avait changé. Le cœur au bord des lèvres, ébranlé jusqu'aux tréfonds, je réorientai non sans mal mon esprit sur ma tâche et j'enfonçai à nouveau ma bêche dans la terre.

Je travaillai jusqu'à ce que toute trace de la lumière du jour eût disparu puis je rentrai. Mon garde-manger ne renfermait plus grand-chose mais je me préparai un repas du dernier bout de jambon, de quelques légumes de mon potager et d'un peu de pain cuit à la cheminée. Après ma rude journée de labeur, je ne m'en trouvai guère rassasié mais, prenant sévèrement sur moi, je déclarai le repas suffisant.

Alors la longue nuit s'étira devant moi. Je n'avais rien à lire ni rien pour me distraire. Pendant quelque temps, assis sur ma chaise, je regardai par la fenêtre en m'efforçant de faire le vide dans mon esprit ; mais, j'avais beau faire, mes pensées revenaient sans cesse à la peste imminente, à l'abattage des arbres des ancêtres et à ma décision de ne plus appartenir à aucun des deux peuples. Pour finir, je pris mon journal de fils militaire et rédigeai le plus long élément que j'y eusse inscrit depuis des semaines ; j'épanchai mes pensées sur le papier et, quand j'eus fini, je me sentis presque en paix. J'attendis quelques instants que l'encre séchât puis remontai de nombreuses pages en arrière ; mes écrits de l'époque de l'Ecole me parurent enfantins et superficiels, et les croquis que j'avais faits de mes camarades de classe ne valaient guère mieux que les gribouillis d'un gamin. Comme j'avançais dans ma lecture, les articles se faisaient plus longs, les pensées plus réfléchies, mais je m'étais montré aussi laxiste dans mon devoir de naturaliste que dans celui de militaire : je n'avais exécuté que de rares dessins, et, hormis un essai pour montrer l'emplacement des taches sur les mains d'Olikéa, ils concernaient tous des plantes que j'avais croisées sur mon chemin. Les journaux que j'avais vus chez mon oncle renfermaient d'austères comptes rendus de batailles et de trajets sur des terrains difficiles ; à côté d'eux, le mien ressemblait au journal d'une écolière. Je rabattis la couverture.

« Jamère ! »

L'appel d'Olikéa n'était qu'un murmure dans la brise nocturne. Je feignis d'être le jouet de mon imagination, mais il se répéta, plus pressant, semblable à l'appel de la biche en chaleur.

« *Jamère !* »

Je me sentis ébranlé malgré moi. Je savais précisément où elle m'attendrait, près des arbres derrière la source. Je serrai les dents. Elle aurait aussi apporté un panier de nourriture. Ma volonté commençait à s'effriter. Quelle importance si j'allais la rejoindre une dernière fois ? Ne lui devais-je pas au moins une explication ? Après tout, ce n'était pas sa faute si je me trouvais si rudement tiraillé entre nos deux peuples. La peiner ne servirait à rien, et, d'une certaine façon, j'allais dans le sens de la magie en la laissant me forcer à me montrer cruel envers Olikéa.

Quasiment convaincu, je me levais pour me rendre auprès d'elle quand un son fit se dresser les poils sur ma nuque : des bruits de sabots. Un cheval approchait du cimetière au grand trot. Dans un élan de méfiance, j'eus la certitude qu'on venait me tuer. Mes agresseurs avaient dû comprendre que j'avais survécu parce qu'on n'avait pas retrouvé mon corps sur la route, et ils voulaient s'assurer de mon silence avant que je ne les accuse ; je mesurai soudain toute ma stupidité : j'eusse dû aller tout de suite en ville signaler l'attaque et le vol dont j'avais été victime. Si les hommes me tuaient, leur crime resterait impuni ; ils seraient libres et moi mort.

Je tirai mon volet, le bâclai puis, en deux enjambées, je gagnai la porte et abattis la barre qui la fermait. Je décrochai mon vieux fusil du mur, vérifiai les charges que j'avais préparées plusieurs jours auparavant, en insérai une dans la culasse puis attendis sans bruit, le canon pointé sur la porte. L'oreille tendue, j'entendis le cheval s'arrêter devant ma maison puis quelqu'un mettre pied à terre. Je gardai le silence ; je ne voulais tuer personne sans raison.

« Jamère ? Tu es là ? Au nom du dieu de bonté, ouvre-moi ! Jamère ! » Spic secoua violemment la poignée puis donna un coup de pied dans le battant. Je restai immobile, sans dire un mot. « Je t'en prie, Jamère, sois là ! s'écria-t-il avec un tel accent de désespoir que je me laissai attendrir.

— Un instant ! » criai-je, et je posai mon arme avant de débarrer la porte. Aussitôt, Spic entra en trombe. Il agrippa mon bras et s'exclama : « Tu n'as donc rien ?

— Comme tu vois », répondis-je d'une voix maîtrisée.

Il se frappa la poitrine de la paume et poussa un grand soupir. Je le trouvai exagérément mélodramatique mais, quand il releva la tête, seules ses pommettes rouges relevaient la pâleur extrême de son visage. « Je t'ai cru mort ; tous, d'ailleurs, nous t'avons cru mort. » Il essaya en vain de reprendre son souffle. « J'ai laissé Epinie partagée entre l'horreur de ta disparition et la fureur de la révélation que tu habitais tout près de chez elle, bien vivant, et que je ne lui en avais jamais rien dit. Jamère, j'ai tellement mis à mal mon ménage à cause de toi que j'aurais envie de te tuer si je n'étais pas si heureux de te voir vivant !

— Assieds-toi », fis-je en le guidant vers une chaise. Il s'y laissa tomber, et je lui apportai une tasse d'eau. Il était hors d'haleine, comme si, au lieu de venir à cheval, il avait suivi le chemin qui menait chez moi à pied et au pas de course. « Calme-toi et raconte-moi ce qui s'est passé. Pourquoi avoir appris à Epinie que je vivais dans les environs ? Et pourquoi me croyiez-vous mort ?

— Je le tenais d'Amzil. » Il but une nouvelle gorgée d'eau. « Elle était sortie faire des courses ; elle est revenue comme une folle, en pleurant toutes les larmes de son corps et en disant qu'on avait retrouvé ta carriole attelée entourée de cadavres. » Il prit une inspiration pénible. « Et naturellement Epinie ne faisait pas la sieste dans la chambre, comme nous le pensions ; elle s'affairait dans la cuisine, et, à l'instant où Amzil a déclaré : "Toute la ville pense maintenant que Jamère est mort ou bien qu'il les a tous tués", elle a fait irruption dans le salon en exigeant qu'on lui explique ce qui se passait et comment il pouvait y avoir des nouvelles à ton sujet dont elle ignorait tout. » Il se passa la main dans les cheveux. « A partir de là, ça a été la confusion générale : j'essayais d'exposer la situation à Epinie, mais Amzil m'interrompait sans cesse alors que je m'efforçais en même temps d'apprendre ce qu'elle avait entendu en ville ; et, quand Epinie s'est mise à pleurer en nous abreuvant de reproches, Amzil s'en est prise à moi sous prétexte que j'avais bouleversé ma femme et qu'elle risquait de perdre son bébé. Du coup, les pleurs d'Epinie ont redoublé, les enfants s'y sont mis à leur tour, et Amzil m'a jeté à la porte de ma propre maison en disant que je n'étais pas plus utile que les autres hommes et que je ferais aussi bien d'aller chez toi chercher des indices sur ce qu'était devenu "ce grand imbécile de gros plein de soupe". Elle parlait de toi. »

Il reprit son souffle et renversa la tête sur le dossier de sa chaise. Les yeux fixés au plafond, il poursuivit : « Et je te trouve chez toi, en parfaite santé, alors que mon existence est sens dessus dessous et qu'elle le restera tant que tu n'auras pas remis les pieds en ville pour voir Epinie. Maintenant, tu n'y couperas plus. » Comme s'il y pensait seulement à l'instant, il ajouta : « Tu portes la responsabilité de tout ce chambardement, tu le sais, Jamère.

— Parle-moi de ces cadavres découverts près de ma carriole, dis-je à mi-voix.

— Tu ignorerais donc tout de cette affaire ? demanda-t-il avec empressement.

— J'en sais quelques bribes, je crois. Hier... Non, avant-hier, me semble-t-il, la dernière fois que je me trouvais en ville, quand j'ai envoyé Amzil te prévenir du déclenchement imminent de l'épidémie... Mais que faisait-elle hors de chez toi ? Et toi, pourquoi être sorti ? Ne t'a-t-elle pas transmis ma mise en garde ? Il faut imposer la quarantaine ! La peste ocellionne va éclater d'un jour à l'autre, Spic ; elle succède toujours à la Danse de la Poussière. C'est ainsi qu'ils la propagent.

— Personne n'est encore tombé malade ! répondit-il, sur la défensive, puis il ajouta d'un air penaud : J'avais dit à Amzil de ne pas sortir ; mais Epinie se sent très mal depuis le début de sa grossesse, et une vieille femme en ville fabrique une tisane qui paraît la soulager. Amzil a insisté pour aller faire provision de ce mélange quand nous sommes arrivés au bout de notre réserve, et mes arguments n'y ont rien fait. Je le dis, Jamère, une fois qu'une femme s'installe sous le toit d'un homme, il n'est plus maître de sa vie. » Il secoua la tête comme pour se débarrasser de mouches agaçantes puis posa un regard noir sur moi. « Mais tu m'expliquais comment ta carriole s'est retrouvée dans l'écurie d'une caserne, entourée de cadavres

— Non, rétorquai-je avec aigreur. Je t'expliquais qu'on m'a attaqué alors que je rentrais chez moi. On m'a frappé sans prévenir et j'ai perdu conscience très vite, si bien que j'ignore le nombre de mes agresseurs et leur aspect. Quand je suis revenu à moi, je gisais face contre terre, et mon attelage avait disparu. J'ai réussi à regagner ma maison, j'ai passé un jour à me remettre puis j'ai repris mon travail.

— Et tu n'es pas allé en ville signaler l'incident ? me demanda-t-il d'un ton sévère.

— Non, Spic. Je pensais que Guetis commençait déjà à souffrir des affres de la peste ; je m'étonne qu'il n'en soit rien, mais je persiste à croire que ça arrivera. Et, à ce moment-là, mes tombes seront prêtes. » Je m'assis dans mon fauteuil en face de lui et me frottai les mains sur le visage. J'avais soudain l'impression d'avoir cent ans. « Je ne puis rien faire d'autre pour personne, ajoutai-je, lugubre.

— Je te vois découragé et inquiet, Jamère, mais nous le sommes tous. Quand la magie ocellionne ne nous submerge pas sous l'abattement, nous nous noyons dans la drogue ou bien nous voyons en face l'absurdité de l'existence dans cette garnison. Mais, en ne déclarant pas l'agression ni le vol dont tu as été victime, tu as l'air d'avoir partie prenante dans ces meurtres. Tu sais qu'il circulait des rumeurs à ton sujet, à cause desquelles je t'avais ordonné de rester chez toi afin d'éviter les ennuis ; mais aujourd'hui on raconte que...

— Comment sont-ils morts ? demandai-je brusquement.

— Ma foi, je ne sais pas exactement. D'après Amzil, ils gisaient tout autour de ta carriole comme si on les avait réunis là et qu'ils aient succombé sur place.

— Qui était-ce ?

— Je l'ignore, Jamère. Je ne connais l'histoire que par ouï-dire, et, entre les bafouillages inintelligibles d'Amzil à ton sujet et le tohu-bohu qui s'en est suivi, je n'ai guère réussi à glaner d'informations, hormis que, selon le sergent Hostier, tu les avais sans doute tués pour te protéger et qu'il fallait te placer en garde à vue en attendant qu'on découvre les dessous de l'affaire.

— Ça ne m'étonne pas de lui ; cet homme me déteste sans nul motif que je puisse discerner. Crois-tu qu'on va m'arrêter ?

— Je n'en sais rien, Jamère ! La délégation d'inspection se trouve toujours chez nous, et la mort mystérieuse de quatre hommes dans l'écurie d'une caserne n'améliore pas notre cote. La hiérarchie devra étouffer l'affaire, l'expliquer ou trouver un bouc émissaire. » Il se frotta le visage de la paume des mains puis m'adressa un regard implorant : « Tu n'as rien à voir avec ces meurtres, n'est-ce pas ? »

S'il ne m'avait pas posé la question aussi franchement, j'eusse pu continuer à mentir ; mais Spic avait toujours eu cette expression sincère et honnête de l'adolescent qui ne veut croire de ses amis que le meilleur. Même dans un visage où commençaient à se creuser les rides de souci d'un homme adulte, ses yeux exigeaient une réponse sans détour. Si je lui mentais, j'abandonnerais tout espoir de devenir un jour tel que je m'imaginais.

« Je les ai sans doute tués, déclarai-je sans ambages. Mais j'ignore comment ; et je ne l'ai pas fait volontairement. »

Il demeura parfaitement immobile, le regard planté dans le mien. Il avait la bouche légèrement entrouverte et je l'entendais respirer. Je crus qu'il allait parler, mais ses traits se tordirent soudain. « Ah, Jamère ! Non, je ne peux pas rentrer dire ça à Epinie ; je ne peux pas. Ça la tuerait ; ça les tuerait, elle et le petit, et je n'ai qu'eux dans cette saloperie de garnison perdue. » Il se pencha en avant, le visage dans les mains, et poursuivit d'une voix étouffée : « Comment as-tu pu commettre un tel crime, Jamère ? Qu'es-tu devenu ? Je te voyais changer mais je croyais quand même connaître ta vraie nature. Comment as-tu pu tuer des hommes de ton propre régiment ? Comment ?

— A cause de la magie, murmurai-je. Ce n'était pas moi, Spic ; c'était la magie. » On eût cru entendre un enfant cherchant une excuse. Je n'espérais pas qu'il me croirait, mais il resta le visage enfoui dans les mains et ne m'interrompit pas. A ma propre surprise, je lui racontai tout ce que j'avais vécu au cours de la dernière semaine sans rien lui cacher ni me chercher d'excuse ; je lui avouai même la relation que j'entretenais avec Olikéa, et j'éprouvai un sentiment de soulagement, de purification, à pouvoir enfin me confesser. Ses épaules se voûtaient à mesure que je parlais, comme s'il prenait sur lui le fardeau dont je me défaisais ; quand je me tus, je me sentais vide tandis qu'il avait l'air d'un homme écrasé sous le poids d'un monde. De deux mondes, devrais-je dire.

Je me levai et remplis ma bouilloire. J'avais la gorge sèche et, malgré la situation, une faim de loup ; peut-être une tasse de café apaiserait-elle un peu les élancements de mon estomac. Comme je mettais l'eau à chauffer, Spic se décida enfin à parler. « Les haut gradés savent depuis le début que les arbres sont sacrés pour les Ocellions ? »

J'eus un geste vague de la main. « C'est l'impression que j'ai eue. » Je m'étonnais qu'il s'en souciât.

« Savent-ils aussi que l'atmosphère d'abattement et d'accablement que nous subissons provient de la magie ocellionne ?

— Je l'ignore ; mais ils doivent s'en douter. Quelle autre origine pourrait avoir la peur qui règne sur le chantier ? Ils ne peuvent que l'attribuer à la magie. »

A mi-voix, il déclara : « Le médecin veut administrer du “fortifiant de Guetis” à Epinie, mais elle refuse. Selon lui, si elle n'en prend pas, elle fera une fausse couche, ou bien, si l'enfant naît, elle ne sera pas en état de s'en occuper. »

Il se tut. Je le relançai : « Et ?

— Et il pourrait bien avoir raison, fit-il d'un ton lugubre. Il ne naît guère d'enfants en bonne santé à Guetis,

Jamère ; et les femmes qui en ont paraissent... vides, épuisées, comme si elles avaient à peine la force de prendre soin d'elles-mêmes, et sûrement pas de leurs petits.

— Mais Epinie me donnait pourtant l'impression d'avoir de l'énergie à revendre. Vois par exemple la façon dont elle a pris en main les femmes de la ville, les sifflets qu'elle leur a fournis. Ne m'as-tu pas dit qu'elle organisait des cours ou des leçons... ? » Je laissai ma question en suspens en voyant Spic secouer la tête.

« Elle se lance dans des projets sans les achever. Chaque matin, elle se lève en déclarant qu'elle ne se laissera pas abattre, et j'en fais autant ; mais, l'après-midi venu, elle pleure, ou nous nous querellons, ou, pire encore, elle reste à la fenêtre à regarder dehors sans bouger. Cette magie maléfique la dévore, Jamère ; moi, elle me ronge, mais Epinie se prête davantage à son influence. Tu te rappelles ce qu'elle nous a dit un jour ? Qu'elle sentait comme une fenêtre ouverte en elle qu'elle était incapable de refermer ? Eh bien, cette ouverture laisse entrer la tristesse et s'échapper la vie d'Epinie. Je la perds, Jamère ; ce n'est pas la mort qui me la prend, mais... la tristesse. Une morosité qui pèse sans cesse. Et tout ça pour quoi ? Pour ouvrir une route à travers les montagnes par le trajet le plus court, sans se préoccuper des gens qui vivent sur cet itinéraire ni de leurs représailles ? »

Il se leva lentement. L'odeur du café en train d'infuser commençait à se répandre dans la pièce, mais il ne parut pas s'en rendre compte. « Je dois retourner auprès d'Epinie ; je ne lui répéterai pas tout ce que tu m'as dit, Jamère, mais je lui révélerai que tu es vivant et où tu habites. » Il se dirigea vers la porte.

« Un instant, Spic. Amzil t'a-t-elle remis mon message en entier ? T'a-t-elle enjoint de demander qu'on t'envoie des réserves de ton eau de Font-Amère ? »

Il eut un sourire lugubre. « Jamère, tu as gardé l'habitude de la vie chez tes parents, près de la Route du roi. Font-Amère est beaucoup plus isolé, et la propriété ne bénéficie pas d'un service postal régulier. Y envoyer un courrier me coûterait pratiquement un mois de solde, et mon message ne parviendrait pas à mon frère avant des semaines, pour autant qu'il arrive. Ajoute à ça le temps qu'il faudrait à un chariot chargé de barriques d'eau pour effectuer le trajet jusqu'ici, et, avec beaucoup de chance, il serait à Guetis avant que la neige de l'hiver prochain ne coupe la route.

— Tu n'as donc pas envoyé de message », murmurai-je.

Il secoua la tête. « Ça ne servirait à rien. »

Je me tus un instant. « Combien te reste-t-il de ces flacons ?

— Aujourd'hui ? Trois.

— Pas plus ? fis-je, épouvanté. Que sont devenus les autres ? »

Il haussa les épaules. « Dès son installation à Guetis, Epinie s'est mise à les distribuer à ses nouvelles connaissances ; j'en ai gardé trois de côté, bien cachés, car elle paraissait décidée à épuiser toute notre réserve. Je lui ai dit que ces flacons ne suffiraient peut-être pas à sauver quiconque : pour la guérir, j'ai quand même dû l'immerger complètement dans l'eau. Mais elle pense apparemment que, si l'on en boit aux prémices de la fièvre, elle aura un effet curatif. En ce qui nous concerne, étant donné notre bain dans les sources de Font-Amère, nous sommes immunisés, selon elle ; je ne partage pas complètement sa conviction. » Il hésita puis demanda : « Tu en voulais pour toi ?

— Je... Non. Merci, mais non ; je suis sûr que la magie me protège à présent.

— Tu en parles comme d'une entité pensante.

— Je ne parierais pas sur le contraire. J'en ignore encore la nature, mais je ne crois pas que j'aurai besoin de votre eau. Si la magie peut guérir une blessure par balle en trois jours, ça m'étonnerait qu'elle me laisse mourir de la peste ocellionne. » Une idée glaçante me traversa soudain l'esprit. « Sauf, naturellement, si ça sert ses desseins. » Je secouai la tête et refusai de laisser mon esprit tirer les conclusions de cette proposition. « Quand je t'ai demandé ce qu'il te restait d'eau, je ne pensais pas à moi mais à Amzil et à ses enfants. »

Spic sourit. « Epinie lui a déjà fourni ce qu'il fallait ; elles sont devenues très proches. Quant aux enfants, nous les considérons quasiment comme les nôtres.

— Je m'en réjouis », dis-je, et je m'étonnai d'éprouver un si grand soulagement.

Il se tut un moment puis déclara : « Pour ce que ça vaut, Jamère, je crois qu'elle tient à toi aussi. La terreur qu'elle a manifestée à l'idée de ta mort dépassait le simple attachement amical. » Il se tourna vers la porte. « A ce propos, Jamère, je dois m'en aller ; je suis cruel de rester à bavarder avec toi en les laissant dans l'ignorance de ton sort. Néanmoins, j'avoue craindre d'affronter la colère d'Epinie, et j'ai peur qu'elle ne mette du temps à me pardonner.

— Dis-lui que tout est ma faute, fis-je, contrit.

— Oh, ne t'inquiète pas, c'est bien mon intention ! » Son sourire espiègle n'était qu'une amère imitation de son habituelle expression malicieuse ; je fus toutefois heureux de le voir.

Sans attendre que le courage me manquât, j'annonçai : « Je me rendrai en ville demain, Spic, et j'irai chez toi. Nous pourrons toujours prétendre que j'allais voir ta bonne, Amzil. »

Il pinça les lèvres un instant, et je crus qu'il ne répondrait pas. « Bizarre comme tu trouves facilement un subterfuge quand tu le veux. »

Je m'inclinai devant ce reproche. J'imaginais la scène qui l'attendait à son retour, et je tremblais moi-même à la perspective d'affronter ma cousine. « Je parlerai à Epinie ; je lui dirai que j'avais seul maintenu le secret et que tu n'avais rien à y voir. Et j'irai ensuite au quartier général déclarer mon agression. »

Il me regarda par-dessus son épaule. « Et quelle preuve en auras-tu ? En moins de trois jours, tu as complètement guéri d'une blessure par balle. Tu n'as rien pour appuyer tes allégations ; alors que vas-tu dire ?

— J'inventerai quelque chose. »

Il acquiesça de la tête d'un air sombre et sortit. Je barrai la porte après qu'il fut remonté à cheval et se fut mis en route. J'ôtai le café du feu et m'en versai une tasse ; j'eusse préféré un repas plus consistant, mais je commençai tout de même à le boire ; brûlant et amer, il n'apaisa aucun de mes appétits. Devant Spic, j'avais réussi à rester maître de mes pensées ; maintenant qu'il était parti, je me sentais à nouveau en état de siège.

« *Jamère !* » L'appel d'Olikéa paraissait venir de plus près.

« Non, dis-je tout haut. J'en ai soupé de toi et de ta magie. »

8

Cercueils

Je refusai de dormir ce soir-là : je n'avais pas envie de m'apercevoir à mon réveil qu'une crise de somnambulisme m'avait emmené dans la forêt. Je m'installai donc dans mon fauteuil au coin de la cheminée et, tandis que la nuit avançait à une allure d'escargot, je bus chope sur chope de café fumant. Il régnait une douceur nocturne délicieuse et je laissai mon petit feu s'éteindre lentement ; les flammes vacillèrent, diminuèrent puis se réduisirent à un ondoiement de lumière sur les braises mourantes.

J'entendais de temps en temps Olikéa m'appeler ; chaque fois, la tentation m'embrasait, mais je restais inébranlable. J'avais beau me boucher les oreilles, ses invites demeuraient parfaitement audibles : plus que sa vcix, c'était la magie qui me les transmettait. Œuvraient-elles main dans la main ou bien l'une servait-elle l'autre sans le savoir ? A moins qu'Olikéa cherchât seulement à employer à ses propres fins le pouvoir que je recelais ?

La dernière chope que je tirai de la cafetière avait une consistance épaisse et un goût amer. J'avais travaillé dur tout le jour et mes muscles endoloris m'imploraient de dormir. La température nocturne avait atteint son point le plus bas et j'avais froid ; j'eusse aimé m'envelopper d'une couverture mais je me l'interdis : trop de confort affaiblirait ma résistance au sommeil. L'aube ne tarderait plus. Je me frottai les yeux, me levai et fis le tour de la pièce ; puis, avec un bâillement à m'en décrocher la mâchoire, je me rassis dans mon fauteuil.

« *Jamère !*

— *Non, je ne viendrai pas.* » J'appuyai ma nuque sur le haut de mon dossier de bois et plongeai le regard dans l'angle ombreux du plafond. J'imaginais dans quel état d'irritation devait se trouver Olikéa ; elle se tenait sans doute à l'orée de la forêt, à l'abri des arbres, juste au-delà de la source où j'emplissais mon seau, nue dans la nuit, insensible au froid et au serein. La dernière fois que je l'avais touchée, j'avais remarqué que, même dans le noir, je sentais les tachetures de sa peau quand je caressais les courbes douces de son dos : il y avait au toucher une différence très subtile entre zones claires et zones sombres. Jadis, ma mère portait souvent un tissu de texture similaire ; quel nom lui donnait-elle ? Je ne me le rappelais pas, et cela m'attristait ; encore une parcelle de mon ancienne existence qui avait disparu.

« Jamère !

— Laisse-moi tranquille, Olikéa. Tu ne m'aimes pas, tu ne sais même pas qui je suis ni d'où je viens ; tu es comme Amzil, qui s'arrête à mon aspect sans voir ce qui se cache derrière ma corpulence. Toi aussi, tu ne vois que mon apparence, mais, pour toi, c'est ce qui me rend désirable, et je ne t'intéresse sans doute d'aucune autre façon.

— Qui est Amzil ? » La question avait fusé, soupçonneuse.

« Ne t'inquiète pas ; ce n'est qu'une femme de plus qui ne m'aime pas.

— Il y a beaucoup de femmes dans ce monde qui ne t'aiment pas. » Elle gonfla les joues avec dédain et haussa le menton. « Une de plus ou une de moins, quelle différence ?

— Là, tu as absolument raison. Il y a d'innombrables femmes dans le monde qui ne m'aiment pas, et, si nous cherchions celles qui m'aiment, je pense que nous pourrions très vite réduire leur nombre à deux ; toutefois, l'une m'aime comme un frère, l'autre comme un cousin, ce qui n'a rien de très satisfaisant pour un homme dans aucun des cas.

— Pourquoi ? » Elle se leva dans l'ombre des arbres, son panier posé sur la hanche. Je perçus l'odeur des champignons et des pétales lourds et moelleux de la fleur pâle d'une plante aquatique qui avait goût de poivre doux. Le collier que je lui avais donné scintillait autour de son cou ; elle ne portait rien d'autre. Ses seins dressés paraissaient s'offrir d'eux-mêmes comme des fruits tièdes. L'espace d'un instant, tous mes processus intellectuels s'arrêtèrent.

« Un homme a besoin d'une affection autre qu'amicale de la part d'une femme ; il la veut tout entière. »

Encore une fois, elle gonfla les joues. « Voilà une envie stupide ; seule une femme peut se posséder tout entière. Tu devrais te réjouir de ce qu'elle t'offre au lieu de désirer tout ce qu'elle est. Donnes-tu tout ce que tu es à une femme ? Ça m'étonnerait. »

Je me sentis piqué au vif. « Je lui donnerais tout si elle en faisait autant. J'ai du mal à me sentir à l'aise avec une femme qui se tient sur la réserve. Mon cœur n'aime pas ainsi, Olikéa ; c'est peut-être la coutume chez les tiens, mais pas dans mon peuple.

— Ton peuple et le mien sont le même, Jamère, je te le répète sans cesse ; n'arrives-tu pas à le comprendre ? Tu n'as plus d'autre peuple que le Peuple, et nous te donnons tout ; alors pourquoi ton “cœur” ne nous aime-t-il pas ?

Pourquoi ne nous rejoins-tu pas, ne vis-tu pas chaque jour et chaque heure parmi nous, ne te sers-tu pas de la magie comme il le faut ?

— Pour quoi faire ? » demandai-je. Je m'étais rapproché d'elle et mes pieds nus s'enfonçaient dans la boue fraîche de la source. La nuit ne me paraissait plus aussi obscure ; des éclats de lumière scintillaient dans l'eau et faisaient pendants à ceux qui brillaient dans les yeux d'Olikéa. Un arôme de fruit frappa soudain mes narines : elle venait d'écraser une baie dans sa main ; elle porta la pulpe à ma bouche pour l'y introduire doucement. Le bout de ses doigts s'attarda un instant sur ma langue avant de se retirer en peignant sur mes lèvres la piqûre de la chair sucrée. L'odeur, la saveur et le contact me firent tourner la tête.

« Voici un nouveau goût, chuchota-t-elle. Ces fruits ne poussent que dans notre pays-du-rêve, et seul un Opulent comme toi a le droit d'en manger. Je ne puis y goûter que sur ta bouche. » Les doigts collants, elle saisit mon visage à deux mains, me tira vers elle et passa une langue légère sur mes lèvres.

Tout homme a ses limites. L'idée d'un grand amour qui comblerait ma vie se dissipa promptement sous une déferlante de désir. Je m'emparai d'Olikéa, l'attirai à moi ; elle laissa tomber le panier de nourriture ; je savourai la peau de son cou, respirai le parfum de ses cheveux.

Elle rit tout bas. « N'oublie pas que je ne t'aime pas comme ta sœur ni comme ta cousine. Je ne t'aime pas comme une sans-tache aime son homme. Donc (et elle me toucha d'un air malicieux) ce que je fais là ne te suffit pas. Si ? Ce n'est pas ce que tu veux de moi, n'est-ce pas ?

— Si, j'en ai envie, répondis-je avec violence en l'emprisonnant dans mes bras. J'en ai envie, mais je ne veux pas que ça. Ne comprends-tu donc pas, Olikéa ? Nos peuples sont-ils vraiment différents à ce point ?

— Nos peuples ? Mais je te le dis et je te le redis : tu n'en as qu'un seul ; il n'y en a qu'un seul, le Peuple. C'est le nôtre. Tous les autres sont des étrangers ; tous les autres menacent notre culture.

— Je n'ai pas envie de parler pour le moment », déclarai-je, et, me baissant, je la pris dans mes bras. Elle poussa un cri de surprise ravie et s'agrippa à mon cou. Le sentiment de pouvoir la déconcerter, l'émouvoir par ma force me plut, et mon désir s'en accrut.

Je m'enfonçai dans les bois tandis que la magie montait en moi, alimentée par le brasier de mes appétits charnels. Sur un geste de moi, mousse et feuilles mortes s'assemblèrent en une couche ; un autre mouvement de la main, et une branche s'abaissa pour soutenir une plante grimpante qui forma soudain un berceau de verdure autour de nous ; des fleurs odorantes s'ouvrirent pour parfumer la nuit. Je barrai la route aux petits insectes piquants qui venaient nous examiner et invitai au contraire des phalènes afin de mieux voir ce que je touchais. Je prodiguais la magie de ma main libre ; c'était aussi simple et naturel que la façon dont Olikéa s'ouvrit à moi, et aussi mutuellement agréable. Cette nuit-là, je menai et elle suivit, dans cette danse qui remonte au fond des âges. Lors de nos contacts précédents, elle tenait toujours le rôle de l'agresseur et j'avais éprouvé un profond étonnement devant le plaisir que j'y prenais. Cette nuit-là, elle connut, je pense, une surprise comparable en découvrant qu'un homme pouvait commander aussi complètement sa jouissance. Constater que je pouvais la rendre à demi-folle de volupté rehaussa mon estime personnelle comme rien ne l'avait fait au cours de la dernière année et me poussa à de plus grands efforts ; quand elle demeura enfin allongée près de moi, entièrement détendue dans mes bras, j'eus le sentiment de lui avoir prouvé... quoi ? je n'aurais su le dire exactement.

Nous somnolâmes, puis, après ce qui me parut une éternité, elle demanda : « Tu as faim ? »

Je faillis éclater de rire. « Naturellement ! J'ai toujours faim.

— Vraiment ? » fit-elle d'un ton inquiet. Elle posa tendrement la main sur mon flanc. « Ça n'arriverait jamais si tu me laissais m'occuper de toi comme il faut, te nourrir comme il faut. Comment veux-tu accomplir tout ce que la magie attend de toi si tu ne te restaures pas convenablement ? Tu dois me répondre quand je t'appelle et manger chaque soir ce que je t'apporte ; tu dois rester près de moi pour que je puisse t'amener au sommet de tes pouvoirs. »

Elle se leva et s'étira. « Je reviens tout de suite. »

Allongé sur la mousse, je m'efforçai de trouver dans mon esprit des pensées qui me fussent propres. Je ne voulais pas revenir auprès d'Olikéa, et pourtant j'étais là, de nouveau joint à elle, et je l'écoutais me reprocher de ne pas me soumettre à la magie. C'était ennuyeux, j'en convenais, mais je ne parvenais pas à m'en préoccuper.

Elle revint, s'installa au creux de mon corps, le dos contre mon ventre, se laissa légèrement aller contre moi et fouilla dans son panier. Certains fruits avaient souffert de leur chute de l'arbre, et je sentais très clairement l'odeur de chacun. Elle me tendit une feuille de nénuphar. « Commence par ceci, pour te rendre ta vigueur. »

J'en pris une bouchée. « Tu penses donc que j'aurai encore besoin de mes forces cette nuit ? »

A ma grande surprise, elle pouffa. « Possible. Termine la feuille. »

J'obéis puis demandai : « Chaque plante que tu m'apportes possède-t-elle des vertus propres ?

— Ici, oui. De l'autre côté, parfois, quand on mange, on ne fait que manger. Ici, tout est un bout de magie. Ce que je te donne ici est beaucoup plus puissant que tout ce que tu peux trouver de l'autre côté. Voilà pourquoi il est si important que tu me rejoignes chaque soir.

— Quel autre côté ?

— L'autre côté d'ici », répondit-elle avec impatience. Elle prit une nouvelle feuille de nénuphar et y enroula un morceau de racine orange. « Tiens, mange-la comme ça. »

J'obéis. La rave avait un goût légèrement sucré et je sentis la fatigue m'abandonner ; je tendis la main et tirai le panier à moi. « Et ceci, à quoi cela sert-il ? demandai-je en prenant une grappe de champignons jaune pâle.

— A traverser la trame plus solidement.

— Je ne comprends pas. »

Elle gonfla les joues puis écarta le sujet d'un geste. « Mange et fais-moi confiance ; je m'y connais. »

Les champignons avaient une saveur terreuse, noire et généreuse. Suivit une double poignée de baies si mûres et si sucrées qu'elles éclatèrent dans mes mains avant que j'eusse le temps de les porter à ma bouche ; chacune contenait une graine aplatie et très piquante. Tandis que je mâchais, Olikéa reprit : « Mieux vaut que tu partes, à présent, afin de pouvoir me rejoindre de l'autre côté avant que la lumière devienne trop forte. Inutile d'apporter quoi que ce soit ; va puis reviens. »

Je n'avais rien compris, aussi éludai-je la question. « La lumière ne me dérange pas.

— Moi, elle me gêne. Et il faut que tu m'accompagnes afin que je puise te montrer le chemin du creux du monde. Nous pensons qu'un des anciens tombera demain, et alors la magie s'éveillera dans une grande furie ; nous ferions bien de nous abriter de sa colère.

— Je ne puis t'accompagner demain, Olikéa. J'ai promis à mon ami d'aller le voir à Guetis, et je dois tenir parole.

— Non. » Elle secoua la tête. « Demain, la mort s'étendra dans ce lieu, et tu n'en retireras que du chagrin. Viens avec moi. »

Chacun de ses mots me faisait l'effet d'une épingle plantée dans ma chair et me ramenait à mon autre existence ainsi qu'aux dangers qui la menaçaient. Tandis que je paressais en sa compagnie, rassasié, satisfait, mes amis couraient les plus grands risques. Alors que je me sentais proche d'elle un instant auparavant, cette impression se dissipait comme l'obscurité devant l'aube. « Y étais-tu ? demandai-je. Quand ceux de ton peuple ont exécuté la Danse de la Poussière, y participais-tu pour répandre la maladie ?

— Naturellement, répondit-elle aussitôt, sans honte ni regret. Tu m'as vue sortir par la grande porte. J'ai cru que tu allais m'accompagner puis j'ai vu qu'elle était avec toi ; alors je t'ai laissé seul. »

Je pris sa main qui reposait sur mon flanc, la levai et l'examinai. « Cette main a jeté la poussière qui rendra tous les habitants malades de la peste ? »

Elle la retira de ma poigne puis la tendit vers moi, la paume en l'air, les doigts au repos, et l'agita légèrement. « C'est le vannage : la poussière s'élève, vole et se dépose où bon lui semble. Certains suivront le chemin du crible, d'autres non ; parmi ceux qui l'emprunteront, certains franchiront le pont, d'autres non. Certains serviront la magie : ils traverseront mais reviendront parmi nous, brièvement, en tant que messagers de ce monde lointain. Pour nous, ils sont dignes d'avoir un arbre ; ils plongent leurs racines dans un monde et tendent leurs branches dans l'autre. Alors ils demeurent avec nous, ils grandissent, et la sagesse croît avec eux. Vous, vous enterrez vos morts pour qu'ils pourrissent comme si vous n'accordiez aucune importance à la sagesse de cet autre monde. Vous n'écoutez pas les messagers qui viennent à vous, et vous les déposez sous la terre. Nous essayons de vous aider à gagner en savoir, nous essayons de donner des arbres à certains des vôtres pour qu'ils accroissent leurs connaissances, mais ça ne marche jamais ; l'arbre ne prend pas ou bien quelqu'un comme toi vient les arracher au tronc et les rejeter dans un trou dans le sol où ils pourrissent comme de mauvaises graines. »

Je restai pétrifié. Elle saisit une nouvelle feuille de nénuphar, l'enroula autour d'une racine orange et me la tendit ; je la pris sans y penser. J'arrivais presque à comprendre ce qu'elle me disait, et le peu que j'en saisissais m'emplissait d'effroi.

Manifestement, Olikéa se plaisait à ses réflexions. « Quelques-uns, très rares, comme toi (et elle me tapota le ventre d'un geste affectueux), passent le vannage d'une façon différente. Nul ne sait pourquoi la poussière vous change ; peut-être n'est-ce pas la poussière qui vous change, mais le fait que vous avez déjà changé d'une manière qu'elle ne peut pas modifier. Les Opulents peuvent franchir le pont plus d'une fois et revenir vivre parmi le Peuple. » Elle haussa les épaules. « La magie reconnaît peut-être ceux qui lui appartiennent ; il y a de quoi réfléchir parfois, quand on n'a pas trop envie de dormir, mais il n'y a pas lieu de s'en inquiéter, parce que, que nous comprenions ou non, ça n'a aucune importance. La magie sait, elle, et ça nous suffit. » Elle s'exprimait avec douceur, d'un ton satisfait, comme si elle m'exposait sa philosophie ; moi, j'y entendais la justification du massacre de centaines d'innocents, et j'éprouvai un soudain dégoût envers moi-même : je venais de passer les dernières heures à des ébats bestiaux pendant qu'à Guetis des hommes, des femmes et des enfants commençaient à brûler du mal qu'elle avait répandu.

« Ça te suffit peut-être, mais pas à moi. » Je roulai sur le ventre et la repoussai dans le même mouvement ; elle eut un grognement agacé. Je repliai les genoux sous moi et me redressai. « Je m'en vais, Olikéa, et je ne reviendrai jamais. Je ne puis plus rester avec toi ; je ne puis pas accepter ce que tu as fait à mon peuple à Guetis.

— Ce que j'ai fait ? Moi ? Tu m'en rends responsable ? Mais c'est la magie, la responsable ! Et toi aussi peut-être, plus que moi ! Peut-être, Opulent sans-tache, si tu avais obéi plus volontiers à l'appel de la magie, aurait-on pu éviter d'en arriver là ! » Elle se leva d'un bond pour m'affronter. « Si tu avais exécuté la tâche qu'elle t'avait confiée, les intrus auraient disparu aujourd'hui, refoulés jusque sur leurs propres terres. C'était toi qui devais les chasser de notre territoire, Jodoli l'avait vu clairement, ainsi que nous tous. La magie t'a désigné ; nous attendons tous, je m'efforce de nourrir ta puissance, mais tu t'enfuis toujours, tu nies et tu refuses ta mission. Jodoli s'est abaissé à te montrer le danger qui pèse sur nos arbres ancestraux, il te l'a expliqué de toutes les façons possibles, et nous croyions tous que, lorsque tu aurais vu de tes yeux la menace qu'ils encourent, tu te mettrais enfin au travail. Mais aujourd'hui ils tremblent, ils vacillent, et demain l'un d'eux tombera et ne sera plus ! Ils représentent les plus anciens souvenirs de notre peuple, et demain nous allons les perdre à cause des intrus, parce qu'ils souhaitent ouvrir un chemin afin que leurs chevaux et leurs chariots puissent se rendre là où ils n'ont jamais eu besoin d'aller jusque-là. Ils affirment que nous en bénéficierons, mais que savent-ils de ce qui est bon pour nous alors qu'ils commencent par détruire le meilleur de notre vie ? Nous leur faisons partager notre peine, nous leur faisons partager nos peurs, mais ils restent trop stupides pour s'en aller. Donc il faut employer des moyens plus durs pour les chasser ; comment peut-on en douter ? Mais toi, tu regardes ces intrus qui vivent de petites vies connues d'eux seuls, tu regardes ces gens sans arbres et tu dis : "Laissez-les rester, laissez-les couper les arbres des ancêtres de leurs racines, ne les soumettez pas au vannage, laissez-les tranquilles." Et pourquoi ? Parce qu'ils sont sages, bienveillants ou généreux ? Non : uniquement parce qu'ils te ressemblent !

— Olikéa, ce sont mes compatriotes, et je tiens à eux autant que toi à ceux de ton peuple. Pourquoi ne le comprends-tu pas ? »

Elle gonfla les joues avec une expression d'incrédulité absolue. « Comprendre quoi ? Ils ne sont pas le Peuple, Jamère ; ils ne seront jamais le Peuple de ce territoire. Ils doivent partir tous, retourner dans leur propre territoire, et tout redeviendra normal – sauf que, naturellement, avec ses outils, "ton" peuple aura percé un trou dans le ciel des feuilles et nous aura privé des plus vieux de nos anciens. Mais, ça, tu t'en moques bien ! Vas-tu dire comme tous ceux de "ton" peuple : "Ce ne sont que des arbres" ? Dis-le, Jamère ! Dis-le, que je puisse te haïr comme tu le mérites ! »

Je restai bouche bée : des larmes ruisselaient sur ses joues. C'étaient des larmes de rage, mais, jusque-là, jamais je n'eusse imaginé susciter chez elle, par mes paroles ou mes actes, une réaction aussi passionnée. J'étais un imbécile. Je m'efforçai de la convaincre par la raison.

« Les Gerniens ne s'en iront jamais, Olikéa ; je connais mes compatriotes : une fois parvenus dans une région, ils ne la quittent plus. Ils s'installent, ils commercent, et leurs villes grandissent. Votre vie connaîtra des changements, mais pas toujours pour le pire, et vous avez la capacité d'apprendre à les accepter. Pense à ton peuple : grâce à nous, il dispose d'outils, de tissus, de bijoux – et de friandises ! Songe combien tu aimes les friandises. Les Ocellions apprécient toutes ces nouveautés, tandis que nous nous intéressons aux fourrures qu'ils...

— Tais-toi ! cria-t-elle. N'emploie pas des mots doux pour m'expliquer que nous mourrons sans douleur ! Ne me parle pas de verroterie, d'outils ni de bonbons ! » Elle arracha de son cou le collier de perles que je lui avais offert, et les petites billes de verre brillant se répandirent sur la mousse comme de minuscules graines de la Gernie.

Je contemplai les gouttes scintillantes, rouges, bleues et jaunes, qui reposaient sur la mousse telle une rosée de pierres précieuses et, l'espace d'un instant, j'entrevis l'avenir. D'ici un siècle, ces petits bouts de verre demeureraient intacts, mais la forêt près du cimetière aurait disparu. J'en éprouvai un chagrin soudain, mais je me rendis aussi à la réalité. « C'est inévitable, Olikéa. »

Avec un cri inarticulé, elle se jeta sur moi, les doigts comme des serres, et je levai les mains pour me protéger le visage. « Arrête ! » dis-je, et, à ma grande horreur, la magie obéit : Olikéa pila net et tenta en vain d'avancer pour m'arracher les yeux, incapable de franchir la frontière que j'avais dressée entre nous. Un instant, elle griffa l'air comme un animal enfermé dans une cage de verre, puis elle cessa ses efforts, la poitrine palpitante, les yeux ruisselant de larmes, et laissa retomber ses mains le long de ses flancs.

Elle prit une inspiration hachée et déclara d'une voix étranglée : « Tu te crois le droit de faire ça ? Tu crois pouvoir t'emplir de la magie du Peuple et t'en servir contre nous ? Eh bien, non ! Tu finiras par te plier à la volonté de la magie, ça, je le sais, et moi je peux te dire : “C'est inévitable !” Tu secoues la tête, tu prends ton air triste et tu ne me crois pas, mais ça m'est égal : elle te convaincra ; elle t'enverra un messager que tu seras forcé d'écouter, et alors tu sauras. Tu verras. » Elle croisa les bras et se dressa, droite et fière, toute sa dignité retrouvée. « Je ne te pensais pas aussi stupide, Jamère ; j'espérais que, si je te nourrissais, tu distinguerais le chemin de la sagesse et l'emprunterais. » Elle eut un geste dédaigneux des doigts. « Je me trompais, mais ça n'a pas d'importance. Tu accompliras le destin que t'a tracé la magie ; tu renverras les tiens sur leurs terres natales, nous le savons tous, et tu le sauras aussi bientôt. »

Elle me tourna le dos et s'en alla d'une démarche fière qui exprimait la liberté, du pas non d'une femme dédaignée mais d'une femme qui a remporté la partie et qui se moque de savoir si je reconnais sa victoire ou non. Alors que je la suivais des yeux, la lumière de l'aube perça la voûte de la forêt et m'éblouit. J'eus beau battre des paupières, Olikéa parut se dissiper sous mes yeux.

Je fermai les yeux et les frottai, les index pliés.

Quand je les rouvris, des doigts de soleil vif filtraient par les trous de mes volets pour tomber sur mon visage. J'avais le dos courbatu et la nuque raide d'avoir dormi la tête en arrière, appuyée sur le dossier de mon fauteuil ; je me redressai et tressaillis en entendant craquer les vertèbres de mon cou. Malgré tous mes efforts, je m'étais endormi – et j'avais fait un... rêve. La première pensée qui me vint m'emplit d'angoisse ; j'avais promis d'aller voir Epinie aujourd'hui.

Avec un gémissement, je me massai la nuque puis me frottai le visage, et, quand je ramenai les mains devant moi, je restai abasourdi en les voyant rouges et collantes des fruits que j'avais partagés avec Olikéa. L'esprit vacillant, je m'efforçai d'appréhender le concept d'un rêve où j'entrais dans un monde qui laissait des traces dans le monde réel – le monde qu'Olikéa nommait « l'autre côté ». Et ce matin j'étais revenu de ce côté-ci. L'intensité du soleil qui brillait à travers mes volets me dit que j'avais largement dépassé l'heure où je me levais habituellement. Je quittai mon fauteuil et allai ouvrir la fenêtre au jour ; il faisait beau et doux, et le soleil était déjà haut dans le ciel. Je me frottai à nouveau le visage puis poussai un grognement d'agacement.

Alors que j'achevais de nettoyer ma figure et mes mains collantes du jus des fruits de mon songe, un bruit venu de la fenêtre attira mon attention : celui d'un attelage qui approchait. Me ramenait-on Girofle ? D'un coup d'œil à l'extérieur, je me détrompai : un homme, les traits dissimulés par une écharpe, était assis sur le banc d'un chariot tiré par une rosse noire ensellée. Il me fallut un moment pour reconnaître Ebrouc. Trois cercueils pointaient de l'arrière du véhicule. L'accablement me saisit : l'épidémie avait commencé.

Je me portai à sa rencontre, mais il me fit signe de garder mes distances. « Peste ocellionne ! me cria-t-il. Elle se répand dans la ville comme un feu de paille. Tiens, mets ça avant de t'approcher. » Il me lança une fiole de verre puis un tissu plié ; la petite bouteille contenait du vinaigre. « Imprègnes-en le tissu puis noue-le-toi sur le nez et la bouche.

— Ça prévient la contamination ? » demandai-je en obtempérant.

Il haussa les épaules. « C'est surtout pour l'odeur ; mais si ça t'empêche d'attraper la peste, ben, t'auras rien perdu. »

Comme je serrais le nœud du mouchoir, j'entendis un son terrifiant ; on eût dit un hurlement lointain qui se prolongeait horriblement, interminablement. Il s'acheva par un fracas épouvantable qui ébranla la terre sous mes pieds. Déséquilibré, je titubai d'un pas ou deux, puis je retrouvai une stabilité chancelante, étourdi par le choc. « Qu'est-ce que c'était ? » demandai-je à Ebrouc.

Il me regarda, l'air intrigué. « Je te l'ai dit : du vinaigre, tout simplement. Mais, d'après certains, ça repousse la peste ; moi, ce que j'en dis, c'est que ça peut pas faire de mal.

— Non pas ça : ce bruit au loin, le cri, l'explosion. »

Il parut perplexe. « J'ai rien entendu. On raconte en ville que, d'après les huiles de Tharès-la-Vieille, on perdrait du temps à abattre les gros arbres à la hache et à la scie ; quelqu'un aurait proposé de percer un trou dans le tronc, d'y bourrer une charge de poudre à canon et de l'amorcer avec une mèche longue, mais je suis pas au courant qu'ils aient décidé d'essayer ; et, de toute manière, je sais pas si on l'entendrait d'ici.

— Je pense que si », fis-je d'une voix défaillante. Je percevais un tremblotement aux bords du monde ; je savais ce qu'était ce bruit : la chute fracassante de l'arbre des ancêtres. La destruction d'un pan du passé. Je sentis comme une déchirure béante dans le tissu du temps par laquelle soufflait un vent glacé ; tout un savoir s'était perdu, des noms, des exploits, tout avait disparu, comme si une immense bibliothèque avait été réduite en cendres en un clin d'œil. Volatilisée.

« Tu te sens bien, Jamère ? T'as pas chopé la fièvre, au moins ?

— Non, non, je n'ai pas la peste. Mais je... non, oublie ça. Oublie ça. » Tout serait oublié. « Trois cadavres. Tout ça va si vite...

— Ça, oui, avec la peste, ça traîne pas ; et il y en aura d'autres avant la fin de la journée. Le colonel lui-même l'a attrapée, comme tous les officiers qui occupaient la tribune de revue, et une bonne partie des troupes, à ce qu'il paraît. L'infirmerie débordait déjà hier soir ; maintenant, on donne la consigne aux gens de rester chez eux et de mettre un fanion jaune devant leur maison s'ils sont malades et qu'ils ont besoin d'aide. La ville ressemble à un champ de jonquilles.

— Mais toi, ça va ?

— Jusqu'ici, oui. Mais je l'ai attrapée deux fois et j'y ai toujours survécu ; du coup, j'ai moins de risques de me la retaper. Allez, on a pas le temps de bavarder ; il faut planter ceux-là avant que la prochaine cargaison arrive. Quésit s'occupait des cercueils quand je suis parti ; coup de pot, l'intendance avait tout un lot de planches découpées à la bonne taille.

— Oui, une vraie veine. » Je ne mentionnai pas qu'il devait cette provision à ma prévoyance. Cette mesure que je voyais comme strictement pratique à l'époque m'apparaissait à présent sinistre ; je me sentais comme le croas qui attend la mort de l'agonisant. Comme en réponse à mes réflexions, j'entendis un criaillement rauque, et je me retournai : descendant du ciel bleu, trois de ces oiseaux charognards se posèrent dans les arbres que j'avais récemment plantés, dont les branches ployèrent sous leur poids. L'un d'eux ouvrit grand ses ailes en signe d'alarme et poussa un nouveau croassement. Un immense froid me saisit ; Ebrouc, lui, ne les remarqua même pas.

« Toutes ces tombes que t'as creusées, ça va bien nous servir. C'est le moment de montrer au colon ce que tu sais faire.

— Il est gravement malade ? » Je marchais à côté du chariot qu'il conduisait lentement vers les fosses ouvertes.

« Le colon ? Ouais, je crois bien. Il a jamais eu la peste ; sa première année ici, la maladie a fauché les officiers comme un champ de blé. Elle a tué le commandant de la garnison, et c'est à ce moment-là que le colonel Lièvrin a été bombardé à sa place. Le jour même, il est allé se planquer ; t'as vu comment il vit : il quitte jamais ses quartiers. Il paraît qu'il s'est fait arranger un vrai petit palais là-dedans, bien chaud, bien douillet. Hiver comme été, il y a du feu chez lui, et je sais que cette rumeur-là elle est vraie parce que je vois sa cheminée qui fume tout le temps. Quelqu'un lui a raconté que le feu repousse la fièvre ; les flammes la brûlent avant qu'elle tombe sur ses victimes. Ça avait l'air de marcher pour lui ; mais peut-être que son heure était venue d'attraper la peste. Il paraît qu'il est gravement atteint et que les officiers de la délégation ont pas beaucoup de chances de rentrer un jour chez eux – enfin, si, mais dans des caisses en bois. Ce serait en dessous d'eux de se faire enterrer dans les régions sauvages de l'est au milieu des simples soldats. Ils iront chez eux se faire allonger dans leurs beaux caveaux tout décorés. Ah, on y est ! Dernier arrêt, tout le monde descend ! »

Sa bonne humeur forcée commençait à me taper sur les nerfs, mais je ne le priai pas d'y mettre un terme : sans doute aurais-je encore plus de mal à supporter les émotions qu'il dissimulait derrière ce masque. Rapidement et avec efficacité, nous déposâmes chaque cercueil dans une tombe ; les caisses portaient le nom de leur occupant : Elje Sout, Jace Montet, Pir Miche. Nous les placions dans les fosses que j'avais creusées l'automne précédent ; l'herbe avait envahi le monticule de terre qui côtoyait chacune.
« Je vais chercher des pelles, dis-je, une fois les lourdes boîtes dans leur trou.

— Désolé, mon vieux, mais je ne reste pas pour t'aider à creuser aujourd'hui ; j'ai l'ordre de repartir tout de suite prendre la cargaison suivante. Ah, j'oubliais ! » Il tira une feuille de papier pliée de sa poche. « Voilà les noms ; pense à noter dans quelle fosse on a mis chacun si tu veux leur fabriquer des planches tombales. » Il m'observa d'un œil perçant en me tendant le papier.

« D'accord, merci ; je vais m'en occuper. » Je pris la liste en n'y jetant qu'un coup d'œil superficiel. « On se revoit plus tard, alors ?

— Oui, malheureusement, et plus d'une fois. » Il se tut un instant. « Tu n'en connaissais aucun, hein ? me demanda-t-il.

— Non, je ne crois pas. Et, de toute manière, c'est trop tard maintenant.

— Hmm. Je dois te l'avouer, je pensais que tu réagirais un peu en voyant ces noms ; mais ou bien tu te maîtrises parfaitement ou bien tu les connaissais vraiment pas. Ces gars-là sont pas morts de la peste, Jamère ; c'est ceux qui entouraient ta carriole à l'écurie, tous crevés. Le docteur arrive toujours pas à savoir ce qui les a tués ; il aurait voulu les garder plus longtemps pour comprendre, mais, avec tous ces malades qui ont besoin de lits, il m'a dit : "Mettez-les en terre ; on tâchera d'y voir plus clair plus tard." Tu sais rien sur eux, hein ? »

Un frisson glacé me parcourut l'échine : Ebrouc s'était servi de la liste pour me mettre à l'épreuve. Je m'efforçai de parler lentement, comme si la nouvelle me causait un choc. « On a retrouvé ma carriole ? Et mon cheval ? On m'a attaqué il y a quelques jours ; j'ai reçu un coup à la tête, et, à mon réveil, on m'avait volé mon attelage. J'ai réussi à revenir ici à pied et j'ai passé toute la journée du lendemain à me remettre. Tu crois que ces hommes sont ceux qui m'ont agressé ?

— Ben, je les connaissais un peu, et je les aurais jamais pris pour des voleurs. C'était pas le gratin non plus, hein ! Elje, il avait le caractère d'un chien enragé, et Pir aimait bien voir le sang couler, tout le monde le savait ; y avait pas une pute qui voulait de son argent. N'empêche, ça me fait mal de les voir finir comme ça, tout tordus comme des chats empoisonnés. C'est pas une façon de mourir pour un soldat. »

Un picotement effrayant m'envahit. Dans un accès de colère, j'avais tué ces hommes ; certes, ils m'avaient fait du mal, mais je me sentais horriblement coupable. Ebrouc avait raison : mourir exécuté par une magie invisible ne seyait pas à un soldat. Je levai une main engourdie, lourde comme une bûche, en signe d'au revoir à Ebrouc ; il me rendit mon salut puis fit claquer ses rênes sur la croupe de son cheval.

J'allai prendre ma bêche et entrepris de rabattre la terre sur les cercueils. Les premières pelletées éveillèrent un son creux sur les planches mais je n'entendis bientôt plus que le bruit de la terre sur la terre. J'avais comblé la première fosse et je tassais soigneusement le monticule qui la recouvrait quand je pris conscience que j'effectuais ma tâche mécaniquement, sans y prêter attention ; je n'avais même pas murmuré une prière sur ces morts.

Ebrouc non plus ; il avait agi comme s'il manipulait des sacs de grain. Toute ma vie, on m'avait vanté notre armée et sa glorieuse tradition de respect envers les morts ; après les batailles, on enterrait nos soldats avec pompe, cérémonie et révérence. Dans l'ouest, les cimetières militaires étaient parfaitement entretenus, plantés de parterres fleuris et d'arbres, et ornés de statues solennelles. Ici, non ; ici, nous plantions nos défunts comme des pommes de terre.

La peste ocellionne banalisait la mort, et nous avions appris à y faire face avec efficacité. L'époque du deuil viendrait plus tard, une fois le danger passé, quand nous aurions le temps de réfléchir. Cela m'attristait mais, au fond de moi, à un niveau que je connaissais bien, je le comprenais ; j'avais dû me protéger de la même façon lorsque j'avais inhumé ma mère, ma sœur et mon frère.

Le pied sur ma bêche, j'enfonçai la lame dans le tas de terre envahi d'herbe. Les cailloux de la première pelletée résonnèrent en pluie sur le couvercle de bois, seule musique qui s'élèverait lors de cette cérémonie funéraire.

Il faisait chaud et la sueur trempait depuis longtemps le dos de ma chemise. Je poursuivais mon ouvrage sans me laisser distraire. Le sang battait à mes tempes ; mon bref sommeil de la nuit précédente ne m'avait pas reposé ; au contraire, quand je me laissais aller à songer à mon « rêve », je me sentais vidé à la fois de mon énergie et de toute envie. Olikéa n'irait pas proférer une menace qu'elle ne pouvait mettre à exécution. Je ne trouvai qu'un moyen de détourner mes pensées de cette angoisse : m'inquiéter de Spic, Epinie, Amzil et les enfants. La peste avait-elle frappé leur maison aussi ? Sinon, et si elle avait le loisir d'y réfléchir, Epinie me pardonnerait-elle de ne pas être passé chez elle comme je l'avais promis ? J'espérais qu'elle prendrait ma charge en considération et qu'elle comprendrait. Je soulevai une nouvelle pelletée de terre.

Je pris la résolution de faire une pause une fois la troisième tombe achevée ; j'irais à la source me désaltérer et m'éclabousser d'eau fraîche et pure. J'en rêvais tout en tassant du plat de ma bêche le monticule de terre quand j'entendis un bruit de mauvais augure : le ferraillement de plusieurs chariots. Quésit conduisait le premier à petite allure, le visage dissimulé par un foulard pour se prémunir contre la peste. Six cercueils alourdissaient le véhicule.

Un soldat que je ne connaissais pas menait le second attelage, aussi chargé que le premier ; trois hommes de troupe étaient assis à l'arrière sur une cargaison de planches. Le chariot s'arrêta près de mon appentis, les soldats sautèrent à terre et se mirent à décharger le bois. Quésit dirigea ses chevaux vers moi ; il allait faire halte quand je vis Ebrouc arriver à son tour, menant un chariot aussi chargé que les deux autres. Quésit tira les rênes. « Aide-moi à vider ce qu'il y a derrière, me dit-il d'un ton bourru.

— Que font-ils ? » demandai-je en désignant les trois hommes qui déposaient les planches au sol.

Il secoua la tête d'un air chagrin. « Les cadavres s'entassent à l'infirmerie, et je ne peux transporter que six cercueils à la fois ; mais, si on a les réserves de bois ou de caisses déjà sur place, au cimetière, il me suffit d'apporter les corps. Comme ça, on peut les mettre en boîte tout de suite avant de les balancer au trou. » Il s'exprimait avec une crudité délibérée. Il grimpa à l'arrière du chariot et poussa vers moi un des cercueils du dessus. J'en saisis l'extrémité et m'étonnai de sa légèreté. Quésit surprit mon expression. « C'était rien qu'une gamine. Martil Tane.

— Tu as donc une liste des noms ?

— Ouais. »

Nous déposâmes la bière par terre puis descendîmes les autres une par une. On avait griffonné les noms sur les couvercles ; je fourrai la liste dans ma poche en compagnie de la première. Le temps que nous en eussions terminé avec le chargement de Quésit, Ebrouc était prêt à livrer le sien. Nous suivîmes l'ordre de sa liste, et j'empruntai un bout de crayon à Ebrouc afin de numéroter les noms en correspondance avec les fosses.

Neuf cercueils attendaient leur inhumation, et c'est avec soulagement que je vis mes deux compagnons se mettre en quête de pelles. Néanmoins, même à trois, la tâche resta pénible. A un moment, ils s'installèrent à l'ombre de ma haie maigrelette tandis que j'allais chercher un seau d'eau à la source ; nous bûmes, rajoutâmes du vinaigre sur nos foulards et nous rafraîchîmes la tête.

Je m'interrogeai tout haut : « Cela va-t-il empirer ? »

Quésit souleva le tissu qui lui couvrait la bouche et cracha par terre. « Les premiers jours, c'est là qu'il y a le plus de boulot ; les moins solides tombent comme des mouches. Ensuite, ça se tasse pendant un moment, et puis, quand on croit que c'est fini, ça repart de plus belle ; à mon avis, ceux qui ont passé leur temps à soigner les autres arrivent au bout de leurs réserves et ils lâchent prise. Après, ça diminue, on n'a plus qu'un ou deux cadavres par jour, et enfin ça s'arrête. Et là, l'hiver se pointe. »

J'aurais voulu lui demander combien de saisons de peste il avait vécues mais je n'eus pas le courage de lui poser la question. Je regardai les nouvelles tombes, avec leur monticule de terre fraîche, puis mon appentis où les marteaux sonnaient sans cesse sur les clous depuis qu'on avait déchargé les planches et devant lequel s'élevait à présent un empilement de cercueils. Deux hommes en placèrent un nouveau au sommet. Le processus avait un aspect si implacable que mon cœur se serra dans ma poitrine ; pourtant, il s'en dégageait comme une sorte de paix singulière.

Je voyais un Guetis qui m'était resté caché jusque-là. Ce défilé de cercueils, cette inhumation méthodique des morts, voilà ce qui me séparait des vétérans de mon régiment, bien plus que mon apparence physique ; voilà la guerre qu'ils menaient sans armes chaque été depuis qu'ils se trouvaient dans cette garnison. Ils vivaient en sachant qu'au retour de la chaleur et de la sécheresse la maladie les abattrait sans plus de pitié qu'un tireur ennemi. Comme tout soldat aguerri, ils regardaient le nouveau venu avec curiosité en se demandant combien de temps il tiendrait et, au combat, s'il ferait front ou fuirait. J'étais un bleu et je l'ignorais jusqu'à présent. Une guerre nous opposait aux Ocellions et, aujourd'hui, j'en vivais ma première escarmouche. Comment avais-je pu en douter ? J'habitais au milieu du cimetière, mais ce n'est que maintenant que je prenais conscience de ce qu'il représentait.

« Bon, finissons le travail », dis-je tout bas, et je saisis ma bêche. Avec un grognement d'effort, Ebrouc se baissa pour ramasser la sienne, et Quésit l'imita.

Je tassais le dernier tertre du plat de mon outil quand j'entendis le ferraillement grinçant d'un nouveau chariot qui arrivait. Je levai les yeux, atterré : le ciel virait au rose à l'ouest ; nous n'aurions bientôt plus de lumière. Plus d'une heure plus tôt, ceux qui montaient les cercueils avaient posé leurs outils et repris le chemin de la ville. Nous ne restions que trois.

Je ne reconnus le conducteur qu'à l'instant où Quésit dit d'un ton dégoûté : « Je sens qu'on va rigoler ; v'là le sergent Hostier. » Ebrouc poussa un juron étouffé. Pour ma part, je me tus, mais l'inquiétude m'envahit. Toutefois, lorsqu'ils prirent leurs bêches et se portèrent à la rencontre du véhicule, je fis un effort et les suivis.

Hostier arrêta son attelage près de l'empilement de cercueils vides et nous attendit, assis sur son siège. Son foulard imprégné de vinaigre était marron, encroûté de poussière. « Je vous apporte encore quelques refroidis ; les médecins ne veulent pas les laisser traîner dans l'infirmerie.

— Ça n'aurait pas pu attendre demain ? La nuit tombe ! protesta Quésit.

— Vous n'êtes pas obligés de les enterrer ce soir ; vous n'avez qu'à me les décharger, que je puisse rentrer en ville.

Il y a une double dose de fortifiant de Guetis et une des putes de Sarla qui m'attendent, le tout aux frais de la maison. » Il se gratta la nuque puis fit semblant de s'apercevoir de ma présence. « Tiens, tiens ! Je te pensais parti rejoindre les Ocellions, toi ; t'aurais dû, si t'étais futé, Burv. Mais tu te crois sans doute plus malin que les autres ; tu t'imagines que t'as brouillé ta piste et qu'on ne peut pas prouver ce que t'as fait. Mais moi, je peux, Gras-du-Bide, et tu t'en tireras pas comme ça. La peste te donne peut-être un peu de répit, le temps de creuser encore des tombes, mais, après, on trouvera le temps de s'occuper de toi. Je te le promets : tu finiras dans une de tes fosses. La justice triomphera.

— Je n'ai rien fait ! » répondis-je, mais je sus aussitôt que je mentais et j'eus l'impression de sentir le goût du mensonge sur ma langue. J'avais tué ces trois hommes, et je venais de le nier. Hostier éclata d'un rire sceptique. « C'est ça, raconte-nous des salades ; tu verras où ça te mènera. Je parie que t'aimerais bien m'enterrer, hein, le gros ? T'aimerais bien me fourrer sous un tas de fumier comme cette pauvre fille, pas vrai ? Je dois reconnaître quand même que j'aimerais savoir comment tu t'es débrouillé pour descendre ces hommes. »

Ebrouc intervint soudain pour prendre ma défense. « Moi, je crois qu'il n'a rien à voir là-dedans. Il ne connaissait même pas leur nom. Il dit qu'on l'a attaqué et qu'on lui a fauché sa carriole.

— On n'a pas besoin de savoir comment quelqu'un s'appelle pour le tuer, crétin. Maintenant, vos gueules et déchargez-moi ce chariot ! »

Il avait les galons, et nous obéîmes. Il y avait trois cadavres grossièrement enveloppés de draps. Le premier était celui d'une femme ; nous le déposâmes dans une bière et, pendant que Quésit clouait le couvercle, Ebrouc et moi retournâmes chercher le corps suivant. Le suaire glissa de son visage et je restai saisi en reconnaissant le barbier qui m'avait rasé à mon arrivée à Guetis ; je ne l'avais guère fréquenté, mais voir un homme avec qui j'avais échangé quelques paroles emporté par la peste me rappelait brutalement que le mal pouvait frapper beaucoup plus près de moi. Nul parmi mes proches n'était à l'abri. Je plaçais le couvercle sur le cercueil quand j'entendis Quésit s'exclamer : « Crénom ! Buel Faille ! J'aurais jamais cru qu'il mourrait de la peste. »

Le sergent Hostier s'esclaffa. « J'ai toujours pensé qu'il se ferait descendre par un mari jaloux ! Ou par la pute ocellionne qu'il entretenait, à ce qu'il paraît. » Il souleva son foulard et cracha par-dessus le rebord du chariot. « Enlevez-le de là ; je veux rentrer. »

Et il partit dès que mes compagnons eurent déchargé le corps. Je demeurais pétrifié, abasourdi, tandis qu'ils transportaient l'éclaireur vers son cercueil. En l'y déposant, Quésit murmura : « Il a dû claquer à toute vitesse : il porte encore son uniforme. » Et, d'un geste d'une tendresse inattendue, il rajusta le col de Faille.

« Enfin, autant qu'il en portait d'habitude. » Ebrouc eut un petit rire empreint d'affection. « C'est vraiment pas de pot. Quelle tristesse ! Ce gars-là, il avait le cran des vieux du régiment d'avant ; on n'est plus beaucoup comme lui. Dommage de le voir partir comme ça. »

J'avais pris un nouveau couvercle ; en m'approchant du cercueil, j'hésitai à regarder une dernière fois le visage de Faille, mais je m'aperçus que le choix ne m'appartenait pas : Quésit l'avait couvert de son drap, et je ne pus me résoudre à toucher le tissu. Je fermai la bière.

Ebrouc dit à mi-voix : « Garde-le bien cette nuit, Jamère ; laisse pas les Ocellions l'emporter. Il vivait peut-être toujours à la limite et on sait tous qu'il l'a franchie plus d'une fois, mais il était des nôtres, il était de la cavalla, et il doit reposer ici, sous terre, pas collé à un arbre quelque part dans la forêt.

— Il avait une Ocellionne, à ce que je sais, ajouta Quésit d'un ton entendu ; elle ou ses semblables risquent de venir le chercher. Ouvre l'œil, Jamère.

— Vous ne m'aidez pas à l'enterrer ce soir ? » L'idée de laisser le cadavre sans sépulture toute la nuit m'atterrait.

« Ça peut attendre demain, répondit Quésit en jetant un coup d'œil vers le ciel. Le jour descend, et j'ai pas envie de remplir des tombes dans le noir. Ebrouc et moi, on a un bon bout de chemin à faire pour rentrer en ville. Si on part pas maintenant, on n'y verra plus rien avant d'arriver. Mais on reviendra demain – sans doute avec d'autres cadavres, le dieu de bonté ait pitié de nous. » Il secoua la tête devant mon expression effarée. « Tu t'y feras, Jamère, et c'est bien ça le pire. Quand ils commencent à tomber comme des mouches, on peut plus suivre. T'as fait de ton mieux pour te préparer mais, avant la fin de la semaine, tu auras ouvert une tranchée et tu recouvriras les morts comme tu pourras ; et personne t'en voudra. »

Je ne savais que répondre, et je me tus. Je les regardai monter dans le chariot ; Quésit fit claquer les rênes sur la croupe du cheval et ils s'éloignèrent sur la piste. Je restai seul à côté de trois cercueils dans la nuit tombante.

9

Le messager

C'ÉTAIT INSUPPORTABLE.

A l'idée de rentrer chez moi, de prendre mon dîner puis d'essayer de trouver le sommeil alors que des cadavres gisaient devant ma porte, je n'y tins plus : je levai les yeux vers le ciel qui s'assombrissait et décidai de les enterrer.

Mais comment déplacer les cercueils jusqu'aux fosses sans Girofle ni ma carriole ? Celui de la femme étant le plus léger, je commençai par lui, mais je ne parvins pas à le soulever, non à cause de son poids, mais parce que sa taille et sa forme m'empêchaient de le saisir correctement. Je finis par le traîner, entreprise difficile et qui faillit s'achever en désastre : à reculons, je tirais la boîte sur le sol inégal du cimetière, et il apparut rapidement que les menuisiers improvisés avaient travaillé à la hâte, car la bière fragile se mit à céder. Je m'arrêtai et, en m'excusant tout bas auprès de la morte, j'ôtai le couvercle et retirai de la caisse le corps enveloppé d'un drap.

Le plus respectueusement possible, je le déposai par terre. Je ne pus m'empêcher de presser le pas en transportant le cercueil vide jusqu'à la tombe, et c'est tout juste si je ne courais pas quand je retournai chercher la femme. Une fois revenu à sa fosse, je vis surgir un nouveau problème : seul, il m'était impossible de descendre délicatement la bière dans la terre. J'employai la seule manière pratique : je déposai le cercueil vide dans le trou puis y fit glisser le cadavre. Je rougis encore en songeant à l'inélégance de ma position, à califourchon sur la bière pour en refermer le couvercle, puis debout sur lui pour me hisser hors de la tombe. Je n'avais agi qu'avec les meilleures intentions, et pourtant je me sentais aussi honteux que si j'avais manqué exprès de respect à la malheureuse.

Il m'avait fallu beaucoup plus longtemps que prévu pour mener ma tâche à bien. Dans le noir, je pelletai la terre et recouvris la bière à l'ouïe plus qu'à la vue. Enfin, quand je me recueillis près de la tombe afin de prier le dieu de bonté d'accueillir la morte, je m'aperçus que j'ignorais son nom : le sergent ne m'avait pas laissé de liste. Je maudis son manque de cœur, puis j'ajoutai une prière pour moi-même dans laquelle je demandai, quel que soit le nombre de morts que j'enterrerais, à toujours observer la révérence qui leur était due.

Ma bêche sur l'épaule, je retournai à ma chaumière. Comme un fanal rassurant, la lumière qui filtrait par les volets me guidait parmi les nouvelles tombes entre lesquelles je marchais à pas lourds ; je voulais refermer la porte sur cette journée, me reposer puis trouver la force d'affronter les jours effrayants qui m'attendaient.

Une fois chez moi, je me laverais les mains puis me servirais d'une des précieuses feuilles de mon journal pour noter soigneusement qui j'avais inhumé aujourd'hui ; j'inscrirais la femme en ces termes : « Victime inconnue, cheveux blonds, âge moyen, livrée au cimetière par le sergent Hostier avec les dépouilles de l'éclaireur Buel Faille et du barbier de l'échoppe sise près de la porte ouest. » Si l'on venait s'enquérir d'eux, peut-être la date de leur mort et cette brève description suffiraient-elles. Je compris que je m'apprêtais à passer un long hiver à fabriquer des plaques tombales.

Oserais-je dormir cette nuit ? Non. Je craignais de me remettre à me déplacer en rêve ; et puis je devais garder la dépouille de Faille. Il était mort ! Je sentis ma gorge se nouer, mais je respirai profondément et fermai mon cœur à la peine qui tentait de le ronger ; je devais conserver mon énergie en prévision des semaines à venir. Plus tard, je pourrais laisser libre cours à mon chagrin. Je poussai la porte.

A l'instant où je me rendais compte que l'obscurité aurait dû régner dans ma chaumière, je vis Faille assis près du petit feu qu'il avait allumé dans l'âtre. Je restai pétrifié. Il se tourna vers moi, un sourire d'excuse sur les lèvres ; la peste avait émacié ses traits, et des cernes noirs soulignaient ses yeux. Il avait la voix enrouée. « Entrez et prenez un siège, Jamère. Il faut que nous parlions. » L'odeur infecte de la maladie, que je connaissais bien par expérience personnelle, m'arriva, portée par son haleine.

Je reculai de deux pas puis je me retournai et me ruai vers les deux cercueils qui restaient près de ma cabane à outils. Le couvercle de celui de Faille avait été poussé de côté et la bière était vide, hormis un drap froissé qui gisait au fond. Je retournai à la maison ; sur le seuil, j'eus une hésitation, puis je chassai résolument les élucubrations qui encombraient mon esprit. Il n'avait pas succombé à la peste, voilà tout ; le docteur Amicas connaissait ce genre de cas où les victimes de la peste tombaient dans un coma si profond qu'on pouvait le confondre avec la mort, et il avait exigé qu'on attendît une nuit avant de les enterrer afin d'éviter qu'on les inhumât vivantes. Ainsi, Spic et moi étions-nous « morts » pendant quelque temps. J'écartai mes craintes superstitieuses. « Miséricorde du dieu de bonté,

Faille, je suis navré ! J'ai cru être le jouet de mon imagination en vous voyant devant moi. » Je me précipitai vers ma barrique d'eau et remplis ma bouilloire. « Tout le monde vous croyait mort, et c'est pure chance si je ne vous ai pas mis en terre ce soir. Vraiment, je vous présente toutes mes excuses. Allez-vous bien ? Je prépare du café. Voulez-vous boire, manger ? Se réveiller dans un cercueil ! Que peut-il y avoir de pire ?

— Ne pas se réveiller du tout, je suppose. Mais le pire de tout, c'est quelqu'un qui gaspille les derniers instants d'un homme par des bavardages oiseux. Taisez-vous, Jamère, et écoutez-moi. Je viens en tant que messager ; vous m'attendiez, n'est-ce pas ? »

Les paroles furieuses d'Olikéa résonnèrent à mes oreilles. « Je t'enverrai un messager que tu seras forcé d'écouter. » Une onde glacée jaillit de mon échine et se répandit partout en moi. J'eus le plus grand mal à accrocher la bouilloire au crochet de la cheminée sans la renverser ; je tremblais comme une feuille et mes dents claquaient. Le sourire de Faille s'élargit, rictus mortel empreint d'espièglerie. « Auriez-vous froid ? Asseyez-vous près du feu, Jamère. Je n'ai guère de temps ; écoutez-moi.

— Non. Non, Faille, écoutez-moi, vous. A l'Ecole, le docteur Amicas disait que certaines victimes de la peste paraissaient succomber mais qu'elles se réveillaient ensuite ; c'est pourquoi il interdisait à ses infirmiers d'emporter les corps tout de suite. Vous avez sombré dans un coma très profond et vous venez d'en sortir, avec la désorientation et l'égarement qui s'ensuivent. Il vous faut du repos. J'ai subi la même expérience, mon ami Spic aussi, et nous avons tous deux survécu. Je vais vous donner à boire puis j'irai chercher le médecin – ah, non, zut ! On m'a volé mon cheval. Tant pis, j'irai à pied quérir de l'aide. Pendant ce temps, vous vous reposerez. »

Il secouait lentement la tête. « Nul ne peut m'aider, Jamère. J'ai fait mon choix il y a longtemps, ou, plus exactement, la magie a fait son choix lorsqu'elle s'est emparée de moi. Après, je n'ai plus eu mon mot à dire. C'est une des choses que je viens vous dire : comprenez bien que vous n'avez pas voix au chapitre en ce qui concerne les actes auxquels vous contraint la magie. Elle peut vous retourner contre votre peuple, elle peut vous forcer à commettre des gestes que vous auriez honte d'avouer à un démon. Asseyez-vous, Jamère ; asseyez-vous, s'il vous plaît. »

J'eusse dû insister pour aller chercher des secours sans tarder, mais je m'installai lentement dans mon fauteuil, en face de lui. Il m'adressa un sourire et, l'espace d'un instant, je retrouvai le Buel Faille que je connaissais. Puis il baissa les yeux et je m'aperçus qu'il était pieds nus ; on l'avait envoyé à la tombe sans ses bottes. Sans croiser mon regard, il dit : « Je vais vous confier un de ces secrets que je n'avouerais pas à un démon, Jamère, parce que c'est peut-être le seul moyen de vous convaincre d'obéir à la magie ; et je n'en vois pas d'autre d'alléger ma conscience. Vous résistez à ses exigences, n'est-ce pas ?

— Faille, en toute sincérité, j'ignore de quoi vous parlez. Olikéa me tient les mêmes propos, Jodoli aussi, comme naguère la femme-arbre. Tous soutiennent que j'ai une tâche à effectuer qui aura pour résultat de chasser les Gerniens, et ils agissent comme si je savais en quoi elle consiste ; mais je n'en ai aucune idée. Si c'est ce que veut la magie, il faut qu'elle m'indique comment y parvenir, parce que je ne vois pas quel acte un seul homme pourrait accomplir qui pousserait soudain le roi Troven à renoncer à sa route vers la mer et le royaume de Gernie à lâcher ses frontières. Et vous ? »

Il secoua lentement la tête. « Non plus ; mais c'est votre mission, pas la mienne. » Je vis le fantôme de son ancien sourire malicieux flotter sur ses lèvres. « En ce qui me concerne, voilà ce qui se passait : quand la magie attendait quelque chose de moi, je savais clairement ce qu'elle voulait, et j'obéissais ; c'était toujours l'option la plus évidente. Elle me donnait envie de la choisir plus que tout au monde. Même s'il s'agissait d'un acte abominable, d'un acte qui allait contre ma nature, elle le rendait facile, désirable, même. Je n'avais jamais une plus grande impression de bien-être que lorsque j'accomplissais sa volonté. » Il eut une petite toux sèche puis reprit : « J'accepterais volontiers le verre d'eau que vous me proposiez, s'il vous plaît. »

Cette dernière phrase me rassura car, dans un coin de mon esprit, je me demandais si je n'avais pas glissé dans un rêve sans m'en rendre compte et si je ne parlais pas seulement avec lui dans le fameux « autre côté ». L'entendre me demander quelque chose d'aussi simple qu'un verre d'eau me convainquait que nous nous trouvions toujours dans mon univers, le vrai. Je me levai et allai remplir ma tasse à la barrique ; quand je la lui donnai, il but à longues goulées, sans hâte, comme s'il savourait un nectar.

Pendant qu'il buvait, je dis : « Votre fièvre est tombée, Faille. Je vais vous chercher à manger ; avec beaucoup d'eau, des repas légers et du repos, vous vous remettrez. Vous vous en sortirez. Je sais à quel point les rêves que suscite la fièvre peuvent paraître réalistes, mais vous êtes revenu dans le monde réel maintenant. Vous ne craignez plus rien ; vous survivrez. »

Comme il me rendait la tasse, nos regards se croisèrent ; le sien était empreint de tristesse. « Merci, Jamère, et pas seulement pour m'avoir donné de l'eau mais aussi pour espérer que je m'en tirerai. Je ne m'en tirerai pas, du moins pas dans votre « monde réel » ; dans l'autre, oui, je pense vivre encore longtemps. D'ailleurs, on me l'a promis, surtout si vous accomplissez la mission que vous a confiée la magie. Mais mon temps ici est compté, aussi laissez-moi parler tant que je le peux.

» Vous êtes quelqu'un de bien, mon vieux ; vous auriez fait un bon soldat et sans doute un excellent officier, si vous en aviez eu l'occasion. Moi aussi, d'ailleurs, si la magie m'avait laissé tranquille. Vous comprendrez, j'espère, que j'ai fait ce que j'ai fait parce que je n'avais pas le choix. En temps de guerre, un militaire tue, et parfois pire, parce qu'il a des ordres, et chacun admet qu'un homme qui obéit aux ordres commette des actes auxquels il se refuserait autrement. Quand vous songerez à moi plus tard, pensez-y, je vous en prie. "Faille obéissait aux ordres." Voulez-vous le faire pour moi ? »

Un horrible pressentiment montait en moi. J'ôtai la bouilloire fumante du crochet puis me rassis lentement. « Racontez-moi tout », murmurai-je.

Il secoua la tête avec une moue lugubre. « Vous savez déjà, non ? » Il soupira. « J'ai tenté de vous avertir. "Si vous résistez à la magie, il vous arrive des accidents, des accidents qui vous forcent à emprunter la voie qu'elle a choisie." Je vous l'avais dit, Jamère, ne prétendez pas le contraire. C'est comme être un mouton conduit par un gros chien méchant : si vous allez là où il veut, il ne vous mordra pas. Moi, il m'a mordu quelques fois. Vous ai-je jamais dit que j'avais eu une femme et une petite fille ? Une épouse, je précise, une Gernienne qui portait des froufrous, qui tenait une excellente table et me jouait de jolis airs sur sa petite harpe. Lalaina ; je l'aimais, Jamais. Je l'aimais comme j'aimais notre petite fille, avec ses cheveux d'or. Mais cette situation n'entrait pas dans les projets de la magie ; elle souhaitait que je parcoure les territoires frontières à cheval et que j'accomplisse sa volonté, non que je reste tranquillement chez moi à écouter de la jolie musique avec un enfant sur les genoux. Mais je ne les aurais abandonnées pour rien au monde ; alors la magie me les a enlevées.

» La peste les a tuées, et, une fois qu'elle m'a arraché mes racines, la magie a pu me promener à sa guise, un peu comme elle l'a fait avec vous. Une jeune fille prête à vous épouser, l'amour d'une mère, un père qui vous respecte ? Si vous aviez conservé tout ça, vous ne seriez pas ici aujourd'hui, n'est-ce pas ? Donc, puisque vous y accrochiez trop, clac ! la magie vous a tout pris. Comprenez-vous ce que je vous dis ? Il reste quelque chose à quoi vous vous accrochez, n'est-ce pas ? Si vous y tenez, débarrassez-vous-en avant que la magie ne le détruise ou ne trouve le moyen de vous obliger à vous en défaire.

— Vous parlez d'Epinie et Spic ? » Je songeai aussi à Amzil et à ses enfants, mais je me tus ; même alors, il m'était impossible de confesser à Faille l'affection que j'éprouvais pour eux.

« J'ignore à qui ou à quoi vous vous accrochez, mon vieux ; je ne suis pas la magie ! Je sais seulement que vous ne bougez pas alors qu'elle veut que vous agissiez ; par conséquent, elle a trouvé le moyen de vous obliger à agir. Ne vous en prenez pas à moi, je ne suis que le messager ; mais je suis venu autant de mon propre chef que par la volonté de la magie, parce que, malgré tout, je demeure un fils militaire, tout comme vous, et je garde un peu de mon sens de l'honneur. » Il secoua la tête d'un air lugubre. « Pauvre de moi ! Dans quelques instants, vous me haïrez, mon vieux, et ça ne me plaît pas. Alors, avant que ça n'arrive, je vais vous soumettre une dernière requête : je sais que, si vous me donnez votre parole, vous la tiendrez malgré l'horreur que je vous inspirerai.

» Jamère, voulez-vous me rendre un service ?

— Quel genre de service ? » fis-je, soudain méfiant.

Il éclata d'un rire rauque comme le criaillement d'un croas. « Là, vous voyez ? Je n'aurais pas dû vous prévenir. Il y a quelques minutes, vous auriez accepté d'abord et demandé ensuite de quoi il s'agissait. Mais ça n'a rien de compliqué, Jamais : ne m'enterrez pas ; c'est tout ce que je veux. On doit me donner un arbre. Mon arbre à moi. C'est un grand honneur chez les Ocellions ; alors, s'ils viennent emporter mon cadavre, laissez-les faire. D'accord ? Laissez-les faire. »

Cette idée m'épouvanta, mais je dissimulai mon émotion du mieux possible. « Je ne vous enterrerai pas, Faille, parce que vous n'êtes pas mort. »

Il sourit d'un air buté et secoua la tête comme si mes propos l'amusaient. « Promettez-moi de ne pas me mettre en terre, et je ferai tout ce que vous voudrez, Jamais ; je sais que vous tiendrez parole.

— Très bien, je ne vous enterrerai pas. » J'avais l'impression de satisfaire le caprice d'un enfant. « Et maintenant, à vous de tenir votre parole ; obéissez-moi. Allez vous coucher, je vais vous chercher encore à boire. »

Il se leva lentement, et je vis alors l'état d'émaciation dans lequel l'avait laissé la maladie. Ses vêtements pendaient en plis lâches sur lui. Il se dirigea sans hâte vers mon lit et s'y assit pendant que je puisais de l'eau dans ma barrique. Quand je lui tendis la tasse, il dit : « Adieu, mon ami ; adieu. Cette partie-ci de notre conversation, je l'ai décidée moi-même afin de mourir en sachant que je vous avais averti. Je vous dis donc adieu une dernière fois en ami, parce que dans peu de temps l'amitié n'existera plus entre nous. Voulez-vous me serrer la main une dernière fois, Jamais ? Jamère. Vous voyez ? Je vais jusqu'à vous appeler par votre vrai prénom. Serrez-moi la main une dernière fois, et puis je vous raconterai tout. Vous n'éprouverez plus que de l'horreur pour moi, mais je vous aurai prévenu.

— Faille, vous délirez. Allongez-vous, je serai vite revenu ; enfin, le plus vite possible. » Je me tournai vers la porte.

Il poussa un gémissement. « Adieu, mon ami. Adieu. »

Il s'exprimait d'un ton si étrange que je craignais qu'il n'eût de nouveau la fièvre. J'avais la main sur la clenche quand il reprit : « C'est moi qui ai tué Fala. Je l'ai étranglée avec une sangle du harnais de Girofle ; et ensuite je suis allé à la taverne de Rollo et j'ai bu, bu à en rouler sous la table, assez pour raconter à tout le monde que vous étiez quelqu'un de bien sympathique mais que vous aviez un caractère un peu brutal, voire violent avec les femmes ; et j'ai laissé entendre que Fala s'était moquée de vous parce que vous n'arriviez pas à faire votre affaire. Là, nous avons tous bien ri en imaginant un gros porc comme vous en train d'essayer d'enfiler une minuscule poupée comme Fala. Tout le monde savait qu'elle ne s'y prêterait jamais ; elle terminerait le bonhomme à la bouche, mais ça s'arrêterait là. Les clients ne faisaient pas long feu, chez notre Fala. On a bien rigolé, et puis j'ai encore bu, j'ai vomi sur le plancher de Rollo, je me suis endormi, j'ai cuvé dans un coin, et j'ai repris la route le lendemain. Et le pire, c'est que j'y avais pris plaisir, grand plaisir, parce que j'accomplissais la volonté de la magie. Elle veut que vous alliez à la forêt, et, si vous renâclez encore alors qu'Olikéa vous prépare des paniers délicieux et vous offre son corps encore plus délicieux, elle vous y forcera en se servant de n'importe quel fouet ou aiguillon qui lui tombera sous la main, tout comme elle vous a forcé à quitter la maison de vos parents. Voilà, j'ai fini. Je vous fais horreur, maintenant, n'est-ce pas ?

— Ça ne devrait pas tarder », répondis-je à mi-voix. La tête me tournait sous le choc ; en même temps, tout s'expliquait enfin. Faille m'avait emmené au bordel de Sarla Moggam ; avait-il pris ses dispositions pour que Fala se charge de moi ? Il arrivait parfois qu'un homme commande une prostituée pour un ami, pour lui rendre service ou à titre de grosse plaisanterie. Je songeai à la sangle qui manquait au harnais de Girofle et me rappelai, le cœur serré, l'intérêt qu'y avait porté le sergent Hostier lors de mon dernier passage en ville.

Les trois hommes qui m'avaient attaqué ? C'était après ce bout de cuir qu'ils en avaient, non après mon cheval ni ma carriole ; ils ne tenaient peut-être même pas à m'agresser : ils voulaient s'emparer du matériel de Girofle et découvrir la nouvelle sangle au milieu des anciennes. Et, pour cela, je les avais tués. Où se trouvait mon harnais à présent ? Entre les mains de Hostier ? Quelqu'un d'autre était-il au courant de son importance ?

Si je ne m'enfuyais pas, si je ne me perdais pas dans la forêt pour me joindre aux Ocellions, je finirais pendu par mon propre régiment pour le meurtre de Fala. Comme m'en avait prévenu Faille, je n'avais plus le choix si je tenais à ma peau.

Et c'était Faille, mon ami Faille, qui m'avait pris au piège de cette macabre mise en scène. Il avait parfaitement monté son coup ; qui refuserait de croire qu'une putain s'était moquée d'un client incapable de coucher avec elle ? Cela suffisait-il à vouloir la tuer ? Pas mal d'hommes le penseraient. Et m'estimeraient-ils assez bête pour l'avoir étranglée avec une sangle de mon propre harnais ? Oui, sans doute. Je regardai l'homme délabré en qui j'avais naguère confiance ; je lui avais sauvé la vie, je le considérais comme un ami. « Vous m'avez détruit, murmurai-je.

— Je sais, répondit-il sur le même ton. Et, en tant qu'homme et ami, je le regrette, Jamère ; je le regrette plus que vous ne pouvez l'imaginer. Je puis seulement répéter que la magie m'y a contraint. Peut-être un jour comprendrez-vous ce que j'entends par là, quels moyens de coercition et de séduction elle emploie pour amener ses serviteurs à exécuter sa volonté.

» Une chose encore, et ensuite vous pourrez faire ce que vous voulez, me rouer de coups et me renvoyer à la mort, si ça peut vous apporter quelque satisfaction ; de toute manière, c'est ma destination. Mais, avant de m'en aller, je tiens à vous dire ceci : quoi que la magie attende de vous, Jamère, obéissez. Obéissez, terminez-en une bonne fois, et sachez que vous avez agi au mieux des intérêts du roi et de la patrie, sans parler des vôtres. Les Ocellions n'auront de cesse qu'ils ne nous aient refoulés de cette région. La peste déclenchée par la Danse de la Poussière, la peur qui règne au bout de la route, l'accablement qui s'épanche de la forêt et submerge Guetis, vous voyez peut-être tout ça comme les effets d'une magie horrible, mais, pour les Ocellions, il s'agit d'une douce persuasion, destinée, croyaient-ils, à nous faire décamper. Mais ça ne marche pas, et vous savez comme moi que ça ne marchera sans doute jamais. Toutefois, si vous ne trouvez pas le moyen de chasser les Gerniens, les Ocellions diront que Kinrove a échoué et qu'il est temps d'écouter la parole d'hommes plus jeunes. »

Je ne lui prêtais qu'une oreille distraite, trop occupé à me creuser la cervelle en quête d'une solution à mon problème. Partir cette nuit même et chercher refuge auprès des Ocellions ? Cette voie ne m'attirait guère ; j'abandonnerais tous mes amis, qui croiraient les allégations du sergent Hostier à mon sujet ; en outre, je n'avais guère envie d'entendre Olikéa affirmer, narquoise, qu'elle m'avait prévenu. Mais une crainte plus noire m'étreignait : en cédant à la magie, j'emprunterais le même chemin que Buel Faille, et je n'avais nulle envie de devenir comme lui, un homme bien mais tordu, tourmenté par la magie qui l'avait infecté. Je préférais affronter la corde que me laisser mener comme un mouton. Non, je ne m'enfuirais pas pour me jeter dans la gueule du loup.

Je ne voyais que deux options. La première, continuer à travailler au cimetière en espérant qu'on oublierait le meurtre de la malheureuse Fala dans la désorganisation et l'ambiance tragique de l'épidémie. Cependant, le sergent

Hostier m'avait promis de veiller à ce que cela n'arrivât pas.

Mon unique espoir de pouvoir demeurer à Guetis sans finir pendu reposait sur l'homme qui, allongé sur mon lit, s'exprimait d'une voix de plus en plus défaillante.

« Selon les jeunes, il faut faire la guerre à la façon dont les Gerniens la comprennent. Ils ont peut-être raison. Ils disent que la danse de Kinrove a échoué, qu'elle a eu pour seul résultat de consumer les meilleurs et les plus forts d'entre eux. Ils sont la nouvelle génération et ils ont de nouvelles idées pour se débarrasser de nous. Ils ne veulent pas renoncer à ce qu'ils ont obtenu de nous ; ils apprécient notre commerce ; mais ils refusent que nous nous installions définitivement ; ils en ont assez d'attendre que nous nous retirions, et ils ne tolèrent pas que nous abattions leurs arbres des ancêtres. Certains voient la meilleure solution dans une guerre ouverte, un bain de sang adapté à notre compréhension, après quoi ils s'empareraient des biens qu'ils convoitent chez nous. Vous représentiez le dernier espoir d'éviter ça, Jamère. Si vous n'accomplissez pas votre mission, la guerre s'abattra sur nous ; or, il y a deux détails qu'il vous faut connaître : les Ocellions sont beaucoup plus nombreux que ne le croient les autres éclaireurs, et ils sont prêts à tous mourir, jusqu'au dernier enfant, pour protéger un seul arbre des ancêtres. »

Sa voix n'était plus qu'un chuchotement rauque. Ses paupières se fermaient.

« Faille ? »

Il ne parlait plus. Il tourna légèrement la tête vers moi mais sans ouvrir les yeux.

« Faille, je vais chercher de l'aide. Restez allongé, reposez-vous ; je reviens, je vous le promets. »

Il prit une inspiration puis la relâcha longuement comme s'il poussait son dernier soupir et dit : « Ne lui résistez pas,

Jamère ; tout devient plus facile. Moi, je ne compte plus lui résister.

— Je reviendrai, Faille. »

Un sourire imperceptible passa sur ses lèvres. « Je sais. »

J'eusse voulu courir mais je savais que je m'effondrerais longtemps avant d'avoir atteint la ville ; aussi adoptai-je une allure vive que je pensais pouvoir tenir. La lune éclairait la nuit ; sous son faible éclat, je ne distinguais nulle couleur mais, peu à peu, mes yeux s'habituaient à la pénombre, et, grâce à sa lumière et au contact de la piste sous mes bottes, je parvenais à m'orienter.

Je me sentais épuisé. Je sortais de deux longues journées de dur labeur physique seulement entrecoupées d'une nuit blanche hantée de rêves étranges ; j'avais le dos courbaturé à force de manier la pelle et la pioche. C'était la peur qui me poussait en avant plus que le désir de sauver Faille. Je voulais qu'il survive mais seulement parce que j'espérais le convaincre de confesser son crime ; espoir bien mince, certes, mais je pensais connaître le cœur de l'éclaireur. Il avait commis des actes affreux, si je l'en croyais, mais au fond de son âme il demeurait un fils militaire, né pour obéir à son devoir. Si Hostier m'accusait officiellement, Faille ne resterait sûrement pas les bras croisés pendant qu'on me pendait pour des meurtres dont je n'étais pas responsable. Mais se passerait-il la corde autour du cou pour me sauver ? Je préférais ne pas m'attarder sur cette question et m'en tenir à l'urgence présente : le maintenir en vie.

Plus d'une fois au cours de cette longue marche je maudis ceux qui m'avaient volé Girofle et ma carriole ; le grand cheval aurait parcouru le trajet en un rien de temps. Quand les lumières de Guetis apparurent enfin, je dus résister à l'envie de courir : il fallait au contraire me modérer. Il me sembla voir plus de fenêtres éclairées que d'habitude à une heure aussi tardive. Quand j'entrai enfin dans la ville, je suivis l'avenue principale jusqu'aux portes du fort sans croiser âme qui vive ; en revanche, je vis trois corps dans des couvertures déposés devant la porte de leur maison.

Face à l'épidémie annuelle, la ville avait créé des traditions particulières : on sortait les morts quasiment dès qu'ils avaient expiré pour le chariot de ramassage qui exécutait une tournée trois fois par jour jusqu'à la fin de la saison de la peste. Les gens apprenaient à faire face ; rien n'était assez étrange, rebutant ou horrifiant qu'on ne finît par s'y habituer.

L'enceinte de bois de Guetis se dressait, haute et noire sur le fond de la nuit. Une sentinelle montait la garde à l'entrée ; près d'elle, une torche qui achevait de brûler dans son applique jetait des ombres d'encre à ses pieds. Le soldat se redressa à mon approche et me lança : « Halte ! » J'obéis, et il annonça : « Le fort est sous quarantaine ; aucune personne atteinte de la peste n'a le droit d'entrer.

— Mais cette mesure ne sert strictement à rien ! m'exclamai-je. La maladie règne de part et d'autre de l'enceinte ; à quoi bon imposer une quarantaine ? »

Une expression lasse se peignit sur ses traits. « Le colonel Lièvrin l'a ordonnée avant de tomber malade. Et, maintenant qu'il est mort et que la fièvre fait délirer le major Elhig, il n'y a plus personne pour annuler l'ordre. Je ne fais que mon devoir.

— Moi aussi. J'arrive du cimetière, et, si je suis porteur d'une infection, elle existe déjà dans le fort. On a mis l'éclaireur Buel Faille dans le chariot à cadavres un peu prématurément ; je crois que, si un médecin venait le soigner, il pourrait se rétablir. »

Il éclata d'un rire où je ne sentis nulle joie ni même aucune amertume : il riait parce que, dans mon innocence, je demandais l'impossible. « Le médecin de la ville est mort, et les deux du régiment n'arrivent plus à faire face à l'afflux de malades. Aucun ne quittera l'infirmerie pour aller soigner une seule victime, gradée ou non.

— Il faut que j'essaie quand même », dis-je, et, hochant la tête d'un air sceptique, il me laissa passer.

Je traversai le fort obscur jusqu'à l'infirmerie où j'avais conduit Faille le jour de mon arrivée à Guetis. Des lanternes brillaient de part et d'autre de la porte devant laquelle une double rangée de corps enveloppés de couvertures attendait le passage du chariot de ramassage. Je la contournai et pénétrai dans le bâtiment. Le même soldat à la frimousse d'adolescent qui m'avait reçu le premier jour dormait au bureau du vestibule, la tête sur ses bras croisés qui reposaient sur un épais ouvrage. Même dans le sommeil, ses traits pâles avaient une expression effrayée.

Je frappai doucement sur le bureau pour le réveiller. Il leva aussitôt la tête, la bouche ouverte, et il lui fallut quelques instants pour accommoder. « Caporal ? fit-il d'un ton hésitant.

— Pas "caporal", seulement "soldat". J'ai besoin d'un médecin pour l'éclaireur Buel Faille. »

Il eut l'air vaguement perplexe. « L'éclaireur Faille est mort. Je l'ai noté moi-même dans le registre. » De la main, il désigna le livre qui lui servait d'oreiller.

« Il a repris connaissance au cimetière ; je pense qu'il survivra s'il reçoit des soins. »

Il écarquilla légèrement les yeux puis il se redressa sur son siège, la mine plus alerte. « Le lieutenant Faille, un revivant ? Ah ! Ma foi, si ça devait tomber sur quelqu'un, ça ne m'étonne pas que ce soit sur lui. Mais, à mon avis, il ne survivra pas ; les revivants durent rarement. Ils ressuscitent une heure et puis ils meurent à nouveau. Le docteur Doudier et le docteur Fraie se disputent là-dessus sans arrêt quand le docteur Doudier est à jeun ; d'après lui, ils tombent dans un coma profond, se réveillent un moment puis meurent, tandis que Fraie soutient qu'ils meurent vraiment et qu'ils ressuscitent. Il a rédigé un gros rapport destiné à la reine sur la façon dont la magie ocellionne les oblige à se réveiller une fois après leur première mort avant de passer définitivement l'arme à gauche, et la reine lui a envoyé un cadeau en remerciement : la grosse chevalière verte qu'il porte à la main gauche.

— Vous avez l'air d'en savoir long sur le sujet. »

Il prit l'air penaud. « Je n'écoute pas aux portes, mais les cloisons sont minces et ils crient souvent, à propos de n'importe quoi. Aujourd'hui, Doudier voulait faire transporter les prisonniers malades ici pour pouvoir soigner tout le monde au même endroit, et ça a mis Fraie en boule : il dit que les soldats n'ont pas à mourir au milieu des criminels. Alors Doudier a répondu que trois infirmeries pour deux médecins, c'était ridicule, qu'un malade est un malade et qu'il mérite tous les soins possibles. Ils se battent très souvent à propos des prisonniers. Presque tous ceux qui attrapent la peste en meurent, et on les enterre dans des fosses communes avec de la chaux vive, tandis que Doudier voudrait qu'on leur donne des funérailles décentes. »

En effet, je ne voyais jamais de cadavres de prisonniers au cimetière, mais je n'avais pas cherché à savoir pourquoi ; à présent, je savais. Trimer sur la Route du roi, mourir et se faire jeter dans un trou rempli de chaux vive : sordide fin pour quiconque. « Trois infirmeries ?

— La cantine des officiers sert maintenant de salle de soin pour les membres de la délégation de Tharès-la-Vieille, qui ont tous attrapé la peste. D'après Doudier, aucun ne s'en sortira parce qu'ils ne résident pas depuis assez longtemps dans l'est : leur organisme n'a pas eu le temps de s'adapter aux miasmes de la région. Fraie, lui, prétend qu'ils vont mourir parce que la haine des Ocellions convergeait sur eux. »

Je commençais à me dire que je devais avoir une longue conversation avec Fraie ; il entretenait des vues étrangement proches des miennes sur ce que je regardais comme la vérité. Plaiderait-il à mes côtés pour que nous cessions d'abattre les arbres des ancêtres afin de mettre fin aux attaques des Ocellions ? Parviendrait-il à convaincre le colonel Lièvrin que nous étions bel et bien en guerre ? A cet instant, je me rappelai que l'officier avait succombé. Je n'avais le temps d'éprouver aucune émotion à cette idée ; je fermai mon cœur et me demandai si notre prochain commandant se révélerait plus ouvert à la réalité.

« Il faut que je parle au docteur Fraie ou au docteur Doudier. Pouvez-vous me conduire auprès de l'un d'eux ? »

Il secoua la tête. « Je n'ai pas le droit de quitter mon poste.

— Alors puis-je entrer pour les chercher ? »

Le tout jeune soldat bâilla à s'en décrocher la mâchoire. « Le docteur Doudier a pris du fortifiant de Guetis et il est allé se coucher ; vous n'arriverez pas à le réveiller. Quant au docteur Fraie, il passe la nuit à l'infirmerie des officiers ; on ne vous laissera pas entrer.

— Il n'y a personne d'autre qui puisse m'aider ? Ou au moins me donner des conseils pour soigner l'éclaireur Faille ? »

Il hésita. « Il y a des infirmiers de garde, mais j'ignore l'étendue de leurs connaissances ; et il y a des gens de la ville qui sont venus leur prêter main-forte.

— Je vais voir si je trouve quelqu'un qui puisse m'aider », déclarai-je d'un ton décidé.

Il secoua de nouveau la tête, l'air désolé. « Comme vous voudrez », fit-il. Avant que la porte ne se refermât derrière moi, il avait reposé la tête sur son registre.

L'infirmerie baignait dans l'obscurité. Quelques lanternes assourdies brûlaient sur de petites tables de chevet entre les lits, mais la salle n'en restait pas moins emplie d'ombre. Il régnait une puanteur à couper au couteau qui ne tenait pas qu'à l'odeur de la transpiration, des excréments et du vomi des malades : la peste elle-même semblait faire exsuder des corps qu'elle consumait des remugles infects, comme un feu produit de la fumée en dévorant son combustible. Les souvenirs cauchemardesques de mon séjour dans une pièce semblable se heurtèrent brutalement à la réalité, et, l'espace d'un instant, j'éprouvai les sensations d'égarement et de fébrilité qui me tenaillaient à l'époque. Je n'avais plus qu'une idée en tête : m'enfuir à toutes jambes ; mais je savais que je ne le pouvais pas.

Je commis l'erreur de vouloir respirer par la bouche : elle s'emplit aussitôt du goût de la peste, miasme immonde qui empâta ma langue et ma gorge de la saveur de la mort. Pris de haut-le-cœur, je serrai les lèvres et me dominai furieusement.

Quand j'avais déposé Faille dans cette infirmerie, des mois plus tôt, j'avais trouvé une salle propre, aux meubles rares, et baignée de soleil. A présent, de lourds rideaux pendus devant les fenêtres l'isolaient de la nuit, deux fois plus de lits s'alignaient le long des murs, et l'on avait disposé dans les espaces libres des civières, toutes occupées, comme les lits, de malades tremblants de fièvre. Certains se tournaient et se retournaient en gémissant, d'autres gisaient comme des cadavres, la respiration râlante. La porte qui donnait sur la pièce voisine était ouverte ; quelqu'un délirait sous l'effet de la fièvre.

Trois silhouettes se déplaçaient parmi les patients. Une femme en robe grise bordait un lit vide, un homme se déplaçait de malade en malade et vidait bruyamment les bassins dans un seau qu'il transportait ; plus près de moi, une femme en bleu, penchée sur une victime de la peste, lui appliquait un linge humide sur le front. Je me dirigeai vers elle tant bien que mal, en zigzaguant entre les civières ;

j'arrivais près d'elle quand elle se redressa et se tourna vers moi. L'espace d'un instant, nous restâmes sans rien dire, à nous regarder dans la pénombre.

« Jamère ? » fit Epinie dans un chuchotement furieux.

J'étais pris ; je ne pouvais m'enfuir sans piétiner des malades. Aussi demeurai-je sans bouger, les yeux fixés sur elle. Elle avait toujours eu la carrure frêle, mais elle avait encore maigri ; ses traits étaient plus creusés que dans mes souvenirs et elle paraissait avoir vieilli de plusieurs années bien qu'une seule se fût écoulée depuis notre dernière rencontre. Je me rappelai soudain qu'elle débutait sa grossesse.

Je ne pus m'empêcher de la réprimander : « Tu ne devrais pas être ici dans ton état. »

Elle resta un instant bouche bée, puis elle tendit la main par-dessus le patient allongé par terre entre nous et me pinça douloureusement le bras dans sa poigne menue. Sans me lâcher, elle m'entraîna et m'obligea à la suivre entre les lits et les civières.

« Epinie, je...

— Chut ! » fit-elle dans un chuintement rageur.

Je me tus, penaud, et la suivis dans la salle d'entrée, puis, de là, dans la rue sombre. Le jeune soldat au bureau ne bougea pas quand nous passâmes devant lui.

Une fois dehors, elle me fit face, et je me préparai à recevoir une volée de bois vert. Mais non : elle se jeta contre moi en s'efforçant de me prendre dans ses bras. Ma corpulence le lui interdit, mais sa spontanéité me fit chaud au cœur, jusqu'au moment où je sentis un sanglot soudain lui secouer les épaules. Alors elle s'écarta brusquement et leva vers moi des yeux pleins de colère. La lueur des lanternes fit scintiller les traînées de larmes sur ses joues. « Ainsi, je ne devrais pas m'occuper des victimes de la peste pendant ma grossesse ? Mais que je me noie dans mon chagrin, ça, ce n'est pas grave, n'est-ce pas ? Je te croyais mort, Jamère ! Pendant des semaines, je t'ai pleuré, et tu n'as rien fait pour me détromper. Et Spic non plus ! Mon propre mari préférait jouer le jeu d'un ami qu'apaiser les tourments que vivait son épouse ! Je ne vous pardonnerai jamais, jamais ce que vous m'avez fait subir !

— Je regrette, dis-je aussitôt.

— J'espère bien ! Tu as agi de façon méprisable. Mais tes regrets ne changent rien à ta conduite impardonnable. Et ta pauvre petite sœur, certaine de ta mort, qui t'imagine en train de pourrir dans un fossé au bord d'une route ! Comment as-tu pu nous faire ça, Jamère ? Pourquoi ? »

A cet instant, toutes mes excellentes raisons me parurent superficielles, stupides et égoïstes. J'essayai néanmoins de m'y tenir. « Je craignais de te porter préjudice si l'on te savait apparentée à moi, fis-je, gêné.

— C'est vrai : j'attache énormément d'importance à ma réputation et à ce qu'on pense de moi ! s'exclama-t-elle avec une ironie furieuse. Me jugeais-tu donc écervelée au point de placer ce genre de considérations avant ma famille, Jamère ? Tu es mon cousin ! Et tu nous as sauvés, Spic et moi, en prenant de grands risques. Crois-tu que j'aurais pu l'oublier et te repousser à cause de ce que la magie ocellionne t'a fait ? »

Je courbai la tête. Elle avait pris mes mains dans les siennes, et ce petit geste d'affection au milieu de sa colère m'émut aux larmes. Je répondis en termes simples : « Je pense que parfois il faut te protéger de tes bonnes intentions, Epinie, et c'est le cas aujourd'hui. Tu as peut-être le courage moral de ne pas te soucier du regard des autres, mais leur jugement pourrait bien coûter à Spic une promotion, ou interdire à tes enfants de jouer avec ceux des autres officiers. Songe à ton statut auprès des femmes pour lesquelles tu as pris fait et cause si elles apprenaient ta parenté avec un homme qu'elles rendent responsable de deux des crimes les plus horribles qui existent – tu sais sûrement qu'on m'accuse de meurtre. Tant que je n'aurai pas prouvé mon innocence, il vaut mieux qu'on ignore notre relation. » Je serrai ses mains entre les miennes avec tendresse, non sans frémir en sentant la maigreur de ses doigts, puis je les lâchai.

« Non, ne discute pas, je n'ai pas le temps, repris-je alors qu'elle s'apprêtait à répondre. J'ai une mission d'une importance vitale à remplir cette nuit. Le seul témoin capable d'attester mon innocence vient d'éviter de justesse une inhumation prématurée. Il se trouve chez moi, en train de récupérer, mais il reste très faible, et il faut qu'un médecin l'examine, ou, à défaut, qu'on me dise comment l'aider à se rétablir. Ma vie en dépend autant que la sienne. »

Elle avait commencé à secouer la tête avant même que j'eusse fini de parler. A mes derniers mots, une expression de désespoir passa sur son visage, et elle déclara d'une voix douce : « Je ne vois pas ce que tu peux faire, Jamère, hormis ce qui va de soi : lui donner de l'eau et de la soupe claire, s'il les accepte. J'ai vu un autre de ces "revivants", une femme qui s'est présentée à l'infirmerie ce soir emmaillotée dans un drap. Elle nous a suppliés de tous quitter Guetis définitivement pour le bien de ses enfants et de veiller à ce qu'on les emmène à l'ouest. Puis elle s'est allongée et elle est morte à nouveau. Quelqu'un qui l'avait reconnue est allé chercher son mari ; le malheureux est accouru, bouleversé. Il nous a dit qu'elle avait succombé plusieurs heures plus tôt et qu'il avait déposé le corps sur le seuil de sa maison ; nous avons dû lui apprendre qu'elle avait péri une deuxième fois. Le docteur Fraie n'a fait qu'aggraver les choses quand il a essayé de lui expliquer que sa femme n'avait pas ressuscité, mais que la magie maléfique des Ocellions avait seulement ranimé son corps. J'aurais voulu l'étrangler !

— Le docteur Amicas avait observé le phénomène des "revivants" ; tu te rappelles qu'il exigeait un délai avant d'envoyer les cadavres au cimetière ?

— Evidemment ! Tu faisais partie de ceux qui étaient “morts” et qui avaient ressuscité, comme beaucoup de ceux que tu avais refoulés sur le pont – dont Spic.

— Où est-il, à propos ? Te sait-il ici ?

— Non. Il a dû s’absenter de chez nous très tôt ce matin ; il y a tellement de malades parmi les haut gradés qu’on fait appel aux officiers subalternes pour maintenir un semblant de chaîne de commandement. Il n’avait pas envie de nous laisser seuls mais il n’avait pas le choix ; il devait régler un problème avec les prisonniers. C’était son devoir et je l’ai bien compris.

» Quand un coursier a frappé chez nous ce soir pour m’apprendre qu’un malade demandait à me voir, j’ai compris aussi que mon devoir me commandait de répondre à cette requête. Cet homme, dans le lit là-bas, n’a plus personne au monde ; sa femme est morte en couches l’année qui a suivi l’installation du régiment à Guetis. La première fois que j’ai réuni les femmes de la garnison pour discuter de la façon d’améliorer la sécurité des rues, j’ai été sidérée en le voyant entrer ; j’ai cru qu’il venait se moquer de nous ou pire, mais, de ce jour, nous n’avons pas eu de partisan plus résolu. Il a été le premier homme à prendre l’engagement, si jamais il entendait une femme se servir de son sifflet, de se précipiter à son secours toutes affaires cessantes, et il a tenu parole à plus d’une reprise, même si la victime était une simple prostituée ; il est d’une loyauté absolue à notre cause. Tu comprends donc que, maintenant qu’il a besoin d’aide, je me dois de manifester le même soutien au sergent Hostier.

— Hostier ? » répétai-je, abasourdi. Nous ne parlions sûrement pas du même homme. « Mais je l’ai vu il y a quelques heures à peine ; il conduisait le chariot qui apportait le cadavre de l’éclaireur Faille au cimetière.

— Tu sais combien la peste peut frapper vite, Jamère ; et c’est peut-être en transportant des dépouilles qu’il l’a attrapée. Nous en savons si peu ! » Elle poussa un petit soupir d'exaspération. « Je dois retourner auprès de lui pour apaiser ses souffrances autant que mes pauvres moyens me le permettent. Il va très mal ; c'est le pire cas que j'aie observé ce soir. Quelle tristesse de voir un homme si charmant, si bien élevé, ainsi affligé ! Je crains qu'il ne meure, et j'aurais honte s'il n'y avait personne à son chevet à l'heure de sa mort. »

Sa description du sergent Hostier me laissait égaré. Le moment n'était pas bien choisi pour ôter ses illusions à Epinie, mais la supercherie dont elle avait été victime ne faisait que renforcer le mépris que m'inspirait le sous-officier.

« Je te laisse, dans ce cas. Tu penses donc que je ne puis rien pour Faille ?

— Rien, sinon souhaiter qu'il possède une constitution robuste. Attends ; je vais te donner une poudre dont nous nous servons, mélange d'écorce de saule, de matricaire et d'un peu de soufre dans lequel ont macéré des feuilles de minaudier ; nous la faisons infuser comme du thé. En toute honnêteté, j'ignore si c'est efficace ou non. J'en donne à la cuiller au sergent Hostier depuis une heure, et je ne constate aucune amélioration. Tout ce que je sais avec certitude, c'est que ceux qui ont bu de l'eau de Font-Amère dès l'apparition des premiers symptômes paraissent se rétablir – lentement, certes, mais ils souffrent de fièvres moins fortes que les autres et ils n'ont pas d'hallucinations.

— Crois-tu que cette eau pourrait aider Faille ?

— S'il nous en restait, nous pourrions essayer, mais j'ai tout distribué. De toute manière, ça ne changerait sans doute pas grand-chose ; les petites doses que nous avions apportées ne se révélaient utiles que prises aux premiers signes de la maladie. J'en gardais un flacon en réserve, et je l'ai envoyé au colonel Lièvrin quand j'ai appris que lui aussi était touché ; ça ne l'a pas empêché de mourir. A mon avis, le mal avait déjà trop bien pris racine pour reculer devant une si petite quantité de cette eau. »

Mon dernier espoir s'évanouit. « Très bien ; peux-tu me donner une de ces doses de poudre pour Faille, s'il te plaît ? Ensuite, il faudra que je retourne auprès de lui.

— Naturellement. Attends-moi, je vais te chercher ça. »

Elle rentra dans le bâtiment et je restai seul dehors. Je m'efforçai de faire correspondre l'image du sergent Hostier tel que je le voyais avec celle de l'homme qu'Epinie décrivait. A l'évidence, il présentait un visage extrêmement différent à ces dames. Ebrouc, Quésit et moi le regardions comme un tyran, mais quel sergent n'apparaît pas ainsi aux hommes qu'il commande ? Je tâchai de faire la part de son aversion pour moi afin de voir quel genre de caractère il pouvait avoir, mais je manquais d'éléments. Toutefois, je devais reconnaître que j'avais ressenti un grand soulagement en apprenant qu'il était à l'agonie : de tous, il mettait le plus d'ardeur à me dire coupable. Une fois qu'il aurait passé l'arme à gauche, peut-être abandonnerait-on l'affaire. J'éprouvai un certain remords à souhaiter la mort de quelqu'un, mais je me rassérénai en songeant qu'il m'en souhaitait autant.

Epinie revint peu après avec deux petits sacs en mousseline, pleins d'herbes. « Fais-en infuser un dans de l'eau bouillante, et veille à bien le presser afin d'en exprimer la totalité des principes actifs dans le liquide. Je t'en remets deux ; si le premier se montre efficace, donne-lui le second puis reviens en chercher d'autres. Mais n'aie pas trop d'espoir, Jamère ; cette année, la peste mène une attaque plus dure que jamais, pire que ce que tu as connu à l'Ecole et pire encore qu'à Font-Amère.

— Epinie, je m'inquiète pour toi. Et si tu attrapais de nouveau la peste ?

— Je ne pense pas. Tous ceux à qui j'en parle affirment que, si on l'a eue deux fois sans en mourir, on est tranquille. Et puis je ne te vois pas non plus reculer devant ton devoir, alors que tu manipules tous les morts de la ville et que, d'après ce que tu me dis, tu abrites un malade sous ton propre toit. Pourquoi devrais-je en faire moins que toi ? »

J'eus un sourire de regret. « Voilà une discussion que nous n'avons pas le temps d'entamer pour le moment. »

Elle étrécit les yeux. « Il y en a d'autres qui devront attendre aussi. Ce n'est pas parce que je m'exprime avec retenue que je ne suis pas furieuse contre toi et que je ne vous en veux pas, à Spic et toi, de la façon dont vous m'avez traitée. Il faudra longtemps avant que je vous fasse à nouveau confiance.

— Mais, Epinie, je...

— Non. Pas maintenant, dit-elle d'un ton inflexible. Mais, quand la tempête sera passée, Jamère, crois-moi, je ne te ferai pas de cadeau ; et je ne pense pas que ta sœur te portera particulièrement dans son cœur quand elle apprendra les souffrances qu'elle a dû endurer à cause de ton silence. »

Ces derniers mots m'accablèrent ; je me fis l'effet d'une brute égoïste. Les jours passant, je m'étais laissé aller à oublier la situation de Yaril, fiancée à Caulder Stiet ; si mon père parvenait à lui imposer cette union, elle demeurerait sous sa domination complète. Je m'aperçus soudain que je jouais avec l'idée de m'enfuir chez les Ocellions précisément par pur égoïsme. Non, il me fallait supporter la vie à Guetis, me faire une existence, ce qui sous-entendait fournir un foyer à Yaril afin qu'elle pût choisir elle-même son avenir. Ma détermination s'affermit. « Je m'améliorerai, dis-je tout haut, et cette déclaration arracha un pâle sourire à Epinie.

— Ça vaudrait mieux, dit-elle, parce que je préfère ne pas imaginer ce qu'il faudrait pour que tu fasses pire. » Et, à ma grande surprise, elle me serra de nouveau dans ses bras. « Allons, va-t'en vite. Nous devons retourner chacun auprès de nos patients. »

Elle s'éloignait quand je lui lançai : « Amzil et les enfants vont toujours bien ? »

Elle s'arrêta net et se retourna, cette fois avec un sourire plus affirmé. « Ils vont bien, Jamère. Et, maintenant que je sais qu'ils sont à toi, je m'occuperai d'eux encore mieux.

— Comment ça ? Qu'est-ce que... » Mais la porte se refermait déjà sur elle.

Je fourrai les deux sachets d'herbes dans la poche de ma veste puis je me rendis à l'écurie du régiment et, après une petite recherche, découvris Girofle coincé dans un box trop étroit pour lui. Je trouvai un hackamore à sa taille, jetai une couverture sur son dos en guise de selle, et nous prîmes le chemin de la maison. Personne ne nous vit. Il y avait longtemps que je n'avais pas monté mon cheval de cette manière, si bien que le trajet n'eut pour moi qu'un seul agrément : sa vitesse, comparée à la lenteur avec laquelle j'avais parcouru la même distance à pied. Pourtant, nous progressâmes à une allure raisonnable dans l'obscurité argentée de lune.

La lumière brillait encore faiblement à mes fenêtres quand nous arrivâmes chez nous. Je mis pied à terre, installai rapidement Girofle dans son abri puis passai avec un léger frisson d'angoisse devant les deux cercueils près de ma porte et entrai. « Faille, j'ai apporté de quoi vous soigner », annonçai-je.

Et je pilai net.

Je n'avais pas besoin de traverser la pièce pour savoir qu'il avait rendu le dernier soupir. Il gisait sur mon lit, sa main décharnée tendue vers moi comme pour implorer ma compréhension. Ses traits s'étaient creusés et sa mâchoire ouverte pendait de biais. Quand je m'avançai enfin pour le toucher, je le sentis encore chaud, mais de la chaleur évanescente d'une chaise dont l'occupant vient de partir.

Néanmoins, je le secouai par l'épaule, l'appelai par son nom et posai même l'oreille sur sa poitrine, en vain. L'éclaireur Buel Faille n'était plus.

« Ah, Faille, dans quelle situation m'avez-vous mis ? » demandai-je à sa dépouille. Elle ne me répondit pas.

Malgré sa haute taille et la faiblesse dans laquelle me jetaient la fatigue et le désespoir, je réussis à le transporter de mon lit jusqu'au cercueil glacé qui l'attendait à l'extérieur. Je le recouvris de son drap et reposai le couvercle sur la bière, puis je restai un moment à contempler la caisse en me demandant à quel instant la mort prenait le pas sur la vie. Je posai brièvement la main sur le bois, mais ne trouvai nulle prière, nulle dernière parole à prononcer. Il se trompait : ce n'était pas lui qui me faisait horreur mais la magie qui l'avait empoisonné. Finalement, je dis : « Bonne nuit, Faille », et je le laissai là.

Malgré mon épuisement, j'hésitai longuement avant de me résoudre à me coucher dans le lit où l'éclaireur avait rendu l'âme ; je trouvais macabre et d'assez mauvais augure de dormir à la place d'un mort, mais, pour finir, je jugeai que j'avais déjà touché le fond de la malchance et que rien ne pourrait l'aggraver. Je pensais avoir du mal à m'endormir à cause des soucis et des conflits qui se bousculaient dans ma tête, mais je crois que je sombrai dans le sommeil dès que je fermai les yeux.

Je ne rêvai pas cette nuit-là, et je me réveillai quand l'aube s'infiltra par les trous des volets. Je restai quelque temps sans bouger à me demander comment affronter cette nouvelle journée. Faille était mort. Je n'avais jamais mesuré à quel point je me sentais rassuré de connaître quelqu'un d'autre que la magie ocellionne avait infecté comme moi. Tant qu'il vivait, je gardais l'espoir de pouvoir m'innocenter ; cet espoir avait disparu. Si Hostier s'en tirait, j'encourrais la cour martiale. J'écartai mes craintes de mon esprit en m'efforçant de ne pas souhaiter la mort d'un homme.

Je fis ma toilette, préparai mon petit déjeuner de gruau, mangeai puis sortis sous un beau soleil d'été dans un ciel infini que ne déparait pas un nuage. Dans ma haie, les feuilles s'agitaient dans la brise matinale ; les oiseaux chantaient et il régnait un parfum neuf et vivant. Pour n'importe qui d'autre, c'eût été une journée splendide, pleine de promesses. J'allai chercher ma bêche pour finir de combler la tombe de la femme.

Le couvercle du cercueil de Faille était de guingois.

Je n'eus pas besoin de regarder à l'intérieur pour savoir qu'on avait emporté son corps.

Naguère, la décision eût été difficile à prendre, mais pas ce matin. Je transportai la bière et son couvercle jusqu'à la fosse vide la plus proche et les y ensevelis. Le temps qu'Ebrouc et Quésit arrivent avec les deux premiers chariots de cadavres de la journée, j'avais rempli le trou dans lequel gisait le cercueil de Faille et tassé le monticule de terre qui recouvrait la femme que j'avais enterrée la veille.

« On dirait que t'as commencé tôt, fit Quésit.

— On dirait, oui », répondis-je.

10

Excuses

Les jours s'écoulaient au rythme grinçant des chariots chargés de cadavres. C'était une procession incessante de morts qui s'arrêtait chez moi. Chaque matin, des corps attendaient à ma porte que je les ensevelisse, et chaque soir je devais en laisser d'autres dans des caisses devant ma maison. Toute la journée, le martèlement de ceux qui assemblaient les cercueils faisait un contrepoint au crissement de ma bêche dans la terre. Les dépouilles passaient des chariots dans les bières puis, aussitôt, dans les tombes ouvertes. L'officier commandant de Guetis nous envoya deux hommes en renfort pour reboucher les fosses qui trouvaient des occupants à une vitesse alarmante.

L'humour noir des premiers temps céda la place à un abattement constant. Nous ne bavardions guère ; mes interlocuteurs se limitaient à Ebrouc et Quésit, et nos conversations portaient seulement sur la logistique de nos tâches : les cercueils dont nous disposions, la quantité de planches restantes, le nombre de tombes encore vides, les bières occupées mais encore non enterrées, le chiffre des corps dans le dernier chariot. Je m'entêtais à noter tous les noms, bien que souvent les cadavres nous parvinssent sans identification ; néanmoins, je les décrivais de mon mieux : *Vieillard, édenté, vêtu d'un pantalon de cavalla usé. Enfant, sexe féminin, environ cinq ans, robe bleue, cheveux châtains. Mère et nourrisson, en vêtements de nuit, mère rousse.* Le quatrième jour fut pénible pour moi : j'eus l'impression de ne voir arriver que des enfants morts, et les petits corps paraissaient abandonnés, chacun tout seul dans son cercueil ; pire encore, les familles vinrent, suivant obstinément les chariots comme des chiens affamés qui espèrent un dernier os. Elles nous regardèrent décharger les cadavres et les déposer dans des bières, et j'eus le sentiment qu'elles nous reprochaient de leur voler leurs enfants. Une mère, les yeux brillants de fièvre, soutint qu'elle devait coiffer sa petite fille avant que je ne ferme le couvercle ; que faire sinon l'y autoriser ? Elle prit l'enfant sur ses genoux pour cette ultime toilette, lui lissa les cheveux et rajusta le col de sa chemise de nuit avant de l'étendre doucement dans son cercueil comme dans un lit d'enfant. Après cela, son mari l'emmena, mais, tard le même soir, elle nous revint par le dernier chariot de cadavres. Je regrettai de ne pas pouvoir l'enterrer aux côtés de son enfant. Je redoutais de reconnaître Amzil ou l'un de ses petits dans les chariots, mais cette épreuve me fut épargnée.

Le seul corps qu'égoïstement je reconnus avec soulagement arriva le troisième après mon passage en ville. Le sergent Hostier avait les bras croisés sur la poitrine, les yeux clos, les cheveux peignés, le visage propre ; ses mains raides tenaient un sifflet en métal brillant au bout d'une chaînette. Un mot de la main d'Epinie était agrafé à sa chemise. « Enterre-le bien. C'était un homme intègre. » Elle avait signé d'un simple « E ». Pour elle, j'obéis, tout en songeant qu'il les avait trompées, elle et les autres, et dissimulé un cœur noir sous un beau masque. Sur sa tombe, j'adressai une prière au dieu de bonté, non pour qu'il accorde sa miséricorde à Hostier mais pour que les accusations que le sergent avait portées contre moi demeurent ensevelies avec sa dépouille.

De temps en temps, des familles éplorées apportaient elles-mêmes leurs morts au cimetière ou suivaient les chariots de cadavres ; il s'agissait en général de parents qui pleuraient leurs enfants. Je redoutais leur venue car, je le savais, elles ne tireraient guère de réconfort des funérailles auxquelles elles allaient assister, sans musique, ni prières solennelles, ni fleurs, ni cérémonie d'aucune sorte : elles n'auraient droit qu'à un cercueil efficacement descendu dans une fosse et rapidement recouvert de terre. Mais peut-être ne venaient-elles que pour cela, afin de retourner à Guetis en sachant que leur cher disparu reposait paisiblement dans sa tombe.

Les Ocellions ne vinrent me voler aucune autre dépouille, et je ne parlai à personne de la disparition de Faille. A plusieurs reprises, Ebrouc ou Quésit me félicita de la bonne garde que je montais, car, les années précédentes, l'horreur des vols de cadavres venait s'ajouter aux problèmes de la saison de la peste. Je ne me sentais pas digne de leurs éloges, car je n'avais rien fait pour les mériter ; j'ignorais pourquoi les Ocellions respectaient nos morts, et, si cette retenue m'inspirait un vague soulagement, j'en éprouvais aussi un sentiment de désastre imminent.

Parfois, je songeais à Faille et me demandais qui était venu l'emporter dans la nuit. J'espérais qu'il avait son arbre et ne lui souhaitais que du bonheur malgré sa trahison ; je ne connaissais que trop bien la séduction qu'exerce la magie et avec quelle puissance elle peut s'imposer à l'esprit d'un homme. Je me répétais que je ne tomberais jamais aussi bas que Faille, mais, en observant rétrospectivement mon comportement des derniers mois, j'y trouvais de nombreuses attitudes répréhensibles, la pire étant, je pense, d'avoir laissé si longtemps ma sœur dans les affres de l'incertitude.

Eh bien, tant pis pour la prudence ! Je n'attendrais pas plus longtemps qu'une missive secrète me parvînt par le biais de Carsina. J'écrivis à Yaril non pas une, mais trois lettres, et les postai à un jour d'intervalle dans l'espoir qu'une d'entre elles au moins lui parviendrait. Je lui disais que j'étais vivant, que je me trouvais à Guetis enrôlé comme soldat et que j'affrontais l'épidémie annuelle de peste ; je lui décrivais la maladie et ses effets avec un luxe de détails afin de lui faire comprendre qu'il m'était impossible de lui donner asile. En conclusion, je lui recommandais de peser soigneusement toutes ses décisions et d'écouter son cœur ; j'espérais ainsi lui inspirer le courage de s'opposer à mon père et de refuser la demande de mariage de Caulder Stiet. Je souhaitais seulement que mon conseil n'arrivât pas trop tard.

Quésit porta les lettres en ville et les remit aux courriers qui partaient quotidiennement à cheval vers l'ouest. De son propre chef, il se mit à me rapporter tous les jours de quoi manger de la cantine. Il n'y avait pas de quoi saliver ; les cuisines ne fonctionnaient plus qu'avec un personnel réduit, et les repas consistaient en général en une portion de soupe et de pain dans un seau qui arrivait dans un charroi de cadavres. Mais je m'en contentais et ne mangeais quasiment rien d'autre. Un tel régime de travail incessant et de rations frugales eût rapidement fait fondre n'importe qui, mais je ne perdais pas une once.

Je ne retournai pas en ville. J'eusse aimé voir Epinie et Spic, mais le labeur épuisant qui occupait mes journées me décourageait de prendre sur mon temps de sommeil pour accomplir le long aller et retour à cheval. J'entretenais vaguement l'espoir que l'un ou l'autre passerait chez moi, mais nous vivions des temps dangereux ; je formais le vœu qu'en soignant le sergent Hostier Epinie n'eût pas mis sa grossesse en péril et qu'elle ne souffrît pas trop de la chaleur torride de l'été, et je me réjouissais qu'elle eût le bon sens de rester chez elle, en sécurité, même si je mourais d'envie de voir un visage amical et d'entendre une voix bienveillante. Avant de la croiser par hasard à l'infirmerie, je ne mesurais pas à quel point la présence de ma cousine me manquait.

Je n'avais de nouvelles de Guetis que par Ebrouc et Quésit, et certaines se révélaient très inquiétantes : la peste continuait de faire rage, comme alimentée par la chaleur et la sécheresse, et l'accablement qui submergeait la ville, en provenance de la forêt, semblait se renforcer. A côté des victimes de la maladie, nous enterrions aussi des suicidés, malheureux qui, ayant perdu tous ceux qu'ils aimaient, ne voyaient plus de raison de continuer à vivre. Mes deux camarades me rapportaient également des histoires de crimes sordides, de charognards qui détroussaient les cadavres laissés devant les maisons à l'intention des chariots de ramassage, de voleurs qui pillaient les logis sous les yeux mêmes de leurs occupants trop affaiblis pour les en empêcher.

Pourtant, d'autres informations me rendaient espoir et renouvelaient ma foi en mes semblables. Guetis avait déjà connu la peste sous forme d'épisodes annuels et appris à y faire face ; ceux qui avaient survécu au mal au cours des saisons passées entretenaient l'activité de la ville : plusieurs magasins restaient ouverts, même si leurs propriétaires ne laissent entrer personne ; les clients devaient leur crier leurs commandes depuis le trottoir puis placer la somme nécessaire dans un récipient rempli de vinaigre devant la porte avant que les commerçants ne déposent leurs emplettes dans la rue. Même si le système paraissait un peu compliqué, la plupart des chalands se disaient satisfaits de trouver de quoi se ravitailler.

Un ordre différent émergeait. On s'arrachait désormais des hommes et des femmes qu'en temps normal on jugeait trop faibles pour les employer ; ces anciennes victimes de la peste qui y avaient survécu pouvaient soigner les familles, s'occuper du bétail et rendre d'autres services dans les maisons où sévissait la maladie. Je voyais une facette inconnue de Guetis. Je me demandais jusque-là pourquoi le régiment gardait dans ses rangs tant d'hommes qui souffraient d'une santé chancelante à cause de précédentes atteintes de la peste ; à présent, je comprenais : ils devenaient l'épine dorsale de la garnison à une époque où les bien-portants se terraient pour s'abriter de la maladie ou y succombaient. La peste qui devait, selon les Ocellions, chasser les Gerniens nous avait en effet « passés au crible », si bien que ceux qui restaient à Guetis étaient plus forts qu'avant. Ceux qui acquéraient l'immunité trouvaient une place dans la société ; par leur survie, ils augmentaient la probabilité que des gens demeurent à Guetis, car là seulement ils devenaient les plus résistants, une saison par an.

Dès le début de l'épidémie, on avait placé le fort et la ville sous « loi de peste » : rassemblements prohibés dans les lieux publics, fermeture des débits de boisson, funérailles défendues pendant la durée de la saison de la maladie, interdiction de toucher les cadavres déposés devant les maisons pour les charrois de ramassage ; seuls les hommes désignés pour cette tâche pouvaient les manipuler, et ils vivaient séparés du reste du régiment pendant cette période. On leur préparait à manger, mais on déposait leurs repas à l'extérieur de la cantine, dans laquelle ni Ebrouc ni Quésit n'avaient le droit de pénétrer.

Je soupçonnai une initiative d'Epinie quand j'appris que les femmes s'organisaient pour porter des repas chauds aux maisons dont un fanion indiquait que la peste y régnait. A une équipe de soldats revenait une tâche plus macabre : les hommes frappaient quotidiennement à la porte des logements touchés par la maladie puis, s'il n'y avait pas de réponse, ils renvoyaient les transporteurs de cadavres, car on supposait que la famille tout entière avait péri.

Toutefois, pour chaque exemple d'adaptation et de coopération, on trouvait d'horribles cas d'échec. Ainsi, une jeune femme tomba malade, et, avant qu'on s'aperçût qu'elle avait succombé, son enfant nouveau-né était mort de faim dans son berceau ; on surprit un ancien prisonnier en train de s'introduire dans le domicile de victimes alitées pour les dépouiller de leurs objets de valeur ; il fut condamné au fouet puis à la pendaison en place publique. En temps de peste, les méfaits, même relativement bénins, se voyaient sanctionnés plus durement afin de décourager quiconque d'imiter les coupables.

Les prisonniers vivaient dans des conditions de promiscuité et d'insalubrité bien pires que dans les casernements, et l'épidémie se répandait parmi eux à la vitesse de l'éclair. Le lendemain du jour où la fièvre et les diarrhées s'étaient déclarées parmi eux, ceux qui avaient résisté avaient déclenché une émeute, persuadés que la peste n'avait éclaté que dans leur prison et qu'on les confinait exprès dans un piège mortel. Ils avaient submergé leurs gardiens et près d'une centaine avait réussi à s'évader ; quelques dizaines d'entre eux avaient attaqué la ville pour s'emparer de vivres dans les boutiques abandonnées, mais la plupart avaient volé des chevaux dans les écuries et pris la fuite. Un lieutenant avait rassemblé un contingent hétéroclite de soldats pour rétablir l'ordre, et les forçats qui avaient eu la bêtise de rester dans la ville avaient fini abattus dans les rues et jetés sans autre forme de procès dans la chaux vive des fosses communes creusées derrière le bâtiment carcéral ; on pourchassa ceux qui s'étaient enfuis, non pour eux-mêmes mais pour les chevaux qu'ils montaient ; la poursuite avait été couronnée de succès.

La peste avait décimé les échelons supérieurs de notre hiérarchie ; Ebrouc me dit un jour que le major Morsont se trouvait désormais à la tête de la garnison, mais qu'il l'ignorait car il avait sombré dans la fièvre avant que la mort ne le portât à ce poste. « De toute manière, un commandant dans les pommes, ça nous change pas beaucoup de l'ordinaire », avait-il ajouté avec un humour caustique, et je n'avais pu qu'acquiescer.

Je perdis toute notion du temps, non seulement des heures mais aussi des jours. La saison de la peste se fondait pour moi en une période indistincte de labeur sans fin. Le troisième jour, je m'étais si bien habitué à la puanteur de la mort et de la décomposition que je n'avais quasiment plus besoin de mon foulard imprégné de vinaigre, qui n'avait de toute manière qu'une efficacité limitée. Un jour vint où nous nous trouvâmes à court de tombes déjà creusées et de planches pour les cercueils ; nous dûmes alors nous débrouiller, c'est-à-dire que nous plaçâmes un corps dans chaque bière puis un autre par-dessus dans chaque trou de la dernière rangée de fosses ouvertes. Je notai les noms du mieux possible et demandai aux préposés à la fabrication des caisses, désormais au chômage, de m'aider à creuser une fosse commune ; ils traînèrent les pieds mais acceptèrent, à ma grande surprise. Cette nuit-là, avant de fermer les yeux, je m'enorgueillis un petit moment d'avoir su leur imposer mon autorité, ainsi qu'à Ebrouc et Quésit, alors que je ne portais nul galon et que j'avais moins d'ancienneté qu'aucun d'entre eux. Avec regret, je songeai à l'antagonisme que mon attitude avait suscité chez le colonel Lièvrin ; avait-il vraiment envisagé de me promouvoir ? Ma foi, la peste bouleversait la hiérarchie ; j'aurais une nouvelle chance de faire bonne impression sur mes supérieurs une fois l'épidémie passée, quand je saurais qui me commandait.

La nuit ne m'apportait nul repos. Les morts s'alignaient devant ma petite chaumière, non plus dans des cercueils mais simplement enveloppés de toile à sac blanche, et les bêtes de la forêt y venaient festoyer. Je faisais mon possible pour les refouler : je plantais des torches enduites de poix en un cercle protecteur autour des corps, ce qui paraissait tenir à distance la plupart des grands animaux, mais rien ne semblait pouvoir décourager les rats. Souvent, c'était quand nous déplacions les cadavres pour les placer dans leur tombe que les rongeurs s'enfuyaient, le ventre arrondi de chair humaine ; je les tenais en horreur et les tuais à la première occasion.

Les oiseaux charognards ne quittaient plus le cimetière. Les croas aux caroncules rouges se battaient avec les corbeaux au-dessus des tombes ouvertes ; ils suivaient les charrois de ramassage et, perchés dans les arbres, nous regardaient placer les corps dans les fosses et les recouvrir d'une mince couche de chaux et de terre ; puis, dès que nous nous éloignions, ils s'abattaient. Quésit apporta un fusil de chasse et en tua une dizaine un jour ; il ficela les corps sur des pieux qu'il planta tout autour de la fosse ; les oiseaux morts repoussèrent effectivement le reste de la volée, mais ils se mirent rapidement à pourrir sous le soleil ardent, et leur puanteur attira des nuées bourdonnantes de mouches et de guêpes. Pour ne rien arranger, ils me rappelaient l'horrible petit carrousel que j'avais vu lors du mariage de Posse. Les croas parurent particulièrement irrités du carnage perpétré par Quésit ; ils le reconnaissaient et fondaient sur lui lorsqu'il conduisait le chariot de cadavres, donnaient des coups de bec à son chapeau et criaillaient bruyamment. Chaque nuit, d'autres animaux venus de la forêt fouissaient dans les tombes nouvellement comblées, et même la chaux vive ne parvenait pas à leur barrer complètement le chemin ; tous les matins, je devais effectuer une tournée des fosses les plus récentes pour reboucher les petits tunnels et les trous qu'ils pratiquaient pendant la nuit. J'avais l'impression de subir un siège. Ma haie, bien que charmante et en pleine croissance, n'empêcherait jamais ce genre de créatures de passer et, à contrecœur, je dus conclure que le colonel Lièvrin avait raison : il fallait bâtir un mur de pierre.

Je dormais mal depuis ma querelle avec Olikéa. Je rêvais encore d'elle, et aussi des nourritures merveilleuses qu'elle m'apportait de « l'autre côté » ; mais elles restaient toujours hors de ma portée. Je me rendais dans ce monde à pied, mais je savais qu'il s'agissait d'un songe, et ce que j'y mangeais n'avait nulle substance et ne me rassasiait pas. Je voyais Olikéa, mais toujours de loin, et, si je l'appelais, elle ne tournait même pas la tête vers moi ; lorsque je la suivais, comme je le faisais inévitablement, je ne parvenais jamais à la rattraper.

Les jours devinrent des semaines puis un mois. Nous travaillions d'arrache-pied, tout juste capables de faire face à l'afflux constant de cadavres. La puanteur de la mort et la piqûre de la soude dans mes narines se fondaient en une seule et même sensation, et, même à l'eau bouillante et au savon, je n'arrivais pas à me débarrasser des odeurs de ma profession. La chaux vive que nous jetions dans les fosses communes flottait au vent et me brûlait la peau. Mais le pire, c'était la faim qui me dévorait constamment maintenant que je n'avais plus pour me nourrir ce qu'Olikéa m'apportait de la forêt. Les rations que je mangeais eussent dû suffire à me sustenter, mais elles ne servaient même pas d'amuse-gueule à un appétit plus profond qui me consumait de l'intérieur.

Et, indifférent à la mort, à la puanteur et à la peste, l'été s'épanouissait ; les journées magnifiques s'allongeaient sous un ciel éclatant, les papillons dansaient sur les fleurs que j'avais plantées dans le cimetière, et les oiseaux chantaient dans les arbres à l'orée de la forêt. Ma haie prospérait, et de petits buissons croissaient à l'ombre qu'elle leur procurait.

Les doigts osseux de la maladie ne respectaient ni l'âge ni le grade. Nous remplissions une fosse et en creusions aussitôt une autre ; nous enterrions des nourrissons et des vieillards, de délicates fillettes et des hommes robustes. Lors d'une de ces longues journées torrides, nous reçûmes le corps de Dal Hardi, la brute qui s'était portée volontaire pour me corriger le jour où Carsina avait affirmé des horreurs sur moi. Ebrouc m'apprit qu'il avait succombé rapidement à la peste ; loin de dépérir de la fièvre, il s'était noyé dans son vomi le jour même de son infection. Je le revis planté dans la rue en train de me menacer ; j'eusse pu me réjouir de sa disparition, mais je n'éprouvais que de la compassion pour lui, fauché de façon si ignominieuse dans la fleur de l'âge.

L'après-midi tirait à sa fin quand nous achevâmes de combler la seconde fosse commune. Ce spectacle m'évoqua, avec un sentiment d'obscénité, la cuisinière de mon père préparant un plat et déposant les ingrédients en couches successives dans une marmite ; au lieu de viande, de marinade, de pommes de terre et de carottes, nous disposions des corps, de la chaux vive et de la terre puis répétions le processus jusqu'à remplissage complet du trou avant de le clore d'un petit tertre.

« Et voilà, c'est fini », dis-je une fois le monticule tassé et lissé comme la croûte d'une tourte. J'ôtai le foulard imprégné de vinaigre de mon visage et m'en essuyai le front. Maintenant que les derniers corps étaient ensevelis, l'air paraissait presque pur. « Ça suffit pour aujourd'hui, les gars ; demain, nous creuserons une nouvelle fosse et nous recommencerons.

— Prie le dieu de bonté que ce soit la dernière de la saison », fit Quésit, et mes deux menuisiers reconvertis en fossoyeurs répondirent : « Espérons.

— Ça devrait cesser bientôt, non ? leur demandai-je.

— Ça cessera quand ça cessera, dit Quésit. Ça s'arrête toujours quand les pluies arrivent, mais parfois plus tôt. J'ai entendu parler en ville d'une eau spéciale qui pourrait guérir la peste, une eau de source qu'un docteur de l'ouest essaie sur les malades. Le courrier qui apportait la nouvelle a dit qu'il avait appris du courrier avant lui qu'on tâchait de nous en faire parvenir avant la fin de la saison de la peste pour voir si ça marche vraiment ou non.

— A-t-il prononcé le nom du médecin ? » Spic avait-il écrit au docteur Amicas et cette initiative venait-elle de ce dernier ?

Quésit haussa les épaules et secoua la tête. Bêche sur l'épaule, nous retournions à la cabane à outils quand nous entendîmes un son que nous redoutions tous : le claquement de sabots et le crissement de harnais d'un attelage tirant un chariot plein dans la côte qui menait au cimetière. « Mais ils ne pourraient donc pas arrêter de mourir une journée ? fit Quésit d'un ton pitoyable.

— Ils n'y manqueraient pas s'ils le pouvaient, répondis-je, et l'un de mes fossoyeurs eut un sourire lugubre.

— Ces pauvres diables devront passer la nuit à la belle étoile », reprit Quésit, et je haussai les épaules. Ce ne serait pas la première fois que des corps attendraient une nouvelle fosse dans leur suaire. Mais, comme mon compagnon, je formais le vœu qu'ils fussent les derniers.

Ebrouc conduisait le chariot ; il descendit du siège avec des mouvements raides. « Vous feriez bien de m'aider à décharger si vous voulez que je vous remmène en ville, les gars », déclara-t-il, et nous nous mîmes à notre tâche macabre. Il y avait sept cadavres. Ebrouc connaissait mes exigences et me tendit une liste de noms ; je la fourrai dans ma poche et participai au déchargement des corps, ceux de trois hommes adultes, d'un enfant et de trois femmes que nous étendîmes côte à côte. Quésit avait apporté une réserve de torches qu'Ebrouc et moi fichâmes en terre autour des corps, après quoi mes compagnons grimpèrent dans le chariot, me dirent au revoir et s'éloignèrent vers la ville tandis que la nuit commençait enfin à envahir le paysage. J'espérais qu'elle dispenserait un peu de fraîcheur. J'allumai les torches, et leur flamme monta droit, sans trembler, dans le calme vespéral de l'été.

Je rentrai chez moi, me lavai le visage et les mains, bus longuement puis m'attaquai au repas froid que Quésit m'avait fourni, composé de pain, de viande et de fromage. La chère était bonne et je la dévorai avec appétit, mais ne m'en sentis nullement rassasié, comme d'habitude. Ce n'étaient que des aliments, or j'avais appris que la faim qui me tenaillait le plus ne se satisfaisait pas de cette nourriture. Néanmoins, je fis l'effort d'en réserver une portion pour mon petit déjeuner du lendemain, et je quittai la table aussi affamé qu'en m'y installant.

Je fis ma vaisselle et la rangeai, puis, avec un soupir, pris mon journal, devenu depuis peu registre des morts. Je l'ouvris à la dernière page en date et dépliai le bout de papier qu'Ebrouc m'avait remis ; il ne savait guère lire ni écrire, et, la plupart du temps, il demandait à la famille ou à la personne de garde à l'infirmerie de lui noter le nom du décédé ; parfois, il n'y avait qu'une coche sur la feuille. J'inscrivis les noms tels qu'il me les avait fournis ; les cadavres finiraient au fond d'une fosse le lendemain ; l'ordre dans lequel je les notais n'avait donc guère d'importance. J'enregistrai ainsi Eldafleur Simme, Cobit Tarn, Rufus Lirre, Joffra Kile, un soldat à la retraite, Carsina Thayer...

Je posai ma plume. Je regardai le nom sur la liste et celui que ma main avait obligeamment reproduit. La Carsina que je connaissais n'avait-elle pas été fiancée à un capitaine Thayer ? Mes doigts tremblants tapotèrent la table. Carsina Grenaltière... Carsina Thayer... De nombreux couples se mariaient en hâte en temps de peste, à l'instar de mon ami de l'Ecole, Gord. Vraisemblablement, Carsina avait dû épouser son bel officier. Je n'avais éprouvé pour elle qu'une attirance superficielle, adolescente, mais Carsina avait eu de l'importance pour moi : mon premier amour et mon premier chagrin d'amour. Et voici qu'aujourd'hui j'avais déchargé sa dépouille d'un chariot sans rien remarquer. Je me passai les mains sur le visage et repris ma plume. Le dernier nom était celui de Rédigue Koverville ; je l'inscrivis, soufflai sur l'encre puis refermai mon registre.

Avais-je envie de la voir une dernière fois, morte ?

Non, évidemment.

Si.

Malgré les circonstances de notre séparation et ce que j'avais découvert sur elle, elle avait été la confidente de ma sœur, une amie de longue date de la famille, et la première fille que j'avais embrassée ; je conservais dans mon journal de fils militaire les lettres enflammées qu'elle m'envoyait à l'Ecole. Des larmes perlèrent à mes yeux las. Non, je ne l'enterrerais pas dans une fosse commune, jetée pêle-mêle au milieu d'inconnus, la chair rongée par la chaux vive ; je lui creuserais une tombe à part.

J'enfouis mon visage dans mes mains, les coudes sur la table, et demeurai ainsi un long moment sans bouger. Je savais que j'allais sortir pour la voir, mais était-ce par sentimentalisme ou par curiosité morbide ? Ça n'avait sans doute aucune importance. Je pris ma lanterne et quittai la maison.

Le cercle de torches brûlait toujours ; néanmoins, j'entendis un couinement effrayé puis des bruissements quand j'approchai. Des rats ! La lampe levée à bout de bras, je franchis les torches. Les sept corps gisaient tels que nous les avions déposés. Des trois femmes, une seule pouvait être Carsina : je l'identifiai à une boucle blonde échappée de son suaire. A la différence des autres, elle était enveloppée non d'une toile grossière mais d'un drap en tissu fin bordé de dentelle blanche qu'on avait enroulé autour d'elle avec soin. Je plantai un genou en terre, tendis la main vers son visage puis la ramenai en arrière. Je ne craignais pas de voir les ravages de la maladie sur elle, mais j'avais le sentiment de déranger. Quelqu'un l'avait préparée amoureusement pour la tombe ; qui étais-je pour défaire ce tissu et regarder ces traits morts qui ne m'appartenaient plus ? Son nom indiquait qu'elle avait un époux lors de sa mort, et je devais le respect à son union. J'inclinai la tête et demandai au dieu de bonté de la mener à la paix ; puis je dis simplement : « Bonne nuit, Carsina » et retournai à la maison.

Il faisait tiède ; il ne restait que des braises du feu que j'avais allumé dans la cheminée pour préparer mon dîner, mais j'y rajoutai deux bouts de bois, pour la compagnie des flammes plus que pour me réchauffer. Puis je me rassis à ma table et consignai les événements de la journée dans mon journal, après quoi je le refermai et le rangeai. Trop fatigué pour me déshabiller, je m'allongeai dans mes vêtements tachés de terre et, pendant quelque temps, je regardai les ombres danser dans les angles du plafond au rythme de mon petit feu. Je songeai aux femmes que j'avais aimées dans ma vie, pas seulement Carsina et la femme-arbre, mais aussi ma mère, mes sœurs, Epinie, et même Amzil ; je m'efforçai de comprendre les raisons de ma tendresse pour chacune et de démêler le véritable amour de la simple affection, mais sans arriver à aucune conclusion substantielle. Par ma naissance, j'aimais naturellement ma mère et mes sœurs, et peut-être fallait-il y inclure aussi Epinie. J'avais aimé la femme-arbre, je le savais tout en ignorant exactement comment mon double s'était lié à elle, et je l'aimais encore dans cet autre monde. Amzil, je l'aimais peut-être simplement parce que, selon mon impression, elle avait besoin de quelqu'un qui l'aime. Je pensai même à la pauvre, à l'infortunée Fala. Nous n'avions partagé qu'une soirée d'intimité ; la brièveté de notre relation interdisait-elle qu'on parlât d'amour ? En tout cas, elle allait bien au-delà de la seule chair.

Et Olikéa ? Oui, je l'aimais – non comme un Gernien convenable aime son épouse, avec affection, après avoir échangé des vœux et en partageant un même foyer jusqu'à la fin de ses jours. Je l'aimais comme j'avais appris à aimer sa forêt, comme un être qui me donnait un plaisir infini mais ne se laissait nullement dompter et ne me permettait aucun degré de maîtrise. Il n'y avait nulle réciprocité avec Olikéa ; elle m'interdisait de subvenir à ses besoins ou de la protéger ; au contraire, elle se voyait dans le rôle de celle qui assurait ma subsistance. Arriverions-nous un jour à nous connaître ? Non, nous avions laissé passer l'occasion. Je l'avais délaissée dans mon monde et elle s'était détournée de moi dans le sien. Nous ne savions quasiment rien l'un de l'autre ; mais en savais-je davantage sur Amzil ? Uniquement par le fait que nous partagions la même culture ; hormis cela, elle demeurait pour moi un aussi grand mystère qu'Olikéa.

Mon feu s'éteignait et les ombres s'estompaient. Je répétai ma prière pour Carsina et en dis une autre pour ma mère et Elisi. Je songeai aux femmes que je ne reverrais plus, à celles qui me restaient, et je décidai de me montrer plus attentionné envers Epinie, Amzil et Yaril tant que j'en avais la possibilité. Là-dessus, je baissai la mèche de la lampe autant que je le pus et fermai les yeux.

Peut-être mes réflexions lui avaient-elles préparé la voie. Je marchai longtemps en rêve cette nuit-là, et mes pas me conduisirent, non à la poursuite d'Olikéa, mais à une souche au cœur de la vieille forêt. Le rejet qui avait poussé à partir du tronc abattu de la femme-arbre se dressait, haut et droit, et je m'aperçus alors que les baliveaux de ma haie appartenaient à la même essence, et ils croissaient eux aussi avec vigueur. Je le caressai avec affection et sentis un écho de la présence de la femme-arbre. Je m'approchai lentement de la souche et m'y adossai, assis par terre. « Tu me manques, Lisana ; tu me manques horriblement.

— Ah, quelle cruauté ! fit-elle d'un ton de reproche, mais elle tendit la main pour prendre la mienne. M'appeler enfin par mon nom en un tel moment ! Mesurais-tu combien t'entendre le prononcer me déchirerait le cœur ? Mais il est trop tard, Fils-de-Soldat ; je ne puis rien faire pour t'épargner ce qui doit advenir. Tu en es seul responsable. Néanmoins, si j'en avais le pouvoir, je tâcherais de te sauver. »

Elle n'était pas présente au sens d'autrefois, mais comme un rêve dans un rêve. Je sentais la chaleur de ses mains sur les miennes mais je ne pouvais les serrer. Quand je me retournai pour la saisir dans mes bras, je ne rencontrai que l'écorce rude de son tronc abattu. Je m'écartai ; si je ne pouvais la toucher, du moins pouvais-je la voir. Elle m'apparaissait sous le premier aspect que je lui avais connu : celui d'une femme monstrueusement grosse d'âge moyen. Les mèches rayées de ses cheveux se fondaient à l'écorce de sa souche comme si des vrilles végétales l'unissaient à son arbre – ce qui était naturellement le cas. Ses yeux me souriaient ; ils ne changeaient pas, quelle que fût son apparence. Et je me rendis compte soudain qu'en vérité son corps n'avait plus d'importance pour moi. Je tenais autant à elle sous cette forme que lors de ces occasions oubliées où je m'unissais à elle. Elle avait les doigts croisés sur son énorme ventre, et ses mains m'évoquaient des pattes de chaton, menues, avec la peau du dos d'un noir de suie qui s'éclaircissait et laissait voir des tachetures en remontant le long des bras. J'avais envie de les embrasser, mais je ne pouvais que passer la main sur les siennes et sentir la tiédeur spectrale qui en émanait. « Pourquoi n'es-tu pas ici ? » demandai-je.

Elle eut un sourire doux-amer. « Quelqu'un s'est servi de la magie du fer pour abattre mon arbre. Il est tombé dans les deux mondes. Peut-être l'as-tu remarqué ? »

Je baissai les yeux, honteux. « Mais je ne t'ai pas tuée.

— Non ; toutefois, tu m'as affaiblie. D'ici un siècle, peut-être, j'aurai retrouvé un quart de la vigueur que je possédais ; alors peut-être pourrons-nous nous toucher et nous embrasser comme naguère.

— Ça fait une longue attente. »

Elle hocha la tête, non pour acquiescer à mon commentaire, mais pour confirmer ses propres réflexions. « Et voilà où nos deux mondes ne s'ajustent pas, Fils-de-Soldat. D'ici cent ans, si notre peuple l'emporte, l'humus de la forêt sera un peu plus épais, le tronc des arbres plus large, mais rien n'aura beaucoup changé. Les mêmes fleurs s'épanouiront, le même pollen flottera au vent, et les mêmes papillons voletteront dans les frondaisons. Attendre un siècle pour ça ne m'inquiète nullement. Mais, si les intrus vainquent, qu'y aura-t-il ici, Fils-de-Soldat ? Que verras-tu si tu attends cent ans ? »

Je me représentai la réponse gernienne à cette question : une large route qui monterait dans la Barrière, la franchirait, redescendrait dans les terres qui s'étendaient au-delà et mènerait jusqu'à la mer. Le roi ne cachait pas ses ambitions : ces terres n'étaient quasiment pas colonisées ; la Gernie détiendrait un nouvel accès à la mer et au commerce maritime, et un flot de marchandises s'écoulerait dans le royaume qui connaîtrait croissance et prospérité. On verrait naître des propriétés agricoles, des villes. Rien de tout cela n'était mauvais en soi ; mais je ne pouvais plus affirmer avec certitude que cela valait mieux que ce qui existait aujourd'hui.

« Les gens pourraient vivre en paix, sans crainte de manquer. Les Ocellions tireraient bénéfice du commerce ; ils auraient tout ce qu'il leur faudrait. »

Elle gonfla légèrement les joues. « Nous avons déjà tout ce qu'il nous faut, Fils-de-Soldat ; et nous avons toujours notre forêt et les arbres des ancêtres. Quand nous aurons perdu nos bosquets d'ombre et que la terre que nous aimons aura été ouverte au soleil, aurons-nous vraiment ce qu'il nous faut ou aurons-nous seulement ce dont nous avons besoin selon vous ? »

Je ne sus que répondre. Une brise légère ou une main spectrale fit bouger mes cheveux ; je levai les yeux, les plongeai dans les siens et demandai : « Alors, que dois-je faire, à ton avis ?

— Mon avis, tu le connais ; tu le connais depuis le début.

— Selon toi, je dois obéir à la volonté de la magie et j'aurais déjà dû exécuter ses ordres, ainsi que tu me le répètes, mais, en toute sincérité, j'ignore ce que ça veut dire.

— Peut-être la magie ne te parle-t-elle pas de façon plus claire à cause de ton ardeur à l'éviter. Peut-être, si tu ne résistais pas à ses efforts pour t'emplir, si tu avais répondu plus promptement à son appel, saurais-tu aujourd'hui ce qu'elle attend de toi. Mais à présent, hélas, il est trop tard pour l'interroger.

— Comment ça ?

— Je sens qu'elle vient te prendre, Fils-de-Soldat.

— Que veux-tu dire ?

— Ce que je viens de dire ! Tu me rebats les oreilles avec tes “que veux-tu dire ?”. Tu m'entends, pourtant ; quand tu ne comprends mes paroles, c'est parce que tu refuses de les comprendre, de la même façon que tu résistes à la magie. Pourquoi ? »

Je n'eus même pas à réfléchir. « Peut-être parce que je veux une existence à moi, telle que je l'imaginais, telle qu'on me l'avait promise ! Lisana, depuis ma prime enfance, on m'a élevé pour devenir militaire ; j'avais prévu d'aller à l'Ecole, d'y recevoir une excellente instruction, d'obtenir mon diplôme d'officier, de me distinguer au combat, d'épouser une femme charmante, d'avoir de beaux enfants, enfin de rentrer chez moi et de me retirer avec les honneurs. Or, la magie m'a dépouillé de tout ça ! Et que m'a-t-elle donné en échange ? Un corps énorme, balourd et repoussant ; un pouvoir instable que je ne sais pas utiliser ni maîtriser. Quel bien en ai-je retiré ? »

Elle posa un moment sur moi un regard attristé puis elle leva les bras comme pour me montrer son corps. « Balourd et repoussant », dit-elle, et ces mots, appliqués à elle, devinrent durs et cruels.

Je me récriai : « Je ne voulais pas dire... »

Elle me coupa sèchement : « Chut ! Je ne feins pas de ne pas comprendre tes propos ! Je sais ce que tu voulais dire. Quel bien retires-tu de la magie, demandes-tu ; je pourrais te répondre que, grâce à elle, tu m'as connue, et que tu as appris aussi à connaître la forêt telle que tu ne l'aurais jamais vue auparavant. Mais la vraie réponse à ta question, c'est que la magie ne veut pas ton bien, et que, par conséquent, que ses décisions te rendent heureux ou malheureux n'importe pas. » Elle pencha légèrement la tête vers moi. « As-tu oublié, Fils-de-Soldat ? Je t'ai tenu au-dessus de l'abîme et demandé de choisir ; je t'ai expliqué que tu devais exprimer le souhait d'être ramené dans cette vie-ci. Tu l'as fait et je t'ai conduit ici.

— Mais j'ignorais ce que je choisissais ! J'avais seulement peur de mourir.

— Personne ne sait ce qu'il choisit quand il choisit de vivre. Si tu tiens tant aux certitudes, tu aurais dû préférer la mort ; il n'y a rien de plus sûr.

— Mais regarde l'existence que je mène, Lisana ! Je n'ai de soldat que le nom ; fossoyeur, voilà ma vraie fonction. Demain, je vais enterrer la femme que je devais épouser ; le savais-tu ? Quel sort cruel, tant pour elle que pour moi ! Si la magie ne s'était pas mêlée de ma vie, Carsina se trouverait sans doute toujours chez elle, saine et sauve, et m'attendrait encore. Je ne connais que la solitude, mon corps me pèse, je souffre d'une faim insatiable...

Elle interrompit ma diatribe d'un ton mécontent : « C'est toi qui as choisi cette vie de préférence à la magie.

— Que vais-je faire ? »

Je ne posais la question que de façon rhétorique, comme je me l'étais déjà posée des milliers de fois sans jamais trouver de réponse. Lisana en avait une.

« Ce que la magie attend de toi. Tout aurait été beaucoup plus facile si tu avais accepté ton choix au lieu d'y résister ; aujourd'hui, elle vient te prendre, Jamère, et nul ne peut plus te protéger.

— Tu m'as appelé "Jamère", dis-je.

— Jamère. »

Je me retrouvai assis dans mon lit avec dans les oreilles sa voix prononçant mon nom. L'écho paraissait si réel que j'eus du mal à me convaincre qu'il appartenait à mon rêve. Je me frottai les yeux puis soupirai. Par les trous dans les volets, je ne voyais que l'obscurité : il faisait encore nuit. Je poussai un gémissement accablé ; je ne retrouverais sans doute pas le sommeil d'ici l'aube.

Mon feu se mourait. Par pure volonté, je me levai et allai y ajouter un bout de bois ; l'alimenter maintenant me demandait moins d'efforts qu'il n'en faudrait pour le rallumer au matin. Je me rallongeais quand je crus entendre un bruit dehors ; je reposai les pieds par terre.

Derrière ma porte, douce comme le vent, une voix dit : « Jamère ?

— Qui est là ? » Je fis deux pas dans la pièce.

L'huis de ma chaumière s'ouvrit sans bruit.

Je vis d'abord sa chemise de nuit, long vêtement de dentelle et de lin blanc, et que je jugeai stupidement élégant mais onéreux. A l'évidence, son trousseau provenait des établissements les plus exclusifs de Tharès-la-Vieille. Un voile des plus diaphanes faisait semblant de dissimuler son décolleté, et un col montant de dentelle souple assurait une parodie de pudeur virginale.

Je tremblais comme une feuille. Je levai les yeux vers son visage. Elle avait toujours été bien en chair, avec les joues rondes, mais la maladie lui avait sculpté des traits plus secs et crevassé les lèvres ; des cernes noirs soulignaient ses yeux. Nos regards se croisèrent. Elle entra, vint jusqu'à moi et prit mes mains dans les siennes. J'étais figé, incapable de parler, pris entre l'horreur de la situation et l'espoir de la voir survivre. Lentement, elle tomba à genoux en une révérence gracieuse ; elle courba la tête et ses cheveux de soie cachèrent son visage. Péniblement, je retrouvai l'usage de la parole.

« Carsina ? » fis-je d'une voix étranglée.

Elle s'approcha encore et posa le front sur mes genoux. Je sentis les poils se dresser sur ma nuque. D'une voix basse et rauque, elle dit : « Je viens implorer ton pardon, Jamère, comme tu me l'as ordonné. Je m'excuse de mon manque de cœur lors des noces de ton frère. »

Je reculai d'un pas ; je me sentais défaillir. Notre dispute au mariage de Posse me semblait remonter à un siècle, mais ma prédiction rageuse me revint brutalement en mémoire et je ne me rappelai que trop bien le picotement du pouvoir qui m'avait traversé quand j'avais prononcé ces mots cruels. « Carsina, je t'en prie, relève-toi. » J'étais bouleversé. Carsina, une « revivante » ? Pouvait-on la sauver ? J'avais échoué avec Faille, et, selon Epinie, la plupart des revivants mouraient. Mais pas tous. Je me penchai, les mains tendues, pour l'aider à se redresser, mais elle demeura agenouillée, la tête courbée.

« Tu n'as pas dit que tu me pardonnais, chuchota-t-elle d'une voix rauque.

— Carsina, c'est moi qui devrais implorer ton pardon. J'ai parlé sous le coup de la colère, sans imaginer un instant que je te contraindrais ainsi. Je le regrette. »

D'une voix étouffée, elle répondit : « Je ne puis me relever tant que je n'ai pas ton pardon.

— Je te pardonne, je te pardonne, je te pardonne cent fois ! » Je bredouillais d'émotion ; la voir à genoux devant moi allait à l'encontre de toute mon éducation. « Je t'en prie, je t'en prie, laisse-moi t'aider à te redresser. »

Mais elle refusa les mains que je lui tendais ; une fois debout, elle vacilla soudain et je la rattrapai de justesse avant qu'elle ne s'effondrât. Je la remis sur pied avec douceur et la conduisis jusqu'à une chaise. « Assieds-toi, repose-toi. Quel cauchemar pour toi de te réveiller dans un linceul, toute seule dans un cimetière, au milieu des cadavres ! Mais tu n'as plus à t'en faire ; assieds-toi et repose-toi. J'ai un médicament de l'infirmerie de Guetis ; je vais mettre de l'eau à chauffer. C'est un mélange de matricaire, d'écorce de saule et de je ne sais quoi encore, mais les médecins l'administrent aux malades de la peste et le pensent efficace. Repose-toi pendant que je te le prépare. »

Tout en parlant, j'avais rapidement rempli la bouilloire que j'avais placée sur le feu ; j'ajoutai quelques bûchettes sèches pour que les flammes lèchent le récipient. Je sortis les sachets de tisane qu'Epinie m'avait donnés, nettoyai ma chope et en mis un au fond. « Crois-tu pouvoir manger un peu ? L'idéal, ce serait du bouillon, mais je n'en ai pas ; en revanche, il me reste du pain et peut-être un peu de fromage. »

Son expression de reconnaissance me fendit le cœur. « De l'eau », murmura-t-elle.

Je courus à ma barrique et en revins avec une louche dégouttante. Carsina la saisit à deux mains et but si avidement que de l'eau lui coula du menton. Quand elle eut fini, je lui rapportai une nouvelle louchée qu'elle avala à longs traits. Là où l'eau avait touché la chemise de nuit, le tissu fin était devenu quasiment transparent, et je m'efforçai de détourner le regard. Je remplis la louche une dernière fois à la barrique que j'inclinai ; Carsina en but le contenu puis me la rendit avec un petit hoquet. « Merci, fit-elle tant bien que mal.

— Ne bouge pas, repose-toi. Dès que l'eau bouillira, je te préparerai une tisane qui te fera du bien. » La colère que j'avais pu éprouver un jour pour elle avait disparu. Quand je la regardais, je ne songeais qu'à l'époque où elle était l'amie et la compagne de jeux de ma sœur.

Elle plaqua ses mains sur son visage quelques instants puis les laissa retomber sur ses genoux. « La tisane n'y changera rien, Jamère, tu le sais comme moi. Je ne suis revenue d'entre les morts que pour te demander ton pardon ; tu me l'avais ordonné. » Ses yeux se brouillèrent soudain de larmes. « Et maintenant je dois mourir à nouveau. » Elle paraissait terrifiée.

Je renonçai à mentir. « Carsina, je suis navré. J'ignorais ce que je faisais, je te le jure. Je ne te laisserai pas mourir. Ecoute, je sais que tu te sens faible, mais ta fièvre est tombée ; je vais te soigner.

— Tu ne me hais donc point ? » Elle avait l'air perplexe. « Après la façon dont je t'ai traité dans la rue, à Guetis ? Ça aussi, tu me le pardonnes ? »

Je n'avais pas la noblesse de cœur de certains, et une bouffée de colère m'envahit au souvenir de cette scène. Mais une pensée tout aussi égoïste vint l'étouffer aussitôt : si elle m'avait accusé publiquement, elle pouvait également témoigner de mon innocence – à condition qu'elle survécût et qu'elle fût bien disposée à mon égard. Je choisis mes mots avec soin. « Tu pensais avoir de bonnes raisons d'avoir peur de moi ; tu te trompais. A une époque, Carsina, je crois que tu m'aimais ; moi, je sais que je t'aimais. Je ne puis plus espérer te reconquérir, et, par bien des aspects, je suis bien trop en dessous de toi pour que tu me remarques. Mais rien ne nous oblige à nous haïr ni à nous redouter. Tiens, l'eau bout ; je vais te préparer la tisane.

— Ah, Jamère, tu es trop bon ! Et comme j'ai honte de mon attitude d'alors ! Mais j'avais peur, c'est vrai. Habiter à Guetis me répugnait, mais mon père disait que c'était ma dernière chance de trouver un bon parti. Il ne voulait pas que j'aille vivre chez mon cousin car il craignait pour ma réputation. Il avait un esprit austère ; il m'avait mis en garde contre la coquetterie et tout ce qui risquait de susciter un scandale, sous peine de me renier. Il m'en voulait toujours parce qu'il m'avait surprise en train d'embrasser Remoire alors que nous le savions promis à Essilie Cummort. Mais Remoire disait qu'il m'aimait vraiment et que son père l'avait contraint à ces fiançailles. Nous devions nous enfuir ensemble... enfin, c'est ce qu'il prétendait. Ah, Jamère, je n'ai cessé de me conduire comme une sotte ! Pour Remoire, j'ai renoncé à l'amitié de ta sœur, alors qu'il n'en valait pas la peine. Mais reconnais que tu es en grande partie responsable de cette situation ; je ne comprends toujours pas comment tu as pu te laisser aller à devenir aussi gros puis venir m'humilier comme tu l'as fait au mariage de Posse, alors que j'avais tout préparé depuis des mois, que je rêvais du merveilleux couple que nous formerions, de ma robe verte qui ressortirait lorsque tu me ferais tournoyer sur la piste de danse. J'attendais cette occasion avec tant de bonheur, et tu as ruiné tous mes espoirs ! »

J'avais oublié à quel point elle était bavarde. « Je n'y suis pour rien, Carsina, il faut me croire sur parole. » J'avais versé l'eau bouillante sur le petit sachet d'herbes ; le soufre trahit aussitôt sa présence par son odeur nauséabonde. « Ça n'aura sans doute pas bon goût, mais c'est ce que prescrivent les médecins de l'infirmerie. Crois-tu que tu arriveras à le boire ?

— Je veux vivre, Jamère ; je ferai n'importe quoi pour y parvenir. » Son désir brillait intensément dans ses yeux. Mais aussitôt j'interprétai autrement ce scintillement : la fièvre revenait. Quand je lui tendis la tisane, nos doigts s'effleurèrent ; la chope brûlante avait réchauffé les miens, mais les siens étaient encore plus chauds. Elle porta le récipient à ses lèvres, fit la grimace, souffla sur le liquide fumant puis prit une gorgée d'infusion. Elle fronça le nez et plissa la bouche avec dégoût, mais l'avala néanmoins.

« Très bien, dis-je pour l'encourager ; mais il faut tout boire, Carsina. »

Elle voulut prendre une nouvelle gorgée, mais je vis qu'elle allait lâcher la chope, et je la saisis avant qu'elle ne tombât. Carsina leva vers moi un regard à la fois vague et désespéré. « Ma mère est morte de la peste, Jamère, et je n'ai pas pu lui dire adieu ; du moment où le mal l'a prise, mon père a refusé que je l'approche. Seuls les domestiques en avaient le droit, et je ne pouvais pas m'empêcher de me demander s'ils s'occupaient vraiment d'elle. Elle aurait pu mourir seule. » Elle cligna les yeux puis reprit d'une voix mal timbrée : « Je suis mariée à présent, le savais-tu ? Mon époux m'a soignée jusqu'à ma mort. Il répétait : "Je serai là, Carsina, ma douce ; je ne t'abandonnerai pas."

— Il a l'air très bon. Je crois qu'il faut te reposer, maintenant, Carsina. Veux-tu t'allonger ?

— Je... » Elle me regarda, l'air soudain égaré. « Je veux voir Jof, je veux voir mon époux. Où est-il ?

— Sans doute à la maison, Carsina. Je vais t'aider à te coucher, d'accord ?

— Mais... où suis-je ? Comment suis-je arrivée ici ? S'il te plaît, ne peux-tu aller chercher Jof ? Il a promis de rester près de moi. » Ses lèvres avaient pris une teinte foncée et ses pommettes commençaient à rougir. Le moment me paraissait mal choisi pour lui révéler qu'on l'avait transportée chez moi dans un charroi de cadavres ou émettre la supposition que Jof avait dû demeurer à son chevet jusqu'à la fin.

« Allonge-toi et je verrai ce que je peux faire.

— Je veux voir Jof, répéta-t-elle, et elle eut l'air soudain d'une enfant qui réclame son papa.

— Je vais le chercher », dis-je à contrecœur. Je ne voulais pas la laisser seule, de crainte qu'elle ne mourût comme Faille ; mais je voyais bien que l'absence de son époux l'inquiétait de plus en plus. « Peux-tu boire le reste de la tisane ? » lui demandai-je, et c'est avec un immense soulagement que je la vis acquiescer de la tête. Je lui tendis la chope, et elle la vida vaillamment. « Et maintenant, je veux que tu te couches », lui dis-je d'un ton ferme ; à ma grande surprise, elle accepta mon bras et m'accompagna jusqu'au lit.

« Allonge-toi, Carsina », fis-je avec douceur. Elle s'assit au bord du lit et leva les yeux vers moi, la bouche à demi ouverte. « Tu ressembles à mon fiancé, mais en plus gros. » Sans me laisser le temps de répondre, elle poursuivit d'un ton impérieux : « Va me chercher un verre d'eau puis prie mon époux de venir me voir, s'il te plaît. » Là-dessus, elle s'étendit de son propre chef. Je l'aidai à remonter les jambes sur le lit puis voulus tirer ma couverture sur elle, mais elle la repoussa d'un coup de pied irrité.

« Très bien. » Je ne vis pas l'intérêt de la contrarier.

Ma barrique d'eau était quasiment vide. Je trempai un chiffon propre dans le fond qui restait et l'appliquai sur le front de Carsina. Elle n'ouvrit pas les yeux. Elle sombrait rapidement. Je pris mon seau dans l'intention de me rendre à la source ; j'irais chercher de l'eau puis je sellerais Girofle et me rendrais en ville pour ramener son mari. Je me demandais comment je le trouverais.

Dehors, les torches qui entouraient les cadavres à enterrer commençaient à mourir ; l'aube ne tarderait pas. Je partis en direction de la source, mon seau à la main, puis je fis brusquement demi-tour.

Il ne restait plus un seul corps dans le cercle de lumière. Un linceul gisait en tas par terre, sans doute celui de Carsina ; les six autres morts avaient disparu.

Horrifié, je sentis l'affolement me saisir. On avait volé les corps ! Je pivotai sur moi-même en scrutant l'obscurité du cimetière dans l'espoir d'apercevoir des Ocellions en train d'emporter leurs trophées. Ce que je vis était encore plus effrayant. La lueur des torches ne portait pas très loin, mais elle me permit de discerner les silhouettes qui s'éloignaient d'un pas trébuchant en direction de ma haie, leurs suaires blancs semblables à des traînes derrière eux. Un des linceuls tomba, et la femme qui le portait continua d'avancer. Hébété, je comptai les morts qui marchaient : six. Six revivants ; sept, avec Carsina.

Il ne s'agissait pas d'une coïncidence, mais de l'œuvre de la magie. Pourquoi ? A quoi cela pouvait-il bien rimer ?

J'arrachai une torche du sol et m'élançai derrière eux. « Revenez ! criai-je stupidement. Vous avez besoin d'aide. Revenez ! » Je courais vers eux, la torche dans une main, mon seau dans l'autre.

Aucun ne s'arrêta ni même ne jeta un regard en arrière. Le plus petit, l'enfant, arrivait déjà à la haie. Là, il fit halte puis effectua lentement un demi-tour vacillant. Il m'évoquait un chien arthritique qui tourne en rond avant de se coucher. Maladroitement, il s'assit par terre devant un de mes arbres, puis il s'y adossa, croisa les bras sur son ventre et ne bougea plus. Les feuilles de l'arbrisseau bruirent quand il s'assit contre lui. L'enfant eut un mouvement saccadé de la tête, ses jambes eurent un soubresaut, et les feuilles s'agitèrent plus violemment.

Chaque revivant qui parvenait à la haie choisissait un baliveau, se retournait lentement, s'asseyait et s'adossait au tronc. Un horrible soupçon me vint lorsque je me rappelai le cadavre que j'avais récupéré dans la forêt. « Non ! criai-je en courant vers eux. Ecartez-vous ! Ne faites pas ça ! »

Les jeunes arbres frémissaient et tremblaient comme si un vent fort soufflait dans leurs branches alors que l'air était calme et tiède. Les revivants sursautaient et se convulsaient comme des pantins ; une des femmes poussa un cri aigu qui cessa aussitôt. Je lâchai mon seau et ma torche et me précipitai vers elle. Je lui pris les mains. « Ecartez-vous de là ! » m'exclamai-je en la tirant vers moi. Elle ne résista pas, mais je ne pus la déplacer. Elle me regarda, les yeux écarquillés, la bouche ouverte en un hurlement muet de souffrance. Ses mains agrippèrent les miennes avec l'énergie de la terreur. Je tirai de toutes mes forces mais ne parvins pas à la relever. Ses jambes battaient violemment sur le sol. Non loin de nous, l'enfant prit une brusque inspiration puis s'effondra mollement contre le tronc qui le tenait ; soudain, sa tête se releva sans l'intervention de ses muscles et se plaqua contre l'arbre. A la lueur de la torche qui mourait derrière moi, je vis un sang noir couler de ses narines et de sa bouche.

Je tenais toujours les mains de la femme et elle agrippait toujours les miennes. « Par pitié ! » fit-elle d'une voix étranglée. Je la saisis par les épaules et, bandant tous mes muscles, je tentai de l'arracher à l'arbre. Elle poussa un long ululement de douleur, et sa tête tomba brusquement sur sa poitrine ; ses doigts crispés sur mes avant-bras desserrèrent leur étreinte. « Non ! criai-je, et je m'efforçai à nouveau de soulever son corps inerte.

— C'est pas une façon de traiter une dame, fit une voix gutturale derrière moi. Espèce de fumier ! Sale violeur ! » Je lâchai la femme et me retournai tandis qu'une odeur de terre, de chaux vive et de putréfaction envahissait mes narines.

Dal Hardi se tenait campé à la limite de la lueur de la torche, l'anse de mon seau de bois dans la main. « J't'avais prévenu ! » beugla-t-il en fonçant sur moi. Comme il s'approchait de la source de lumière, je vis que la chaux lui avait dévoré la moitié du visage ; non, il ne pouvait pas avoir survécu ! Ce ne pouvait pas être un revivant ! Je reculai d'un pas trébuchant tandis qu'il effectuait un large moulinet avec le lourd seau de bois, mais il arrivait trop vite ; je ne pus l'éviter. Il me heurta le crâne, et j'explosai dans un éclair de lumière.

11

Accusations

Ce furent Ebrouc et Quésit qui me retrouvèrent quelques heures plus tard. Arrivés avec le premier transport de cadavres de la journée, ils restèrent perplexes en voyant le cercle de torches éteintes et un seul linceul là où ils avaient laissé sept corps la veille. Pensant que j'avais réussi à creuser une nouvelle fosse et commencé à enterrer les morts, ils avaient pénétré dans le cimetière, et là, ils m'avaient découvert gisant face contre terre à côté de Dal Hardi. A leur approche, une harde de croas avait pris son envol ; les oiseaux se repaissaient des six corps enserrés par les radicelles émises par les arbres de ma haie. Toute la zone sentait la chair en décomposition et bourdonnait de mouches.

Quésit m'avait cru mort ; Ebrouc et lui avaient supposé que j'avais succombé en me battant contre des Ocellions venus voler nos morts. J'avais tout un côté de la tête couvert de sang séché, mais, quand Quésit m'avait retourné sur le dos, j'avais poussé un gémissement, et il avait envoyé son camarade me chercher de l'eau à la chaumière.

« Et c'est alors qu'Ebrouc a vu le cadavre de Carsina dans ton lit », murmura Spic.

Devant la porte de ma cellule, il me parlait par un judas. Pour ma part, étendu sur une paillasse étroite, je regardais le plafond obscur ; seule une lanterne fixée au mur de la salle extérieure apportait quelque lumière. Spic était le premier à venir me voir depuis que j'avais repris conscience en prison un jour et demi plus tôt. Deux fois, on m'avait fourni à manger sur un plateau glissé par une ouverture en bas de ma porte, un gruau grisâtre accompagné de pain dur comme pierre et d'eau. J'avais tout avalé. Ces repas représentaient les deux seuls événements marquants depuis mon réveil dans le noir, le crâne martelé par la migraine.

J'écoutais le silence de Spic qui attendait une explication logique. Parler me faisait souffrir et je ne bougeais la mâchoire qu'à contrecœur. Réfléchir aussi me faisait mal. J'allai au plus court. « Carsina était une revivante, et elle est venue chez moi comme Faille. J'ai essayé de l'aider mais la fièvre l'a reprise, et elle m'a demandé d'aller chercher son mari. J'ai d'abord voulu lui apporter de l'eau ; j'allais à la source avec mon seau quand je me suis rendu compte que tous les cadavres que nous avions reçus ce soir-là s'étaient relevés et qu'ils se dirigeaient tous vers ma haie. J'ai couru pour tenter d'écarter une femme du tronc auquel elle s'était adossée, mais l'arbre avait déjà poussé des racines en elle, et je n'arrivais pas à la décrocher. A cet instant, Dal Hardi, sorti de la fosse commune, a saisi mon seau et m'en a frappé. Je n'en sais pas plus. »

Je me tus à mon tour et attendis qu'il affirmât me croire. Comme le silence durait, je guettai ses protestations d'incrédulité.

Finalement, il déclara : « Ce que tu racontes est inquiétant, Jamère.

— Dis plus simplement que ça ressemble aux divagations d'un fou ; je le sais très bien. » Je poussai un soupir et me redressai lentement sur ma paillasse. « Je ne me rappelle rien de ce que tu me rapportes ; je ne vois que le seau qui m'arrive en pleine figure. » L'étourdissement passa ; le vertige me prenait chaque fois que je changeais de position. Je me grattai la tête et ramenai des petites croûtes de sang sous mes ongles. Apparemment, je ne guérissais pas aussi vite que lorsque la balle m'avait éraflé le crâne. Je compris aussitôt : il ne me restait quasiment plus de réserve de magie. Si je ne me nourrissais pas la prochaine fois que la mort frapperait à ma porte, elle risquait d'entrer. En cet instant, ce sort m'apparaissait comme une douce miséricorde. « Spic, ne reste pas ici ; personne n'est au courant de mes relations avec Epinie et toi. Rentre chez toi et laisse-moi à mon sort.

— Jusqu'ici, on aurait cru entendre un fou ; maintenant, j'ai l'impression d'écouter un idiot », dit-il d'un ton offensé. Comme je me taisais, il poussa un soupir. « Si tu tenais seulement des propos déments, ça vaudrait mieux pour toi. »

Je me levai lentement et m'approchai du judas. « Comment ça ?

— Le capitaine Jof Thayer a failli devenir fou de rage quand il a appris qu'on avait trouvé la dépouille de son épouse dans ton lit. Le capitaine et Clara Gorlin sont eux aussi dans tous leurs états. Ça se présente... très mal, Jamère.

— Mais j'ai seulement tenté de sauver Carsina ! Qu'aurais-je dû faire ? Ecoute, Spic, je suis enfermé ici depuis un jour et demi, et (je baissai la voix), sans la magie, je serais déjà mort. On n'a pas soigné ma blessure à la tête, le garde refuse de me renseigner et je ne sais même pas pourquoi on m'a jeté en prison. »

Il avala sa salive, ouvrit la bouche puis jeta un regard alentour comme s'il refusait de répondre.

« Accouche ! aboyai-je.

— Tout est contre toi, Jamère. Personne ne croira que tous les cadavres de ce soir-là étaient des revivants. Tout porte à croire que tu as planté ces arbres exprès puis, dès que tu en as eu l'occasion, que tu as adossé des dépouilles fraîches contre eux pour les nourrir. Le lendemain, ils avaient grandi de près de trois pieds et ils fleurissaient ! Il a fallu les abattre pour libérer les corps, et ils y avaient enfoui leurs racines si profondément qu'on a dû enterrer les cadavres avec des morceaux de tronc accrochés au dos ! Et Dal Hardi, arraché à sa tombe ? Vu les dégâts que la chaux vive lui avait infligés, nul ne croira qu'il s'agissait d'un revivant.

— Regarde sa fosse ; tu n'y trouveras aucune trace de coup de bêche, du moins aucune que j'aie faite. Si quelqu'un l'a exhumé, ce n'est pas moi. Mais je pense que personne ne l'a déterré ; il est sorti tout seul de son trou. »

Spic crispa les mâchoires. « Un peu tard pour rechercher ce genre de preuves : on l'a remis en terre aussi vite que possible. Mais tout le monde sait qu'il t'avait menacé en pleine rue il y a quelque temps, et les gens voient dans l'affaire d'hier soir une vengeance macabre de ta part à l'encontre de la femme qui t'avait accusé et de l'homme qui voulait la défendre ; tu aurais déterré son corps avec l'intention de le donner à un arbre.

— Et ensuite ? Je me serais frappé tout seul avec le seau ?

— Bien vu. Mais l'horreur et l'indignation empêchent les gens de réfléchir logiquement et encore plus d'entendre des explications fondées sur la magie ocellionne. On a trouvé le corps de Carsina Thayer dans ton lit, Jamère. »

Je restai sidéré. « Mais je te le répète : c'était une revivante ! J'ai essayé de la sauver. Je lui ai fait boire de l'eau et je lui préparé la tisane qu'Epinie m'avait donnée pour Faille. Je n'avais pas eu le temps de la lui administrer : il était mort avant que je revienne auprès de lui. Mais je croyais avoir une chance de tirer Carsina d'affaire. J'ai pris mon seau pour aller chercher de l'eau avant de me rendre en ville prévenir son mari, et, en sortant, j'ai vu les autres revivants ; curieusement, ça m'a détourné de mon but initial. » Spic ne méritait pas ce sarcasme, mais parler me demandait un effort qui augmentait ma migraine. J'éprouvais une sensation bizarre dans la mâchoire, et, sous mes doigts, je sentis une bosse au niveau de l'articulation. Avait-elle été brisée, et la magie l'avait-elle ressoudée ?

« On a trouvé le corps de Carsina dans ton lit », répéta Spic en appuyant sur le dernier mot. Puis il rougit et ajouta : « Elle avait la chemise de nuit retroussée jusqu'à la taille. »

Pendant un long moment, je ne compris pas.

Enfin je m'exclamai : « Oh, par le dieu de bonté ! » J'avais l'impression d'avoir reçu un coup de poing dans le ventre. Je n'avais pas songé un instant qu'on pût voir la présence de Carsina dans mon lit autrement que comme le résultat de ma compassion. La tête me tournait. J'avais déjà eu du mal à supporter les rumeurs qui m'accusaient de meurtre et de viol ; qu'on me soupçonnât de nécrophilie me révulsait. Je m'en ouvris à Spic et conclus : « J'espérais plutôt que le fait d'avoir voulu secourir Carsina jouerait en ma faveur.

— Tu risques la peine capitale, Jamère.

— Je n'ai rien fait, Spic ! On me laissera quand même la possibilité de me défendre, n'est-ce pas ? Le tribunal devra bien reconnaître que quelqu'un m'a frappé. » Une idée me vint soudain. « Mon journal, mon journal de fils militaire ; peux-tu te le procurer ?

— Je m'en suis déjà occupé ; je l'ai mis à l'abri chez moi. Nul ne connaîtra tes secrets, Jamère.

— Je ne m'inquiétais pas de ça ; j'espérais qu'on l'accepterait peut-être comme pièce à conviction. Si quelqu'un tient son journal avec honnêteté, il ne doit y écrire que la vérité. Nombre de détails s'y trouvent que je ne tiens pas à rendre publics, naturellement, mais beaucoup aussi qui, si on m'autorise à m'en servir, prouveront mon innocence.

— Ou ta démence, Jamère. Je ne pense pas qu'on te laissera choisir ce que tu veux montrer au juge ; et souhaiterais-tu vraiment qu'il découvre tout ce que contient ton journal ? »

Je songeai à tout ce que j'y avais consigné – mon vrai nom, entre autres, mon opinion sans fard sur mon père, les propos terribles que j'avais tenus sur Yaril, mes relations avec les Ocellions... Quelle humiliation un procès en cour martiale ferait retomber sur mon père ! Non. « Brûle-le, dis-je en me décidant soudain. Je préfère qu'on me pende plutôt que laisser mon journal servir de provende à la presse à scandale.

— J'empêcherai que ça arrive », fit-il d'un ton ferme.

Le silence s'installa. Je mesurai brusquement à quel point ma situation était désespérée. « Pourquoi es-tu ici ? » demandai-je d'un ton pitoyable.

Il ferma les yeux un instant. « Epinie a exigé que j'aille te voir. Elle a fait quelque chose, Jamère ; elle a rendu un service à un ami qui en avait émis le souhait sur son lit de mort. Elle n'avait aucune idée de ce que ça entraînerait. Le sergent Hostier lui avait confié une lettre, et elle lui avait promis, s'il mourait, de la remettre à l'officier commandant du régiment, de réclamer qu'on l'ouvre et qu'on la lise en sa présence, et qu'on prenne les mesures correspondant à son contenu. Jamère, je te jure qu'elle ignorait ce qu'elle renfermait ! Quand le major Helgué l'a lue à voix haute, elle s'est évanouie. On est venu me chercher et j'ai dû la faire transporter à la maison. Elle est folle d'horreur depuis. »

Je n'avais pas besoin de lui demander de quoi il s'agissait. Epinie, ma propre cousine, avait sans le savoir remis au commandant les preuves qui me condamnaient. D'une voix lente, je prononçai ces mots accablants : « La lettre me désignait comme coupable du meurtre de Fala, et elle indiquait où trouver le harnais de Girofle, avec sa sangle dépareillée. »

Spic ouvrit de grands yeux. « Oui », murmura-t-il. Il avait le regard abattu ; je tâchai de ne pas voir la question qui s'y dissimulait.

« C'est Faille le responsable, dis-je ; il m'a tout avoué le soir où il est revenu d'entre les morts. »

Mon ami détourna les yeux et il ne les ramena pas sur moi.

« Spic, je ne te mens pas. Il m'a tout raconté : qu'il avait pris la sangle sur le harnais de Girofle et qu'il s'en était servi pour assassiner Fala parce que la magie l'y avait contraint. Il avait tout manigancé ; d'ailleurs, c'est lui qui m'avait emmené chez Sarla Moggam la première fois. » Je m'interrompis en m'apercevant que nul ne nous avait vus ensemble à la maison de passe : il était entré avant moi et j'avais dû sortir bien après son départ. *Ah, excellent travail, Faille ! Vous avez bien servi la magie.*

Spic répondit d'un ton hésitant : « Je regrette, Jamère. Je te crois, je te le jure, mais ton histoire paraît l'invention d'un homme aux abois. Quelle raison Faille aurait-il bien pu avoir de tuer cette prostituée ? Tu accuses un disparu que tout le monde ou presque respectait dans la garnison ; il vivait un peu à part, c'est vrai, mais, à mon avis, personne n'acceptera de croire qu'il a tué Fala contraint et forcé par la magie.

— Mais que, moi, je l'aie fait pour le plaisir, ça, on le croira », dis-je d'un ton accablé.

Il ferma les yeux avant de répondre. « Sans doute, oui. »

Je lui tournai le dos et allai m'asseoir sur ma couchette. Le bois du lit émit un craquement auquel je ne prêtai nulle attention. « Va-t'en, Spic. Préserve ta réputation. Plus personne ne peut rien pour moi, à présent ; va-t'en.

— Je dois m'en aller, de toute façon ; mais je reviendrai, Jamère. Tout ce qu'on dit sur toi, c'est du vent pour moi, et pour Epinie aussi. Si ça peut te consoler, la plupart des femmes de la ville lui en veulent parce que, bien qu'elle ait remis la lettre au major Helgué, elle s'est efforcée d'expliquer qu'il s'agissait d'un énorme malentendu et que le sergent Hostier n'avait pas vu la vérité. Mais on a trouvé le harnais de Girofle caché dans les écuries, muni d'une sangle dépareillée ; or, celle qui enserrait le cou de Fala correspond parfaitement au reste du harnais.

— Donc, en plus de m'être assommé moi-même à coups de seau sur la tête alors que je déshonorais les morts, j'ai eu la stupidité d'étrangler une putain avec une sangle prélevée sur le harnais de mon propre cheval ? Réfléchis, Spic ! Sincèrement, tu imagines que quelqu'un puisse projeter un meurtre de cette façon ? “Tiens, et si je prenais une sangle de mon harnais, que je l'emporte en ville, que j'entraîne Fala à l'écart du bordel, que je l'étrangle et que j'abandonne son cadavre bien en vue ?” Pourrait-on me croire idiot à ce point ? »

Les muscles de ses mâchoires saillaient, et il dut faire un effort visible pour parler. « Jamère, les actes dont on t'accuse sont si horribles qu'une preuve infime suffira à te faire condamner. La brigade des sifflets exige un coupable, et le seul suspect qu'on détienne, c'est toi. »

Je songeai à ses propos précédents. « Epinie a pris ma défense ? Publiquement ? »

Il acquiesça de la tête, la mine sombre.

« Dis-lui d'y renoncer ; qu'elle prétende avoir changé d'avis.

— Et, naturellement, elle obéira si son mari l'exige ? » Spic s'exprimait avec une ironie sèche, mais je vis autre chose dans son sourire sans humour : de la fierté. Il savait qu'Epinie ne reculerait pas et qu'elle ne démordrait pas de ses convictions, quelles que dussent en être les conséquences.

« Ah, Spic, je suis navré. Elle va y perdre toutes ses amies, n'est-ce pas ?

— Pas toutes. Amzil lui apporte son soutien ; elle raconte à qui veut l'entendre que tu as vécu près d'un mois chez elle à Ville-Morte sans jamais poser la main sur elle ni manifester le moindre écart de caractère. Evidemment, en tant qu'ancienne prostituée, elle a moins de poids qu'une autre, mais elle fait quand même valoir sa parole. »

Je fronçai les sourcils. « Rentre chez toi, Spic. Tu as fait tout ce que tu pouvais, et j'ai besoin de réfléchir. Je dois pouvoir trouver une preuve irréfutable de mon innocence.

— Ne tarde pas à la découvrir, fit-il d'un ton d'avertissement.

— Voyons, on ne va tout de même pas tenir un procès en cour martiale alors que la peste continue son massacre ?

— L'épidémie a cessé brusquement, comme une lampe qu'on aurait soufflée. Certains crient au miracle, et j'ai entendu au moins une personne affirmer qu'il s'agit d'un signe du dieu de bonté, satisfait de la capture d'un infâme criminel comme toi.

— Elle a cessé ?

— Comme par magie. » Il eut un sourire lugubre. « La fièvre retombe, les mourants se rétablissent ; il n'y a pas eu un seul décès depuis ton incarcération, Jamère.

— Comme par magie, oui », dis-je d'un ton amer. Je m'allongeai malgré les protestations de ma couchette puis regardai le plafond tendu de toiles d'araignée. « Rentre chez toi, Spic. Dis à Epinie que je l'aime et qu'elle ne cherche plus à me défendre en public ; dis la même chose à Amzil.

— Que tu l'aimes ? » Il n'en croyait visiblement pas ses oreilles.

« Et pourquoi pas ? répondis-je crânement. Je n'ai plus rien à perdre.

— Dans ce cas, je le lui dirai. » Et cette perspective n'avait pas l'air de lui déplaire.

Comme il s'apprêtait à partir, je le rappelai. « On va m'envoyer un conseil, n'est-ce pas ? Quelqu'un qui m'aidera à me défendre ?

— On essaie de trouver quelqu'un qui accepte de te représenter. » S'il voulait me rassurer, il se trompait. Le procès aurait-il lieu même si je n'avais pas d'avocat ?

Si j'avais continué mes études à l'Ecole, j'eusse suivi un cours de droit militaire qui couvrait la justice en cour martiale et son administration. Le peu que j'en avais entendu m'avait convaincu de son aridité. Je fermai les yeux un instant et m'efforçai de retrouver l'état d'esprit de l'adolescent qui entamait ses études avec enthousiasme, impatient d'une carrière glorieuse et d'un avenir doré – avenir partagé avec une femme amoureuse et soumise, élevée dans la tradition des épouses d'officiers de cavalla. Carsina... Quel mal nous étions-nous fait l'un à l'autre ? Puis, serrant les dents, je m'avouai que je ne pouvais guère la tenir pour responsable de mes mésaventures.

Si je voulais trouver un coupable, je n'avais qu'à me tourner vers moi. Faille m'avait prévenu qu'utiliser la magie à mon propre profit se solderait toujours par un prix terrible à payer. Si je n'avais pas imposé à Carsina l'ordre de me présenter des excuses avant de mourir, elle eût peut-être succombé paisiblement à la peste ; j'avais scellé moi-même mon destin. Au moins, un homme de ma corpulence mourrait vite au bout d'une corde : connaissant les lois physiques qui présidaient à une telle exécution, ma tête s'arracherait sans doute complètement de mes épaules. Macabre, mais beaucoup plus rapide que danser au bout d'une corde en suffoquant. Je m'efforçai d'oublier cette vision ; y songer m'était insupportable.

Mais je n'arrivais à penser à rien d'autre.

Le coup que j'avais reçu me faisait souffrir. En me tâtant le visage et le crâne, j'acquis la conviction que j'aurais succombé à ma blessure si la magie qui me restait n'avait pas entrepris promptement de la guérir. Au contact de certains points sensibles, j'estimai que j'avais eu pour le moins une fracture du crâne et de la mâchoire ; devais-je remercier la magie de m'avoir sauvé la vie ou regretter qu'elle ne m'eût pas permis une mort rapide ? Lentement, je pris conscience que ce processus de cicatrisation, même s'il n'était pas aussi immédiat que dans le cas de ma blessure par balle, me portait préjudice : vraisemblablement, quand je me présenterais devant la cour martiale, j'apparaîtrais parfaitement remis et en pleine santé ; nul n'accepterait de croire qu'un mort m'avait porté un coup fatal, et l'on trouverait une autre explication au fait qu'on m'eût découvert inconscient.

J'occupais une petite cellule dépouillée ; je distinguais la couchette, un pot de chambre, le judas et la fente par laquelle on me passait mes repas. Une lanterne accrochée au mur de la salle extérieure jetait une lumière faible mais constante. On n'entendait aucun bruit. Ou bien les autres résidents passaient le plus clair de leur temps à dormir, ou bien il n'y en avait pas. Hormis la visite de Spic et les tournées régulières du gardien pour jeter un coup d'œil sur moi ou m'apporter à manger, je ne voyais personne. Sans rien pour tuer le temps ni me distraire de ma situation, mes pensées tournaient en rond et se mordaient la queue.

J'allais mourir, cela au moins me paraissait certain. J'espérais parvenir à conserver ma dignité jusqu'au bout alors que la seule idée de monter les marches de l'échafaud m'épouvantait ; je me promis de ne pas trembler, ni pleurer, ni supplier. Tous les condamnés à mort se juraient sans doute de mourir bravement ; pour ma part, je formais le vœu d'avoir la force de tenir ce serment. Je redoutais mon procès tout en l'attendant avec impatience pour que tout s'achevât enfin. Dix fois par jour, j'arrêtais mes dernières volontés puis les remaniais aussitôt. Je demanderais que toutes mes affaires revinssent à Amzil et à ses enfants ; non, mieux valait que je ne parle pas d'eux, de crainte d'affecter leur réputation en les associant à moi. Je révélerais tout à la cour : mon identité, comment la magie m'avait infecté, les dangers de la Danse de la Poussière, ma fréquentation des Ocellions, les subterfuges grâce auxquels ils m'avaient poussé à planter des arbres des ancêtres et ce que ces arbres signifiaient pour eux... Non ; je ne dirais pas un mot et je laisserais mes juges me condamner. Ainsi, mon père et ma sœur resteraient à l'abri de tout opprobre. Je ne parlerais que des revivants et de Carsina que j'avais tenté de sauver. Me prendrait-on pour un menteur ou pour un fou ?

Les jours s'écoulaient lentement. Un certain lieutenant Cordeur passa m'apprendre qu'on avait ajourné mon procès en attendant que fût tranchée la question de savoir si la ville de Guetis avait ou non préséance sur l'armée pour me juger pour crimes contre ces citoyens. Il s'arrêta devant ma porte, me transmit le message et s'en alla sans me laisser le temps de lui demander s'il était mon avocat ; je le craignais.

Mon visiteur suivant me réveilla, selon mon estimation, au petit matin. Un homme de haute taille, aux yeux injectés de sang et à l'haleine chargée d'eau-de-vie, s'agrippa aux barreaux de mon judas et secoua la porte sur ses gonds. « Espèce de gros lâche ! fit-il d'une voix bredouillante. Je devrais te sortir de ta cellule et te mettre en pièces après ce que tu as fait à ma magnifique épouse ! Tu as déshonoré la femme la plus douce et la plus respectable que le dieu de bonté ait jamais créée ! Espèce d'ordure ! Immonde salaud ! » Il secoua de nouveau les barreaux, et la lourde porte força sur ses charnières et la solide serrure qui la fermait. Avait-il une arme à feu sur lui ? M'écarterais-je s'il la pointait sur moi ?

Quand il eut épuisé sa rage à ébranler la porte, le capitaine Thayer posa brutalement le front contre le battant de bois, et il resta ainsi, appuyé contre l'huis, le souffle court. Soudain, sa respiration s'étrangla et laissa la place à des sanglots déchirants. Profitant du calme relatif, je pris bêtement la parole.

« Je n'ai pas déshonoré votre épouse, mon capitaine. Carsina était une revivante, revenue de ce qu'elle prenait pour la mort mais qui n'était qu'un coma profond. Je lui ai donné de la tisane et de l'eau. J'allais justement vous chercher quand...

— Sale menteur ! » J'avais réveillé sa fureur. « Ne l'appelle pas par son prénom, espèce de fumier ! La corde, c'est encore trop doux pour toi ! Je voudrais que tu souffres comme tu me fais souffrir ! » Il passa brusquement les bras entre les barreaux et griffa l'air des mains comme s'il voulait atteindre le fond de ma cellule et m'étrangler. L'effet aurait été comique si ses intentions meurtrières n'avaient pas été aussi sincères.

« Capitaine Thayer ! S'il vous plaît, mon capitaine, il faut vous en aller. » Le garde qui parlait ainsi avait une petite voix flûtée. Thayer se tourna vers lui, les yeux écarquillés. « Je vous en prie, mon capitaine, venez ; je n'aurais même pas dû vous laisser entrer. Il passera bientôt en jugement et vous l'aurez en face de vous. Mon capitaine. »

L'officier saisit à nouveau les barreaux et s'efforça en vain de dégonder la porte. Le garde n'intervint pas. Quand Thayer renonça enfin, il se laissa aller contre le battant, la respiration laborieuse.

« Venez, mon capitaine. Justice sera faite. Allons, venez. » Et l'homme l'emmena.

J'avais dû brûler mes dernières réserves de magie. Je mangeais l'ordinaire de la prison, mais le raffinement gustatif qui m'avait permis de savourer les mets les plus simples avait déserté mon palais. On me donnait chaque jour un bol de bouillon délavé accompagné d'un bout de pain dur et d'un peu d'eau, et je mangeais ce repas uniquement parce qu'une faim de loup me dévorait constamment les entrailles. Comme pour mieux se moquer de moi, la magie qui avait entretenu mon obésité dans des conditions bien pires me faisait à présent défaut : chaque jour, mes vêtements tombaient sur moi en plis de plus en plus lâches et ma peau commençait à pendre ; la nuit, je ne faisais que dormir, et, quand je rêvais, il ne s'agissait que de cauchemars fragmentaires et absurdes où je me voyais pendu. Après la bouffée curative initiale qui m'avait maintenu en vie, je ne récupérais que lentement du coup que j'avais reçu ; j'avais mal à la tête et à la mâchoire quasiment sans cesse, et le seul fait de tourner la tête un peu vivement me déclenchait aussitôt des étourdissements.

Les jours se traînaient et j'attendais sans que nul prît la peine de me tenir au courant de rien. Le gardien qui m'apportait mes repas refusait d'échanger le moindre mot avec moi. Je perdis le fil du temps ; je m'assoupissais parfois et sursautais avec le sentiment de n'avoir somnolé que quelques instants alors que j'entendais le bruit de ma gamelle, avec mon repas insipide, qu'on poussait par la fente de ma porte. En d'autres occasions, incapable de m'endormir ni de me réveiller tout à fait, je restais allongé sur ma couchette avec l'impression que le temps s'était arrêté.

Mon attente prit fin lorsque, sortant brusquement d'un tel état léthargique, je découvris Spic qui me regardait par le judas.

« Je croyais t'avoir dit de t'en aller. » Malgré cet accueil abrupt, je ne pouvais nier le soulagement que j'éprouvais à voir un visage amical.

« Eh bien, ton ordre a été contremandé par quelqu'un de plus haut placé.

— Epinie ? fis-je en plaisantant, et une ombre de sourire passa sur ses lèvres.

— Si, par son autorité, j'avais pu repasser les portes de la prison, je serais venu cent fois. Non. Le major Helgué ; à force de chercher quelqu'un pour assurer ta défense, il a fini par me trouver, et me voilà.

— Mais, fis-je, atterré, tu travailles à l'intendance ! Comment a-t-on pu te choisir comme avocat ? As-tu la moindre notion du droit militaire ?

— On ne m'a pas vraiment choisi ; on est plutôt arrivé à moi par élimination. Tous les officiers supérieurs se sont défaussés, j'en ai peur, sous prétexte qu'ils ne pouvaient pas te défendre de façon impartiale. Néanmoins, malgré les rangs clairsemés de la hiérarchie à cause de la peste, je pense que tu devrais te réjouir de n'avoir pas Ebrouc ni Quésit comme avocat.

— D'où les connais-tu ?

— On m'a confié ce travail hier, et je me suis rendu aussitôt au cimetière pour les entendre. »

Je m'étais redressé trop vite sur ma couchette. Je fermai les yeux en attendant que passe mon vertige puis je les rouvris et demandai : « Et qu'ont-ils dit sur moi ?

— Qu'ils t'aimaient bien. Pas au début, mais, quand ils t'ont vu mettre tout ton cœur à une tâche dont personne d'autre ne voulait et vivre tout seul là-bas malgré la proximité de la forêt, ils ont fini par admirer tes “tripes”, selon leur élégante expression. Ils avaient du mal à croire que tu aies commis une telle horreur. »

Au ton qu'il employait, je compris la suite : « Mais ça ne leur paraît pas impossible. Ils me croient coupable. »

Il pinça les lèvres puis acquiesça sèchement de la tête. « Tout t'accuse. Tous ceux qui ont eu la charge de garder le cimetière avant toi ont mal fini – désertion, suicide... L'un d'eux s'est tué à force de boire. On l'a retrouvé couché bien proprement dans la tombe qu'il s'était lui-même creusée. Ebrouc et Quésit sont convaincus que tu as perdu la raison.

— Et comment expliquent-ils le coup que j'ai reçu à la tête ?

— Tu te le serais donné toi-même.

— Ils pensent que je me suis tapé dessus avec un seau ? » Je n'en croyais pas mes oreilles.

« Il n'y a pas d'autre explication possible, Jamère ; par conséquent, aussi invraisemblable qu'elle soit, ils doivent l'accepter. »

Je me détournai, les poings serrés, des larmes irrationnelles aux yeux. Et moi qui imaginais sottement qu'ils me croiraient ! Certes, leur bonne opinion de moi n'eût guère pesé dans la balance, mais j'estimais qu'au moins deux voix s'élèveraient en ma faveur lors du procès ; apprendre qu'Ebrouc et Quésit eux-mêmes me jugeaient capable de tant d'horreur anéantissait tous mes espoirs. « Je vais plaider coupable. » J'eus peine à croire que je venais de prononcer ces mots ; pourtant, je sus aussitôt que j'avais raison.

« Comment ? fit Spic, horrifié.

— Je vais plaider coupable et en finir. Je ne veux pas d'un procès qui traîne en longueur, où l'on se bouscule pour entendre les témoins se répandre en infamies contre moi ; je n'ai pas envie qu'on monte mon jugement en épingle au point que mon exécution devienne un événement mondain. Je veux seulement plaider coupable et en terminer une fois pour toutes.

— Mais tu ne peux pas, Jamère ! Tu n'es coupable de rien du tout !

— Et qu'en sais-tu ? Comment peux-tu être sûr que je ne suis pas fou, Spic ?

— A cause de ton journal », murmura-t-il. Il paraissait gêné.

« Tu as lu mon journal ? m'écriai-je, suffoqué.

— Non, enfin, pas directement. C'est Epinie qui l'a lu. Elle l'a découvert peu après que je l'ai caché, mais elle ne me l'a révélé qu'après l'avoir lu.

— Oh, dieu de bonté ! N'y a-t-il donc plus de miséricorde dans ce monde ? » L'espace d'un horrible instant, tout ce que j'avais écrit de déplaisant sur Epinie me revint à l'esprit, accompagné des comptes rendus de mes relations sexuelles avec Olikéa et de tout ce que j'avais sottement couché sur le papier. Pourquoi donc avais-je consigné tout cela dans mon journal de fils militaire ? Cela n'avait rien à y faire ! Et voilà qu'Epinie l'avait lu de bout en bout. Par conséquent... « Que t'en a-t-elle révélé ?

— Suffisamment », répondit Spic, les oreilles rosissantes.

Un silence pesant s'installa. Le désespoir me submergeait : les deux dernières personnes qui me croyaient honorable savaient désormais quel homme j'étais ! La pendaison m'apparaissait de plus en plus comme une grâce.

« Je vais plaider coupable, Spic. S'il te reste un tant soit peu de considération pour moi, brûle ce satané journal puis oublie que tu m'as jamais connu. » Je songeai aux lettres que j'avais envoyées à ma sœur et sentis mon cœur se serrer ; je formai le vœu fervent que mon père se fût montré vigilant et les eût détruites sans les ouvrir. « Adieu, Spic. S'il demeure chez moi quelque chose de valeur, vends-le ; et veille à ce que Girofle aille à un bon maître. Sers-toi de l'argent de la vente comme bon te semblera. »

Je l'entendis se déplacer derrière la porte, puis, au bout d'un moment, il dit d'un ton presque calme où je sentis une colère contenue : « Je te croyais plus de courage, Jamère.

— Eh bien, tu te trompais », répliquai-je.

Il y eut un bruit de papier froissé. « Je dois te mettre au courant de certains aspects de ta situation. La ville de Guetis voulait te poursuivre en justice, mais le major Helgué a décrété que l'armée avait préséance sur elle ; toutefois, il lui a fait une concession : sur les sept juges qui t'entendront, trois la représenteront. Maintenant, on ne m'a pas laissé beaucoup de temps pour me préparer. J'ai les dépositions d'Ebrouc et Quésit ; vois-tu quelqu'un d'autre qui pourrait témoigner sur toi ? »

Je ne répondis pas. Au bout de quelques instants, il reprit avec entêtement : « J'ai ici une liste de questions auxquelles il me faut ta réponse ; ça m'aidera à te défendre. »

Je me tus.

Il s'éclaircit la gorge. « Dans quelles circonstances as-tu fait la connaissance de Fala, prostituée travaillant dans l'établissement de Sarla Moggam ? » Il s'exprimait d'un ton parfaitement neutre.

Je gardai le silence.

Il attendit un moment puis demanda : « A quelle date avez-vous été fiancé à Carsina Grenaltère, Jamère Burvelle ? »

Je me levai de mon lit plus vite que je ne l'eusse cru possible, me précipitai sur la porte et tentai de passer les mains entre les barreaux pour lui arracher sa fichue liste de questions, mais il se contenta de s'écarter. Mon brusque mouvement et la rage que Spic avait éveillée en moi m'étourdissaient, et je dus me retenir au judas tandis que je grondais : « Je t'interdis de révéler mon nom au tribunal ! Je t'interdis d'effectuer tout rapprochement entre Carsina et moi !

— Jamère, ta seule chance de t'en tirer, c'est de dire la vérité. Toute la vérité.

— Je refuse. Et, si tu tentes de le faire, je mettrai un terme au procès ; j'attaquerai mes gardes et je les obligerai à me tuer. » Je m'aperçus soudain que c'était une excellente idée ; cela m'éviterait les chichis de la procédure judiciaire et l'attente de la pendaison. Spic dut lire ce que je pensais dans mes yeux car il eut l'air brusquement las et abattu.

« Je sais, tu crois que ton existence est anéantie et qu'elle ne vaut plus la peine d'être sauvée, murmura-t-il. Mais j'aimerais que tu mettes un instant ton égoïsme de côté pour te rendre compte de la situation dans laquelle tu nous places, Epinie et moi. Elle t'aime, Jamère ; si j'échoue à te défendre, comment pourrais-je passer le reste de ma vie avec elle ? Elle a déjà annoncé que, si nous avions un garçon, elle l'appellerait Jamère. Ça ne signifie rien pour toi ?

— Si : que, comme d'habitude, elle agit sans une once de jugeote. Il faut l'en empêcher ; tu as le devoir de protéger ton fils de la sottise de sa mère. »

Un long silence glacé s'ensuivit, puis il déclara enfin d'un ton guindé : « Je puis me montrer extrêmement indulgent avec toi, mais je ne tolérerai pas que tu insultes mon épouse. Adopte l'attitude que tu voudras ; pour ma part, je ferai de mon mieux, et je n'aurai jamais à m'excuser auprès de ma femme ni de personne d'avoir négligé mon devoir. Va à la mort en lâche s'il le faut, Jamère. Bonne journée. »

Et il s'en alla.

12

Lisana

JE PASSAI LE RESTE DE LA MATINÉE sur ma couchette à essayer de deviner ce que Spic considérerait comme son devoir. J'appréciais de le savoir à mes côtés alors même que j'avais décidé de baisser les bras, mais je jugeais insupportable qu'il se dresse contre moi : s'il trahissait mon nom puis décrivait mes relations avec les Ocellions, il jetterait l'opprobre sur toute ma famille. Même s'il obtenait ainsi la clémence des juges, je quitterais ma cellule pour entrer dans une vie que je préférais ne pas affronter.

Je me détournai de ces pensées et commençai à tirer mes maigres plans : une fois dans le tribunal, j'attaquerais le président à la première occasion ; il faudrait que je donne une véritable impression d'agressivité, non de violence feinte, si je voulais contraindre les gardes à m'abattre. Peut-être me conduirait-on de ma prison à la salle de tribunal sous escorte armée, auquel cas une simple tentative d'évasion me permettrait de parvenir à mes fins ; à présent que la magie m'avait abandonnée, une balle ou deux dans le dos feraient l'affaire. Je changeai de position sur ma couchette, et les planches trop maltraitées du sommier émirent un ultime grincement de protestation avant de céder. Par terre, je poussai un soupir mais renonçai à me relever, et, au bout d'un moment, je fermai les yeux.

Le sommeil s'ouvrit sous moi comme une trappe.

Je tombai à genoux sur la mousse épaisse. Autour de moi, la forêt bourdonnait de vie. Je plissai les paupières car, au sortir de l'obscurité de ma cellule, l'éclat du soleil, même tamisé par les feuillages, me heurtait les yeux. L'odeur riche de l'humus frappa mes narines. Un papillon vert clair vint danser autour de moi, curieux, puis s'éleva soudain et se laissa emporter par la brise du sous-bois. Je me redressai lentement, parcourus les alentours du regard puis empruntai le sentier qui menait à la crête où pointait la souche de la femme-arbre.

Je percevais une différence dans ma présence en ce lieu : je ne m'y trouvais pas de mon propre chef, mais par la volonté de Lisana. Flottant comme un fantôme, j'avançais sur un chemin dont j'eusse naguère senti la terre moussue sous mes pieds ; la brise fraîche caressait mon visage mais n'agitait pas mes cheveux ni mes vêtements. Arrivé non loin de la souche, je m'arrêtai, perplexe.

« Et le voici », dit la femme-arbre – mais pas à moi. Epinie se tenait près d'elle, appuyée à son tronc, pâle, en sueur et d'une réalité troublante. Elle avait repoussé son chapeau de paille qui pendait dans son dos, retenu par un ruban autour de son cou. Elle portait un chignon, ainsi qu'il convenait à une femme mariée, mais il s'était affaissé en mèches désordonnées autour de son visage. Sa robe bleu marine m'apparut étrangement informe et peu flatteuse jusqu'au moment où je me rendis compte qu'on l'avait retaillée pour sa grossesse.

« Tu ne peux pas être ici », fis-je. Elle regarda dans ma direction, les yeux agrandis. « Tu ne peux pas être ici, répétai-je plus fort, et elle parut alors m'entendre.

— Et pourtant, j'y suis », répliqua-t-elle d'une voix où perçait la colère. Elle plissa les yeux puis, avec un petit hoquet de surprise, porta la main à ses lèvres. « C'est toi qui ne peux pas te trouver ici, Jamère : tu ondoies !

— Tu ne dois ta présence qu'à ses prières », me dit la femme-arbre d'un ton de reproche en apparaissant progressivement. Elle s'assit sur la souche avec un air plus âgé et plus las que je ne lui avais jamais vu. Elle était aussi moins grosse, comme dépouillée de sa graisse ; ce spectacle me perturba. « Vois à quoi tu m'as réduite ! s'exclama-t-elle, accusatrice. C'est ta faute, Fils-de-Soldat, s'il me reste si peu de force pour t'aider.

— Je ne comprends pas.

— Il ne comprend jamais rien, déclara la femme-arbre à l'intention d'Epinie, comme une aînée partageant ses connaissances avec sa cadette.

— Je sais », répondit ma cousine. Elle paraissait épuisée et craintive à la fois ; elle avait le souffle court et, quand elle posa les mains sur son ventre, mon cœur se serra.

« Tu n'as rien à faire ici ; comment t'y es-tu prise ?

— Je suis venue à pied. » Elle reprit sa respiration. « En montée, et malgré la peur.

— Je m'étonne qu'elle y soit parvenue, observa la femme-arbre. Elle a pénétré dans la forêt en appelant Olikéa ; elle a de la chance que ce soit moi qui aie répondu. Olikéa t'en veut toujours beaucoup, Fils-de-Soldat, et j'imagine très bien comment elle aurait pu passer sa colère.

— Je n'y comprends rien, répétai-je. Ne sommes-nous pas dans l'autre univers ? Ne suis-je pas en train de rêver ?

— Si, mais tu t'es déplacé en rêve jusqu'à un lieu réel, tout comme ta cousine y est arrivée à pied. Donc, nous voici réunis. Elle prétend être prête à tout, à donner n'importe quoi pour que la magie l'aide à trouver un moyen de t'empêcher de mourir. » La femme-arbre pencha la tête vers moi et son regard devint glacial. « Peut-être devrais-je lui demander son premier-né.

— Non ! » hurlai-je, mais un chat en feulant eût fait plus de bruit.

Epinie avait encore pâli mais elle se tut. Elle me regarda, les yeux emplis de larmes, et courba la tête.

« Non ; elle va retourner tout de suite auprès de son époux, dis-je.

— Oh, vraiment ? » La femme-arbre éclata d'un rire sans humour. « Cesse donc de donner des ordres ; tu n'as aucun pouvoir ici – et c'est toi qui l'as voulu. Tu refuses de servir la magie ; tu t'entêtes à ne pas répondre aux appels d'Olikéa pour qu'elle te renforce à l'aide des bons aliments. Tu te conduis comme un enfant qui ne veut pas faire ses corvées. Par ton entêtement, tu embrouilles la magie au point que je commence à me demander si quelqu'un parviendra de nouveau à la faire marcher. Mais certaines tâches doivent être accomplies, et, si la personne qui convient à ces missions s'en détourne, on trouvera quelqu'un d'autre. Ta cousine est ici de son plein gré ; j'ignore pourquoi la magie n'a pas choisi tout de suite quelqu'un comme elle, mais je pense qu'elle la servira beaucoup mieux que toi.

— Non, tu n'as pas le droit ! Tu ne peux pas la prendre à ma place !

— Crois-tu ? Elle a de l'énergie et une affinité naturelle pour notre monde. » La femme assise sur la souche baissa les yeux sur Epinie, et son sourire s'amincit. « Je me rappelle la première fois où nous nous sommes battues pour toi, elle et moi ; sa force m'avait déjà surprise alors. Et, le jour où tu m'as abattue, elle s'est introduite dans mon univers et elle a eu le front de me défier pour récupérer un homme dont la magie s'était déjà emparée. Elle est repartie avec lui, et cet homme qui aurait dû nourrir le pouvoir lui a donné un enfant. Il me conviendrait très bien, Fils-de-Soldat, de la voir s'incliner devant la magie ; il me paraîtrait normal qu'elle perde ce que j'ai moi-même perdu. »

Je regardai la femme-arbre. J'éprouvais toujours de l'amour pour elle, mais je sentais aussi un abîme s'ouvrir entre nous à l'entendre menacer Epinie. « Que puis-je faire pour te persuader de lui laisser sa liberté ? demandai-je sans détours. Je suis prêt à tout donner pour qu'elle rentre chez elle saine et sauve.

— Tu te trompes de marché, répliqua la femme-arbre. Elle m'a déjà indiqué tout ce qu'elle était prête à faire pour te rendre ton existence ; il ne me reste qu'à décider si j'ai encore l'emploi de tes services.

— Laisse Epinie partir. Aide-moi à survivre et je viendrai à toi pour obéir à la magie, même si pour cela je dois m'opposer à mes compatriotes. »

Elle pencha la tête de côté et se tut un long moment ; j'eus l'impression qu'elle tendait l'oreille plutôt qu'elle ne réfléchissait. Debout à côté d'Epinie, je voulus prendre la main de ma cousine mais la traversai comme un fantôme sous ses yeux ébahis. Je passai mon bras autour de sa taille, et elle m'adressa un sourire pâle et las avant de ramener son regard inquiet vers la femme-arbre. Au-delà de Lisana, toujours absente, j'observai la nouvelle pousse qui jaillissait de son tronc abattu ; ses feuilles pendaient, molles et immobiles, dans la brise estivale.

Lisana posa de nouveau les yeux sur nous. « La magie vous prend tous les deux ; annonça-t-elle avec un plaisir évident.

— Ce n'étaient pas les termes du marché ! répondis-je, furieux.

— Mais si, bien sûr. Epinie a dit qu'elle donnerait tout pour te sauver ; tu t'es dit prêt à tout pour qu'elle rentre chez elle saine et sauve. La magie accepte les deux propositions.

— C'est injuste ! criai-je.

— Et qu'est-ce qui serait juste, selon toi, Fils-de-Soldat ? Que nous laissions partir ta cousine, que tu meures, que les intrus coupent les arbres des ancêtres ? Que la route tranche dans la forêt comme ton sabre a tranché dans mon tronc ? Qu'elle coupe le Peuple de ses racines comme tu m'as coupée des miennes ? C'est ça qui serait juste ?

— Je regrette de t'avoir abattue », dis-je. Je comprenais soudain que l'irruption d'Epinie dans la forêt avait réveillé la colère et la peine de la femme-arbre. Lisana et moi avions laissé notre antagonisme derrière nous ; nous avions même fini par nous voir comme les victimes du conflit qui nous avait opposés. Mais la présence d'Epinie modifiait cet équilibre : elle m'avait aidé à vaincre la femme-arbre, et celle-ci ressentait à nouveau l'ignominie de sa défaite. Ma cousine incarnait mon autre vie et la loyauté qu'elle m'inspirait, elle représentait tout ce qui me tenait à l'écart de la magie. Finalement, je dis simplement : « Je t'en prie, Lisana, laisse-la partir.

— Tu m'implores comme si ça dépendait de moi. Elle est arrivée dans la forêt en braillant comme une chatte en chaleur, et elle a de la chance qu'Olikéa n'ait pas répondu : elle et les autres ont fui dans les montagnes par crainte de ce qui risque de se produire. Quand la magie se met en colère, tous en souffrent. Le Peuple converge vers le clan de Kinrove en ce moment même ; il craint que sa magie ait perdu son efficacité. La Peur que les danseurs de Kinrove produisent ne tient plus les intrus à distance, et les arbres des ancêtres ont recommencé à tomber. Kinrove est le plus vieux et le plus gros de nos Opulents ; le Peuple va lui demander de cesser sa danse et d'entamer une guerre compréhensible par les tiens.

— Ce n'est pas nécessaire ! » intervint Epinie. Elle me jeta un regard de biais et poursuivit : « Je puis accomplir ce que vous demandez. Je puis mettre un terme à l'abattage de vos arbres des ancêtres, et je le ferai si vous trouvez un moyen pour empêcher Jamère de mourir. »

Pendant un long moment, la femme-arbre la regarda en silence, puis elle répondit : « Je le répète, la magie a accepté ; ça dépend d'elle à présent, non de moi.

— Mais qu'attend-elle de nous ? demandai-je.

— Que vous lui obéissiez, répliqua-t-elle.

— Lisana, fis-je d'un ton implorant, je te le dis et te le redis : j'ignore ce que la magie veut de moi. Si je le savais, je l'aurais déjà fait.

— Il n'y a que toi qui puisses connaître sa volonté ; je te conseille de lui prêter une oreille plus attentive », répondit-elle d'un ton guindé. J'avais dû la vexer en l'appelant par son nom devant Epinie. Elle nous tourna le dos et disparut brusquement. Aussitôt, je me sentis sans substance, comme une ombre dans un vent obscur ; puis Epinie me regarda et plaça sa main sur la mienne posée sur son épaule. Ses doigts traversèrent les miens et c'est sa propre chair qu'elle saisit ; néanmoins, je repris un peu de stabilité.

« Tu me maintiens en place, fis-je, sidéré.

— Je m'y efforce ; je ne comprends pas bien comment tout ça fonctionne. » Elle parcourut les alentours d'un regard inquiet. « Sais-tu comment rentrer chez nous ?

— Peut-être. Il y a un long trajet à parcourir dans les bois ; tu te crois assez forte ? »

Elle partit d'un rire tendu. « Ai-je le choix ? Ah, j'ai lu cette phrase je ne sais combien de fois dans ton journal, Jamère : “La magie ne me laisse pas le choix.” J'ai l'impression que je commence à comprendre ce qu'elle signifie. » Elle se détourna de la souche de Lisana et repartit le long de la crête ; elle m'emmena avec elle comme un jouet au bout d'une ficelle.

« Pourquoi es-tu venue ? Pourquoi cherchais-tu Olikéa ?

— Je pensais... J'ignore ce que je pensais ; qu'elle connaîtrait peut-être un moyen de te sauver. Spic est rentré malade de ta décision de plaider coupable. J'ai attendu qu'il quitte la maison puis j'ai emprunté un cheval... »

Je l'interrompis : « A qui ? »

Elle ne se laissa pas démonter. « D'accord, j'ai volé un cheval avec sa carriole, je me suis rendue au cimetière et j'ai pénétré dans la forêt derrière ta source ; comme la peur y était relativement supportable, j'ai jugé que je pouvais aller plus loin, et j'ai poussé jusqu'à la vieille forêt. Mais là, impossible d'avancer sous les arbres ; alors j'ai appelé Olikéa. Mes cris ont dû réveiller quelque chose parce qu'à ce moment la peur m'a littéralement submergée. Jamais je n'ai ressenti un tel effroi, Jamère ! Mon cœur battait la chamade et je ne parvenais pas à reprendre mon souffle ; mes jambes m'ont lâchée et je me suis effondrée par terre. J'éprouvais une telle terreur que j'étais incapable de m'enfuir, et ça... ça m'a mise dans une fureur noire. Alors j'ai de nouveau appelé Olikéa de toutes mes forces, et là un événement inattendu s'est produit : j'avais toujours très peur mais j'ai senti que je devais me relever et me remettre en route. C'est ce que j'ai fait ; j'ai marché, marché, escaladé des pentes raides, traversé des ronciers, épuisée, incapable de continuer, mais pourtant contrainte d'avancer ; et j'ai fini par arriver devant cette souche. Et, quand j'ai vu ton sabre planté en elle, la peur m'a terrassée au point que j'ai cru mourir, parce que j'ai compris que je me trouvais en un lieu que nous avions tous rêvé ensemble. »

Elle fit halte et je l'imitai, non de mon propre chef mais parce qu'une sorte de lien me rattachait à elle. Elle prit une longue inspiration hachée. « Comment as-tu fait pour la supporter ?

— Quoi ?

— La peur. J'ai beau savoir qu'elle ne provient pas de moi, je ne parviens pas à m'en défaire. » Elle posa la main sur sa poitrine comme pour apaiser les battements de son cœur.

« Je n'ai rien fait, Epinie. La magie l'a dissipée, sans quoi je n'aurais jamais pu me promener si librement dans la forêt. J'ignore comment tu as réussi à parvenir jusqu'ici. Mais continue à marcher ; je veux te voir rentrer chez toi saine et sauve.

— J'aimerais que tu sois vraiment là, que tu puisses me protéger. »

Ces mots me transpercèrent le cœur plus sûrement qu'un coup de poignard, et il me fallut quelques instants avant de pouvoir répondre. « Epinie, je pense que tu ne cours aucun risque réel hormis l'épuisement. Descends par ici, sur la gauche. Tu vois cette petite piste de lapin dans la mousse ? Suis-la. Il y a un ruisseau en bas ; désaltère-toi et repose-toi un moment avant que nous ne reprenions notre chemin. Je n'en reviens pas qu'une femme dans ton état ait pu effectuer ce trajet à pied. »

Elle écouta mon conseil, mais, tout en descendant lentement la pente, elle me demanda : « Tu fais donc partie de ces hommes qui voient la grossesse comme un état anormal ? Tu n'arrives même pas à prononcer le mot “enceinte”, n'est-ce pas ?

— Je craignais de te paraître grossier. » Moi-même, j'avais l'impression d'entendre parler un puritain.

Malgré sa fatigue et sa terreur, elle parvint à s'esclaffer. « C'est grossier uniquement parce que tu juges honteuse la manière dont on fait les enfants. Une dame bien éduquée ne tombe pas enceinte, n'est-ce pas vrai ? »

Je restai un instant songeur puis ne pus m'empêcher d'éclater de rire à mon tour. « Tu m'obliges à réfléchir à ma façon d'envisager ce qui m'entoure, Epinie ; tu es l'une des rares personnes de ma connaissance qui en soient capables.

— Si nous sortons indemnes de cette affaire, j'ai bien l'intention d'enfoncer encore le clou. A ce taux-là, je crains de n'avoir jamais le temps de te passer un savon convenable pour m'avoir traitée de façon honteuse en me cachant que tu n'étais pas mort ; mais, je tiens à ce que tu le saches, ce n'est que partie remise. Je ne t'ai pas pardonné.

— Là, derrière ces arbres, c'est le ruisseau, tu vois ? » Je fis un effort pour ajouter : « Je ne mérite sans doute pas ton pardon, et je ne l'attends pas. »

Elle fit halte un instant puis reprit lourdement son chemin en répondant d'un ton plaintif : « Tu viens de trouver sans doute l'unique formulation qui m'oblige à te pardonner aussitôt alors que tu mériterais de subir mon dédain et mon mépris pendant au moins plusieurs mois ! Oh, quel joli tableau ! Mais c'est magnifique ! » Elle écarta un buisson et posa le pied sur la berge moussue du ruisseau.

« En effet, mais je m'étonne que tu t'en rendes compte malgré la peur. » Un détail détourna mon attention. « Epinie, vois-tu les baies de ce buisson, celui que nous venons de traverser ?

— Oui. » Elle s'en approcha. « Elles sont ravissantes ; quelle couleur somptueuse !

— Crois-tu pouvoir en ramasser et m'en apporter dans ma cellule ?

— Je n'ai que mon mouchoir pour les transporter. » Elle se rendit sur la berge, s'agenouilla prudemment sur la mousse, trempa le mouchoir en question dans l'eau et s'en servit pour essuyer son front et sa nuque couverts de sueur, après quoi elle prit de l'eau dans le creux de sa main et se désaltéra. Pas un instant, elle ne lâcha ma main spectrale posée sur son épaule. « A mon retour en ville, je pourrai t'acheter des baies au marché, si tu veux.

— Pas celles-ci », répondis-je. Un parfum d'une cruelle légèreté frappa mes narines insubstantielles ; aussitôt, je me mis à saliver et mon appétit jusque-là endormi s'éveilla en rugissant. « Ce sont des baies particulières ; elles renforcent la magie.

— Vraiment ? » Elle se redressa lentement et revint auprès du buisson. « Quelle teinte curieuse ! » dit-elle. Elle cueillit un des fruits et, avant que j'eusse le temps de m'y opposer, elle le croqua. Je la sentis l'avaler. « Oh, dieu de bonté ! Je n'ai jamais rien goûté de pareil !

— Epinie, non ! Non ! » Sa main s'approcha d'une autre baie. « Je redoute que, si tu en manges d'autres, la magie n'asseoie sa domination sur toi. Arrête. »

Déjà, malgré la petite quantité qu'elle avait consommée, je percevais un changement en elle – et elle aussi : elle agrippait ma main désormais et non plus son épaule, et un peu de son épuisement s'était dissipé. La femme-arbre avait raison : Epinie possédait une prédisposition à la magie. Je me rappelai ce que m'avait dit ma cousine bien longtemps auparavant, à Tharès-la-Vieille : lorsqu'un médium lui avait appris comment se sensibiliser à la magie, elle avait eu l'impression d'une fenêtre ouverte en elle et impossible à refermer.

« C'est délicieux », murmura-t-elle. Elle détacha un deuxième fruit du buisson.

« Epinie ! Non !

— Rien qu'un encore. Ça me donne des forces. » Elle l'avait déjà porté à sa bouche, et je sus l'instant précis où elle l'écrasa entre ses dents, car je sentis une vague de magie déferler en elle.

« Epinie ! Cesse ! Pense à l'enfant de Spic ! Tu ne peux pas te servir de cette magie sans qu'elle te prenne quelque chose en retour. Tu as lu mon journal, mais laisse-moi te dire ce qui ne s'y trouve pas, ce que je n'ai pas eu le temps d'y consigner. Cette magie a des effets inattendus, et tu t'en serviras sans le vouloir. J'ai transformé Carsina en revivante ! Je l'y ai contrainte par des paroles irréfléchies que je lui ai lancées lors du mariage de Posse. J'avais trop honte de moi pour l'avouer à Spic, mais Carsina est revenue d'entre les morts pour remplir l'obligation que je lui avais imposée ; je l'ai forcée à se mettre à genoux et à implorer mon pardon avant de pouvoir mourir.

— Oh, le dieu de bonté ait pitié de moi ! » Epinie se courba et cracha, mais il était trop tard ; elle avait déjà absorbé le pouvoir de la baie, je le savais. Toutefois, sa réaction me montrait qu'elle possédait la force d'âme qui m'avait fait défaut. Elle reprit son souffle puis se redressa. « Indique-moi le chemin pour rentrer chez moi, Jamère.

— Ramasse-moi d'abord des baies, Epinie ; si tu en remplis ton mouchoir, ça suffira à me rendre une partie de mon pouvoir. » Je me sentais déjà davantage de substance, et cette sensation aiguisait cruellement mon appétit. Je percevais dans l'haleine de ma cousine le parfum des deux fruits qu'elle avait mangés, et je mourais d'envie de dévorer ceux qui restaient sur le buisson.

« Mais tu disais que ces baies me placeraient sous l'emprise de la magie, protesta-t-elle. Ne cours-tu pas le même risque ?

— Je lui appartiens déjà. Si tu parviens à me remettre ces fruits en prison, je récupérerai peut-être assez de magie pour me tirer seul d'affaire ; ainsi, tu n'auras pas à intervenir.

— Mais...

— J'ai déjà donné ma parole à Lisana. Cueille ces baies, Epinie ; fais-le pour moi. »

Elle demeura songeuse un long moment, puis elle étendit son mouchoir sur la mousse et entreprit, d'une seule main, d'y déposer sa cueillette. Quand elle eut amassé un bon petit tas, elle réunit les quatre coins du tissu qu'elle prit à la main.

« Et pour rentrer chez moi ? » demanda-t-elle à nouveau.

Je réfléchis. « Reprendre le chemin que tu as emprunté pour venir serait beaucoup trop long. Suis le ruisseau ; il descend forcément et te rapprochera du bout de la route. Là, je pense que tu trouveras de l'aide auprès des ouvriers ; ils te feront une place sur un charroi et te ramèneront chez toi. »

Le trajet fut long et fatigant. Elle me dit que les baies semblaient avoir apaisé sa peur et lui avoir donné des forces, mais je souffrais tout de même pour elle. Elle avait eu le bon sens d'enfiler des bottes avant de voler l'attelage, mais ses lourdes jupes ne constituaient pas le costume de marche idéal, et je craignais que la nuit ne tombât avant que nous n'eussions quitté la forêt. Je commençais à me demander si je n'avais pas mal estimé la distance quand nous perçûmes le son étouffé des coups de cognée et l'odeur des broussailles que l'on faisait brûler. « Nous y sommes presque, murmurai-je. Tu n'as plus qu'à te guider à l'oreille ; les ouvriers t'aideront. »

Elle répondit elle aussi à mi-voix : « Elle m'a conduite à l'extrémité de la crête pour me montrer ce que nous avons fait à sa forêt. Je ne prétends pas comprendre ce que les arbres des ancêtres représentent exactement pour elle, mais, de cet instant, j'ai partagé sa douleur et j'y ai compati, Jamère. Malgré nos différences, j'ai compris qu'elle cherche seulement à maintenir son monde en l'état, à protéger son peuple.

— Mais, tu le sais comme moi, tout change toujours ; c'est une cause perdue, Epinie.

— Peut-être, mais je lui ai promis d'empêcher qu'on abatte les arbres des ancêtres. As-tu une idée de leur nature ?

— Je crois que, lorsqu'un Opulent meurt, les Ocellions donnent sa dépouille à un kaembra, qui l'absorbe, et, ne me demande pas comment, le mort revit sous la forme de cet arbre.

— Et c'est le cas de cette Lisana ?

— Je pense, oui. Nous n'en avons jamais vraiment parlé. Il y a beaucoup de choses qui lui paraissent aller de soi mais que j'ignore, et du coup...

— Mais c'est affreux ! Nous tuons littéralement leurs anciens quand nous coupons ces arbres ! Miséricorde du dieu de bonté ! Pas étonnant qu'ils nous voient comme des monstres ! Quand tu es allé voir le colonel Lièvrin, tu aurais dû lui expliquer ce que ces arbres représentent, Jamère ! Si seulement il avait su !

— Je sais que tu as lu mon journal, Epinie ; je me suis effectivement rendu chez le colonel le jour où devait se tenir la Danse de la Poussière, je lui ai exposé la signification des kaembras pour les Ocellions, et je l'ai même averti que, si l'abattage ne cessait pas, nous aurions affaire à une nouvelle forme de conflit.

» Il a écarté mes inquiétudes avec mépris et déclaré qu'elles me déconsidéraient à ses yeux. Il avait déjà entendu ce genre de propos, mais il n'y voyait que sotte superstition ; selon lui, quand les Ocellions se rendraient compte qu'aucun malheur ne s'abattait sur eux une fois les arbres coupés, ils comprendraient leur erreur et se rallieraient à notre opinion. Apparemment, il pensait que, si nous les dépouillions de leur culture, ils se convertiraient aussitôt à la pensée gernienne, comme si notre façon de voir le monde était la seule valable et que n'importe qui la partagerait si on lui en donnait l'occasion. Il restait imperméable à tout autre point de vue ; même si je lui avais dit que les kaembras étaient en réalité les ancêtres des Ocellions, il n'aurait pas pu me croire. Mais, oui, nous, Gerniens, savons ces arbres sacrés pour les Ocellions, et depuis longtemps ; néanmoins, nous persistons à tenter de les arracher de notre chemin.

— Quelle folie ! Quelqu'un n'aurait-il pas pu, ne fût-ce qu'un instant, songer que les Ocellions connaissent les secrets de leur forêt mieux que nous ? La peur, le désespoir, la peste ocellionne, tout est de notre faute ! Nous ne pouvons nous en prendre qu'à nous-mêmes.

— Je n'irais pas jusque... »

Elle m'interrompit : « Alors qu'as-tu fait pour tenter d'empêcher l'abattage des arbres ?

— Je... Eh bien, ma foi, quelle autre solution y avait-il ? J'ai tout expliqué au colonel et je l'ai supplié d'arrêter, mais il a refusé.

— Il fallait aller plus loin !

— J'aurais peut-être essayé si j'en avais eu le temps, mais, comme je rentrais chez moi, les hommes de ton ami Hostier m'ont tiré dessus.

— Il te prenait pour un assassin, répondit-elle d'un ton hargneux et gêné à la fois.

— Je n'arrive toujours pas à croire que tu aies fait confiance à ce type ! »

Elle fit halte et leva vers moi des yeux soudain pleins de larmes.

« Dis-le, qu'on en finisse, Jamère. C'est ma faute si tu te retrouves en cellule à attendre la mort ; je t'ai trahi. Je regrette ! Si tu savais comme je regrette !

— Oh, Epinie, je ne voulais pas dire ça ! Tu ne m'as pas trahi ; tu as seulement agi selon ta conscience, tu as gardé foi en un homme en qui tu avais confiance. Et peut-être lui-même se voyait-il comme quelqu'un d'intègre ; s'il me considérait comme un monstre qui mettait en danger les femmes de la ville, peut-être avait-il raison d'envoyer ces hommes à ma poursuite. Tout se ramène à nos convictions personnelles, finalement, non seulement en ce qui concerne les Gerniens et les Ocellions mais aussi pour les individus comme Hostier et toi. Nous ne pouvons qu'agir en fonction de ce que nous concevons comme juste, en nous fondant sur ce que nous savons ou croyons savoir.

— Néanmoins, je me sens responsable, et c'est pour ça que je devais me rendre dans la forêt aujourd'hui : pour faire tout mon possible, quel qu'en soit le prix, pour te libérer de ta prison. » Elle avait repris son laborieux cheminement et évitait à présent mon regard. Les taillis, plus denses, ralentissaient sa progression.

« Epinie, je ne te demande rien. » Le bruit clair des cognées résonnait plus fort ; l'orée de la clairière m'apparaissait comme une trouée de soleil et je sentais la fumée des tas de branches. Les équipes de bûcheronnage n'étaient plus loin. « Je veux seulement que tu rentres chez toi indemne. S'il existe un moyen que tu m'apportes ces baies, sers-t'en, je t'en prie, puis reste à l'écart de ce qui se passera ensuite en songeant que tu auras fait de ton mieux.

— Reviendrais-tu sur ta parole, Jamère ? » Ses cheveux s'étaient pris dans un buisson. Elle s'arrêta et se dégagea d'un geste brusque avec un « han » d'exaspération.

« Bien sûr que non !

— Alors comment peux-tu suggérer que j'adopte une attitude pareille ? J'ai promis à Lisana de tout faire pour sauver les arbres des ancêtres, et j'ai bien l'intention de tenir ma promesse.

— Epinie, je ne pense pas que le major Helgué te prêtera plus d'attention que le colonel Lièvrin ne m'a écouté ; il t'en accordera même moins parce que tu es une femme.

— Tu as le sens du mot qui réconforte, Jamère ! » Je sentais sa colère monter à ébullition et j'ignorais comment la calmer ; je craignais qu'elle ne nous échaude tous si elle venait à déborder.

« Mais que veux-tu faire, Epinie ? »

Elle s'arrêta de nouveau. Des voix nous parvenaient d'un peu plus loin devant nous, et l'épouvante me prit soudain : je l'avais conduite au chantier en supposant que les équipes au travail lui proposeraient leur aide. Mais si elles n'en faisaient rien ? Et si les hommes la violaient ?

« Je n'aurais pas dû te mener ici, Epinie. La plupart des équipes sont constituées de criminels, et leurs gardes ne me paraissent valoir guère mieux.

— Non, je pense que tu n'aurais pas pu mieux me guider, Jamère ; ça me donnera l'occasion de voir où et comment ils travaillent, et quels outils ils emploient, toutes informations qui me permettront de mettre un terme à leur activité. »

Tout en parlant, elle remit de l'ordre dans sa coiffure puis épousseta ses jupes à petits gestes de la main : je compris qu'elle s'apprêtait avant de sortir des arbres pour aller à la rencontre des ouvriers.

« Mais, Epinie, comment veux-tu donc les arrêter ? demandai-je à mi-voix.

— J'envisageais d'utiliser des explosifs, répondit-elle d'un air ravi. Il paraît qu'on s'en sert pour abattre les arbres ; peut-être pourraient-ils servir à empêcher ce massacre.

— Oh, le dieu de bonté a pitié de nous ! Epinie, laisse tomber cette idée. Tu n'arriveras qu'à te blesser ou à blesser des gens autour de toi. Et, de toute manière, où te procurerais-tu des explosifs ? »

Elle se retourna vers moi avec un sourire malicieux. « Aurais-tu oublié que mon mari est responsable de l'intendance ? »

Et elle ôta sa main de la mienne. Autour de moi, la forêt se mit à scintiller d'un éclat insupportable puis se dissipa en une poussière impalpable. L'instant suivant, je me retrouvai dans ma cellule, en train de regarder le plafond. Avec un gémissement, je me cachai le visage dans les mains.

13

Cour martiale

On me réveilla au petit matin le jour de mon procès. On me donna une cuvette d'eau chaude et un bout de tissu pour faire ma toilette ; comme je remerciais le gardien, il me répondit d'un ton sec : « C'est pas pour toi, c'est pour le tribunal ! »

L'eau était sale bien avant que j'eusse achevé mes ablutions ; le sang séché qui me couvrait le côté de la tête l'avait fait virer à lui seul au brun rouille. Je regrettai d'abord l'absence de miroir puis, après réflexion, m'en réjouis : mes cheveux et ma barbe avaient poussé, je n'avais pas changé de vêtements depuis mon réveil dans la cellule, j'avais les genoux crottés de terre du cimetière et mon sang avait maculé ma chemise et ma veste ; les ourlets de mon pantalon avaient apparemment ramené des gratterons et des épines de mon escapade en rêve. J'avais perdu du poids, mais non comme quelqu'un qui a maigri à force d'exercice : ma chair pendait sur ma carcasse et les traits de mon visage s'affaissaient. Les gens se bousculeraient sans doute au tribunal dans l'espoir de voir un monstre, et, grâce à mon incarcération, j'aurais l'aspect adéquat.

J'avais passé les deux derniers jours dans les affres de l'incertitude. Je n'avais reçu aucune visite, et j'ignorais si Spic était trop furieux ou trop occupé à chercher des indices pour ma défense. Pendant les longues heures de solitude depuis mon « retour » dans ma cellule, mes émotions avaient connu une succession sans fin de hauts et de bas. Selon Lisana, si j'obéissais à la magie, je serais sauvé, et j'avais promis de tout faire, mais la magie ne m'avait rien demandé. J'avais attendu sans bouger, prostré, un événement quelconque ; j'avais tâché de détecter une étincelle, un bouillonnement dans mon sang qui m'indiquerait que le pouvoir ne m'avait pas abandonné, mais il n'y avait rien. Si la magie m'avait confié une mission, j'ignorais en quoi elle consistait. Rien ni personne ne pouvait plus me sauver désormais. L'heure était venue d'affronter mon destin en vrai soldat.

Spic se présenta en milieu de matinée. En entendant le bruit de ses pas, je me précipitai à mon judas ; sur un bras, il portait mon uniforme de rechange, raccommodé, lavé et repassé de frais. L'éclat de ses yeux me dit qu'il m'en voulait toujours de mes remarques sur Epinie, et je songeai que ce que j'avais à lui apprendre lui plairait encore moins, mais je risquais de ne pas avoir d'autre occasion d'aborder le sujet avec lui.

Voilà pourquoi je l'accueillis par ces mots : « Epinie a l'intention de se servir d'explosifs pour empêcher les équipes de bûcheronnage d'abattre les arbres des ancêtres des Ocellions ! »

Il s'arrêta net et me regarda, les yeux écarquillés ; puis il se tourna vers le gardien que je n'avais pas vu. « Apportez de l'eau et un rasoir à cet homme ! Il ne peut pas se présenter devant le tribunal dans cet état ; il faut songer à la dignité de la justice.

— Mon lieutenant, il risque d'essayer de se suicider, avec un rasoir.

— Et en quoi cela gênerait-il la cour ? Moins, je pense, que de voir un lourdaud hirsute et mal rasé en lieu et place d'un soldat qui passe en jugement. Il appartient encore à notre régiment, caporal, et il en sortira sans doute d'une façon ou d'une autre au cours des prochains jours ; faisons donc en sorte qu'il le quitte sous l'aspect d'un militaire, d'accord ?

— Oui, mon lieutenant », répondit l'autre, intimidé. J'entendis le bruit de ses pas s'éloigner.

Devant ma porte, Spic poussa un soupir. « Espérons que je parviendrai à faire passer tes paroles pour les élucubrations d'un fou. Comment vas-tu ?

— As-tu entendu ce que j'ai dit ?

— Oui. Souhaitons que le gardien n'y ait vu qu'un galimatias sans intérêt. A l'évidence, tu t'attends à une réaction de surprise de ma part ; Jamère, tu ne comprends pas la confiance et l'amour profonds qui nous lient, Epinie et moi, et ça me chagrine. Tu croyais qu'elle m'avait caché son projet, n'est-ce pas ? »

J'en restai muet. Jamais je n'eusse imaginé qu'Epinie pût rentrer chez elle et se confier de ses intentions à Spic ; il avait raison, je n'avais aucune idée de la force de leur relation. Je déviai la conversation. « Ce n'est pas seulement pour ça que tu m'en veux, n'est-ce pas ? »

Il répondit d'une voix tendue : « Non, en effet. Dans très peu de temps, Jamère, après que tu auras pris la peine de te raser, de faire ta toilette et d'enfiler ton uniforme, nous nous rendrons, sous escorte armée, au tribunal où tu affronteras sept hommes tous bien décidés à te condamner à une mort ignoble. J'opposerai un semblant de défense, non parce que je le veux, mais parce que je n'ai littéralement rien à présenter, après quoi ils te condamneront. Demain, en tant qu'ami, j'assisterai à ta pendaison, puis Epinie, Amzil et moi t'enterrerons. Nous sommes déjà convenus qu'il valait mieux pour les enfants qu'ils n'assistent à rien ;

ça les marquerait pour le restant de leurs jours. Nous leur permettrons seulement de prier pour toi à la maison. »

Des larmes avaient perlé lentement à ses yeux, et il n'y prêta nulle attention quand elles commencèrent à rouler sur ses joues. Il se tenait très droit, raide comme un soldat devant le feu de l'ennemi. Et aussi courageux, ajoutai-je en moi-même. Je m'efforçai de poser ma question suivante de façon à ne pas le heurter. « Tu veilleras sur Epinie, n'est-ce pas ? Tu ne la laisseras rien faire qui puisse la mettre en danger ? »

Sa voix se cassa. « Malheureusement, il est déjà trop tard. Elle n'a pas quitté son lit depuis qu'on me l'a ramenée à la suite de sa petite promenade dans les bois. Elle avait... enfin, nous craignions qu'elle ne perde le bébé. D'après le médecin, sa situation est grave mais, si elle reste alitée, elle arrivera peut-être à terme. Nous l'espérons tous. » Il prit une inspiration hachée. « Pendant quelque temps, j'ai redouté de perdre Epinie et notre enfant en plus de toi. J'ai passé trois jours épouvantables, Jamère ; je sais, j'aurais dû venir te voir afin que nous nous mettions d'accord sur ta défense, mais tout me paraissait sans espoir.

— Il n'y a pas d'espoir pour moi, Spic ; mais si Epinie reste chez vous, en sécurité, et qu'elle te donne un enfant en bonne santé, ça me suffira. Ne vous croyez pas obligés d'assister à mon exécution ; à vrai dire, je pense que je supporterais plus facilement cette épreuve si je vous savais absents. Je t'en prie. »

Il avait pâli. « Je serai là, Jamère ; d'ailleurs, le règlement militaire l'exige. Epinie voulait être présente à ton procès aujourd'hui, et seule la crainte d'une fausse couche l'a retenue à la maison. Amzil s'occupe d'elle. Si la possibilité s'offre de la faire témoigner en ta faveur, je l'enverrai chercher par coursier. J'ai eu beaucoup de mal à convaincre Epinie qu'elle ne pouvait contribuer en rien à ta défense sans aggraver ton cas ; sa faiblesse actuelle présente au moins un bon côté : j'ai la certitude qu'elle n'ira pas faire sauter la moitié de la garnison. » Il reprit son souffle puis demanda d'un ton où perçait un vague espoir : « Il n'y a vraiment aucun moyen que la magie te sauve ? »

Que le monde avait bizarrement changé ! Un an et demi plus tôt, nous nous fussions gaussés d'une idée aussi fantastique ; aujourd'hui, nous tentions de nous y raccrocher comme à un fétu de paille. Mais je dus faire non de la tête. « Il ne m'en reste plus, Spic ; je n'en sens plus le moindre picotement. » Je me retins d'ajouter qu'Epinie étant dans l'incapacité de tenir sa promesse, je n'avais pas une chance. Je mourrais le lendemain, ce qui romprait son engagement envers la magie, laquelle ne pourrait plus la manipuler.

Spic prit soudain un ton officiel. « Ah ! Voici vos affaires. »

Le gardien m'ordonna de me tenir à l'écart de la porte tandis qu'il entrait et me remettait une cuvette d'eau propre, un miroir, du savon et un rasoir. Spic me fit passer mon uniforme par son entremise, puis tous deux se retirèrent pendant que je me rendais présentable. J'ôtai mes vêtements crasseux et les jetai dans un coin où ils rejoignirent la cuvette d'eau sale ; selon toute vraisemblance, je n'aurais plus jamais à me préoccuper de trouver des effets de rechange.

Dans la glace, je constatai que j'avais une tête encore plus épouvantable que je ne l'imaginais ; me décrire comme hagard eût encore été un euphémisme. Je me lavai du mieux possible, me rasai puis m'habillai. L'uniforme aux multiples coutures que m'avait confectionné Amzil tombait bizarrement sur ma carrure réduite. Quand j'entendis Spic et le gardien revenir, je me redressai et les attendis.

Tous deux plongèrent leurs regards dans ma cellule par le judas. Le gardien agrandit les yeux, et même Spic parut stupéfait. « Vous ressemblez nettement plus au militaire que vous êtes », dit-il. L'autre pouffa mais, quand Spic se tourna vers lui, il fit celui qui s'éclaircissait la gorge.

« Vous êtes prêt à y aller ? » me demanda Spic.

Le gardien secoua la tête. « Mon lieutenant, il faut attendre l'escorte armée ; elle ne devrait pas tarder.

— Parce qu'on s'imagine vraiment que je vais tenter de m'échapper ? » Je faillis éclater de rire. « A quoi bon ? Je me trouverais toujours entre les murs du fort. »

Les deux hommes se turent un moment, puis mon ami déclara à contrecœur : « Les gardes armés vous protégeront pendant le trajet jusqu'au tribunal, soldat. La population vous en veut à mort, et il y a eu des menaces.

— Ah ! » Un grand froid m'envahit, et le calme étudié auquel je m'exerçais depuis deux jours s'effrita soudain. C'était la réalité et c'était le présent ; j'allais sortir à la lumière du soleil, parcourir une courte distance puis me trouver devant sept hommes qui me condamneraient à mort. Mes jambes ne me portaient plus et, avec terreur, je crus que j'allais défaillir. « Non ! me dis-je d'une voix basse et gutturale, et mon étourdissement passa.

— Tant qu'il y a de la vie, il y a de l'espoir », fit soudain Spic. J'entendis des pas cadencés au bout du couloir, et je me rappelai ma résolution. Les gardes seraient armés ; si l'occasion s'en présentait, je tâcherais de leur échapper et de m'enfuir dans l'espoir de les forcer à m'abattre. Il me suffisait de trouver le bon moment et le courage pour agir. Il fallait que je me tienne prêt.

On avait choisi pour m'escorter de solides gaillards. Le sergent mesurait une demi-tête de plus que moi, et, dans ses yeux d'acier, on lisait clairement qu'il se ferait un plaisir de me tuer si je tentais de me sauver. Je l'aiguillonnai dans ce sens en le regardant d'un air insolent. Les hommes se disposèrent autour de moi et, à l'instant où je me disais que le sort me souriait enfin, le sergent sortit des fers pour m'entraver. Comme il plantait un genou en terre pour me les fixer au-dessus des chevilles, il dit : « On a promis aux dames de la ville qu'on ferait tout pour t'empêcher d'éviter le procès et la mort que tu mérites. »

Me voir ainsi brutalement dépouillé de ma seule issue me paralysa l'esprit un instant. Le sous-officier referma les fers en dessous de mes mollets. « Il est tellement gros qu'il rentre à peine dedans ! » s'esclaffa-t-il, et il les serra durement afin de les verrouiller. Je poussai un cri de douleur et de colère à la fois quand le métal écrasa mes chairs, ce qui n'empêcha pas l'homme d'enclencher le second fer.

« C'est trop serré ! protestai-je. Je ne pourrai jamais marcher.

— T'avais qu'à pas être aussi gros, répliqua-t-il. On y va. »

C'est seulement quand il se fut redressé que j'y songeai : j'aurais dû lui décocher un coup de pied alors qu'il était à genoux. Si je tentais de m'échapper à présent, je ne récolterais qu'une méchante correction au lieu des balles dans le dos prévues. Encore une occasion perdue.

La patrouille m'encadra et se mit en route à vive allure ; j'avançai tant bien que mal à petits pas rapides dans l'espoir futile de suivre la cadence, mais aussitôt les fers me mordirent cruellement, et, au bout de trois pas, je boitais. Je montai maladroitement un petit escalier une marche à la fois. Quand on ouvrit grand la porte de la prison et que la lumière crue du soleil m'assaillit les yeux, je souffrais tant des chevilles que je ne pouvais plus penser à rien d'autre. « Je ne peux pas marcher », dis-je, et l'homme derrière moi me poussa brutalement dans le dos. Je trébuchai et faillis tomber, et tous éclatèrent de rire. Je relevai la tête et promenai mon regard autour de moi tout en reprenant ma pénible marche. A côté de moi, Spic, rouge de fureur, pinçait si fort les lèvres qu'elles en étaient blanches. Il me lança un coup d'œil en coin, et je continuai d'avancer en m'efforçant de résister à la douleur.

C'est sous un feu roulant de lazzis que j'effectuai le court trajet entre ma cellule et le bâtiment où se tenait le procès. Je n'avais vu les rues de Guetis aussi bondées que le jour où devait avoir lieu la Danse de la Poussière. Lorsque j'apparus, la foule eut un brusque mouvement en avant ; une femme que je ne connaissais pas me cria les pires injures que j'eusse jamais entendues avant de s'effondrer, prise d'une sorte de crise de convulsion. Quelqu'un hurla : « La pendaison, c'est encore trop doux pour toi ! » et jeta une pomme de terre pourrie ; elle toucha le garde près de moi, qui poussa une exclamation de colère. Cette réaction parut exciter la populace, car il se déclencha dans ma direction un véritable bombardement de légumes et de fruits blets. Je vis une prune mûre ricocher sur la veste de Spic ; il continua d'avancer sans détourner le regard. Le sergent rugit : « Laissez passer ! Laissez passer ! », et les gens s'écartèrent à contrecœur. La douleur qui montait de mes chevilles enchaînées le disputait au flot de haine qui émanait de la cohue.

Il faisait étouffant dans la salle du tribunal. Je montai péniblement les quelques marches qui menaient au box des accusés ; un mur bas surmonté de barreaux de fer me séparait du public tout en permettant aux spectateurs de m'observer à loisir. Devant moi, en contrebas, Spic s'assit seul à une table, une petite liasse de documents à côté de lui ; en face, à une table de plus grandes dimensions, se trouvaient un capitaine et deux lieutenants, et, derrière eux, installée sur des bancs, toute une troupe d'hommes et de femmes de toutes conditions attendait impatiemment de témoigner contre moi. Le capitaine Thayer, le capitaine Gorlin et Clara Gorlin occupaient une section spéciale des gradins. Mes sept juges étaient assis derrière une vaste table, sur une estrade au centre de la salle. Une rangée de gardes retenait la foule qui se bousculait pour assister au procès ; ceux qui n'avaient pas pu entrer par manque de place à l'intérieur regardaient avidement par les fenêtres. Il me sembla apercevoir Ebrouc parmi eux mais, quand je tournai la tête, il n'était plus là. En dehors de lui, je ne reconnaissais que Spic.

Je me tenais droit en m'efforçant de ne pas prêter attention à la torture du fer qui mordait ma chair. Je sentais du sang couler le long de ma cheville gauche, et mon pied droit, après m'avoir longuement picoté, s'engourdissait peu à peu.

L'audience débuta par la lecture d'un document interminable selon lequel l'armée présiderait à mon procès et, au cas où la cour me déclarerait coupable, la ville de Guetis aurait autorité sur ma punition concernant les crimes contre ses citoyens. J'écoutai, noyé dans une brume de souffrance, puis on nous autorisa à nous asseoir un instant avant de nous obliger à nous relever pour entendre une longue prière au dieu de bonté afin de lui demander d'aider les juges à rendre la justice sans crainte et à condamner le mal. Je tenais à peine debout, submergé par la vague de douleur écarlate qui bourdonnait à mes oreilles. Quand nous pûmes enfin nous rasseoir, je me penchai pour faire part à Spic de mon inconfort, mais l'officier en charge du procès m'ordonna de me taire.

Je repris ma place, inondé de souffrance par le bas des jambes, et m'efforçai de prêter l'oreille aux témoignages contre moi. Le président du tribunal fit l'inventaire des crimes qu'on me reprochait, à commencer par le viol de Fala, son assassinat, la dissimulation de son corps, en continuant par les voies de fait sur la personne de femmes respectables dans les rues de Guetis, l'empoisonnement des hommes qui s'étaient emparés du harnais de Girofle afin de s'en servir comme preuve contre moi et en terminant en apothéose par une longue liste des forfaits que j'aurais perpétrés la nuit où Carsina avait pénétré chez moi. Une femme s'évanouit quand il prononça les mots « exactions nécrophiliques », et le capitaine Thayer enfouit son visage dans ses mains, tandis que Carla Gorlin levait sur moi un regard empreint d'une haine sans mélange. Les témoins à charge se succédèrent ensuite à la barre et déposèrent pendant que je supportais sans rien dire la torture silencieuse de mes fers ; une fois, je me courbai pour tenter de les déplacer un peu sur ma chair comprimée, mais le juge m'ordonna de me redresser et de manifester quelque respect à la cour.

Les témoignages s'accumulaient, accablants. Des femmes vinrent en horde jurer l'une après l'autre qu'elles m'avaient vu terroriser la malheureuse Carsina en plein jour dans les rues animées de Guetis ; d'autres évoquèrent l'air menaçant que j'avais pris quand Dal Hardi avait noblement cherché à défendre l'honneur de Carsina contre mes basses entreprises, et l'une d'elles prétendit m'avoir entendu tenir, entre haut et bas, des propos agressifs contre lui alors que je m'en allais. Un médecin que je ne connaissais pas affirma que la mort des hommes qui m'avaient tendu une embuscade ne pouvait s'expliquer que par le poison. La lettre posthume du sergent Hostier fut lue tout haut, et le harnais de Girofle présenté à la cour afin que tous pussent voir la lanière dénonciatrice, moins usée que le reste, et la comparer à celle qu'on avait « arrachée à la chair livide du cou de l'infortunée Fala ».

L'après-midi s'achevait quand Spic put enfin s'adresser aux juges. J'écoutai sa plaidoirie dans une brume de souffrance. On envoya chercher Amzil afin qu'elle témoignât, et, tandis qu'on attendait son arrivée, Spic lut à la cour des dépositions d'Ebrouc et de Quésit, dans lesquelles ils disaient m'avoir toujours considéré comme un homme intègre et assuraient que je m'occupais parfaitement du cimetière. Au bout d'un long moment, pendant lequel les juges affichèrent un air de plus en plus mécontent et le public s'agita en maugréant, le coursier revint et déclara seulement que le témoin était indisponible. Des murmures interrogateurs s'élevèrent dans la salle ; Spic me lança un regard effaré mais garda son calme apparent. Avec la permission des juges, il lut une déposition d'Amzil. Je me demandai pourquoi elle avait refusé de venir, puis je parcourus la salle des yeux et songeai que cela n'avait pas d'importance. On avait décidé de mon sort avant même que je ne quitte ma cellule.

Les sept juges se levèrent et sortirent l'un derrière l'autre pour délibérer. Je m'assis, le visage et le dos ruisselant de sueur à cause de la douleur qui me poignait les chevilles, et j'attendis. Les spectateurs s'agitèrent sur leurs sièges en échangeant des murmures, puis, comme le temps s'écoulait, ils se mirent à discuter à haute voix entre eux. Clara Gorlin s'adressait à son époux d'un air furieux. Le capitaine Thayer se taisait et ne me quittait pas des yeux ; je croisai brièvement son regard puis me détournai, bouleversé par la souffrance que j'y avais lue. Il me croyait sincèrement coupable du crime horrible dont on m'accusait, et je ne pouvais lui en vouloir de sa haine envers moi : qu'aurais-je éprouvé à sa place ? Cette réflexion modifia la perspective sous laquelle m'apparaissait ma situation, et je parcourus la salle du regard ; les yeux des spectateurs étaient empreints de haine, certes, mais d'une haine née de la peur et de l'horreur. Je baissai les yeux.

Quand les juges revinrent, le silence se fit aussitôt. Je sus à leur expression que j'étais condamné. A mesure que chacun prononçait le mot « coupable », je courbais un peu plus la tête.

L'annonce de mon exécution par pendaison ne prit personne au dépourvu. Je finirais donc pendu ; ma mort aiderait un peu la ville à se remettre du traumatisme de mes crimes imaginaires, et elle délivrerait Epinie de son marché avec la magie. Je pris une grande inspiration et acceptai mon sort. Je croyais mon épreuve terminée.

Mais alors un des juges civils se leva et annonça en souriant que les magistrats de Guetis avaient estimé que la justice serait rendue au mieux si l'on permettait aux victimes les plus affectées par mes forfaits de choisir la punition la plus adaptée à mes crimes contre les citoyens de la ville. Je le regardai, atterré. On m'avait déjà condamné à la pendaison ; quelle sanction supplémentaire pouvait-on m'infliger ?

Clara Gorlin se leva à son tour, imitée de chaque côté par son époux et le capitaine Thayer. Elle s'était manifestement bien préparée pour cet instant ; elle déplia une petite feuille de papier et la lut tout haut.

« Je m'exprime au nom des femmes de Guetis ; ce que je demande, je ne le demande pas seulement pour mon infortunée cousine mais pour toutes nos concitoyennes. » Discrètement, sa main remonta vers sa poitrine et se referma sur le sifflet de cuivre qui pendait à son cou au bout d'une chaîne. « Guetis est une ville rude ; il est difficile d'y vivre pour une femme, mais nous nous y efforçons. Nous tâchons de créer un foyer pour nos époux et nos enfants, nous acceptons de bonne grâce les privations que nous vaut notre isolement, nous connaissons nos devoirs d'épouses d'officiers et de soldats de la cavalla, et nos maris et ceux qui nous aiment font tout pour nous protéger. Dernièrement, les femmes de Guetis se sont coalisées dans l'espoir de mieux se défendre ; elles essaient d'instiller la douceur et la bonté dans cette ville fruste, de faire de leurs foyers des havres de civilisation et de culture.

» Mais, en dépit de nos efforts, un monstre a pu se promener en toute liberté parmi nous, violer, assassiner et... » Sa voix s'étrangla mais elle prit sur elle et poursuivit : « ... déshonorer nos morts. Que les juges imaginent la terreur qu'ont pu vivre les citoyennes de Guetis. Mes amis, la pendaison est trop douce pour cet être ; elle lui permet une fin trop rapide en réparation de ses crimes. C'est pourquoi nous demandons qu'avant son exécution il reçoive mille coups de fouet, afin que ceux qui voudraient perpétrer des actes aussi ignobles sur des femmes sans défense voient de leurs yeux le châtiment qui les attendrait. »

Son visage ruisselait de larmes, et elle s'interrompit pour se tapoter les joues de son mouchoir. Un grand silence régnait dans la salle, et je sentis un froid terrible m'envahir. Clara Gorlin reprit son souffle pour poursuivre sa déclaration, mais elle se mit soudain à sangloter ; elle se tourna brusquement vers son mari et s'agrippa à son épaule. Le silence dura encore quelques instants puis la salle éclata en applaudissements et en acclamations. J'entendis la proposition se propager comme une onde à la foule du dehors, sous la forme d'un hurlement de satisfaction qui allait s'étendant. Puis un silence terrifiant retomba tandis qu'on attendait la réponse de l'officier commandant.

Il m'ordonna de me lever pour écouter la sentence.

Je voulus obéir. Je posai les mains à plat sur le muret devant moi et tentai de prendre appui sur mes pieds enflés et engourdis ; je me dressai, vacillai l'espace d'un horrible instant puis m'effondrai par terre. Un énorme éclat de rire haineux accueillit ma chute. « Il est tombé dans les pommes, ce sale lâche ! » cria quelqu'un. Sous l'effet de la douleur et de l'humiliation, la tête me tournait. Je poussai sur mes mains mais ne parvins même pas à me redresser sur mon séant.

Deux des gardes parmi les plus robustes entrèrent dans le box et me relevèrent. « Je ne sens plus mes pieds ! Les fers me coupent la circulation ! » leur criai-je, mais je crois que nul ne m'entendit dans le tohu-bohu de la salle. Les deux hommes me tinrent debout pendant que l'officier confirmait le souhait de la ville de Guetis que l'armée ouvre droit à la requête des proches de la victime, qui demandaient qu'on m'inflige mille coups de fouet avant qu'on me pende par le cou jusqu'à ce que mort s'ensuive.

Il officialisa la sentence puis prononça un discours interminable pour s'excuser au nom de la cavalla qu'un personnage comme moi ait pu être admis dans ses rangs, ce qu'il mit sur le compte d'une bienveillance mal placée de la part de son digne prédécesseur.

On dut me croire submergé de terreur quand je me révélai incapable de quitter la salle par mes propres moyens. Les soldats me tirèrent sans douceur de mon box, me traînèrent par les rues et me jetèrent dans ma cellule, tandis que Spic marchait en silence à côté de moi, le visage sombre. La foule en liesse se referma sur nous en me hurlant des insultes, et je crus ne jamais voir la fin du trajet qui me ramenait en prison. Mes chevilles enchaînées ballaient derrière moi avec un bruit de ferraille, et, dans les marches qui conduisaient à ma cellule, chaque impact provoquait un éclair de souffrance. Quand mes gardiens m'eurent laissé tomber dans mon cachot, le sergent s'agenouilla de nouveau pour récupérer ses fers ; je croyais que rien ne pouvait dépasser la douleur de la constriction mais, quand il déverrouilla et arracha les anneaux de métal incrustés dans mes chairs enflées, une souffrance nouvelle me fit hurler.

« Bien fait pour toi », dit-il, puis la conscience s'enfuit de moi sur une vague rouge.

Quand je revins à moi, je gisais toujours au milieu de ma cellule. Avec un gémissement d'effort, je réussis à me redresser. Combien de temps s'était-il écoulé ? Non sans peine, je remontai le bas de mes jambes de pantalon pour voir les dégâts qu'avaient subis mes chevilles. Les fers avaient broyé et entaillé à la fois les tendons, la chair au-dessus et en dessous de l'empreinte qu'ils avaient laissée était noire et gonflée, mes pieds étaient enflés et sensibles ; je voulus les faire bouger mais n'y parvins pas. Je traînai ma volumineuse carcasse jusqu'aux vestiges de ma couchette fracassée, pris ma couverture, l'enroulai sur mes épaules et m'adossai au mur. J'avais froid, j'avais faim, et je ne pouvais quasiment plus bouger les pieds.

J'allais mourir le lendemain.

Cette idée me frappa soudain. Toutes mes petites préoccupations, froid, faim et douleur, cédèrent la place à la conscience accablante de mon exécution imminente. Pourtant, même la mort n'arrivait pas à retenir mon attention ; je ne pensais qu'au supplice qui la précéderait, au fouet qui déchiquetterait la peau et les muscles de mon dos. On me mettrait torse nu, selon la coutume, puis on m'attacherait au poteau par les poignets pour me maintenir debout. Les détails de mon martyre me rongeaient l'esprit comme un acide : les moqueries de la foule, le vinaigre dont on m'éclabousserait pour me ranimer si je perdais connaissance. Je subirais la mort d'un maraud, et je savais d'ores et déjà que je l'affronterais sans dignité ni courage ; je hurlerais, je m'évanouirais, je me compisserais.

« Pourquoi ? » lançai-je à la pénombre de la cellule, mais nul ne me répondit. Je voulus prier mais je ne trouvai pas assez de foi en moi. Prier pour quoi ? Un miracle qui me sauverait et me rendrait à une existence qui valût la peine d'être vécue ? Je ne voyais rien qui pût y parvenir. Je ne savais pas quoi demander au ciel ni quel dieu écouterait mon appel. Je regardai sans la voir la lourde porte en bois de ma cellule. J'eusse volontiers pleuré, mais je n'avais même plus les moyens de cette ambition, et je sombrai dans une sorte de stupeur.

J'entendis s'ouvrir la porte au bout du couloir puis des bruits de pas résonner, et je levai lentement les yeux vers le judas. J'avais l'impression qu'un liquide glacé envahissait mes entrailles ; était-ce déjà le matin ? Venais-je de passer ma dernière nuit en ce bas monde ? Mes lèvres se mirent soudain à trembler comme celles d'un enfant qu'on a grondé, et des larmes vaines me brouillèrent la vue. Je m'essuyai précipitamment les yeux et présentai des traits impassibles à l'ouverture munie de barreaux.

Quand le visage défait de Spic y apparut, je faillis perdre contenance. Il avait les yeux bordés de rouge et injectés de sang. L'espace d'un instant, nous restâmes muets, puis il dit d'une voix enrouée : « Je regrette, Jamère ; je regrette affreusement.

— Nul ne pouvait rien pour moi.

— On m'a accordé quinze minutes d'entretien avec toi.

— Quelle heure est-il ? » demandai-je avec angoisse.

Il eut l'air perplexe puis répondit : « Le soir commence à tomber.

— Et quand mon exécution est-elle prévue ? »

Les mots refusèrent tout d'abord de sortir, mais il réussit finalement à dire : « Elle commencera demain à midi. »

Le silence retomba. Nous songions l'un et l'autre que nul ne savait quand elle s'achèverait.

Enfin, pour meubler, je m'enquis de l'état d'Epinie.

« Elle est étrangement calme. Elle m'a incité à venir te rendre une ultime visite, pour te dire qu'elle t'aime et qu'elle n'oublie rien. J'ai cru qu'elle allait insister pour m'accompagner, mais non. Je ne voulais pas la laisser seule, car Amzil est partie je ne sais où et les enfants se débrouillent sans personne, mais elle a répondu qu'elle maîtrisait parfaitement ses émotions et répété que je devais aller te voir : tu voudrais certainement apprendre que nous avions des nouvelles de ta sœur. Yaril a reçu la lettre que tu lui avais fait parvenir par le biais de Carsina ; elle a répondu à ton ancienne fiancée, mais elle a eu le bon sens d'écrire aussi à Epinie. »

Je ravalai les mots qui me vinrent et gardai pour moi mon regret d'avoir écrit à ma sœur que j'étais bien vivant : au moment où elle lirait la missive de Spic, cela ne serait plus vrai. Fugitivement, je me demandai si le capitaine

Thayer avait ouvert le mot de Yaril ; si oui, il n'avait rien dû y comprendre. J'espérais qu'il l'avait jeté et qu'il ne chercherait jamais à percer le mystère de sa signification ; je voulais mourir sous l'identité de Jamère Burve, fossoyeur, non de Jamère Burvelle, fils militaire déshonoré d'un aristocrate.

« Ne dis jamais à Yaril comment je suis mort, fis-je d'un ton suppliant.

— Je tâcherai de trouver le moyen de l'éviter », répondit-il, mais sans croiser mon regard.

Je m'éclaircis la gorge. « Va-t-elle bien ?

— Elle est fiancée à Caulder Stiet, déclara-t-il d'une voix neutre. Elle n'y voit plus une tragédie comme naguère et elle pense pouvoir s'accommoder de lui. Pour reprendre ses termes, elle le juge « docile ». Ton père a eu un transport au cerveau et, depuis, il a du mal à parler. Elle ne dit pas que ça lui facilite la vie, mais c'est ce qu'Epinie lit entre les lignes. »

Je m'interrogeai tout haut. « Qui gère la propriété ?

— Yaril ; c'est du moins ce que sous-entend sa lettre. Elle parle d'un certain sergent Duril, son nouveau contremaître, qui s'est dit très fier en apprenant que tu étais dans l'armée ; il lui a demandé de te transmettre ses meilleurs vœux et de te rappeler que tu avais promis de lui écrire. »

Je craquai. J'enfouis mon visage dans mes mains et fondis en larmes. Spic se tut, sans doute gêné d'assister à mon effondrement. Je parvins finalement à me calmer assez pour dire : « Il faut que tu inventes un mensonge crédible, Spic. Si c'est le dernier service que tu dois me rendre, je t'en prie, fais-le ; débrouille-toi pour que nul n'apprenne comment je suis mort, ni Yaril, ni Caulder, ni mon père, ni le sergent Duril. Je t'en supplie, je t'en supplie.

— Je ferai mon possible », répondit-il d'une voix rauque.

Je levai la tête, surpris. Les larmes ruisselaient sur son visage. A cause de sa petite taille, il dut se dresser sur la pointe des pieds pour tendre un bras par le judas entre les barreaux. « Je voudrais te serrer la main une dernière fois, dit-il.

— Je ne crois pas pouvoir bouger, Spic ; les fers m'ont gravement entaillé les tendons. »

Il retira sa main et regarda mes pieds ; il étrécit les yeux, compatissant. « Les salauds ! murmura-t-il avec émotion.

— Lieutenant Espirek ! Mon lieutenant ?

— Qu'y a-t-il ? répondit-il d'un ton agacé au gardien à l'autre bout du couloir, tout en se frottant les yeux. Le temps qu'on m'a alloué n'est pas encore écoulé.

— Non, mon lieutenant, mais on vous demande d'urgence. Tous les officiers doivent se présenter au commandant. Il y a de l'agitation au chantier, une espèce de sabotage, et... »

Avant qu'il pût achever sa phrase, une explosion étouffée ébranla le bâtiment. L'homme poussa un glapissement de terreur. Des filets de poussière tombèrent du plafond, et une fissure s'ouvrit soudain dans le mur du fond de ma cellule.

D'une voix tremblante, le soldat lança : « On aurait dit que ça venait de la prison, mon lieutenant. Vous croyez que c'est un soulèvement ? »

Epinie ! Horrifié, j'articulai sans bruit le nom à l'intention de Spic.

« Non, impossible », répondit-il tout haut, mais je sentis un doute épouvanté dans sa voix.

Il y eut une deuxième explosion, moins forte que la première. La poussière qui flottait désormais dans l'air me fit tousser. Spic me regarda, et nos yeux se croisèrent une dernière fois. « Elle t'envoie ça », fit-il précipitamment, et il disparut un instant à ma vue. Un paquet enveloppé d'une serviette passa par la fente en bas de ma porte, puis Spic réapparut au judas. « Adieu, mon ami », me lança-t-il, et il s'en alla. J'écoutai s'éloigner le claquement rapide de ses bottes dans le couloir.

J'observai qu'il n'avait pas dit « au revoir ». Je formai le vœu qu'il arrivât à temps pour enlever Epinie de la scène de son forfait et la ramener chez elle avant qu'on s'aperçût de sa responsabilité. Et je me demandai, avec un jaillissement d'espoir si brutal que j'eus du mal à le supporter, ce qu'elle avait déclenché d'autre.

14

Reddition

J'ATTENDIS D'ENTENDRE LA PORTE se refermer sur Spic et le gardien sans pouvoir détourner les yeux du paquet sur le sol de ma cellule ; il en émanait un parfum qui me mettait au supplice. Avec un grognement d'effort, je me penchai par-dessus mon ventre pour me masser les mollets, mais je ne réussis qu'à réveiller la douleur. Renonçant à me lever, je me traînai jusqu'à la porte pour voir ce que Spic m'avait laissé. Les mains tremblantes, je dépliai avec soin la serviette et découvris un petit gâteau ; je regardai la croûte brune parsemée de sucre scintillant comme si j'avais sous les yeux un coffre rempli de pierres précieuses. Mon nez m'informa qu'il était fourré aux baies qu'Epinie avait cueillies. Dans un élan de bonheur, je le dévorai ; je le terminai en trois bouchées à peine, mais un sentiment de bien-être m'envahit aussitôt qui étouffa la souffrance qui montait de mes chevilles. Je tirais sur l'ourlet de mes jambes de pantalon pour voir si la magie guérissait mes blessures quand j'entendis un bruit étrange.

Je me retournai en tâchant d'en découvrir l'origine : la lézarde du mur s'allongeait en suivant un parcours zigzagant sur le plâtre. Des morceaux d'enduit chaulé sautaient et tombaient par terre en averse pulvérulente, laissant à nu les larges briques et l'épais mortier qu'ils dissimulaient. L'ingénieur en moi conclut que le bâtiment reprenait son assise après le choc de l'explosion ; la fissure cesserait bientôt de s'étendre, ou bien la maçonnerie céderait soudain et s'effondrerait sur moi. L'un et l'autre cas me laissaient indifférent.

Le plâtre continuait à s'effriter. Un bloc de mortier se fracassa par terre. Je me redressai pour mieux observer le mur. Tout en bas, une brique bougea, comme poussée parderrière.

Je voulus me lever mais un trait de souffrance me poignit les jambes. Serrant les dents, je me mis à genoux, me rendis à quatre pattes jusqu'au mur du fond et y plaquai l'oreille ; je perçus de petits bruits, comme si des souris affamées s'y activaient. Des souris dans un mur de briques, en dessous du niveau du sol ? Des crissements et des claquements infimes me parvenaient, la chaux sautait près du plafond et la lézarde se propageait vers le haut ; en même temps, un crachin de mortier en poudre tombait de l'intervalle entre deux rangées de briques du bas et formait de petits tas au pied du mur. Puis, sous mes yeux ébahis, une brique à mi-hauteur commença, très lentement, à sortir de sa rangée ; par à-coups, elle quitta peu à peu l'alignement, et, quand elle saillit assez pour que je pusse la saisir, je la pris à deux mains et tentai de la tirer de sa niche. Elle refusa de bouger. Je la lâchai et reculai pour continuer à observer le processus. Des miettes de mortier et de plâtre tombaient désormais du mur en une pluie quasi incessante. Une deuxième brique s'agita légèrement près de la première dans un concert de petits bruits, crissements, explosions et craquements.

Les deux briques tombèrent soudain au sol, et je sentis une odeur de terre. Une cascade de minuscules racines jaillit par l'ouverture, accompagnée de blocs de terre humide qui s'écrasaient par terre avec un bruit sourd. Un sentiment d'horreur s'empara soudain de moi : je revoyais les radicelles qui pointaient des jeunes arbres et s'enfonçaient dans le corps des revivants. Je m'écartai du mur, le cœur battant. Je songeai un instant à appeler le gardien, puis me ravisai : une telle mort, pour affreuse qu'elle fût, serait néanmoins plus rapide qu'une dissection sous les coups de fouet. Une troisième brique se déchaussa au-dessus des deux premières et toucha le sol avec un choc sourd ; de nouvelles racines pénétrèrent dans la cellule et pendirent le long du mur comme un jabot de dentelle blanche.

Je pris mon courage à deux mains et m'en approchai. Je sentais distinctement l'odeur de la terre à présent. Au-dessus du trou, une nouvelle lézarde apparut et se mit à grimper en suivant les lignes du mortier. Le mur fit un ventre, et soudain cinq ou six briques s'effondrèrent sur ce qui restait de ma couchette ; la lumière du soleil couchant, accompagnée d'un flot d'air frais, se déversa dans ma cellule par un trou de la taille de ma tête. L'espoir renaquit en moi : la magie m'offrait une voie d'évasion. *A quel prix ?* me demandai-je avant de me rendre compte que cela m'était égal.

A quatre pattes, je m'approchai du mur, puis je tendis la main et, cette fois, la brique sur laquelle je tirai vint sans difficulté. L'ouverture m'offrait la vue au ras du sol d'une venelle mal entretenue, envahie d'herbes folles, derrière la prison. J'ôtai l'une après l'autre les briques qui entouraient le passage en m'efforçant de les déposer par terre sans bruit. Les racines poursuivaient leur œuvre, repoussant briques et mortier dans ma cellule tout en soutenant le mur afin que l'ouverture ne s'effondrât pas sur elle-même. Quand j'estimai le trou assez large, je pris une grande inspiration, serrai les dents pour résister à la douleur et saisis les racines à deux mains pour me relever.

A cet instant, je la vis, à peine plus perceptible que de la brume. Le spectre d'une Ocellionne décharnée, très âgée, se matérialisa devant moi. Sa peau pendait sur elle, mais je reconnus ses yeux, et ses mains noires et menues qu'elle tendait vers moi. L'espace d'un instant, je sentis ses paumes immatérielles se poser sur mes joues ; son sourire accentua ses rides.

« Lisana ?

— Tu ne croyais tout de même pas que j'allais te laisser mourir, Fils-de-Soldat ? » Elle s'exprimait d'une voix inaudible.

« Que t'est-il arrivé ?

— J'ai épuisé mes forces, répondit-elle avec tristesse. Il m'a fallu beaucoup de temps et toute ma magie pour envoyer mes racines jusqu'ici. Ne gaspille pas cette chance ; je ne pourrai pas t'en donner d'autres. » Ses mains flétries quittèrent mon visage sur une dernière caresse.

« Lisana ! » murmurai-je avec détresse, mais elle avait disparu. Je me courbai pour baiser les racines blêmes qui se déversaient en cascade dans ma cellule, encadrant l'issue de mon évasion ; je perçus alors un arôme familier. Il venait, non des racines, mais du coin sombre où j'avais laissé mon uniforme crasseux et l'eau sale de mes ablutions ; je m'y rendis à genoux : la magie avait tenu sa part du marché. Des champignons poussaient sur la boue qui crottait le bas de mon pantalon ; sous mes yeux, leurs chapeaux clairs s'élevaient, s'ouvraient et s'épanouissaient.

Je dus faire appel à toute ma volonté pour ne pas les engloutir tout de suite ; j'attendis qu'ils eussent atteint leur plein développement, et alors seulement je les cueillis à pleines poignées. Je les avalai à demi mâchés et m'en fourrai aussitôt d'autres dans la bouche. Je sentais la magie et l'énergie courir en moi. Quand il ne resta plus de champignons, je me levai ; les jambes me picotaient encore, mais elles soutenaient mon poids. Je saisis les racines de Lisana, les baisai avec reconnaissance, puis m'en servis pour me hisser hors de ma cellule.

Je sortis du trou en rampant et me retrouvai à plat ventre dans la ruelle. Avec bonheur, je sentis la brise nocturne me caresser le visage, et je restai allongé à récupérer mes forces tout en mettant au point mon maigre plan. J'étais hors de ma prison mais toujours dans les murs du fort, à pied et tout juste capable d'avancer en claudiquant ; même si je parvenais à franchir les portes sans me faire repérer par les sentinelles, je ne pourrais jamais échapper à une poursuite. Je dus conclure avec regret que la femme-arbre avait seulement réussi à me donner l'occasion d'obliger un soldat à m'abattre en me surprenant à m'évader ; toutefois, si cela me permettait d'éviter la flagellation, je ne m'en tirais pas à si mauvais compte.

Je me redressai sur mon séant et tâchai de m'orienter. A un bout de la venelle, je voyais au loin des flammes s'élever au-dessus des toits des bâtiments et de l'enceinte de la garnison ; c'était sans doute la prison qui brûlait. A l'évidence, l'explosion avait déclenché un incendie. J'entendais des cris lointains. Pourquoi Epinie avait-elle choisi cette cible ? Un sourire mi-figue mi-raisin me tordit la bouche : je ne me demandais pas si elle était l'auteur de l'attentat ni comment elle s'y était prise, mais seulement pourquoi elle avait agi. *Oh, ma cousine, que le dieu de bonté te protège cette nuit !*

Une question plus immédiate me vint à l'esprit : tenais-je debout ? En prenant appui contre le mur, je me redressai lentement. Lorsque mes pieds commencèrent à supporter mon poids, la douleur me mordit et je me mis à ruisseler de sueur ; la magie me guérissait, mais lentement. Je serrai durement les dents et fis trois pas chancelants dans la ruelle sombre.

Derrière moi, j'entendis le claquement des sabots d'un cheval qui avançait sans hâte ; je jetai un regard par-dessus mon épaule et mes pires craintes se confirmèrent aussitôt : quelqu'un venait vers moi en menant sa monture à la bride, avec à la main un fusil dont je distinguais le canon. Ma première réaction fut de m'enfuir, mais je la combattis ; je me tournai vers l'intrus et m'efforçai de prendre l'air menaçant. « Donne-moi ton cheval ou je te tue ! » fis-je d'une voix grondante.

Le nouveau venu et l'animal firent halte, puis une voix féminine demanda : « Jamère ? C'est vous ? Comment êtes-vous sorti ? » Amzil courut vers moi. Girofle, avec sa patience habituelle, la suivit alors qu'elle avait lâché sa bride. La barre à mine qu'elle portait résonna bruyamment sur le pavé quand elle la laissa tomber. « Chut ! fis-je.

— Comment êtes-vous sorti ? répéta-t-elle dans un chuchotement rauque.

— Comment saviez-vous qu'il fallait venir ici ? ripostai-je.

— Je l'ai su en rentrant à la maison, quand Epinie m'a dit que je m'étais trompée de prison et que j'avais fait sauter le mauvais mur. Je croyais qu'on vous détenait avec les forçats. C'était sans doute stupide, mais, lorsque Epinie m'a demandé de détruire le mur est de la prison, j'ai simplement obéi. J'avais déjà déclenché les bombes qu'elle avait fabriquées au chantier. J'ai fait sauter les ponceaux et deux cabanes de matériel ; il s'en faudra de plusieurs semaines avant qu'un chariot puisse rallier le chantier. Je pensais que les bâtiments voleraient en éclats, mais les explosions ont ouvert en plus un grand cratère dans le sol. »

L'air très contente d'elle-même, elle me regarda comme pour chercher mon approbation.

« Vous avez fait ça ? dis-je.

— Ma foi, oui. Il le fallait bien : maîtresse Epinie est encore trop faible pour se lever. D'après elle, si nous interrompions le chantier de la route, la magie trouverait un moyen de vous sauver ; et puis elle a décidé de lui donner un coup de pouce, à tout hasard, en ouvrant une grande brèche dans le mur de la prison. C'est ce que j'ai fait ; seulement le maître est rentré pour s'assurer qu'elle n'avait pas quitté son lit, et il lui a dit que, pendant qu'il vous rendait visite, on avait fait sauter le quartier des forçats. Que je me suis sentie sotte quand elle me l'a expliqué à mon retour ! Et il ne nous restait même plus de poudre. Mais je lui ai promis de prendre une barre à mine et le cheval, et d'aller voir si je ne pouvais pas vous faire évader. »

Je n'aurais jamais cru qu'Amzil pouvait se montrer si bavarde et encore moins parler de la magie avec autant de flegme. Elle avait dû passer trop de temps auprès d'Epinie.

« Qu'est-ce qui vous fait sourire ? demanda-t-elle d'une voix tendue. Vous n'êtes pas encore tiré d'affaire, croyez-moi.

— Je sais ; je me réjouis seulement de vous voir.

— Comment avez-vous réussi à vous évader ?

— Epinie avait raison : la magie m'a aidé. La femme-arbre a perforé le mur de ma cellule pour m'ouvrir un passage. » Je secouai la tête, encore ébahi. « Elle est venue à mon secours, et ça lui a coûté cher. »

A ces mots, Amzil se rembrunit et rétorqua : « Vous parlez d'une réussite ! Elle ne vous a même pas sorti du fort. Elle nous a laissé le plus gros du boulot – et il n'y a pas de temps à perdre.

— Je ne passerai jamais les portes de la garnison, Amzil. Mais je tiens à vous dire que je vous remercie de vos efforts ; avoir accompli tout ça...

— Vous ne passerez jamais les portes si vous ne vous taisez pas et si vous ne m'écoutez pas ! Nous n'avons pas beaucoup de temps. Nous avons volé votre cheval et il a eu une bonne ration d'avoine plus tôt dans la journée ; d'après maîtresse Epinie, ça devrait lui donner de la résistance. Nous avons placé des vivres et une gourde d'eau dans vos fontes ; ça ne fait pas grand-chose, mais ça vous tiendra un jour ou deux. Maintenant, voici le plan, ou du moins une esquisse de plan : je passe devant, et, aux portes, je me débrouille pour occuper les sentinelles. Laissez-moi un peu de temps, puis, quand vous jugerez le moment favorable, talonnez votre monture et traversez au galop. On a envoyé une grosse partie des soldats au chantier pour enquêter sur la première explosion, et la plupart des autres essaient d'éteindre l'incendie et de rattraper les prisonniers qui se sont échappés. Les rues sont donc quasiment désertes pour le moment, mais je ne sais pas quand ils reviendront. Il faut que vous franchissiez les portes le plus vite possible en espérant que l'obscurité vous dissimulera. »

Je la regardais, bouche bée. Quand elle se tut enfin, elle fronça les sourcils et demanda : « Qu'attendez-vous ? Nous perdons un temps précieux !

— Pourquoi faites-vous ça ? »

Elle resta un instant les yeux fixés sur moi, incapable de trouver ses mots, puis elle répondit avec un mépris insondable : « La maîtresse a raison : vous êtes vraiment stupide. Allons-y. »

Je fis un pas vers elle, mais mes genoux me trahirent. Comme je m'effondrais avec un gémissement de douleur, elle s'accroupit près de moi. « Qu'avez-vous ? s'exclama-t-elle, épouvantée.

— J'ai les tendons des mollets gravement entaillés à cause des fers. On les avait horriblement serrés. »

Elle se tut un instant puis dit : « J'ai vu les dégâts que ça peut occasionner. On vous a fait ça exprès, Jamère, pour vous rendre infirme. » Elle s'exprimait d'une voix furieuse.

« Je sais. »

Son sens pratique reprit le dessus. « Il va falloir que vous vous rendiez aux portes sur votre cheval ; on risque de vous remarquer davantage, mais nous n'avons pas le choix. » Elle se releva, puis s'accroupit soudain de nouveau, me prit le visage à deux mains et m'embrassa sur la bouche. Je croyais savoir ce qu'est un baiser ; je me trompais. Je voulus la prendre dans mes bras mais elle s'écarta sans me laisser le temps de l'attirer contre moi. Elle avait le souffle court. « Le lieutenant m'a répété ce que vous avez dit. Mais nous n'avons pas le temps d'en parler maintenant.

— Amzil ? fis-je, trop choqué pour ajouter autre chose.

— Chut ! » Elle se redressa.

Elle m'amena Girofle, qui, toujours patient, attendit sans bouger que je me relève. Mes chevilles me firent moins mal cette fois, mais Amzil dut me soutenir pendant que je levais la jambe pour mettre le pied à l'étrier. J'émis un grognement de souffrance quand je pris appui sur ce pied pour enfourcher mon cheval. Le moment le plus humiliant pour moi fut celui où Amzil, d'une épaule ferme, me poussa au fondement pour m'aider à monter en selle. Je m'installai sur le dos de Girofle avec la curieuse impression de retrouver mon intégrité physique, même si Amzil dut enfiler mon autre pied dans l'étrier. « J'y vais d'abord, dit-elle d'une voix rauque. Demeurez bien en retrait. »

Elle venait de m'embrasser et de m'avouer qu'elle m'aimait, et voici qu'elle s'apprêtait à se donner à un autre homme pour me sauver. Non. « Amzil, ne faites pas ça, je vous en prie. Ne vous offrez pas aux sentinelles pour moi. Restez ici ; Girofle et moi forcerons le passage.

— Vous ne passerez jamais s'ils vous voient. Ne vous occupez pas de la façon dont je m'y prends, fit-elle d'une voix tendue, et je la crus en colère. Laissez-moi quelques minutes, et soyez sur vos gardes en sortant de la ruelle ; vérifiez d'abord qu'il n'y a personne aux alentours. Vous êtes facilement identifiable.

— Amzil, je...

— Ecoutez, Jamère ! » Elle prit une inspiration hachée. « Laissez-moi vous aider à ma manière. Vous, vous nous avez aidés sans demander de remerciement ; c'est à moi, maintenant. » Elle se tut un instant puis ajouta très bas : « Vous savez bien que je partirais avec vous s'il n'y avait pas les enfants ; je ne peux pas les abandonner. Mais, s'ils n'étaient pas là, je partirais avec vous ; vous le savez. »

Cette déclaration me laissa sans voix. « Non », dis-je enfin. Je la regardai, mais l'obscurité me dissimulait ses traits. « Non, Amzil, je ne l'aurais jamais imaginé. Prenez bien soin des petits, et aussi de ma cousine.

— Je vous le promets », murmura-t-elle. Elle porta les mains à son visage, peut-être pour essuyer des larmes, ou peut-être simplement pour écarter une mèche de cheveux. Elle toussota. « Tout le monde s'attendra à ce que vous vous enfuyiez dans la forêt. Ne faites pas ça ; allez vers l'ouest, et ne vous arrêtez pas à Ville-Morte : on vous y cherchera sûrement. Continuez aussi loin et aussi vite que vous le pourrez. Si vous voulez... » Elle hésita puis se jeta à l'eau. « Allez à Dars. Maîtresse Epinie m'a dit que ça se trouvait sur la route de Mendit ; d'ici un an, nous nous y rendrons, les enfants et moi. Si vous voulez, nous vous y rejoindrons. »

Je restai pantois devant cette proposition. Un instant, j'eus la perspective d'une toute nouvelle vie ; nous commencerions sans rien, et je devrais trouver un travail pour subvenir à nos besoins. Ce serait une existence rude, mais elle m'appartiendrait. Mais, alors que la tentation prenait corps en moi, je sentis la magie bouillonner en moi de manière menaçante. Comptais-je tenter de rompre mon marché avec elle ? Elle détruirait tout ce qui pourrait m'empêcher de venir à elle. Il me semblait voir miroiter autour d'Amzil le destin funeste qu'elle lui réservait.

« Amzil, il ne faut pas... » Je cherchai des paroles qui la repousseraient, qui la feraient fuir loin de moi et de la magie qui la menaçait.

« Nous n'avons pas le temps, Jamère. Plus tard, nous pourrons parler. Pour l'instant, écoutez-moi. Attendez ici ! » Elle se pencha et appuya sa joue sur ma cuisse comme en un baiser d'adieu, puis, sans me laisser le temps de toucher ses cheveux, elle s'écarta, releva ses jupes et s'éloigna en courant dans la ruelle obscure ; en un clin d'œil, elle disparut à ma vue.

Je restai assis sur Girofle, le cœur battant d'angoisse. Seul un poltron laisserait une femme faire ce qu'Amzil s'apprêtait à accomplir pour moi. « Je n'irai pas la retrouver, murmurai-je dans la nuit. Je tiendrai parole ; j'irai dans la forêt rejoindre les Ocellions. Je ne me rendrai pas à Dars ; je ne vivrai pas avec Amzil et ses enfants. » J'avais l'espoir puéril que la magie m'entendrait, mais mon cœur indiscipliné aspirait à l'avenir qu'elle avait ébauché. « Non », me dis-je d'un ton sévère, en m'efforçant de me convaincre que, du moment que j'allais dans la forêt, la magie ne toucherait pas à Amzil. Je ne pouvais me départir du soupçon insidieux qu'elle brûlerait tous les ponts derrière moi et qu'elle détruirait tous ceux qui risqueraient de me ramener à mon ancienne existence.

Je ne bougeais pas parce qu'Amzil me l'avait ordonné, parce qu'Epinie et elle avaient préparé leur plan avec tant de soin qu'il me paraissait insultant de laisser mon amour-propre masculin contrarier leurs stratagèmes. Mais je crispai soudain les poings : c'était insupportable ; je ne pouvais la laisser se prostituer pour me sauver.

A cet instant, le destin se manifesta.

J'entendis des cailloux crisser, et je me tournai dans la direction d'où venait le bruit. Dans la pénombre derrière moi, je vis le gardien qui passait la tête par le trou que Lisana avait pratiqué dans le mur de ma cellule. Il eut un hoquet d'effarement puis cria : « A l'aide ! Le prisonnier s'échappe ! Arrêtez-le, arrêtez-le ! »

Effrayé, Girofle s'élança en avant. Je le talonnai tant bien que mal puis me penchai sur son encolure et le pressai de continuer en l'aiguillonnant des genoux. J'ignorais si l'on répondrait au cri d'alarme du gardien, mais je ne tenais pas à m'attarder pour le découvrir.

Amzil n'avait pas parcouru un long trajet. Je la doublai au galop alors qu'elle trottait dans la rue, et elle s'écarta avec un cri de colère. J'eusse voulu me retourner pour la voir une dernière fois, mais je n'osai pas. Je hurlais des encouragements à Girofle, et le cheval massif fonçait dans un bruit de tonnerre vers les portes du fort. Derrière nous, j'entendis le garde sonner le tocsin, et je me courbai davantage sur Girofle en continuant de l'éperonner.

Il n'y avait qu'une seule sentinelle de garde aux portes, et la cloche l'avait alertée. L'homme se campa au milieu de l'ouverture et scruta la pénombre, me prenant peut-être pour un messager envoyé en mission d'urgence ; il tenait son fusil en travers de la poitrine, prêt à faire feu. « Estafette ! » braillai-je à tue-tête en espérant qu'il me croirait. Cette ruse me gagna quelques instants ; le temps qu'il se rendît compte que je ne portais pas le costume réglementaire et pointât son arme, j'étais sur lui. L'épaule large de Girofle l'écarta brutalement, et nous franchîmes les portes. J'entendis le fusil tomber sur le pavé dans un tintement métallique ; je me plaquai à l'encolure de mon cheval et l'encourageai à galoper. Quelques secondes plus tard, l'éclair d'un coup de feu éclata derrière moi, et une balle siffla près de moi, mais je me trouvais déjà à la limite de portée de tir. L'homme ne me tuerait pas ce soir.

Je regardai par-dessus mon épaule. L'incendie de la prison des forçats jetait dans le ciel nocturne un éclat rougeâtre sur lequel se découpaient les murailles du fort, et le tocsin retentissait toujours. Devant moi, les rues de Guetis s'ouvraient, désertes ; des lumières étouffées filtraient à quelques fenêtres, et les lanternes brillaient toujours à l'entrée de la taverne de Rollo. Des visages apparurent à la porte, curieux du remue-ménage. Le garde tira un autre coup inutile dans ma direction, et j'eus un sourire joyeux quand Girofle redoubla son galop.

J'entendis des exclamations interrogatrices derrière moi, et, à ma grande épouvante, d'autres cris leur répondirent. Je distinguai soudain une troupe de cavaliers qui arrivait vers moi au trot ; les soldats envoyés enquêter sur les événements du chantier rentraient à Guetis. Je tirai brutalement les rênes, mais Girofle n'était pas un cheval de la cavalla, capable de virer sur le cul et de repartir au galop. Les cavaliers avaient déjà éperonné leurs montures et, avant que la mienne eût seulement le temps de tourner, ils m'encerclèrent. Des mains gantées saisirent sa bride tandis que d'autres m'agrippaient. « C'est le garde du cimetière. Il essayait de s'échapper ! » cria quelqu'un.

L'instant suivant, je me retrouvai à bas de ma selle, au milieu d'hommes et de chevaux qui tournaient autour de moi dans l'obscurité, tandis que s'élevaient des cris furieux. Les mollets consumés de souffrance, je trébuchai puis tentai de conserver mon équilibre malgré les mains qui me tiraient de toutes parts. Les uniformes des soldats sentaient le soufre et la fumée. Un poing percuta ma mâchoire et réveilla une vieille douleur ; je hurlai et voulus riposter, mais on m'emprisonnait les bras. Dans le noir, on me frappa au ventre, une, deux, trois fois ; les coups chassèrent l'air de mes poumons et je m'effondrai, suffoqué, au milieu d'éclats de rire féroces. Quelqu'un vint vers moi à travers la foule, avec à la main une des lanternes de la taverne ; un autre homme avait trouvé une torche, et il arriva près de moi à l'instant où le capitaine Thayer me saisissait par le devant de ma chemise et m'obligeait à me relever, les yeux fous, le regard empreint de douleur et de rage. « Tu ne m'échapperas pas ! » hurla-t-il. A la lumière dansante de la lanterne, j'aperçus fugitivement Spic qui, le visage blême, jouait des coudes pour m'atteindre. La foule se referma soudain sur moi et je le perdis de vue.

Thayer était robuste. Quand il me frappa, je sentis ma tête partir brutalement en arrière, et je tombai au milieu de la cohue sous des cris de joie moqueurs. Les soldats me remirent sur pied sans ménagement et me poussèrent vers leur capitaine. « Carsina ! » lança-t-il, et il m'assena un nouveau coup, les traits illuminés d'un plaisir ignoble. Je m'effondrai à nouveau, avec un goût de sang et de bile dans la bouche. La torche et la lanterne tournoyèrent dans la nuit ; j'allais mourir, battu à mort dans la rue.

Alors qu'on me relevait à nouveau, j'entendis une voix qui me glaça le sang. « Arrêtez ! Laissez-le, laissez-le ! Il n'a rien fait. Il est innocent ! Lâchez-le ! » Les cris stridents d'Amzil tranchèrent sur les rires graves des hommes. Les soldats qui me tenaient se tournèrent vers elle, et quelqu'un s'esclaffa durement.

« C'est la pute de Ville-Morte qui vient sauver son maquereau !

— Laissez-la passer ! Je veux les voir s'envoyer en l'air !

— Non ! Amenez-la-moi ! cria quelqu'un d'autre. J'vais la réconforter, moi, sa veuve ! »

Je ne distinguais rien de ce qui se passait. Des hommes durent l'entourer car j'entendis Amzil les invectiver puis pousser un cri aigu de douleur et d'indignation. « Non ! » hurlai-je, mais les hommes qui me retenaient me secouèrent brutalement, la mine réjouie. Je crus percevoir la voix outrée de Spic, mais elle fut noyée sous les rires âpres des soldats qui traînaient Amzil vers leurs camarades. On déchira sa robe et l'on exposa sa poitrine à la nuit et aux attouchements brutaux des soudards égrillards. Deux d'entre eux la conduisirent devant moi dans une poigne sans douceur.

« Hé, Jamère, avant de crever, tu veux voir ta femme se faire enfourner ?

— Laissez-moi passer ! Capitaine Thayer, contrôlez votre troupe ! Sommes-nous des soldats ou des voyous ? Laissez-moi passer ! »

Spic réussit à se faufiler entre les hommes qui lui barraient le passage et à pénétrer dans le cercle de lumière. L'officier le regarda de tout son haut, le souffle court, le poing toujours crispé sur le devant de ma chemise.

« Mon capitaine, fit Spic d'une voix implorante, reprenez le commandement ; rétablissez l'ordre, ou nous le regretterons jusqu'à la fin de notre vie ! »

L'autre ne répondit pas, les yeux fixés sur lui ; puis il me lâcha. La foule se figea ; elle avait grandi, nourrie d'habitants du bourg qui avaient sauté de leur lit pour sortir dans la rue voir ce qui se passait. Ils encerclaient la troupe de cavaliers en uniforme, les yeux avides de sang et de spectacle. La maîtrise qu'avait Thayer sur la situation vacillait sur le fil du rasoir.

Il frappa Spic. Sous l'impact, mon ami partit en vol plané ; les hommes derrière lui s'écartèrent pour le laisser tomber puis refermèrent la brèche dans leurs rangs. J'entendis Spic pousser un cri : quelqu'un lui avait décoché un coup de pied pendant qu'il se trouvait à terre. Thayer se retourna vers moi, les yeux brillants dans l'éclat dansant de la torche. « Veux-tu que nous fassions subir à ta compagne ce que tu as infligé à la mienne ? me demanda-t-il d'une voix rauque dénuée d'humanité. Veux-tu que nous la violions une fois qu'elle sera morte ? »

Un rugissement monta des hommes assemblés. Après des mois de peur, de désespoir et de colère refoulée, les pulsions bestiales de la nuit la plus noire s'exprimaient. « Laissez-moi la prendre pendant qu'elle est encore vivante ! » cria quelqu'un, et un grand éclat de rire s'éleva dans la nuit éclairée par le feu et la haine. Thayer ramena son poing en arrière. Un homme sortit de la foule en dégrafant le devant de son pantalon tandis qu'un autre bloquait les bras d'Amzil dans son dos et la poussait vers son camarade. L'espace d'un horrible instant, nos regards se croisèrent.

« Arrêtez. »

Le mot franchit mes lèvres tuméfiées dans un nuage de postillons sanglants. Je n'avais pas crié, mais, en le prononçant, je m'étais rendu sans conditions à la magie. Rien d'autre n'aurait pu sauver Amzil. Par ce seul mot, je renonçais à tous les espoirs, tous les rêves, tous les avenirs que j'avais imaginés ; il fusa comme un éclair, et le pouvoir qui jaillit de moi gronda comme le tonnerre, se propagea dans la foule et emplit la rue. Il tomba sur les gens comme une lumière perceptible à moi seul. Ils se pétrifièrent, Thayer le poing prêt à frapper, l'homme ouvrant sa braguette, Amzil la tête rejetée en arrière, la bouche ouverte sur un cri d'épouvante. Spic ne bougeait pas, le visage ruisselant de sang, la main agrippée à l'épaule d'un homme devant lui dans un effort pour revenir près de moi. Tout était immobile. Seule la flamme de la torche dansait et sautait.

Tremblant, je me dégageai de la poigne des soldats. Ils ne résistèrent pas et leurs mains tombèrent le long de leurs flancs. Thayer baissa lentement le poing, une expression perplexe peinte sur le visage. Autour de moi, la magie ondoyait et commençait à refluer ; j'invoquai le pouvoir en moi et il se mit à brûler furieusement. « Ne bougez pas ! ordonnai-je à la cantonade. Et croyez-moi. »

Je m'avançai vers le capitaine. « Vous m'avez roué de coups et tué ; vous avez vengé votre épouse, vous avez obtenu satisfaction et vous êtes rentré chez vous, tout de suite. » Je lui tapai sur le front du bout de l'index ; il battit des paupières puis s'éloigna.

Je tendis le bras dans la foule pour saisir la main de Spic et l'attirer à moi, et je dis d'une voix enrouée : « Je suis mort cette nuit ; tu n'as pas pu l'empêcher. Mais tu as fait ce que j'aurais voulu que tu fasses, tu le savais : tu as sauvé Amzil. »

Je le menai auprès d'elle sans qu'il opposât de résistance, puis je tirai l'intéressée des doigts sans force qui la retenaient, je refermai sur elle sa robe en lambeaux et me baissai pour l'embrasser sur la bouche. Elle ne réagit pas, les yeux pleins de peur et d'obscurité. Je lui murmurai à l'oreille : « Tu as réussi à les repousser ; ils ne se sont pas emparés de toi. Tu sais à présent que nul homme ne te prendra jamais plus contre ton gré. Tu es forte, Amzil, forte. Tu continueras d'avancer, tu te créeras une existence pour toi et tes enfants. Le lieutenant Kester t'a aidée à rentrer saine et sauve. »

Comme si je faisais prendre des poses à des marionnettes, je plaçai le bras de Spic sur son épaule dans un geste protecteur, puis je les poussai légèrement en avant. « Retournez chez vous. C'est fini ; je suis mort. Vous avez fait votre possible pour moi, mais vous ne pouviez pas me sauver. »

Je les regardai s'en aller dans la rue obscure. Des larmes roulèrent sur mes joues, et, comme mon cœur se serrait à l'idée de ne plus jamais les revoir, je sentis ma maîtrise de la magie vaciller à nouveau. Je me ressaisis aussitôt. « Non, dis-je ; je me coupe d'eux. Ils ne font plus partie de ma vie. Pour eux, je suis mort ; laisse-les aller, laisse-les tranquilles. »

Et je repris les rênes du pouvoir. Je me déplaçai parmi la foule et touchai les hommes au passage en leur parlant rapidement. « Tu regrettes d'avoir participé à cette affaire. »

« Tu m'as vu mourir. »

« Tu étais là et tu m'as vu me faire battre à mort. »

« Tu me tenais pendant que ton capitaine me frappait. Tu sais que je suis mort. »

J'allais de l'un à l'autre en répétant les mensonges que leur mémoire transformerait en vérités.

« La putain de Ville-Morte t'a échappé ; tu regrettes l'acte que tu as failli commettre. »

« Tu as honte de la façon dont tu as traité la femme ; au fond de toi, tu sais que tu es un lâche. »

En sortant du cercle de ceux qui m'entouraient du plus près, je me montrai plus clément.

« Tu t'es détourné, écœuré par tes propres envies. »

« Tu as tenté de t'interposer. »

« Tu n'as rien vu. »

« Tu n'es pas sorti de chez toi cette nuit. »

Je ne m'arrêtai qu'après avoir donné à chaque personne dans la rue un ordre scellé par un contact.

A l'extérieur de la foule, je tombai sur Ebrouc. Accroupi dans l'obscurité, il se cachait le visage dans les mains, les épaules voûtées ; malgré mon interdiction de bouger, il sanglotait tout bas. Je posai doucement la main sur son épaule. « Tu as fait ce que tu pouvais pour moi. Quand tout a été fini, tu as emporté mon cadavre et tu l'as enterré dans un lieu secret. Tu ne pouvais pas faire davantage. Tu n'es coupable de rien. »

Je trouvai Girofle, et je montai en selle sans difficulté ; mes blessures avaient guéri. Arrivé au bout de la rue, je me retournai vers la foule pétrifiée et lui lançai un dernier ordre : « Vous ne me voyez pas m'en aller. Vous ne vous voyez pas les uns les autres, vous ne parlez pas entre vous. Rentrez chez vous ! » J'attendis qu'ils se libèrent lentement de leur immobilité puis commencent à se disperser pour me remettre en route. Derrière moi, j'entendis des portes se fermer et des chevaux s'éloigner au pas.

La magie avait tenu sa promesse, et je tiendrais la mienne. Je poussai Girofle au trot. Nous traversâmes la ville aux rues désertes et aux maisons endormies ; au sortir du bourg, je talonnai mon cheval qui partit au petit galop.

La route se déroulait devant moi, ruban gris clair dans le paysage assombri. Droit devant moi s'élevaient les piémonts où débutait la forêt ; le soleil dessinait une bande rose pâle sur l'horizon. Je me dirigeais, non vers la liberté, mais vers la magie à qui j'appartenais désormais.

A paraître prochainement, chez le même éditeur, la suite du Choix du soldat.

Table

CHEZ LE MÊME ÉDITEUR

L'Assassin royal
par Robin Hobb

L'APPRENTI ASSASSIN (t. 1)
L'ASSASSIN DU ROI (t. 2)
LA NEF DU CRÉPUSCULE (t. 3)
LE POISON DE LA VENGEANCE (t. 4)
LA VOIE MAGIQUE (t. 5)
LA REINE SOLITAIRE (t. 6)
LE PROPHÈTE BLANC (t. 7)
LA SECTE MAUDITE (t. 8)
LES SECRETS DE CASTELCERF (t. 9)
SERMENTS ET DEUILS (t. 10)
LE DRAGON DES GLACES (t. 11)
L'HOMME NOIR (t. 12)
ADIEUX ET RETROUVAILLES (t. 13)

Tous ces titres ont été regroupés en quatre volumes :
LA CITADELLE DES OMBRES *, **, *** et ****

*

Les Aventuriers de la Mer
par Robin Hobb

LE VAISSEAU MAGIQUE (t. 1)
LE NAVIRE AUX ESCLAVES (t. 2)
LA CONQUÊTE DE LA LIBERTÉ (t. 3)
BRUMES ET TEMPÊTES (t. 4)
PRISONS D'EAU ET DE BOIS (t. 5)
L'ÉVEIL DES EAUX DORMANTES (t. 6)
LE SEIGNEUR DES TROIS RÈGNES (t. 7)
OMBRES ET FLAMMES (t. 8)
LES MARCHES DU TRÔNE (t. 9)

Tous ces titres ont été regroupés en trois volumes :
L'ARCHE DES OMBRES *, ** et ***

*

Le Royaume de Tobin
par Lynn Flewelling

LES JUMEAUX (t. 1)
LES ANNÉES D'APPRENTISSAGE (t. 2)
L'ÉVEIL DU SANG (t. 3)
LA RÉVÉLATION (t. 4)
LA TROISIÈME ORËSKA (t. 5)
LA REINE DE L'ORACLE (t. 6)

CHEZ LE MÊME ÉDITEUR

La Couronne des 7 royaumes
par David B. Coe
LE COMPLOT DES MAGICIENS (t. 1)
LE PRINCE TAVIS (t. 2)
LES GRAINES DE LA DISCORDE (t. 3)
LE COMBAT DES INNOCENTS (t. 4)
LES FRUITS DE LA VENGEANCE (t. 5)
LE SANG DES TRAÎTRES (t. 6)
L'ARMÉE DE L'OMBRE (t. 7)
LA GUERRE DES CLANS (t. 8)
L'ALLIANCE SACRÉE (t. 9)
LE PACTE DES JUSTES (t. 10)

*

Le Trône de Fer
par George R.R. Martin
LE TRÔNE DE FER (t. 1)
Prix Locus 1997
LE DONJON ROUGE (t. 2)
LA BATAILLE DES ROIS (t. 3)
L'OMBRE MALÉFIQUE (t. 4)
L'INVINCIBLE FORTERESSE (t. 5)
LES BRIGANDS (t. 6)
L'ÉPÉE DE FEU (t. 7)
LES NOCES POURPRES (t. 8)
LA LOI DU RÉGICIDE (t. 9)
LE CHAOS (t. 10)
LES SABLES DE DORNE (t. 11)
UN FESTIN POUR LES CORBEAUX (t. 12)

La Tapisserie de Fionavar
par Guy Gavriel Kay
Une trilogie couronnée dans le monde entier
par de nombreux prix littéraires.
L'ARBRE DE L'ÉTÉ (t. 1)
LE FEU VAGABOND (t. 2)
LA VOIE OBSCURE (t. 3)

*

LES DAMES DU LAC *
LES BRUMES D'AVALON **
par Marion Zimmer Bradley
Prix du grand roman d'évasion 1986

Composition et mise en page

NORD COMPO
multimédia

CET OUVRAGE
A ÉTÉ REPRODUIT
ET ACHEVÉ D'IMPRIMER
SUR ROTO-PAGE
PAR L'IMPRIMERIE FLOCH
À MAYENNE EN DÉCEMBRE 2009

N° d'édition : L.01EUCN000152.A003. N° d'impression : 75354.
Dépôt légal : novembre 2008.
Imprimé en France